LIBRERIA
POCHO

Avda. 8 de Octubre 3615 - Tel.: 2507 9232
Avda 8 de Octubre 3172 - Tel.: 2481 5463 / 2487 6953
Avda. 18 de Julio 2198 - Tel.: 2402 2328 / 2402 5628

Romperé tu corazón

SeDA
un mundo de emociones

Julie Garwood

Romperé tu corazón

VERGARA
GRUPO ZETA

Barcelona • Bogotá • Buenos Aires • Caracas • Madrid • México D.F. • Montevideo • Quito • Santiago de Chile

Título original: *Heartbreaker*

Traducción: Martín Rodríguez Courel

1.ª edición: octubre 2004

© 2000 by Julie Garwood
© Ediciones B, S. A., 2004
  para el sello Javier Vergara Editor
  Bailén, 84 - 08009 Barcelona (España)
  www.edicionesb.com

Printed in Spain
ISBN: 84-666-1583-0
Depósito legal: B. 36.196-2004

Impreso por PURESA, S.A.
Girona, 206 - 08203 Sabadell

Para mi hijo, Gerry

«Lo que se encuentra detrás de nosotros
y lo que se encuentra delante de nosotros no es nada
comparado con lo que se encuentra dentro de nosotros.»

RALPH WALDO EMERSON

Que tu entusiasmo añada alegría a tus méritos;
que tu espíritu tenaz te haga luchar por causas nobles;
que tu corazón siempre te dé amor a cambio.
Gerry, ¡estoy orgulloso de ti!

1

En el confesionario hacía un calor de mil demonios. Una gruesa cortina negra, que el tiempo y la desidia habían cubierto de polvo, ocupaba la estrecha abertura que discurría desde el techo del cajón hasta el agrietado suelo de madera noble, impidiendo la entrada de la luz y el aire.

Era como estar en el interior de un ataúd que alguien hubiera dejado por distracción apoyado en la pared, y el padre Thomas Madden dio gracias a Dios por no padecer claustrofobia, aunque estaba deprimiéndose a marchas forzadas. El aire era denso y apestaba a moho, lo que hacía que su respiración fuera tan dificultosa como cuando, siendo defensa en Penn State, tenía que correr aquel último metro hasta los postes con la pelota bien sujeta debajo del brazo. Entonces no le había importado el dolor de pulmones y, sin duda, no le importaba en ese momento. Sólo eran gajes del oficio.

Los viejos curas le habrían dicho que ofreciera su malestar a Dios por las pobres almas del purgatorio; Tom no consideraba que hubiera nada malo en hacerlo, aun cuando no acabara de entender de qué manera su sufrimiento iba a aliviar el de nadie más.

Cambió de postura, moviéndose con inquietud sobre la dura silla de roble como un chaval del coro en un ensayo dominical.

Notaba cómo le chorreaba el sudor por ambos lados de la cara y por el cuello antes de colarse por la sotana. La larga sotana negra estaba empapada a causa de la transpiración, y el padre dudaba de que quedara el más mínimo rastro de aroma del jabón Irish Spring con el que se había duchado esa mañana.

En el exterior, a la sombra del porche, en donde el termostato colgaba de un clavo en el muro de piedra encalado, la temperatura oscilaba entre los treinta y cuatro grados y medio y los treinta y cinco. La humedad hacía tan opresivo el calor que las almas desventuradas que se veían obligadas a abandonar sus hogares refrigerados y a aventurarse al exterior lo hacían arrastrando los pies y de mal humor.

Era un día malísimo para que el compresor hubiera pasado a mejor vida. En la iglesia había ventanas, por supuesto, pero las que hubieran podido abrirse hacía tiempo que se habían sellado en un inútil intento de impedir la entrada a los gamberros; las otras dos estaban en lo más alto del abovedado techo dorado. Eran unas vidrieras de colores que representaban a los arcángeles Gabriel y Miguel empuñando sendas espadas flamígeras. Gabriel miraba hacia el cielo con expresión beatífica, mientras que Miguel observaba con cara de pocos amigos a las serpientes que mantenía inmovilizadas bajo los pies descalzos. La feligresía consideraba que los vitrales eran unas obras de arte inestimables que movían a la oración, pero eran inútiles para combatir el calor. Su inclusión se había debido a motivos decorativos, no de ventilación.

Tom era un hombre grande y fornido, con un cuello de cuarenta y cuatro centímetros reliquia de sus días de gloria, aunque aquejado de una piel tan sensible como la de un bebé. El calor le estaba produciendo un irritante sarpullido. Se subió la sotana hasta los muslos, dejando a la vista los alegres calzoncillos con pernera de color amarillo y negro que le había regalado su hermana, Laurant, se quitó con sendos puntapiés las chancletas de suela de caucho de Wal-Mart salpicadas de pintura y se metió un chicle Dubble Bubble en la boca.

Había ido a parar a la sauna aquella por un acto de compasión. Mientras esperaba los resultados de las pruebas que determinarían si necesitaba otra serie de sesiones de quimioterapia en el Clínico de la Universidad de Kansas, era el invitado de monseñor McKindry, párroco de la iglesia de Nuestra Señora de la Misericordia. La parroquia estaba varios cientos de kilómetros al sur de Holy Oaks, Iowa, donde estaba destinado Tom, y el barrio en la que se enclavaba había sido definido oficialmente por un antiguo grupo de trabajo municipal como territorio de bandas. Monseñor siempre confesaba los sábados por la tarde, pero, debido al calor achicharrante, su avanzada edad, la avería del aire acondicionado y ciertos problemas de agenda —el párroco andaba atareado en la preparación de una reunión con dos amigos de su época de seminarista en la abadía de la Asunción—, Tom se había ofrecido a realizar la labor. Había supuesto que se sentaría cara a cara con el penitente en un cuarto con un par de ventanas abiertas para que entrara el aire fresco. Sin embargo, McKindry se sometía a las preferencias de sus fieles parroquianos, que se aferraban con tozudez a la manera tradicional de escuchar la confesión, algo de lo que Tom sólo se enteró después de ofrecer sus servicios y de que Lewis, el encargado del mantenimiento de la parroquia, le hubiera conducido hasta el horno en el que se sentaría durante los siguientes noventa minutos.

En agradecimiento, monseñor le había prestado un ventilador a pilas que uno de sus feligreses había dejado en la cesta de la colecta y que era manifiestamente insuficiente. El artilugio no era más grande que la mano de un hombre. Tom corrigió el ángulo del ventilador de manera que el aire le diera directamente en la cara, se retrepó contra el muro y empezó a leer el *Holy Oaks Gazette* que había llevado consigo a Kansas City.

Empezó por la última página, la de los ecos de sociedad, por lo mucho que le divertía. Le echó una ojeada a las noticias habituales del club y a los escasos comunicados —dos nacimientos, tres compromisos y una boda— para pasar de inmediato a su columna favorita, titulada «Acerca del pueblo». La noticia siempre era la misma: la partida de bingo. Se informaba del número de asistentes al centro social la noche de la lotería, así como de los nombres de los ganadores de los botes de veinticinco dólares. A continuación, se reproducían las entrevistas con los afortunados, en las que todos contaban lo que planeaban hacer con sus premios. Y siempre había un comentario del rabino David Spears, organizador del acontecimiento semanal, sobre lo bien que se lo habían pasado todos. Tom sospechaba que la redactora de los ecos de sociedad estaba secretamente enamorada del rabino Dave, viudo él, y que ésa era la razón de que la partida de bingo obtuviera una tan amplia difusión en el periódico. El rabino decía lo mismo todas las semanas, e, invariablemente, Tom le tomaba el pelo al respecto cuando jugaban al golf el miércoles por la tarde. Dado que Dave solía darle una paliza, no le importaban las burlas, aunque acusaba a Tom de intentar desviar la atención de su espantosa manera de jugar.

El resto de la columna estaba dedicado a hacer saber al pueblo quién organizaba convites y qué daban de comer. Si la semana no había sido propicia para las noticias, Lorna llenaba el espacio con recetas populares.

No había secretos en Holy Oaks. La primera plana estaba llena de noticias sobre la propuesta de urbanización de la plaza del pueblo y la inminente celebración del centenario de la abadía de la Asunción. Y había una amable referencia a su hermana, que estaba echando una mano en la abadía. El periodista la calificaba de alegre e incansable voluntaria y entraba en detalles acerca de todos los proyectos de los que se había hecho cargo. No sólo iba a organizar el desordena-

11

do desván para el rastrillo, sino que también iba a introducir toda la información de los viejos y polvorientos archivos en el recién donado ordenador y, cuando le sobraran algunos minutos, traduciría los periódicos franceses del padre Henri VanKirk, un sacerdote fallecido recientemente. Tom se rió entre dientes cuando terminó de leer el encendido homenaje a su hermana. En realidad, Laurant no se había ofrecido para ninguno de los trabajos; sólo la casualidad había determinado que se cruzara con el abad en el momento en que a éste se le habían ocurrido las ideas y, como era gentil en extremo, no se había negado.

Cuando terminó de leer el resto de la *Gazette*, ya tenía pegado a la piel el cuello empapado de la sotana. Dejó el periódico en el asiento contiguo, se secó de nuevo el sudor de la frente y consideró la posibilidad de cerrar la tienda quince minutos antes.

Desechó la idea casi al mismo tiempo que había entrado en su mente. Sabía que, si abandonaba el confesionario antes de tiempo, monseñor le montaría una de padre y muy señor mío, y después del duro día de trabajo manual que había tenido sencillamente no estaba para sermones. El primer miércoles de cada trimestre —el miércoles de ceniza, como lo llamaba para sus adentros— Tom se iba a vivir con monseñor McKindry, un viejo irlandés de piel curtida y nariz rota que no perdía ocasión de exprimir a su huésped endilgándole todo el trabajo físico que podía durante siete días. Aunque brusco y cascarrabias, McKindry tenía un corazón de oro y una naturaleza compasiva bien alejada del sentimentalismo. Creía con sinceridad que unas manos ociosas eran el taller del diablo, sobre todo cuando la rectoría estaba pidiendo a gritos una nueva mano de pintura. El trabajo arduo, pontificaba, lo cura todo, incluso el cáncer.

Algunos días, Tom se mortificaba recordando por qué le gustaba tanto monseñor y por qué se veía tan parecido a él. Quizá fuera porque ambos llevaban un poco de Irlanda dentro de sí; o acaso porque la filosofía del anciano de que sólo los tontos se lamentan de las desgracias le había ayudado a superar más penurias que las del santo Job. La batalla de Tom era un juego de niños comparada con la vida de McKindry.

Haría todo lo que estuviera en sus manos para aligerar las cargas de McKindry. A monseñor le hacía mucha ilusión volver a charlar con sus viejos amigos. Uno de ellos era el abad James Rockhill, el superior de Tom en la abadía de la Asunción; al otro, un sacerdote llamado Vincent Moreno, Tom no lo conocía. Ni Rockhill ni Moreno se quedarían en la vivienda de la Misericordia con McKindry y Tom, porque preferían los lujos que les proporcionarían en la parroquia de la Santísima Trinidad, tales como agua caliente durante más de cinco minutos y aire acondicionado central. La Trinidad estaba situada en el centro de una comunidad dormitorio del otro lado de la línea fronteriza que separaba el estado de Missouri del de Kansas. McKindry solía referirse jocosamente a ella como «Nuestra Señora del Lexus» y, por la cantidad de coches de lujo en el aparcamiento de la iglesia los domingos por la mañana, la etiqueta había dado en el blanco. La mayor parte de los feligreses de la Misericordia no tenían coche. Iban caminando a la iglesia.

A Tom le empezaron a sonar las tripas. Tenía calor, se sentía pegajoso y estaba sediento. Necesitaba otra ducha y quería una Bud Light bien fría. En todo el rato que había estado allí sentado asándose como un pavo no había aparecido ni un mal interesado; no creía que hubiera alguien más en la iglesia en ese momento, a excepción quizá de Lewis, a quien le gustaba esconderse en el guardarropa de detrás del vestíbulo para empinar el codo a escondidas de la botella de whisky barato que llevaba en la caja de herramientas. Consultó el reloj, vio que sólo quedaban un par de minutos y decidió que ya tenía suficiente. Apagó la luz del techo del confesionario y se disponía a descorrer la cortina, cuando oyó el silbido que expelía el reclinatorio de piel al recibir un peso encima. Al sonido le siguió una discreta tos procedente de la celosía que estaba junto a él.

Tom se irguió de inmediato en la silla, se sacó el chicle de la boca y lo volvió a poner en el envoltorio; luego, inclinó la cabeza en actitud de oración y deslizó hacia arriba el panel de madera.

—En el nombre del Padre, del Hijo... —empezó en voz baja, mientras hacía la señal de la cruz.

Transcurrieron varios segundos de silencio absoluto. O el penitente estaba ordenando sus ideas o hacía acopio de valor antes de confesar sus pecados. Tom se ajustó la estola alrededor del cuello y siguió esperando con paciencia.

El aroma a Obsession, de Calvin Klein, flotó a través de la celosía que los separaba. Era un perfume inconfundible, dulce y fuerte, que Tom reconoció porque su ama de llaves de Roma le había regalado un frasco por su último cumpleaños. Con un poco, uno ya iba bien servido, y al penitente se le había ido la mano. El confesionario apestaba. La combinación del perfume con el olor a moho y sudor hizo que Tom tuviera la sensación de estar intentando respirar a través de una bolsa de plástico. Se le revolvieron las tripas y tuvo que reprimir una arcada.

—¿Está ahí, padre?

—Aquí estoy —susurró Tom—. Cuando estés listo para confesar tus pecados, puedes empezar.

—Esto me... resulta difícil. Me confesé hace un año. Entonces no me dieron la absolución. ¿Me absolverá usted ahora?

El extraño sonsonete y un cierto tono burlón en la voz pusieron en guardia a Tom. ¿Eran simples nervios por el mucho tiempo transcurrido desde la última confesión o el extraño estaba siendo deliberadamente irreverente?

—¿No te dieron la absolución?

—No, no me la dieron, padre. Enojé al cura. También lo enojaré a usted. Lo que tengo que confesar... lo va a asustar. Luego, como el otro sacerdote, se enfadará.

—Nada de lo que digas me asustará ni enfadará —le aseguró Tom.

—Ya lo ha oído todo antes ¿no es eso, padre? —Antes de que Tom pudiera contestar, el penitente susurró—: Odia el pecado, no al pecador.

El tono burlón se había intensificado. Tom se puso tenso.

—¿Querrías empezar?

—Sí —contestó el extraño—. Perdóneme, padre, porque voy a pecar.

Confundido por lo que acababa de oír, Tom se inclinó aún más hacia la celosía y le pidió al hombre que comenzara de nuevo.

—Perdóneme, padre, porque voy a pecar.

—¿Quieres decir que te confiesas de un pecado que vas a cometer?

—Eso es.

—¿Es una especie de juego o un...?

—No, no, nada de juegos —dijo el hombre—. Estoy hablando completamente en serio. ¿Ya se está enfadando?

Una risotada, tan discordante como un disparo en mitad de la noche, atravesó la celosía.

Cuando contestó, Tom se esmeró en que su voz permaneciera neutra.

—No, no estoy enfadado, pero sí confuso. Estoy seguro de que eres consciente de que no puedo absolverte de los pecados que estés proyectando cometer. El perdón es para aquellos que se han dado cuenta de sus errores y que se sienten realmente contritos. Para los que desean purgar sus pecados.

—Ah, pero padre, todavía no sabe de qué pecados se trata. ¿Cómo puede negarme la absolución?

—La enumeración de los pecados no cambia nada.

—Sí que lo cambia. Hace un año, al otro sacerdote le dije exactamente lo que iba a hacer, pero no me creyó hasta que fue demasiado tarde. No cometa el mismo error.

—¿Cómo sabes que no te creyó?

—No intentó detenerme. Por eso lo sé.

—¿Desde cuándo eres católico?

—Desde siempre.

—Entonces sabes que un sacerdote no puede reconocer el pecado o al pecador fuera del confesionario. El secreto de confesión es sagrado. ¿Cómo, exactamente, podría haberte detenido ese otro sacerdote?

—Podía haber encontrado la forma. Entonces, yo estaba... practicando y era prudente. Le habría resultado muy fácil detenerme, así que es culpa suya, no mía. Ahora, no será fácil.

Tom intentaba desesperadamente encontrarle sentido a todo lo que le estaba diciendo el hombre. ¿Practicar? ¿Practicar qué? ¿Y qué pecado era el que el sacerdote no había podido impedir?

—Pensé que podía controlarlas —dijo el hombre.

—¿Controlar qué?

—Las ansias.

—¿De qué pecado te confesaste?

—Se llamaba Millicent. Un nombre bonito y tradicional, ¿no le parece? Sus amigos la llamaban Millie, pero yo no. Me gustaba mucho más Millicent. Por supuesto, yo no era lo que llamaríamos un amigo.

Otra risotada rasgó el aire muerto. La frente de Tom estaba perlada de sudor, pero de repente sintió frío. El tipo no era un bromista; sintió pavor por lo que iba a oír, aunque estaba obligado a preguntar.

—¿Qué le ocurrió a Millicent?

—Que le rompí el corazón.

—No comprendo...

—¿Qué cree que le ocurrió? —preguntó el hombre, mostrando ya su impaciencia sin ambages—. La maté. Fue muy desagradable; sangre por todas partes, y me puse perdido. Entonces era terriblemente inexperto y no había perfeccionado mi técnica. Cuando me fui a confesar, todavía no la había matado. Aún estaba en la fase de planificación, y el sacerdote podía haberme detenido, pero no lo hizo. Le dije lo que iba a hacer.

—Dime, ¿cómo podía haberte detenido?

—La oración —contestó con un dejo de indiferencia en la voz—. Le dije que rezara por mí, pero no rezó lo suficiente, ¿no le parece? Aun así la maté. Es una pena, la verdad. Era una cosita tan linda... mucho más bonita que las demás.

«Dios mío, ¿hubo otras mujeres? ¿Cuántas?»

—¿Cuántos crímenes has...?

El extraño lo interrumpió.

15

—Pecados, padre —dijo—, cometí pecados, pero podría haber sido capaz de resistir si el sacerdote me hubiera ayudado. No me dio lo que necesitaba.

—¿Qué es lo que necesitabas?

—La absolución y la aceptación. Me negó ambas.

De repente, el extraño estampó el puño contra la rejilla. La rabia que debía de haber estado bullendo casi a flor de piel erupcionó con toda su fuerza, mientras el hombre vomitaba con grotesca precisión lo que le había hecho a la pobre e inocente Millicent.

Todo aquel horror abrumó a Tom e hizo que se sintiera enfermo. Dios mío, ¿qué debía hacer? Se había vanagloriado de que no se asustaría o enfadaría, pero nada podía haberlo preparado para las atrocidades que el extraño estaba describiendo con tanto placer.

Odia el pecado, no al pecador.

—Le he cogido verdadero gusto —susurró el loco.

—¿A cuántas otras mujeres has matado?

—Millicent fue la primera. Hubo otros encaprichamientos, y cuando me decepcionaron tuve que hacerles daño, pero no maté a ninguna. Después de conocer a Millicent, cambió todo. La observé durante mucho tiempo y todo en ella era... perfecto. —Su voz se tornó un gruñido mientras continuaba—: Pero me traicionó, exactamente igual que las demás. Pensó que podía poner en práctica sus jueguecitos con los demás hombres y que yo no me daría cuenta. No podía permitir que me atormentara de aquella manera. No debía —se corrigió—. Tuve que castigarla.

Exhaló un ruidoso y exagerado suspiro y se rió entre dientes.

—Maté a la putita hace doce meses y la enterré bien hondo, realmente hondo. Nadie la encontrará jamás. Ya no hay vuelta atrás. No, señor. No tenía ni idea de lo emocionante que iba a ser la muerte. Hice que Millicent me suplicara clemencia y así lo hizo. Como hay Dios que lo hizo. —Se rió—. Gritó como un cerdo y, ah, vaya, cómo me gustó aquel sonido. Me excité mucho, más de lo que hubiera imaginado posible, así que tuve que hacerle gritar más, ¿sabe? Cuando acabé con ella, estaba que reventaba de alegría. Bueno, padre, ¿no me va a preguntar si me arrepiento de mis pecados? —se burló.

—No, no estás arrepentido.

Un silencio sofocante inundó el confesionario. Y entonces, la voz volvió transformada en el silbido de una serpiente.

—Las ansias vuelven.

A Tom se le puso la carne de gallina.

—Hay gente que puede...

—¿Cree que deberían encerrarme? Sólo castigo a quien me hace daño. Así que ya ve, no soy culpable. Pero cree que estoy enfermo, ¿verdad? Estamos en confesión, padre; tiene que decirme la verdad.

—Sí, creo que estás enfermo.

—Ah, yo no lo creo. Sólo entregado.

—Hay gente que puede ayudarte.

—Soy genial, ¿sabe? No será fácil detenerme. Estudio a mis candidatas antes de encargarme de ellas. Lo sé todo acerca de sus familias y amigos. Todo. Sí, ahora va a ser mucho más difícil detenerme, aunque esta vez he decidido ponerme las cosas más difíciles. ¿Lo entiende? No quiero pecar. La verdad es que no. —Volvió el sonsonete.

—Escúchame —suplicó Tom—. Sal del confesionario conmigo, nos sentamos juntos y hablamos de todo esto. Quiero ayudarte; sólo tienes que dejarme.

—No, necesité ayuda antes y se me negó, ¿recuerda? Déme la absolución.

—No lo haré.

El suspiro fue largo, interminable.

—Muy bien —dijo—. Esta vez voy a cambiar las normas. Tiene mi permiso para contarle lo que quiera a cualquiera. ¿Se da cuenta de lo complaciente que puedo ser?

—No importa que me des permiso para hablar o no; esta conversación seguirá siendo confidencial. El secreto de confesión ha de mantenerse para proteger la integridad del sacramento.

—¿Con independencia de lo que confiese?

—Así es.

—Le exijo que hable.

—Exige lo que quieras, pero eso no cambiará nada. No puedo contarle a nadie lo que me has dicho. Y no lo haré.

Transcurrió un instante de silencio, tras el cual el extraño empezó a reírse entre dientes.

—Un cura con escrúpulos, ¡qué extraordinario! Hmmm, vaya dilema. Pero no se inquiete, padre; voy diez pasos por delante de usted. Sí señor.

—¿A qué te refieres?

—A que tengo una nueva candidata.

—¿Ya has escogido a tu próxima...?

El loco lo interrumpió.

—Ya lo he notificado a las autoridades. No tardarán en recibir mi carta. Claro que eso fue antes de que supiera que usted iba a ser tan purista con las normas. Sin embargo, fue considerado por mi parte, ¿no le parece? Les envié una cortés notita explicando mis intenciones. Es una pena que olvidara firmarla.

—¿Les diste el nombre de la persona a la que pretendes lastimar?

—¿Lastimar? Extraña palabra para referirse al asesinato. Sí, mencioné el nombre de ella.

—¿Otra mujer, entonces? —La voz de Tom se quebró en plena pregunta.

—Sólo admito candidatas.

—¿Explicaste en la nota tus motivos para querer matar a esa mujer?

—No.

—¿Tienes alguno?

—Sí.

—¿Me lo querrías explicar?

—Práctica, padre.

—No comprendo.

—La práctica lo hace a uno perfecto —dijo—. Ésta es aún más especial que Millicent. Me he envuelto en su perfume y me encanta verla dormir. Es tan bella. Pregúnteme, y cuando le haya dado su nombre, puede perdonarme.

—No te daré la absolución.

—¿Cómo va la quimioterapia? ¿Tiene náuseas? ¿Salieron bien las pruebas?

Tom irguió la cabeza de golpe.

—¿Qué? —preguntó casi gritando.

El loco se rió.

—Le dije que estudio a mis candidatas antes de hacerme cargo de ellas. Podría decirse que las acecho —susurró.

—¿Cómo sabías...?

—Ah, Tommy, ha sido un juego de niños. ¿No se ha preguntado por qué le he seguido hasta tan lejos sólo para confesarle mis pecados? Piense en ello en el viaje de vuelta a la abadía. He hecho mis deberes, ¿verdad?

—¿Quién eres?

—Vaya, soy un rompecorazones. Y me encantan los desafíos; a ver si éste me lo pone difícil. La policía no tardará en venir a hablar con usted, y entonces podrá contarle a cualquiera lo que desee —se burló—. Sé a quién va a llamar primero; a su célebre amigo del FBI. Llamará a Nick, ¿verdad? Estoy seguro de que lo hará. Y vendrá corriendo a ayudarlo. Lo mejor que puede hacer es decirle que se la lleve y la esconda de mí. Tal vez no vaya detrás y empiece a buscar a alguna otra. Al menos, lo intentaré.

—¿Cómo sabes...?

—Pregúnteme.

—¿Que te pregunte qué?

—El nombre de ella —susurró el loco—. Pregúnteme quién es mi candidata.

—Te ruego que te dejes ayudar —empezó de nuevo Tom—. Lo que vas a hacer...

—Pregúnteme... pregúnteme... pregúnteme.

Tom cerró los ojos.

—De acuerdo. ¿De quién se trata?

—Es preciosa —contestó—. Con unos pechos grandes y bonitos y ese pelo negro y largo. Ni una sola marca en un cuerpo perfecto, y tiene la cara de un ángel, tan exquisita, se mire como se mire. Está... que corta la respiración... pero yo voy a cortársela a ella.

—Dime su nombre —exigió Tom, pidiéndole a Dios que quedara tiempo de llegar hasta la pobre mujer para protegerla.

—Laurant —susurró la serpiente—. Se llama Laurant.

El pánico golpeó a Tom como un puño.

—¿Mi Laurant?

—Correcto. Ahora lo ha cogido, padre. Voy a matar a su hermana.

2

El agente Nicholas Benjamin Buchanan estaba a punto de empezar unas vacaciones largamente aplazadas. Durante los tres últimos años no se había tomando ningún tiempo libre, y tal circunstancia se estaba empezando a notar en su actitud... o, al menos, eso había dicho su superior, el doctor Peter Morganstern, cuando le había ordenado que se cogiera un permiso de un mes. También le había dicho que estaba empezado a mostrarse un poco demasiado indiferente y cínico, y, en el fondo, Nick se temía que tal vez tuviera razón.

Morganstern siempre decía las cosas como eran. Nick lo admiraba y respetaba como a su propio padre, así que rara vez discutía con él. Su jefe era tan firme como una roca, y no habría durado más de dos semanas en la Agencia si hubiera dejado que sus emociones controlaran su actos. De tener algún defecto, ése sería su exasperante habilidad para mantener la calma casi hasta la catatonia. Al hombre no había nada que lo perturbara.

Los doce agentes cuidadosamente seleccionados que estaban bajo su mando directo lo llamaban —a sus espaldas, claro— *Prozac* Pete, aunque él estaba al tanto del apodo y no le molestaba. En realidad, se rumoreaba que la primera vez que lo oyó se había reído, y ésa era otra de las razones de que se llevara tan bien con sus agentes. Había sido capaz de conservar el sentido del humor, un hecho nada despreciable si se consideraba la sección que dirigía. Su idea de perder la calma consistía en tener que repetirse, aunque, para ser sinceros, su áspera voz de fumador inveterado nunca se elevaba ni un decibelio. Diablos, quizá los demás agentes tuvieran razón y en realidad tuviera Prozac en lugar de sangre.

Una cosa era verdad: sus superiores sabían apreciar un tesoro, y en los catorce años que llevaba en el FBI, Morganstern había sido ascendido en seis ocasiones. Sin embargo, jamás se dormía en los laureles. Cuando fue nombrado jefe de la división de *objetos perdidos*, se consagró a formar un equipo altamente eficaz en la localización y rescate de personas desaparecidas. Y una vez que lo consiguió, dirigió su empeño hacia un objetivo más concreto. Quiso crear una unidad especializada dedicada a los casos más difíciles de niños perdidos y secuestrados. Tras elaborar un informe justificando la necesidad de esta nueva unidad, invirtió una considerable cantidad de tiempo en conspirar para conseguirla. Cada vez que tenía ocasión, agitaba su tesis de doscientas treinta y tres páginas ante las narices del director.

Al final, su obstinada determinación obtuvo recompensa, y en aquel momento dirigía dicha unidad de elite. Se le había permitido reclutar a sus propios hombres, una pandilla variopinta de muy diversas procedencias. Todos habían tenido que pasar primero por el programa de entrenamiento de la academia en Quantico, tras lo cual habían sido enviados a Morganstern para seguir un entrenamiento y unas pruebas especiales. Fueron pocos los que consiguieron superar el agotador programa, pero los que lo lograron eran excepcionales. Se había oído a Morganstern decir al director que estaba absolutamente convencido de tener a la flor y nata de la promoción trabajando para él y que, en el plazo de un año, demostraría a todos los escépticos que tenía razón. Luego, traspasó las riendas de los *objetos perdidos* a su ayudante, Frank O'Leary, y se hizo a un lado dentro del departamento para dedicar su tiempo y energía a este grupo tan especializado.

Su equipo era único. Cada hombre poseía unas habilidades inusitadas para la localización de niños desaparecidos. Los doce hombres eran cazadores que trabajaban siempre contra reloj con un único objetivo sagrado: encontrar y proteger antes de que fuera demasiado tarde. Eran los mejores paladines de los niños y la última línea de defensa contra los hombres del saco que acechaban en la oscuridad.

La tensión del trabajo habría abocado al hombre medio a un ataque cardíaco, pero en aquellos hombres no había nada de mediocridad. Ninguno de ellos se ajustaba al perfil del típico agente del FBI, pero Morganstern tampoco se ajustaba al del jefe típico. Y no había tardado mucho en demostrar que era más que capaz de dirigir un grupo tan ecléctico. El resto de los departamentos llamaban a sus agentes los Apóstoles, sin duda debido a que eran doce, aunque a Morganstern no le gustaba el apodo porque, como su jefe, implicaba toda una serie de cosas sobre su persona a las que, posiblemente, no podría hacer honor. Su humildad era otra de las razones de que fuera tan respetado. Sus agentes también apreciaban la circunstancia de que no fuera un jefe que se ajustara al manual. Los animaba a que hicieran su trabajo, dándoles más o menos carta blanca, y siempre que lo necesitaban ahí estaba él para apoyarlos. En muchos aspectos, era el mejor paladín de sus hombres.

Sin duda no había nadie en la Agencia más entregado o cualificado, puesto que Morganstern era psiquiatra colegiado, lo que quizás explicaba su afición a mantener ocasionales charlas íntimas con cada uno de sus agentes. Haciéndolos sentar y metiéndose en sus cabezas, justificaba el tiempo y el dinero invertidos en su educación en Harvard. Era el único capricho que tenían que aguantar los agentes y que todos odiaban por igual.

En ese momento, Morganstern tenía ganas de hablar del caso Stark. Había volado desde Washington, D.C. a Cincinnati y le había pedido a Nick que hiciera un alto en su viaje de regreso de un seminario en San Francisco. A Nick no le apetecía hablar del caso Stark. Había ocurrido hacía casi un mes y ni siquiera deseaba pensar en ello, pero eso no importaba. Sabía que iba a tener que hablar sobre el caso quisiera o no.

Esperó en la oficina regional hasta que apareció su superior, se sentó frente a él a la lustrosa mesa de conferencias de roble y escuchó durante veinte minutos mientras Morganstern repasaba algunos de los detalles del extraño caso. Nick mantuvo la calma hasta que Morganstern le dijo que iba a conseguirle una mención de honor por su heroico comportamiento; estuvo a punto de saltar, pero era propenso a ocultar sus verdaderos sentimientos. Incluso consiguió que Morganstern, a pesar de su buen ojo siempre vigilante ante cualquier signo revelador de agotamiento o sobrecarga de tensión, creyera que se lo había vuelto a tomar con calma... o eso, al menos, fue lo que pensó Nick.

Cuando terminó de hablar, Morganstern se quedó mirando fijamente los duros ojos azules de su agente durante un largo y silencioso minuto, tras lo cual preguntó:

—¿Qué sentiste cuando le disparaste a esa mujer?

—¿Es necesario, señor? Eso pasó hace casi un mes. ¿De verdad es preciso removerlo?

—Nick, ésta no es una reunión formal. No tienes que llamarme señor y, sí, creo que es necesario. Ahora, contéstame, por favor. ¿Qué sentiste?

Aun así, Nick trató de escaparse por la tangente, removiéndose en la silla de respaldo duro como un niño al que se le obligara a admitir que había hecho algo malo.

—¿Qué demonios quieres decir con eso de qué sentí?

Ignorando el estallido de ira, su superior repitió tranquilamente la pregunta por tercera vez.

—Sabes qué es lo que te estoy preguntando. En ese preciso instante, ¿qué sentiste? ¿Lo recuerdas?

Le estaba dando una salida. Nick sabía que podía mentir y decirle que no, que no se acordaba, que entonces había estado demasiado ocupado para pensar en lo que estaba sintiendo, pero él y Morganstern siempre habían tenido una relación de comunicación honesta y ahora no quería que se jodiera. Además, tenía la certeza absoluta de que su jefe sabría que estaba mintiendo. Consciente de lo inútil que sería continuar con evasivas, se rindió y decidió ser franco.

—Sí, lo recuerdo. Me sentí bien —susurró—. Realmente bien. Mierda, Pete, me sentía eufórico. Si no hubiera vuelto y entrado de nuevo en aquella casa, si hubiera dudado siquiera treinta segundos más, y si no hubiera sacado la pistola, todo habría acabado y aquel bebé hubiera muerto. Estuve condenadamente cerca de no conseguirlo.

—Pero rescataste al niño a tiempo.

—Tenía que haberme dado cuenta antes.

Morganstern suspiró. De todos sus agentes, Nick siempre había sido el más crítico con su propia actuación.

—Fuiste el único que se dio cuenta —le recordó—. No seas tan duro contigo mismo.

—¿Leíste los periódicos? Los periodistas dijeron que estaba loca, pero ellos no vieron su mirada. Yo sí, y te lo aseguro, no estaba loca en absoluto. Era pura maldad.

—Sí, he leído los periódicos y tienes razón, decían que estaba loca. Ya esperaba que lo hicieran —añadió—. Comprendo el motivo y creo que tú también. Es la única manera de que el público pueda comprender un crimen tan abyecto. Desean creer que sólo un hombre o una mujer dementes pueden hacer cosas tan espantosas a otro ser humano, y que sólo una persona loca podría obtener placer en asesinar inocentes. Un buen número de ellos están locos, pero algunos no lo están. La maldad existe; ambos la hemos visto. En algún momento de su vida, la Stark eligió cruzar la línea.

—La gente tiene miedo de lo que no comprende.

—Sí —convino Morganstern—. Y hay un buen porcentaje de teóricos

23

que se niegan a creer que exista la maldad. Si no son capaces de razonarla o explicarla en sus estrechas mentes, es que sencillamente no puede existir. Creo que ésta es una de las razones de que nuestra cultura sea un terreno tan abonado para la depravación. Algunos de mis colegas creen que pueden arreglar cualquier cosa con un interminable diagnóstico y unos pocos psicofármacos.

—He oído que uno de tus colegas cree que el marido de la Stark la controlaba, y que estaba tan aterrorizada que se volvió loca. En otras palabras, que deberíamos sentir lástima por ella.

—Sí, yo también lo he oído. Tonterías. La mujer era tan depravada como su marido. Sus huellas, al igual que las de él, estaban en aquellas cintas pornográficas. Era una participante voluntaria, pero creo que estaba perdiendo el control. Nunca antes habían actuado con niños.

—Te lo juro, Pete, la mujer me estaba sonriendo. Acunaba al niño en sus brazos mientras sostenía un cuchillo de carnicero encima de él. La criatura estaba inconsciente, pero pude ver que aún respiraba. La Stark me estaba esperando; sabía que yo lo había comprendido y creo que quería que viera cómo lo mataba. —Hizo una pausa para asentir con la cabeza—. Sí, me sentí bien al liquidarla. Lo único que lamento es que su marido no estuviera allí; también me habría gustado cargármelo. ¿Hay ya alguna pista? Sigo pensando que deberíamos poner a nuestro amigo Noah tras sus huellas.

—Eso es justo lo que he estado considerando, pero quieren coger vivo a Donald Stark para poder interrogarlo y saben que si le causa el más mínimo problema, Noah no vacilará en disparar.

—Puedes matar una cucaracha, Pete, pero no domesticarla. Noah tiene razón. —Balanceó los hombros para estirar los músculos agarrotados, se frotó la nuca con la mano y comentó—: Creo que necesito otro retiro espiritual.

—¿Por qué dices eso?

—Supongo que estoy agotado, ¿no crees?

Morganstern sacudió la cabeza.

—No, sólo estás un poco cansado, eso es todo. Nada de esta conversación va a aparecer en mi informe; a eso me refería cuando dije que esto era entre tú y yo. Hace tiempo que te mereces un poco de tiempo libre, pero eso es culpa mía, no tuya. Quiero que te tomes un mes de vacaciones y que te centres.

La sombría expresión de Nick se suavizó con un conato de sonrisa.

—¿Centrarme?

—Que te relajes —le explicó Morganstern—. O que lo intentes por lo menos. ¿Cuándo fue la última vez que fuiste a Nathan's Bay a ver a tu gran familia?

—Hace tiempo —admitió Nick—. Estoy en contacto con todos mediante el correo electrónico; andan tan ocupados como yo.

—Vete a casa —dijo su superior—. Te sentará bien, y tu familia estará encantada de volver a verte. ¿Cómo le va al juez?

—Papá está estupendo —contestó Nick.

—¿Y qué hay de tu amigo, el padre Madden?

—Charlo con Tommy todas las noches.

—¿Por correo electrónico?

—Sí.

—Tal vez debieras ir a verlo y tener una de esas charlas íntimas.

—¿Crees que necesito algo de orientación espiritual? —preguntó Nick con una sonrisa burlona.

—Creo que necesitas reírte un poco.

—Sí, puede que lo haga —convino. Se puso serio de nuevo y dijo—: Pete, acerca de mi instinto, ¿crees que estoy perdiendo la agudeza?

La sola idea hizo que Morganstern profiriese un sonido burlón.

—Tu instinto no podría gozar de mejor salud. La Stark los engañó a todos excepto a ti. A todos —repitió con más energía—. A sus parientes, a sus amigos y vecinos, a los miembros de su iglesia... Pero a ti no. Bueno, seguro que los vecinos habrían acabado por darse cuenta, pero para entonces aquel pequeño estaría muerto y enterrado y ella habría secuestrado a otro. Sabes tan bien como yo que una vez que empiezan no se detienen.

Pete tamborileó con los nudillos sobre la carpeta de papel manila.

—Leí en la encuesta todo aquello sobre cómo la Stark se pasaba el día sentada junto a la pobre madre, consolándola; formaba parte del comité de condolencia de la iglesia —añadió con una sacudida de cabeza. Parecía como si incluso él, que ya lo había visto y oído todo, se escandalizara ante la desfachatez de la Stark.

—La policía habló con todos los miembros de la iglesia y no pudieron averiguar nada —dijo Nick—. No fueron lo que se dice concienzudos —añadió—; pero, en fin, se trataba de un pueblo insignificante, y el jefe de policía no sabía detrás de lo que iba.

—Aunque fue lo bastante prudente para no esperar. Nos llamó enseguida —dijo Morganstern—. Él y los demás vecinos estaban convencidos de que al niño se lo había llevado un transeúnte, ¿no es así?, y ahí es donde concentraron todos sus esfuerzos.

—Sí —asintió Nick—. Es difícil de creer que uno de los tuyos pueda hacer una cosa semejante. Tenían un par de testigos que habían visto merodear por el patio de la escuela a un vagabundo, pero sus descripciones no coincidían. El equipo de Cincinnati ya estaba en camino —añadió—; se habrían dado cuenta enseguida.

—¿Qué fue exactamente lo que te dio la clave? ¿Cómo lo supiste?

—Pequeños detalles fuera de lugar —contestó Nick—. No puedo explicar qué fue lo que me inquietó de ella o por qué decidí seguirla hasta su casa.

—Yo sí. Instinto.

—Supongo que sí —convino—. Supe que tenía que investigarla a fondo. Algo no estaba en su sitio, pero no podía precisar el qué. Tuve ese extraño pálpito acerca de ella, y en cuanto entré en su casa se hizo más fuerte... ¿Sabes lo que quiero decir?

—Explícalo. ¿Cómo era la casa?

—Inmaculada. No se veía una mota de polvo o suciedad por ninguna parte. El salón era pequeño: un par de butacas, un sofá, la televisión pero... ¿sabes lo que me pareció raro, Pete? Que no había ningún cuadro en las paredes ni fotos familiares. Sí, recuerdo que pensé que era de lo más extraño. Tenía los muebles cubiertos con fundas de plástico. Supongo que eso lo hace mucha gente, no sé. En cualquier caso, como te he dicho, estaba impoluto, pero había un olor peculiar.

—¿Qué clase de olor?

—A vinagre... y a amoníaco. Era tan fuerte que hizo que me ardieran los ojos. Supuse que era una limpiadora compulsiva. Después, la seguí hasta la cocina. Estaba completamente vacía. Nada sobre las encimeras, ni un mal trapo de cocina doblado sobre el fregadero, nada. Me dijo que me sentara mientras preparaba un café y en ese momento me di cuenta de lo que había encima de la mesa. Un salero y un pimentero flanqueando un enorme envase de plástico transparente de pastillas antiácidas color rosa, y, al lado, una botella de salsa picante tamaño familiar. Pensé que era de lo más raro... y entonces fue cuando vi al perro. El animal fue lo que inclinó la balanza. Era un cocker spaniel negro, y estaba sentado en un rincón, junto a la puerta trasera. No dejaba de mirarla ni un instante. La Stark puso un plato de galletas de chocolate en la mesa, y cuando se volvió para ir a por el café, cogí una y la bajé por el costado para ver si el perro venía y la cogía, pero ni siquiera me miró. Carajo, estaba demasiado aterrorizado para pestañear siquiera y vigilaba todos los movimientos de la Stark. Si el jefe de policía hubiera visto al perro con ella habría sabido que algo iba realmente mal, pero cuando la interrogó el cocker estaba, fuera, en el corral.

—Se limitó a entrar en la casa y no observó nada anormal.

—Tuve suerte, y ella fue arrogante e imprudente.

—¿Qué te hizo volver a entrar después de haber abandonado la casa?

—Había decidido ir a buscar refuerzos y esperar y ver a dónde se dirigía, pero en cuanto puse el pie fuera supe que tenía que volver a entrar, y a toda prisa. Tuve el presentimiento de que sabía que sospechaba de ella. Y supe que el niño estaba en alguna parte de la casa.

—Tu instinto no podía haber estado más afinado —dijo Morganstern—. Por eso me fijé en ti, ¿sabes?

—Lo sé. El infausto partido de fútbol.

Morganstern sonrió.

—Acabo de volver a verlo en los deportes de la CNN hace un par de semanas. Deberían reponer ese fragmento al menos un par de veces al año.

—Ojalá lo dejaran estar. Son historias pasadas.

Los dos hombres se levantaron. Nick era mucho más alto que su jefe; calzado con sus mocasines de piel con borlas, Morganstern medía un metro setenta y tres, mientras que él superaba el metro ochenta y tres. Morganstern tenía una complexión menuda, un pelo rubio ralo que se agrisaba a pasos agigantados, y las gruesas bifocales no paraban de resbalarle por el estrecho puente de la nariz. Siempre iba vestido con un clásico terno azul marino o negro, camisa blanca almidonada de manga larga y una corbata a rayas en tonos apagados. Para el observador ocasional, Morganstern tenía el aspecto de un aburrido profesor universitario, pero para los agentes a su mando era, en todos los sentidos, un gigante que manejaba con serenidad pasmosa un trabajo terrible bajo unas presiones enormes.

—Hasta dentro de un mes, Nick, pero ni un día antes. ¿De acuerdo?

—De acuerdo.

Su superior empezó a abrir la puerta y se detuvo.

—¿Sigues poniéndote enfermo cada vez que te subes a un avión?

—¿Hay algo de mí que no sepas?

—Creo que no.

—¡No me digas! ¿Cuándo fue la última vez que eché un polvo?

Morganstern simuló escandalizarse por la pregunta.

—Hace mucho, agente. Según parece, atraviesas un período de sequía.

Nick se rió.

—¿De verdad?

—Uno de estos días conocerás a la mujer apropiada... que Dios se apiade de ella.

—No estoy buscando a la mujer apropiada.

Morganstern sonrió paternalmente.

—Y así, ¿sabes?, es como la encontrarás. No estarás buscando, y te cogerá por sorpresa, igual que mi Katie me pilló a mí. Nunca tuve la más mínima opción, y te vaticino que tú tampoco la tendrás. Está ahí fuera, en alguna parte, esperándote.

—Entonces va a tener que esperar una eternidad —contestó Nick—. En nuestro trabajo no hay lugar para el matrimonio.

—Katie y yo lo hemos conseguido durante veinte años.

—Katie es una santa.

—No has contestado mi pregunta, Nick. ¿Sigue pasándote?

—¿El ponerme malo cada vez que subo a un avión? Carajo, sí.

Morganstern se rió entre dientes.

—Entonces, buena suerte en tu viaje a casa.

—¿Sabes, Pete? La mayoría de los psiquiatras intentarían analizar mi fobia, pero a ti te divierte, ¿verdad?

Su jefe volvió a reír.

—Hasta dentro de un mes —repitió mientras salía despreocupadamente del despacho.

Nick recogió sus expedientes, hizo un par de llamadas necesarias a la oficina de Boston y a Frank O'Leary a Quantico, y después lo recogió un agente local para trasladarlo al aeropuerto. Puesto que no había escapatoria a sus vacaciones forzadas, improvisó algunos planes. Estaba realmente decidido a intentar recuperarse y relajarse, tal vez navegando con su hermano mayor, Theo, siempre y cuando lograra arrancarlo de su trabajo durante un par de días; y luego, cruzaría medio país en coche hasta Holy Oaks, Iowa, para ver a su mejor amigo, Tommy, e ir a pescar en serio. Morganstern no había mencionado el ascenso que O'Leary había planteado dos semanas atrás. Nick planeaba sopesar los pros y los contras del nuevo cargo durante las vacaciones; contaba con que Tommy le ayudara a tomar la decisión. Estaba más unido a él que a sus propios hermanos y tenía una fe ciega en su persona. Como siempre, su amigo haría de abogado del diablo, y confiaba en haber tomado una decisión para cuando regresara al trabajo.

Sabía que Tommy estaba preocupado por él. Durante los seis últimos meses le había estado dando la lata para que fuera a verlo. Al igual que Morganstern, Tommy era consciente de la tensión y las pesadillas que entrañaba el trabajo de Nick y también creía que necesitaba distanciarse de él una temporada.

Tommy tenía su propia batalla que librar y, cada tres meses, cuando iba a hacerse las pruebas de control al Centro Médico de Kansas, Nick sentía en la boca del estómago aquellas náuseas que no desaparecían hasta que su amigo le comunicaba las buenas noticias a través del correo electrónico. Hasta el momento, había tenido suerte; el cáncer estaba controlado. Pero seguía allí, merodeando, en espera de volver a atacar. Tommy había aprendido a tratar con su enfermedad; Nick, no. Hubiera dado el brazo derecho por arrancar el dolor y el sufrimiento de su amigo, pero no era así como funcionaba la cosa. Como le había dicho Tommy, aquélla era una guerra que tenía que librar solo, y todo lo que podía hacer él era estar allí cuando lo necesitara.

De repente, Nick se sintió ansioso por volver a ver a su amigo. Incluso era posible que le convenciera de que se quitara el alzacuello por una noche y se emborracharan juntos, como solían hacer cuando compartían habitación en Penn State.

Y por fin conseguiría conocer a la única familia de Tommy, a su hermanita pequeña, Laurant. Tenía ocho años menos que su hermano y se había criado con las monjas, en un internado para señoritas ricas enclavado en las montañas cercanas a Ginebra. Tommy había intentado traerla a Norteamérica varias veces, pero las estipulaciones del fideicomiso y los abogados que controlaban el dinero habían convencido a los jueces de mantenerla secuestrada hasta que tuviera edad para decidir por sí misma. Tommy le había dicho a Nick que la situación no era tan sombría como parecía y que al ajustarse a la literalidad del fideicomiso los abogados estaban protegiendo el patrimonio.

Laurant ya era mayor de edad desde hacía algún tiempo y se había trasladado a Holy Oaks un año atrás para estar cerca de su hermano. Nick no la había visto nunca, pero recordaba las fotos de ella que Tommy había enganchado en el espejo. Su aspecto era el de una golfilla callejera, una chicuela de aspecto desaliñado vestida con un uniforme y una falda plisada negros y una blusa blanca que le colgaba parcialmente de la cintura; uno de los largos calcetines hasta la rodilla había resbalado hasta el tobillo. Tenía las rodillas llenas de costras y un pelo castaño, largo y rizado, que le caía sobre un ojo. Tanto él como Tommy se habían reído al ver la foto. Laurant no tendría más de siete u ocho años en el momento en que se la tomaron, pero en la mente de Nick quedaron grabadas la alegría de la sonrisa y el brillo de la mirada, que sugerían que las permanentes quejas de las monjas sobre ella eran ciertas. Parecía como si tuviera un poco del demonio metido en el cuerpo y una pasión por la vida que, sin duda, algún día acabarían por meterla en problemas.

Sí, unas vacaciones era justo lo que necesitaba, decidió. La clave de todos sus planes radicaba en volver a su lugar de residencia, Boston, y eso significaba que iba a tener que subirse al condenado avión. Nadie odiaba volar tanto como él. De hecho, le daba pánico. En cuanto entró en el aeropuerto de Cincinnati empezaron los sudores fríos, y sabía que cuando llegara el momento de subir al avión su tez estaría de color verde. El 777 iba rumbo a Londres con una breve escala en Boston, donde, a Dios gracias, se bajaría y se dirigiría a su casa de la ciudad, en Beacon Hill. Se la había comprado a su tío hacía tres años, pero todavía no había desembalado la mayoría de las cajas de cartón que los de las mudanzas habían dejado en el centro del salón ni había conectado el sistema de audio de alta tecnología que su hermano pequeño, Zachary, había insistido en escoger por él.

Mientras se dirigía al mostrador de facturación sintió que se le encogía el estómago. Sabía lo que había que hacer. Se presentó al oficial de seguridad, a quien le entregó las credenciales y su autorización. El remilgado sujeto, un hombre de mediana edad llamado Johnson, se mordió nerviosamente el labio superior, fino como un lápiz, mientras el ordenador le proporcionaba el nombre y el código de identificación de Nick. Luego, lo escoltó alrededor del detector de metales por el que tendrían que pasar los demás pasajeros, le entregó la tarjeta de embarque y le despidió con la mano mientras Nick avanzaba por la rampa.

El capitán James T. Sorensky le estaba esperando en la cocina del avión. Nick había volado con el capitán al menos seis veces durante los últimos tres años y sabía que el hombre era un piloto excelente y concienzudo en su trabajo; Nick había echado un vistazo al historial del capitán sólo para asegurarse de que no hubiera nada sospechoso en su pasado que sugiriera la posibilidad de una crisis nerviosa en pleno vuelo. Sabía incluso la marca preferida de dentífrico del hombre, pero ninguno de esos conocimientos conseguía aplacar su nerviosismo. Sorensky se había licenciado en la Academia de las Fuerzas Aéreas con el número uno de su promoción y había trabajado para Delta durante dieciocho años. Su expediente era intachable, pero eso tampoco importaba. Nick odiaba todo lo relacionado con volar. Sabía que todo se reducía a una cuestión de confianza, y aunque Sorensky no fuera un completo extraño —a esas alturas ya se tuteaban—, a Nick le seguía disgustando verse obligado a confiar en él para que mantuviera en el aire casi ciento cincuenta y nueve toneladas de acero.

Con el pelo de puntas canosas cortado de manera exquisita, y el perfecto planchado del uniforme azul marino, con las rayas de los pantalones impecables, el alto y magro Sorensky podía haber servido de modelo para el cartel anunciador de una compañía aérea. No es que Nick estuviera gordo en absoluto, pero a su lado se sentía voluminoso como alce americano macho. El capitán irradiaba seguridad en sí mismo. También era muy estricto con sus propias normas, algo que Nick valoraba. Aunque tenía la autorización del gobierno y el visto bueno de la autoridad aeronáutica federal para llevar cargada la Sig Sauer en el avión, sabía que a Sorensky le ponía nervioso la circunstancia... y eso era lo último que deseaba o necesitaba Nick, así que ya había descargado su arma por adelantado. Cuando el capitán le dio la bienvenida, le dejó caer el cargador en la mano.

—Me alegro de volver a verte, Nick.

—¿Cómo te sientes hoy, Jim?

Sorenski sonrió.

—¿Sigue preocupándote que tenga un ataque al corazón en pleno vuelo?

Nick se encogió de hombros para disimular su azoramiento.

—La idea se me ha pasado por la cabeza —dijo—. Podría ocurrir.

—Sí, podría, pero no soy el único a bordo que puede pilotar este avión.

—Ya lo sé.

—Pero no te hace sentir mejor, ¿verdad?

—No.

—Pues con lo mucho que vuelas, ya deberías estar acostumbrado.

—Debería, pero no lo estoy.

—¿Sabe tu jefe que te pones malo cada vez que subes a un avión?

—Y que lo digas —contestó Nick—. Es un sádico.

Sorensky se rió.

—Hoy tendrás un viaje realmente cómodo —le prometió—. No vienes con nosotros a Londres, ¿no?

—¿Sobrevolar el océano? Eso no ocurrirá jamás. —La sola idea hizo que se le revolvieran las tripas—. Voy a casa.

—¿Has estado alguna vez en Europa?

—No, todavía no. Iré cuando pueda llegar en coche.

El capitán echó un vistazo al cargador que sostenía en la palma de la mano.

—Gracias por dejar que guarde esto. Sabes que no tengo derecho a pedirte que me lo des.

—Pero te pone nervioso tener un arma cargada a bordo, y no quiero un piloto nervioso a los mandos de este avión.

Nick intentó pasar junto a Sorensky para poder ir a su asiento, pero el capitán tenía ganas de charlar.

—A propósito, hace alrededor de un mes leí en el periódico un estupendo reportaje sobre cómo salvaste la vida de aquel pobre niño. Leí con mucho interés todo lo relacionado con tu biografía y lo de tu gran amistad con ese sacerdote... y cómo acabasteis escogiendo caminos diferentes. Ahora tú llevas una placa y él una cruz. Y lo de la salvación de aquel niño hizo que me sintiera orgulloso de conocerte.

—Hacía mi trabajo.

—El reportaje hablaba de la unidad en la que trabajas. ¿Cómo os llamaba? —Antes de que Nick pudiera responder, el capitán se acordó—. Ah, sí, los Apóstoles.

—Sigo sin saber cómo consiguieron esa información. Creía que fuera del departamento nadie conocía el apodo.

—Sin embargo, es de lo más acertado. Salvaste la vida del chiquillo.

—Tuvimos suerte.

—El periodista decía que no permitiste que te entrevistaran.

—Éste no es un trabajo para recibir honores. Hice lo que tenía que hacer, eso es todo.

La humildad del agente impresionó al capitán. Asintió y dijo:

—Hiciste algo magnífico. El niño ya está de nuevo con sus padres, y eso es lo que cuenta.

—Ya te lo he dicho, tuvimos suerte.

Sorensky se dio cuenta de que Nick se sentía incómodo con sus cumplidos y cambió de tema.

—A bordo hay un policía judicial, un tal Downing. Tuvo que darme su arma. —Sonrió abiertamente y añadió—: ¿Por casualidad no lo conocerás?

—No me suena el nombre. ¿No llevará un detenido, verdad?

—Sí, sí que lo lleva.

—¿Y qué está haciendo en un vuelo comercial? Ellos tienen sus propios transportes.

—Según Downing se trata de una situación inusitada. Lleva de vuelta a Boston a un prisionero para que sea juzgado, y tiene prisa —explicó—. Me dijo que pillaron al chico vendiendo drogas y que es un caso clarísimo. Se supone que el detenido no es violento. Downing cree que sus abogados llegarán a un acuerdo con el fiscal antes de que el juez tenga tiempo de levantar el mazo. Como tú, han embarcado con antelación. El policía judicial es de Texas; se le nota en el acento, y parece un tipo realmente simpático. Deberías presentarte.

Nick asintió.

—¿Dónde están? —preguntó echando un rápido vistazo a la cabina principal del gigantesco avión.

—Desde aquí no puedes verlos. Están a la izquierda, en la última fila. Downing lleva al chico esposado de pies y manos. Te lo aseguro, el detenido no será mucho mayor que mi hijo Andy, que sólo tiene catorce años. Es una verdadera lástima que alguien tan joven vaya a pasar el resto de su vida en prisión.

—Los delincuentes son cada vez más jóvenes y hacen más tonterías —comentó Nick—. Gracias por decírmelo. Iré a saludarlo. ¿Va lleno el avión?

—No —respondió Sorensky mientras se guardaba el cargador en el bolsillo del pantalón—. Iremos con medio pasaje hasta Logan. Allí se llenará.

Tras insistir en que si deseaba algo se lo hiciera saber, Sorensky volvió a entrar en la cabina del piloto, donde un hombre con uniforme azul marino y la identificación del personal de tierra de la compañía aérea estaba esperando con una tablilla con sujetapapeles llena de hojas onduladas. Siguió al capitán hasta el interior de la cabina y cerró la puerta tras de sí. Nick colocó la bolsa del traje en el compartimiento superior y dejó caer su vieja y ajada cartera de piel en su plaza; luego, cruzó al lado izquierdo del avión y empezó a recorrer el pasillo hacia donde estaba sentado el policía judicial. Cambio de opinión a mitad de camino; los demás pasajeros ya estaban subiendo al avión, por lo que decidió esperar a que estuvieran en el aire para ir a conocer a Downing. Antes de darse la vuelta, lo examinó con detenimiento, y también al prisionero. Downing tenía estirada una pierna en el pasillo, y Nick pudo ver los elaborados arabescos de sus botas de vaquero. Alto y nervudo, con el poblado bigote castaño y el chaleco negro de piel, el policía judicial estaba hecho todo un vaquero. No pudo ver el cinturón, pero habría apostado el sueldo de un mes a que lucía una enorme hebilla plateada.

El capitán Sorensky había dado en el clavo en su valoración del detenido. A primera vista parecía un chiquillo, pero en él había una dureza que Nick ya había visto incontables veces en el pasado. Ése no era nuevo en la calle y lo más probable era que se hubiera deshecho de su conciencia hacía tiempo. Sí, cada vez eran más jóvenes y más tontos, pensó Nick. El detenido en cuestión estaba aquejado de un lamentable criterio y unos genes espantosos. Tenía la cara marcada por el acné y los ojos, fríos como el mármol, estaban tan juntos que parecía bizco. Alguien le había hecho un buen trabajo en el pelo con el hacha, sin duda a propósito. Tenía la cabeza llena de puntas enhiestas que le conferían un cierto parecido con la Estatua de la Libertad, aunque, bueno, lo más probable es que le gustara tener ese aspecto. ¿Qué importaba la clase de peinado *punk* que luciera? A donde se dirigía, iba a encontrar un montón de amigos que harían cola para tener una oportunidad de acostarse con él.

33

Nick volvió a la parte delantera del avión y se acomodó en el asiento. Ese día viajaba en primera y aunque el asiento era más amplio le siguió pareciendo estrecho. Tenía las piernas demasiado largas para poder estirarlas del todo. Tras meter la cartera debajo del asiento de delante, se abrochó el cinturón y entornó los ojos. Habría sido estupendo ponerse cómodo, pero eso era impensable, porque sabía que si se quitaba la chaqueta la visión de la pistola enfundada asustaría a los demás pasajeros. No sabrían que no estaba cargada, y Nick no estaba de humor para tranquilizar a nadie. Demonios, a esas alturas ya estaba al borde del ataque de pánico y sabía que seguiría así hasta que el avión hubiera despegado. Después estaría más o menos bien, hasta que empezaran a descender para aterrizar en el aeropuerto de Logan. En ese momento, la ansiedad volvería a empezar. En su actual estado neurótico y claustrofóbico, pensó que era una condenada ironía que O'Leary quisiera que pasara a formar parte del equipo de gestión de crisis.

Cuestión de voluntad, se dijo y, aterrorizado o no, estaba decidido a ponerse al día con su papeleo mientras estuvieran en el aire. Lo había comprobado y sabía que nadie se iba a sentar en el asiento de la ventana. Aunque implicara mover a otro pasajero, siempre escogía el pasillo para poder ver la cara de todos y cada uno de los que iban a bordo del avión. Una vez despegaran, podría extender los expedientes mientras descifraba sus notas e introducía la información en el ordenador portátil.

Diablos, ojalá no fuera tan fanático del control. Morganstern le había dicho que le había enseñado algunas técnicas de relajación mientras estaba de retiro espiritual con el resto de los miembros del equipo durante el aislado período de entrenamiento, pero Nick no recordaba absolutamente nada de lo ocurrido durante aquellas dos semanas, y sabía que los demás tampoco. Todos habían aceptado las condiciones de Pete. Tras hacerlos sentar, les había explicado qué era lo que quería hacer, pero no cómo, y les había pedido que confiaran en él. Nick lo había pasado fatal para decidirse, porque aquello significaba que tendría que renunciar a su control. Al final, aceptó. Pete les había advertido que no recordarían nada, y así había sido.

A veces un olor o un sonido activaban un recuerdo sobre el retiro y reaccionaba poniéndose tenso, pero con tanta brusquedad como había entrado en su mente, se desvanecía. Sabía que había estado en un bosque en alguna parte de Estados Unidos; tenía cicatrices que lo demostraban, una en forma de cuarto creciente en el hombro izquierdo y otra más pequeña justo encima del ojo derecho. Había dejado el retiro lleno de cortes y rasguños en las manos y las piernas, y sólo Dios sabía cuántas picaduras de mosquitos daban fe de que había estado dando tumbos en plena naturaleza. ¿Tenían cicatrices los otros apóstoles? No lo sabía, y al parecer nunca podía retener la pregunta en la memoria el tiempo suficiente para hacerla.

En una ocasión, durante una reunión privada, Pete había sacado a colación el tema del retiro y Nick le había preguntado si le habían lavado el cerebro. Su jefe se estremeció ante la expresión.

—Dios mío, no —había dicho—. Sólo pretendía enseñaros a sacarle el máximo provecho a lo que Dios os dio.

En otras palabras, los juegos mentales de Pete les enseñaban a aguzar sus ya de por sí agudos instintos, a concentrarse o, como dice el eslogan del ejército, a ser todo lo que podían ser.

El avión se estaba moviendo. Rodó hasta el extremo de la pista de despegue y se detuvo. Nick supuso que estaban esperando su turno para ponerse a la cola con los otros aviones para despegar —Cincinnati era un centro nacional y siempre estaba saturado de tráfico—, pero quince minutos después no habían avanzando ni un centímetro. Cuando se inclinó sobre el asiento vacío y miró a través de la ventanilla, tuvo la fugaz visión de dos aviones que rodaban a toda velocidad en sentidos opuestos.

Una joven rubia le sonrió desde el otro lado del pasillo e intentó entablar conversación, preguntándole si volar le ponía nervioso. Los nudillos blancos al aferrarse a los brazos del asiento debían de haberlo delatado. Asintió con la cabeza y, a fin de disuadirla de cualquier otro intento de palique, se volvió para mirar de nuevo por la ventanilla. La chica no estaba mal, y la falda y el top ceñidos que vestía no dejaban lugar a dudas acerca de la belleza de su cuerpo, pero a Nick no le apetecía hablar de trivialidades y, desde luego, no estaba de humor para ligar. Debía de estar más cansado de lo que pensaba. Cada vez se parecía más a Theo; a esas alturas, a su hermano no le apetecía nada que no fuera trabajar.

Al mismo tiempo que el capitán Sorensky dejaba oír su voz por los altavoces, Nick localizó un camión de bomberos y dos coches de policía que se acercaban a toda velocidad al avión. La voz del capitán era cálida y transmitía confianza.

«Señoras y señores, nuestro turno para el despegue sufrirá un ligero retraso. No tardaremos en despegar, así que pónganse cómodos, relájense y disfruten del viaje.»

Apenas habían salido sus palabras de los altavoces, cuando la puerta de la cabina del piloto se abrió, y Sorenski, rezumando seguridad en su sonrisa, salió a la cocina del avión. Con la mirada fija en Nick dudó justo un segundo, tras lo cual empezó a andar por el pasillo. El pálido empleado de la compañía le seguía pisándole los talones; iba tan pegado que parecía que colgara de la espalda del capitán.

Nick se desabrochó lentamente el cinturón de seguridad.

—Capitán, ¿no debería estar pilotando este avión? —le preguntó la rubia de las piernas bonitas con una sonrisa.

Sorensky respondió a la mujer sin mirarla.

—Sólo quiero comprobar algo en la parte de cola.

El capitán llevaba apretados los puños a los costados, pero cuando pasó junto a Nick, su mano derecha se abrió y dejó caer el cargador del arma en su regazo.

Con un movimiento fluido, Nick saltó del asiento, agarró el brazo del joven tripulante y se lo inmovilizó contra el dorso del reposacabezas que tenía detrás. El elemento sorpresa jugó a su favor; el hombre ni siquiera tuvo tiempo de pestañear antes de que la pistola le fuera arrebatada de la mano y se encontrara boca abajo contra el suelo con el pie de Nick presionándole el cuello. El cargador estaba de nuevo en la Sig Sauer, y el brillante cañón del arma apuntó al hombre antes de que el capitán tuviera tiempo de girarse del todo.

Todo sucedió tan deprisa que los demás pasajeros estaban demasiado atónitos para gritar. Sorensky levantó las manos y gritó:

—Amigos, todo va bien. —Se volvió hacia Nick y dijo—: Tío, te mueves deprisa.

—Tengo alguna práctica —contestó Nick mientras volvía a meterse el arma en la pistolera; acto seguido, se arrodilló y empezó a registrar los bolsillos del hombre.

—Me ha dicho que era el primo del detenido y que le iba a sacar de este avión.

—No te rompiste la cabeza planeándolo, ¿verdad? —Sacó de un tirón la cartera del hombre y leyó el nombre que había en el permiso de conducir de Kentucky—. William Robert Hendricks. —Con un ligero empellón, le preguntó—: ¿Tus amigos te llaman Billy Bob?

En respuesta, Billy Bob empezó a retorcerse como un pez fuera del agua y a gritar a voz en cuello que quería un abogado. Nick no le hizo caso y le pidió al capitán que fuera a ver si al policía judicial Downing le sobraban por casualidad un par de esposas que le pudiera prestar.

Disipada la conmoción inicial, los pasajeros empezaron a reaccionar. De la multitud surgió un murmullo que, como una bola de nieve, fue creciendo a medida que recorría el pasillo. Consciente de que el pánico se estaba extendiendo, el capitán Sorenski tomó el mando. Con una voz tan suave como el buen whisky, gritó:

—Calma, calma. Ya ha pasado todo. Siéntense y relájense. Tan pronto como este agente de la ley se haga cargo de este pequeño problema emprenderemos el viaje. Nadie ha resultado herido.

Acto seguido, le pidió a uno de los auxiliares que hiciera el favor de ir a buscar a Downing a la última fila.

El policía judicial, llevando al detenido a remolque, avanzó con aire tranquilo por el pasillo y entregó a Nick un juego de esposas. Una vez que éste hubo ligado las manos del primo a la espalda, lo levantó en vilo. Se dio cuenta de que el policía judicial Downing sacudía la cabeza y tenía el entrecejo arrugado.

—¿Cuál es el problema? —preguntó.

—Sabes lo que significa esto, ¿no? —rezongó Downing con lento deje tejano.

—¿Qué significa? —preguntó el capitán Sorensky.

—Más maldito papeleo.

Después de pasar por su oficina de Boston para dejar un par de carpetas, atar algunos cabos sueltos y recibir unas cuantas bromas sobre la posibilidad de que hubiera abortado el secuestro sólo para retrasar el vuelo —todos los del departamento pensaban que su miedo a volar era hilarante—, Nick se dirigió a su hogar. El tráfico era un coñazo, pero siempre lo era. Estuvo tentado de dirigir su Porsche del ochenta y cuatro hacia la carretera y comprobar cómo se comportaba el motor reacondicionado, pero decidió no hacerlo. Estaba demasiado cansado. En cambio, condujo por las familiares calles laterales. El coche respondía como la seda. Qué le importaba a él si sus hermanas, Jordan y Sydney, lo habían apodado *Compensación*, pues les parecía evidente que un hombre que conducía un coche deportivo tan excitante sólo estaba compensando sus carencias afectivas.

Entró en el garaje del sótano de su casa de ladrillo, pulsó el control remoto para cerrar la puerta y sintió cómo todo su cuerpo empezaba a relajarse. Por fin estaba en casa. Subió la escalera hasta la planta principal, dejó la bolsa de viaje Hartmann en el pasillo trasero, por la parte de afuera de la puerta del lavadero —su ama de llaves, Rosie, lo tenía bien enseñado—, y antes de llegar a la recién remodelada cocina ya se había quitado la americana y la corbata. Dejó la cartera y las gafas de sol en la lustrosa isla de granito marrón, cogió una cerveza del frigorífico Sub-Zero —que siempre hacía un extraño ruido de succión cada vez que se cerraba la puerta— y se dirigió a su santuario, esquivando en el camino la pirámide de cajas sin desembalar que Rosie había apilado en el centro del salón, y sobre las que había pegado diversas notas adhesivas hostiles.

La biblioteca era su pieza favorita de la casa y la única que se había tomado la molestia de amueblar desde que vivía allí. Estaba situada en la parte posterior de la primera planta. Cuando abrió la puerta, el aroma a cera al limón para muebles, a piel y a libros viejos y mohosos flotó sobre él; era agradable. Pese a ser grande y espaciosa, la habitación resultaba cálida y acogedora en las duras noches de invierno, cuando la ventisca rugía más allá de las ventanas y el fuego ardía en el hogar. Las paredes estaban forradas de madera de nogal oscura que se elevaba casi cuatro metros hasta alcanzar las recargadas molduras dieciochescas que festoneaban el techo. Las estanterías que cubrían dos de las cuatro paredes estaban ligeramente combadas a causa del peso de los voluminosos libros. Una escalera móvil, que avanzaba y retrocedía por una barra de bronce a lo largo de la librería, facilitaba el acceso a los libros de las estanterías superiores. El escritorio de caoba, regalo de su tío, estaba situado frente a la chimenea, cuya repisa su madre y hermanas habían atestado de fotos después de que se hubiera ido a vivir allí. En línea recta, bajo un arco Palladian, se abrían unas puertas correderas dobles. Cuando descorrió las cortinas y abrió las puertas al jardín tapiado con la vieja fuente de serafines y el patio adoquinado que sólo Dios sabía cuándo había sido construido, la luz del sol y el aroma de las flores inundaron la biblioteca. En primavera, las primeras en dominar eran las lilas, más tarde, la madreselva, pero en ese momento lo que imperaba era el profundo olor del heliotropo.

Allí de pie, contempló su apacible refugio durante varios minutos, hasta que empezó a sentir calor y oyó cómo se encendía el aire acondicionado central. Cerró las puertas, bostezó ruidosamente y le dio un buen trago a la cerveza. Entonces, se quitó la pistola, le extrajo el cargador y la colocó en la caja de seguridad de la pared. Tras sentarse al escritorio en la mullida silla giratoria, se remangó las mangas de la camisa y encendió el ordenador. La tensión que sentía en los hombros empezaba a aliviarse, aunque soltó un sonoro gruñido cuando vio la cantidad de correos electrónicos que le estaban esperando; también había registrados veintiocho mensajes en el contestador automático. Suspiró, se quitó los zapatos con sendos puntapiés, se retrepó en la silla y empezó a recorrer la lista de correos mientras escuchaba los mensajes del contestador.

Cinco de los mensajes eran de su hermano Zachary, el pequeño de la familia, que quería desesperadamente que le prestara el Porsche para el fin de semana del Cuatro de Julio y le prometía con vehemencia que lo cuidaría. El séptimo mensaje era de su madre, que le pedía con idéntica vehemencia que no le prestara el Porsche a Zachary bajo ninguna circunstancia. La lumbrera de su hermana Jordan también le había llamado para decirle que sus acciones habían alcanzado un máximo de ciento cincuenta dólares por acción, lo cual implicaba que Nick ya podía jubilarse y darse la gran vida a la que siempre había sido tan aficionado. Al pensarlo, sonrió. A su padre, con su ética del trabajo y todo eso, le habría dado un ataque al corazón si alguno de sus hijos le hubiera salido improductivo. Según el juez, su objetivo en la vida debía ser construir un mundo un poco mejor. Algunos días, Nick tenía el convencimiento de que iba a morir en el intento.

El vigésimo cuarto mensaje lo pilló desprevenido.

«Nick, soy yo, Tommy. Estoy en apuros, Cutter. Hoy es sábado, y aquí son las cinco y media. Llámame en cuanto oigas el mensaje. Estoy en Kansas City, en la rectoría de Nuestra Señora de la Misericordia. Ya sabes dónde está. También voy a llamar a Morganstern; tal vez sepa dónde localizarte. Ahora está aquí la policía, pero no saben qué hacer, y nadie puede encontrar a Laurant. Mira, sé que estoy divagando. Llámame, no importa la hora.»

3

Alguien había matado a *Daddy*, y Bessie Jean Vanderman estaba dispuesta a descubrir al culpable. Todos decían que había sido la edad y no el veneno que le habían dado, pero Bessie Jean sabía la verdad. *Daddy* estaba tan bien como se puede estar hasta que se levantó y cayó redondo. Seguro que había sido envenenado, y ella iba a demostrarlo.

De una manera u otra, conseguiría que se hiciera justicia. Descubrir al criminal y hacer que lo detuvieran era una deuda que tenía con *Daddy*. En algún sitio debía de haber pruebas, tal vez incluso en su propio jardín delantero, donde, en los días soleados, mantenía atado a *Daddy* para que tomara el fresco. Si había alguna prueba allí, como se llamaba Bessie Jean que la encontraría. La responsabilidad de la investigación recaía sobre ella y sólo sobre ella. Al enterarse de la noticia, Hermana había interrumpido sus vacaciones en Des Moines y había hecho que su primo la llevara a casa. Estaba intentando ayudar, pero no era de mucha utilidad, al menos no con su mala vista y aquel orgullo que le impedía ponerse las bifocales con montura de carey. Bessie Jean se arrepintió en ese momento de haberle dicho alguna vez que tenía los ojos saltones. Estaba segura de que nadie más la iba a ayudar a buscar pruebas de la muerte violenta, porque a nadie más le importaba un rábano, ni siquiera a ese maldito jefe de policía, Lloyd MacGovern. Nunca le había gustado *Daddy*, sobre todo desde que se le había escapado y le había mordido su gordo culo al jefe. Pero, aun así, uno habría pensado que el jefe Lloyd habría tenido la decencia de pasarse por su casa y darles el pésame por la muerte de *Daddy*, sobre todo teniendo en cuenta que ella y Hermana estaban a una manzana escasa de la plaza del pueblo, y por tanto, de la comisaría. Debería darle vergüenza, le había dicho Bessie Jean a Hermana. Con independencia de que le gustara *Daddy* o no, tenía que cumplir con su deber y averiguar quién lo había asesinado.

No todo el mundo en Holy Oaks era insensible, le recordó Hermana. Otros habitantes del valle se estaban mostrando atentos y comprensivos. Sabían lo mucho que *Daddy* significaba para Bessie Jean. La vecina de al lado, la que tenía tantas ínfulas y aquel extravagante nombre francés, Laurant, había resultado ser la más amable y sensible de todos. Vaya, ¿qué habrían hecho si, al oír los lamentos de Bessie Jean, no hubiera acudido a todo correr para ayudar? Bessie Jean estaba arrodillada sobre el cadáver del pobre *Daddy*, y Laurant, después de ayudarla a levantarse, la había metido en el coche junto con Hermana; luego, había regresado corriendo hasta *Daddy* y, tras desencadenarlo y levantarlo en brazos, lo había puesto en la camioneta. Para entonces, *Daddy* ya estaba tan tieso y frío como una piedra, pese a lo cual Laurant había conducido a toda velocidad hasta la consulta del doctor Basham, y había llevado a *Daddy* adentro lo más deprisa posible con la esperanza de que el médico fuera capaz de obrar un milagro.

Puesto que aquel oscuro día no se concedían milagros, el médico había puesto a *Daddy* en el congelador en espera de hacer la autopsia en la que insistía Bessie Jean. Luego, Laurant las había llevado a la consulta del doctor Sweeney para que les tomara la tensión, puesto que Bessie seguía terriblemente consternada y Hermana se sentía mareada.

Después de todo, resultó que Laurant no tenía tantas ínfulas. A lo largo de sus ochenta y dos años, Bessie Jean no se había caracterizado jamás por ser de los que cambian de idea, pero en esta ocasión eso fue exactamente lo que hizo. En cuanto se le pasaron la impresión e histeria iniciales por la pérdida de *Daddy*, se dio cuenta del buen corazón de Laurant. Seguía siendo una forastera, por supuesto. Había llegado a Holy Oaks procedente de aquella ciudad de pecado y libertinaje que era Chicago, pero no pasaba nada. La ciudad no la había contaminado y seguía siendo una buena chica. Las monjas de aquel internado de campanillas de Suiza le habían inculcado unos sólidos valores. Bessie Jean, tan rígida e inflexible en sus cosas como le gustaba creer que era, decidió que podía soportar tener a uno o dos forasteros como amigos. Seguro que podía.

Hermana le sugirió que suspendieran el luto por la muerte de *Daddy* el tiempo suficiente para hacerle a Laurant una tarta de manzana —era lo que exigían las normas de buena vecindad—, pero Bessie Jean la reprendió por tener tan poca memoria y olvidar que las gemelas Winston se habían quedado al cuidado de la tienda de Laurant mientras ésta iba a Kansas City. Les había dicho que quería sorprender a su hermano, aquel apuesto sacerdote con una mata de pelo preciosa por quien no paraban de babear las jovencitas universitarias de Holy Oaks. Tendrían que esperar al lunes para hacer la tarta, puesto que aquél era el día en que Laurant tenía previsto regresar a casa.

Las dos hermanas decidieron que Laurant ya no era una intrusa y, en consecuencia, sintieron que era asunto suyo meterse en la vida de la joven siempre que pudieran y preocuparse por ella, igual que si se hubieran casado y tuvieran hijas. Bessie Jean esperaba que Laurant se acordara de cerrar las puertas del coche. Era joven y, a su juicio, eso equivalía a ingenua, mientras que ellas dos eran más viejas y más prudentes y estaban bien al tanto de las lamentables costumbres del mundo. De acuerdo, jamás ninguna de las dos se había alejado de Holy Oaks más allá de Des Moines, adonde iban a visitar a sus primos, Ida y James Perkins, pero eso no significaba que no supieran todas las cosas horribles que sucedían en esos tiempos. No eran unas ignorantes. Leían los periódicos y sabían que allí fuera había asesinos en serie que esperaban en las áreas de servicio para hacer presa de las jovencitas bonitas que fueran lo bastante imprudentes como para detenerse o a quienes una desventurada avería en el coche ponía en peligro. Con lo preciosa que era Laurant, seguro que atraería la atención de cualquier hombre. Vaya, bastaba con observar a todos esos chicos del instituto que merodeaban por los alrededores de la tienda, incluso antes de que abriera, con la esperanza de que Laurant saliera a charlar con ellos. Sin embargo, le recordó Bessie Jean a Hermana, Laurant era tan lista como bonita.

Tras decidir no volver a inquietarse por Laurant, Bessie Jean se sentó a la mesa del salón y abrió el estuche de correspondencia que madre le había regalado cuando era joven. Sacó una hoja rosa con olor a rosas que tenía grabadas sus iniciales y alargó la mano para coger la pluma. Ya que el jefe Lloyd no iba a hacer nada respecto a la muerte de *Daddy*, Bessie Jean iba a ocuparse del asunto. Ya había escrito al FBI pidiendo que enviaran a un hombre a Holy Oaks para investigar, pero la carta debía de haberse perdido en el servicio de correos, porque ocho días después todavía no había recibido contestación. Escribiría de nuevo: esta vez iba a dirigir la petición al mismísimo director y, por caro que le saliera, se gastaría algún dinero de más en enviarla por correo certificado para que no se perdiera.

Hermana estaba ocupada limpiando la casa; al fin y al cabo esperaban visitas: cualquier día de esos, el FBI llamaría a la puerta.

4

La espera la estaba poniendo histérica. Cuando se trataba de la salud de su hermano, a Laurant le resultaba imposible ser paciente, y sentarse junto al teléfono a esperar que la llamara con los resultados de los análisis de sangre exigía más resistencia de la que tenía. Tommy siempre la llamaba el viernes por la noche entre las siete y las nueve, pero esta vez no la había llamado, y la preocupación no hizo más que crecer con la espera.

Para el sábado por la tarde ya se había convencido de que las noticias no eran buenas, y cuando tras dar las seis Tommy siguió sin llamar, se metió en el coche y se fue. Sabía que su hermano se enfadaría con ella por seguirlo a Kansas City, pero mientras se dirigía a Des Moines se le ocurrió una buena mentira que contarle. Le recordaría que, dada su formación en historia del arte, la tentación de ir a ver la exposición temporal de Degas en el museo Nelson Atkins de Kansas City resultaba sencillamente irresistible. Había salido una reseña de la exposición en la *Holy Oaks Gazette*, y sabía que Tommy la había leído. De acuerdo, ya había visto la exposición en Chicago, varias veces de hecho, cuando estaba trabajando allí en la galería de arte, pero a lo mejor Tommy no se acordaba. Además, no había ninguna ley que impidiera ver más de una vez las maravillosas bailarinas de Degas, ¿verdad? Pues claro que no.

No podía decirle la verdad a Tommy, aun cuando los dos sabían de qué se trataba, de que cada vez que él iba a hacerse las pruebas trimestrales al centro médico, el pánico la consumía. Le aterraba pensar que en esa ocasión los resultados no fueran a ser buenos y que el cáncer, al igual que un oso que hibernara, se volviera a despertar. ¡Por todos los demonios!, Tommy siempre recibía los resultados de los análisis de sangre previos los viernes por la noche. ¿Por qué no la había llamado? La incertidumbre le estaba destrozando los nervios. Se sentía tan asustada que vomitó. Antes de marcharse de Holy Oaks, había llamado a la rectoría y había hablado con monseñor McKindry sin que le importara comportarse como una madraza neurótica. Monseñor tenía una voz dulce y amable, pero las noticias no habían sido buenas. Tommy, le explicó, había regresado del hospital; y no, le dijo, a los doctores no les habían gustado los análisis previos. Laurant sabía lo que significaba aquello: su hermano iba a tener que padecer otra brutal serie de sesiones de quimioterapia.

En esta ocasión, no iba a dejar que pasara por aquel trance sin tener a la familia a su lado. Familia... él era la única familia que tenía. Después de la muerte de sus padres, ella y su hermano, a la sazón unos niños, se habían visto obligados a crecer en lados opuestos del océano. Se habían perdido tanto a lo largo de los años... Pero las cosas eran distintas en ese momento; eran adultos, capaces de hacer sus propias elecciones, y eso significaba que podían estar uno al lado del otro cuando las cosas vinieran mal dadas.

La luz del alternador se encendió nada más salir del pueblo de Haverton. La estación de servicio estaba cerrada, y acabó pasando la noche en un modesto motel cercano. Antes de partir a la mañana siguiente, pasó por la oficina del motel para hacerse con un mapa de Kansas City. El recepcionista le indicó cómo podía llegar al Fairmont, que, según le informó, estaba cerca del museo de arte.

Sin embargo, se perdió. Se confundió de salida de la I-435 y acabó demasiado al sur de la carretera que circunvalaba el descontrolado crecimiento de la ciudad. Agarró el empapado mapa sobre el que había derramado una Diet Coke sin querer, y se detuvo en una estación de servicio a preguntar.

Una vez se orientó, no le resultó nada difícil llegar al hotel. Siguió la calle señalada como State Line y se dirigió hacia el norte.

Tommy le había dicho que Kansas City era una ciudad bonita y limpia, pero su descripción no le hacía justicia. La verdad es que era encantadora. Las calles estaban flanqueadas por unas bien cuidadas extensiones de césped y casas antiguas de dos plantas llenas de flores. De acuerdo con las indicaciones del empleado de la gasolinera, tomó Ward Parkway, la calle que, según le había asegurado, la llevaría directamente hasta la entrada principal del Fairmont. El bulevar estaba dividido por unas anchas medianas con césped, y por dos veces pasó junto a varios grupos de adolescentes que jugaban allí al fútbol y al rugby, indiferentes al calor opresivo y a la humedad agobiante.

La calle descendía en una ligera pendiente, y cuando empezaba a temer que se había pasado de largo, justo en línea recta divisó un grupo de bonitas tiendas de estilo español. Dio por sentado que aquella era la zona que el conserje del motel había llamado Country Club Plaza y se sintió aliviada. Avanzó dos manzanas más y, allí mismo, a la derecha, apareció el Fairmont.

Todavía faltaba bastante para el mediodía, pero el recepcionista del hotel, compadecido de su estado de agotamiento, la dejó inscribirse en la habitación antes de tiempo. Al cabo de una hora volvía a sentirse un ser humano. Aquella mañana había estado conduciendo desde muy temprano, pero una prolongada ducha fría la revitalizó. Aun cuando sabía que a Tommy no le importaría si aparecía en la rectoría con vaqueros o pantalones cortos, se había llevado ropa *de iglesia*. Era domingo, y lo más probable era que llegara cuando estuviera a punto de acabar la misa de doce. No quería ofender a monseñor McKindry, que, según Tommy, era conservador en extremo. Le había dicho en broma que el párroco seguiría diciendo la misa en latín si pudiera.

Se puso un vestido de lino sin mangas y con cuello alto mandarín color rosa pálido que le llegaba hasta los tobillos. La falda tenía una raja en el lado izquierdo, pero confió en que monseñor no la encontrara demasiado atrevida. Aún llevaba el largo pelo empapado en la nuca, pero no quiso dedicarle más tiempo y, tras abrocharse las exquisitas cintas de las sandalias, cogió el monedero y las gafas de sol y bajó de nuevo a la calle.

Al salir, sintió el calor en la cara como una bofetada y tardó unos segundos en recobrar el aliento. El pobre portero, un anciano de pelo entrecano, parecía correr el peligro de derretirse en cualquier momento, enfundado como iba en un pesado uniforme gris. Tan pronto como el mozo del hotel apareció en la rotonda con su coche, el portero se adelantó con una sonrisa para abrirle la puerta. Pero la sonrisa se desvaneció cuando Laurant le consultó las indicaciones para llegar a la iglesia de Nuestra Señora de la Misericordia.

—Señorita, hay otras iglesias que están más cerca del hotel —le informó—. Vaya, hay una justo a un par de manzanas de Main Street que se llama de la Visitación. Si no hiciera tanto calor, incluso podría ir andando. Es una iglesia antigua muy bonita y está en un barrio seguro.

—Tengo que ir a Nuestra Señora de la Misericordia —le explicó Laurant.

Se dio cuenta de que el anciano estaba dispuesto a discutir con ella, pero contuvo la lengua. En el momento de entrar en el coche, el portero se inclinó hacia ella y le sugirió que cerrara las puertas y no se detuviera bajo ningún concepto hasta que llegara al aparcamiento de la iglesia.

Al cabo de media hora entró con el coche en una deprimente zona en decadencia. Las calles estaban flanqueadas por edificios abandonados con los cristales de las ventanas rotos y las entradas cegadas con tablones. Laurant pasó por un solar vacío vallado que algunos residentes utilizaban de basurero; incluso con las ventanillas subidas y el aire acondicionado a toda pastilla, le llegó el hedor a carne podrida. En la esquina de la manzana, cuatro niñitas endomingadas de unos seis o siete años saltaban a la comba al tiempo que cantaban una melopea sin sentido, riéndose como tontas y alborotando como hacen las niñas, ajenas a la destrucción que las rodeaba. Su inocencia y belleza desentonaban en medio de tanta decadencia. Las niñas hicieron que se acordara de un cuadro que había visto en una ocasión, cuando era estudiante en París. Representaba un campo ocre y sucio, vallado con un alambre de espino negro al que sus afiladas púas conferían un aspecto inquietante y amenazador. Encima, se arremolinaba un cielo gris y furioso. La atmósfera era sombría y amarga, aunque en la esquina izquierda del cuadro, entrelazada en el nudoso metal, ascendía, enroscándose, una desordenada vid amarilla hasta la mitad del alambre. Y allí, estirándose hacia el cielo, surgía una rosa roja perfecta a punto de abrirse. El cuadro se titulaba *Esperanza*, y mientras observaba el juego de las niñas, Laurant recordó el mensaje del artista: que la vida continúa y que, incluso en una zona tan deprimida, puede florecer la esperanza y lo hará. Laurant decidió grabar en su memoria la escena de las niñitas jugando, con la esperanza de que, cuando tuviera sus pinturas, algún día las reproduciría en tela.

Una de las niñitas le sacó la lengua y la saludó con la mano. Laurant contestó de la misma manera y sonrió cuando las niñas prorrumpieron en una algarabía de risitas tontas.

Cuatro manzanas más adelante, surgiendo de entre los escombros, se levantaba Nuestra Señora de la Misericordia. Dos columnas iguales pintadas de blanco se erguían como centinelas que guardasen el vecindario. La Misericordia parecía agotada por sus obligaciones; necesitaba una reparación urgentemente. En lo alto de las columnas y en el lateral de la iglesia la pintura estaba desconchada, mientras que a lo largo de los cimientos serpenteaban unos tablones podridos y combados. Laurant se preguntó por la antigüedad de la iglesia y se la imaginó completamente restaurada. De las elaboradas tallas que rodeaban el alero del tejado y la mampostería de la fachada, dedujo el pasado esplendor de la iglesia. Podía recuperarlo con un poco de interés y dinero. ¿Pero alguna vez se la devolvería a su antiguo estado o, siguiendo la horrible costumbre del momento, se la ignoraría hasta que fuera demasiado tarde y acabara cayéndose a trozos?

Una valla negra de acero forjado, de al menos casi dos metros y medio de alto, rodeaba por completo la propiedad. En el interior había un aparcamiento recién asfaltado y una casa de piedra encalada aneja a la iglesia. Laurant dio por sentado que era la rectoría, atravesó la cancela abierta y aparcó junto a un sedán negro.

Acababa de salir y estaba cerrando la puerta cuando se percató del coche patrulla. Estaba aparcado en el camino de la rectoría, aunque se hallaba oculto a la vista por las frondosas ramas de un viejo sicómoro. ¿Por qué estaba allí la policía? Quizá más vandalismo, pensó, porque Tommy le había contado que durante el último mes los problemas del barrio habían ido en aumento. Su hermano pensaba que se debía al hecho de que los chavales no iban al colegio y allí no había trabajos o actividades organizadas que los mantuvieran ocupados, aunque monseñor McKindry creía que el aumento de la violencia y las profanaciones estaban relacionados con las bandas.

Laurant se dirigió a la iglesia. Las puertas estaban abiertas, así que pudo oír la música del órgano y las voces que se elevaban en una canción. La música se detuvo cuando estaba a mitad del aparcamiento. Segundos más tarde, la gente empezó a salir en tropel. Algunas de las mujeres utilizaban la hoja parroquial para abanicarse, y varios hombres se limpiaban el sudor de la frente con los pañuelos. Entonces, monseñor McKindry, con aspecto de estar más fresco que una lechuga pese a ir vestido con la larga y suelta sotana, se unió a la multitud. Laurant no lo había visto nunca, pero lo reconoció de todas formas por la descripción de Tommy. El sacerdote tenía un pelo blanco llamativo y el rostro surcado por profundas arrugas. Era alto y tan delgado que parecía que estuviera enfermo. Pero, según su hermano, monseñor comía como un defensa de fútbol y, teniendo en cuenta su avanzada edad, gozaba de una salud espléndida.

No cabía duda de que su congregación lo amaba. Tenía una sonrisa y una palabra amable para cada hombre o mujer que se paraba a hablar con él, y los llamaba a todos por su nombre de pila... algo impresionante si se tenía en cuenta su número. Los niños también lo adoraban; lo habían rodeado y le tiraban de la vestidura para conseguir toda su atención.

Mientras esperaba a que monseñor acabara con sus obligaciones, Laurant se movió hacia la parte de la escalinata que caía bajo la sombra del edificio. Tenía la esperanza de que en cuanto se cambiara de vestimenta, la acompañaría a la rectoría y podría hacerle preguntas en privado sobre Tommy. Su hermano intentaba protegerla de las noticias desagradables, de tal manera que había aprendido a no confiar en él en lo tocante a su estado de salud. Por lo que Tommy le había contado de monseñor, sabía que aunque el anciano sacerdote era amable y compasivo, también era honesto a carta cabal. Confiaba en que no endulzara la verdad si Tommy ya no tuviera remisión.

A su hermano le preocupaba que ella se preocupara por él. Eran ridículos aquellos juegos. Como era el mayor y ya sólo quedaban ellos dos en la familia, intentaba cargar con demasiadas cosas él solo. Era cierto que ella había necesitado su consejo cuando era niña, pero ya no lo era, y Tommy tenía que dejar de protegerla.

Miró por casualidad hacia la rectoría en el momento preciso en que la puerta delantera se abría, y un policía de barriga prominente salía al porche. Le seguía un hombre más joven y más alto. Observó cómo se estrechaban las manos y el policía se dirigía hacia su coche.

El extraño del porche atrajo toda su atención, y se lo quedó mirando con todo descaro. Impecablemente vestido con una camisa blanca bien cortada, una chaqueta azul marino y un pantalón caqui, parecía recién salido de la portada de *GQ*. Sin embargo, no era lo que ella llamaría un guapo despampanante o ni tan siquiera guapo, al menos en el sentido habitual del término, y quizás eso era lo que la atraía. En unas vacaciones de verano durante su estancia en el internado, Laurant había trabajado de modelo para un diseñador italiano antes de que Tommy se enterase y pusiera fin al asunto, pero durante aquellos dos meses y medio había trabajado junto a un buen número de hombres monos. Al del porche nunca se le hubiera podido llamar mono. Era demasiado tosco y primitivo para semejante etiqueta. Y muy, muy sexy.

Lo envolvía una aureola de autoridad, como si estuviera acostumbrado a salirse con la suya. Laurant observó con detenimiento el afilado ángulo de la mandíbula y la dureza de la línea de la boca. Podía ser peligroso, pensó, aunque no fue capaz de precisar qué era lo que había en él que le producía aquella sensación.

El extraño tenía una cara interesante y un bronceado pasado de moda. Realmente interesante.

Una de las advertencias permanentes de la madre superiora sonó como una alarma dentro de su cabeza. «Cuidado con los lobos con piel de cordero. Siempre que puedan, te robarán la virtud.»

Aquel hombre no parecía haber robado nunca nada. Se lo imaginó rodeado de mujeres y cogiendo sólo lo que se le ofrecía de buen grado. Seguro que era otra cosa. Dejó escapar un ligero suspiro, sintiéndose culpable por tener semejantes pensamientos a tan escasa distancia del templo sagrado. Probablemente, la madre Mary Madelyne tuviera razón en cuanto a ella: si no aprendía a controlar su pecaminosa imaginación, iría al infierno de cabeza.

El extraño debió de percibir que tenía su mirada clavada en él, porque se volvió de repente y la miró directamente. Avergonzada por haber sido pillada en el acto de mirarlo embobada, estaba a punto de darse la vuelta cuando se abrió la puerta delantera y salió Tommy. Laurant sintió una alegría desbordante al verlo allí, y no en el hospital como había temido.

Vestido con la larga sotana negra y el alzacuello, le pareció que estaba pálido... y preocupado. Laurant empezó a abrirse camino a través de la multitud.

Tommy y el extraño con el que estaba hablando formaban una imagen curiosa. Los dos eran altos y morenos, pero Tommy, con sus mejillas rubicundas y las abundantes pecas que le salpicaban el puente de la nariz de lado a lado, tenía una tez irlandesa. Al contrario que ella, cuando permanecía demasiado tiempo al sol sin querer no se ponía moreno; se quemaba. Tenía un hoyuelo adorable —al menos eso pensaba ella— en la mejilla derecha, y su aspecto de buen chico le había granjeado el divertido sobrenombre de *padre qué lástima* entre las chicas del instituto y la universidad.

Sin duda no había nada infantil en el hombre que estaba de pie junto a su hermano y que se quedó mirándola caminar hacia el porche, mientras escuchaba a Tommy y asentía ocasionalmente con la cabeza.

El hombre acabó por interrumpir a su hermano e inclinó la cabeza hacia ella. Tommy se giró, la vio y gritó su nombre. Bajó las escaleras de dos en dos con la sotana negra agitándosele en los tobillos, y echó a correr con una expresión de profundo alivio en el rostro.

Laurant se dio cuenta de que su amigo se quedaba en el porche, aunque en ese momento él no les prestaba atención; estaba ocupado en observar concienzudamente a la multitud dispersa que los rodeaba.

Se quedó asombrada por la reacción de su hermano al verla. Había pensado que se pondría como loco o que, por lo menos, se irritaría, pero no estaba disgustado en absoluto. De hecho, actuaba como si hubieran estado separados durante años, aunque hacía sólo unos días que lo había visto, cuando él la había llevado a una gira turística por el desván de la abadía.

Tommy la envolvió en un abrazo de oso.

—Gracias a Dios que estás bien. Estaba muy preocupado por ti, Laurant. ¿Por qué no me dijiste que venías? Me siento tan feliz de verte.

La voz le vibraba de emoción. Completamente confundida por el comportamiento de su hermano, Laurant se apartó para hablar.

—¿Te sientes feliz de verme? Pensé que te enfurecería que te siguiera. Tommy, ¿por qué no me llamaste el viernes por la noche? Prometiste que lo harías.

Tommy la soltó por fin.

—Y estabas preocupada, ¿verdad?

Laurant lo miró a los grandes ojos castaños y, después de todo, decidió decirle la verdad.

—Sí, estaba preocupada. Se suponía que llamarías cuando tuvieras los resultados de los análisis de sangre, pero como no llamabas, pensé... que tal vez los resultados no habían sido muy buenos.

—El laboratorio la cagó. Por eso no te llamé. Tuvieron que volver a realizar los análisis. Debería haberte llamado, pero, maldita sea, Laurant, tenías que haberme dicho que venías. Tengo al jefe de policía Lloyd buscándote por todo Holy Oaks. Vamos adentro. Tengo que llamarlo y decirle que estás aquí, sana y salva.

—¿Llamaste al jefe Lloyd para que me buscara? ¿Por qué?

La agarró del brazo y tiró de ella.

—Te lo explicaré todo en cuanto entres. Es más seguro.

—¿Más seguro? Tommy, ¿qué sucede? Nunca te había visto tan nervioso. ¿Y quién es ese hombre que está de pie en el porche?

La pregunta sorprendió a su hermano.

—No lo has visto nunca, ¿verdad?

—¿A quién? —preguntó Laurant cada vez más contrariada.

—A Nick. Ése es Nick Buchanan.

Laurant se detuvo en seco y se volvió hacia su hermano.

—¿Vuelves a estar enfermo, no? Por eso está aquí... como la última vez que te pusiste tan mal y no me dijiste nada hasta...

—No —la interrumpió—. No vuelvo a estar enfermo.

Ella le miró como si no le creyera, por lo que Tommy hizo un nuevo intento para convencerla.

—Te prometí que si tenía que someterme a la quimio te lo diría. ¿Recuerdas?

—Sí —susurró Laurant sintiendo que el miedo retrocedía.

—Lamento no haberte llamado el viernes —dijo Tommy—. Fui un inconsciente. Tenía que haberte hecho saber que los análisis se habían fastidiado.

—Si no tienes que recibir un nuevo tratamiento de quimio, ¿por qué está aquí Nick? —preguntó echando una ojeada hacia el porche.

—Lo mandé llamar, pero el motivo no tiene que ver con mi salud. —Y prosiguió a toda prisa antes de que pudiera interrumpirlo—. Vamos, Laurant. Ya es hora de que lo conozcas.

Laurant sonrió y dijo:

—El famoso Nick Buchanan. No me dijiste que fuera tan… —Se detuvo a tiempo. Siempre había tenido la sensación de que podía hablar con su hermano de todo, pero en ese momento no le pareció adecuado admitir que pensaba que su mejor amigo era increíblemente sexy. Supuso que era un peligro doble tener un hermano mayor que, casualmente, era sacerdote. No había manera de que pudiera comprender o apreciar que su hermana tuviera semejantes pensamientos.

Nick y Tommy eran más hermanos que amigos. Se habían conocido durante una pelea a puñetazos en el patio de la escuela primaria de San Mateo, cuando estaban en segundo de primaria. Después de hacerse sangrar la nariz mutuamente, se convirtieron uno en la sombra del otro. Por una extraña conjunción de circunstancias, Tommy acabó viviendo con la familia Buchanan, que ya tenía ocho hijos, la mayor parte del bachillerato elemental y el superior y, luego, él y Nick fueron juntos a la Universidad de Penn State.

—¿Que es tan qué? —preguntó Tommy mientras tiraba de ella.

—¿Perdón?

—Nick ¿es tan qué?

—Alto —dijo Laurant, acordándose por fin de qué estaban hablando.

—¿No te envié nunca ninguna foto?

—No, no lo hiciste —dijo, mirando a su hermano con el entrecejo arrugado en reproche por el descuido. Sintiendo un repentino nerviosismo, respiró hondo, se alisó la falda y subió las escaleras para saludar a Nick.

¡Jesús, Jesús!, tenía ojos azules. Unos brillantes ojos azules que no se pierden detalle, pensó mientras Tommy hacía las presentaciones apresuradamente. Laurant extendió la mano para estrecharle la suya, pero Nick no le permitió tanta formalidad. Le apartó la mano, la atrajo entre sus brazos y la abrazó. Fue un abrazo fraternal, y cuando Laurant retrocedió, Nick siguió sujetándola mientras la miraba desde las alturas.

—Estoy tan contenta de conocerte al fin. Llevo tantos años oyendo hablar de ti —dijo Laurant.

—No puedo creer que no nos hayamos conocido hasta ahora —contestó Nick—. Había visto tus fotos de niña; Tommy las tenía en la pared de nuestro dormitorio, pero eso fue hace mucho tiempo y, caray, Laurant, vaya si has cambiado.

Laurant se rió.

—Espero que sí. Las monjas del internado fueron lo bastante amables como para enviarle fotos a mi hermano, aunque él, por su parte, jamás me envió ninguna.

—No tenía cámara —dijo Tommy.

—Podías haberla pedido prestada. Fuiste demasiado perezoso.

—Los hombres no pensamos en esas cosas —le rebatió su hermano—. Al menos, yo. Nick, deberíamos hacer que entrara, ¿no te parece?

—Sí, por supuesto —convino el interpelado.

Tommy sostuvo la puerta mosquitera abierta y empujó a Laurant al interior sin ningún miramiento.

—Eh, por todos los diablos, ¿qué te pasa? —le reconvino su hermana.

—Te lo explicaré enseguida —le prometió.

El vestíbulo estaba oscuro y olía a humedad. Su hermano se apresuró a adelantarse para guiarla hasta la cocina, situada en la parte trasera de la casa de dos plantas. Había un rincón para el desayuno y un mirador que daba al huerto de monseñor, el cual ocupaba la mayor parte del vallado patio trasero. Una vieja mesa de roble rectangular, con una de las patas apuntalada con un posavasos para evitar que cojeara, y cuatro sillas de eje se situaban enfrente de las tres ventanas. La estancia estaba recién pintada de un amarillo alegre y brillante, pero las persianas estaban rotas y oscurecidas en los bordes. Había que cambiarlas, pero Laurant sabía que el dinero era un bien escaso en la Misericordia.

Se paró en el centro de la cocina y contempló a su hermano. El sacerdote se comportaba como un imbécil inquieto y estaba bajando las persianas hasta los alféizares. La luz del sol se filtraba al interior de la cocina por las rendijas y los desgarrones, llenando la estancia de una luz suave.

—¿Qué le pasa? —susurró Laurant a Nick.

—Te lo explicará enseguida —le prometió, repitiéndole las mismas palabras de Tom.

En otras palabras, ten paciencia, pensó Laurant.

Nick retiró una silla para que se sentara Laurant y se sentó en la de al lado. Tommy no parecía tranquilizarse. Nada más sentarse, volvió a ponerse en pie de un brinco para coger una libreta y una pluma de la encimera de linóleo. Estaba más nervioso que un escarabajo pulga.

Nick se levantó y la atención de Laurant se desvió hacia él. Su expresión era tan grave como la de su hermano. Lo observó mientras se aflojaba el nudo de la corbata y se desabrochaba el botón superior de la camisa. Pensó para sí que el hombre rezumaba sensualidad. ¿Había alguna mujer en Boston esperando a que volviera a casa? Sabía que no estaba casado, pero podía tener una relación con alguien. Seguro que la tenía.

Entonces, Nick se quitó la americana, y las fantasías de Laurant se pararon en seco.

Cuando Nick colgó la chaqueta en el respaldo de la silla vacía contigua a la suya, observó el brusco cambio de Laurant. Tenía la espalda pegada a la silla, como si intentara poner la mayor distancia posible entre ambos; también advirtió que miraba fijamente su pistola. Apenas unos segundos antes, se había mostrado franca y amistosa, casi insinuante; en ese momento, parecía cauta e incómoda.

—¿Te molesta el arma?

Laurant no le dio una respuesta directa.

—Pensaba que eras detective.

—Y lo soy.

—¿Entonces por qué llevas un arma?

—Es parte del trabajo —contestó Tommy por su amigo. Estaba revolviendo sus papeles y tenía la cabeza inclinada sobre ellos mientras intentaba organizarlos.

La paciencia de Laurant se agotó.

—Ya he esperado bastante, Tommy. Quiero saber por qué te estás comportando de una manera tan extraña. Jamás te había visto tan nervioso.

—Tengo que decirte algo —empezó—. No sé cómo empezar. —Mirando más allá de su hermana, dijo esto último a Nick, que asintió con la cabeza.

—Creo que sé de qué se trata —dijo Laurant—. Recibiste los resultados del laboratorio, ¿no es así?, y tienes miedo de hablarme de ellos. ¿Crees que haría una escena y por eso estás esperando? No fueron buenos, ¿verdad?

El sacerdote suspiró cansinamente.

—La realidad es que recibí los resultados ayer noche. Te lo iba a decir luego... una vez que te explique lo que ocurrió ayer.

—Dímelo ahora —dijo Laurant con tranquilidad.

—Al doctor Cowan le sentó muy mal que los del laboratorio metieran la pata la primera vez, así que los obligó a hacer un segundo análisis a toda prisa. Me llamó desde una boda para decirme que tenía los resultados y que todo estaba bien. ¿Te tranquilizarás ahora?

—¿Así que definitivamente no hay quimio esta vez? —Su voz sonó infantil, aunque había deseado parecer adulta. Si le ocurriera algo a su hermano, no sabía qué haría. Tenía la sensación de que acababa de encontrarlo y que ahora esa terrible enfermedad estaba intentando quitárselo—. Si todo va tan bien, ¿entonces por qué estás tan nervioso? Y estás nervioso, Tommy, no me digas que no.

—Quizá deberías dejarla escuchar la cinta —sugirió Nick.

—No quiero que la oiga todavía. Será una impresión muy grande.

—Entonces, déjale leer la transcripción que hizo la policía.

Tommy sacudió la cabeza.

—Creo que sería mejor si primero le digo lo que ocurrió. —Respiró hondo y se lanzó de lleno a explicárselo—. Laurant, este hombre llegó al confesionario en el momento en que iba a cerrar. —Se detuvo unos segundos para ordenar sus ideas y empezó de nuevo—. Después de hablar con la policía, tomé algunas notas, y mientras escribía lo que él había dicho...

Laurant abrió los ojos con incredulidad y no pudo evitar interrumpirlo.

—¿Que escribiste la confesión de un hombre? No puedes hacer eso. Va contra las normas, ¿no?

Tommy levantó la mano para callarla.

—Conozco las normas. Soy sacerdote, ¿recuerdas?

—No hace falta que me hables así.

—Lo siento —masculló Tom—. Mira, tengo los nervios de punta y me duele la cabeza una barbaridad, eso es todo. Este tipo... grabó todo lo que me dijo.

Laurant no salía de su asombro.

—¿Grabó la conversación? ¿Por qué querría alguien grabar su confesión?

—Lo más probable es que quisiera un recuerdo —sugirió Nick.

Tommy asintió con la cabeza.

—Sea como fuere, el caso es que nada más salir debió de ir a hacer una copia de la cinta. Sabemos que no es la original por los ruidos de fondo —explicó—. Dejó la copia en la comisaría de policía. ¿Te lo puedes creer, Laurant? Entró como si tal cosa y la dejó en un mostrador.

—¿Pero por qué correría alguien tantos riesgos?

—Quería asegurarse de que yo pudiera hablar sobre ello —explicó Tommy—. Es parte del morboso juego a que está jugando.

—¿Qué hay en la cinta? —Esperó a que su hermano le contestara, pero cuando dudó, Laurant lo exigió—: Tommy, por Dios, escúpelo. No puede ser tan malo como estás haciendo que parezca. ¿Qué dijo ese hombre que fuera tan terrible?

Su hermano acercó la silla a ella antes de volverse a sentar. Le cogió las dos manos y dijo:

—Ese hombre me dijo que está planeando... que quiere...

—¿Sí?

—Que te va a matar.

5

Laurant no lo creyó, al menos al principio. Tommy le contó lo que le había dicho el hombre en el confesionario. Ella no lo interrumpió, pero a cada nuevo detalle podía sentir cómo se le iba tensando el cuerpo. La verdad es que, durante uno o dos segundos, Laurant se sintió aliviada por ser ella el blanco, y no su hermano. Tommy ya tenía bastante con lo que lidiar.

—Te lo estás tomando muy bien.

Su hermano hizo el comentario en un tono de voz casi acusatorio. Tanto él como Nick estaban esperando a que asimilara la información y la observaban con intensidad, como si fuera una mariposa atrapada bajo un vaso.

—No sé qué pensar —respondió—. Me niego a creer que sea verdad lo que dijo.

—Tenemos que tomarnos la amenaza en serio —advirtió Nick.

—Esa otra mujer de la que habló... Millie. ¿Dijo que la había matado hacía un año? —preguntó.

—De eso se jactó.

A Laurant la recorrió un escalofrío.

—¿Pero nunca se encontró su cuerpo?

—Dijo que la enterró bien hondo, donde nadie pudiera encontrarla —contestó Tommy.

—Hemos metido el nombre en el Programa de Detección de Criminales Violentos —terció Nick—. Su sistema informático almacena la información sobre homicidios conocidos sin resolver y busca posibles concordancias; a lo mejor tenemos suerte.

—Creo en todo lo que me dijo; creo que mató a esa pobre mujer. No se lo estaba inventando, Laurant.

—¿Lo viste? —preguntó la aludida.

—No —contestó—. Cuando me dijo que serías la siguiente víctima, puse fin a la conversación. Me levanté de un salto y salí. —Se detuvo para sacudir la cabeza—. No sé qué pensé que iba a hacer; estaba muy afectado.

—¿Pero no lo viste? ¿Se había ido ya? ¿Cómo puede alguien moverse tan deprisa?

—No se había marchado.

—Le dio un viaje —dijo Nick.

—¿Que hizo qué? —preguntó Laurant sin saber bien a qué se refería.

—Que me dejó sin sentido —explicó Tommy—. Me estaba esperando y me cogió por atrás. No sé qué utilizó, pero tuve suerte de no romperme el cráneo. Caí como un fardo —añadió—. Lo siguiente que recuerdo es a monseñor inclinado sobre mí. Pensó que me había desmayado por culpa del calor.

—¡Dios mío! Podía haberte matado.

—He recibido golpes peores jugando al rugby.

Laurant hizo que le enseñara dónde había sido golpeado. Cuando le tocó el chichón de la base del cráneo, Tommy hizo una mueca de dolor.

—Todavía escuece —dijo.

—Tal vez deberías hacer que te lo viera un médico.

—No pasará nada, pero, maldita sea, ojalá le hubiera visto la cara.

—Quiero escuchar la cinta. ¿Habéis reconocido la voz?

—No.

—A lo mejor yo sí.

—La mayor parte del tiempo habla en un susurro.

Tommy estaba asustado. Laurant lo vio en su mirada y lo percibió en su voz cuando volvió a hablar.

—No te va a ocurrir nada, Laurant. Nos vamos a asegurar de que sigas a salvo —le prometió con ardor, haciendo un gesto con la cabeza hacia Nick.

Ella no dijo nada durante un rato, sino que se quedó mirando de hito en hito el grifo goteante del fregadero al otro lado de la cocina. La cabeza le daba vueltas.

—No puedes quedarte indiferente ante esto —le advirtió Tommy.

—No lo estoy.

—¿Y por qué estás tan tranquila?

Laurant apoyó los codos en la mesa, inclinó la cabeza y se apretó las sienes con las yemas de los dedos. ¿Tranquila? Sabía que era una experta en esconder las emociones —llevaba años haciéndolo—, pero le sorprendía que su hermano no percibiera su agitación. Se sentía como si le acabara de explotar una granada en la cabeza. Su tranquilo y apacible mundo acababa de estallar en mil pedazos. Estaba de todo menos tranquila.

—Tommy, ¿qué quieres que haga?

—Te diré lo que no puedes hacer. No puedes correr ningún riesgo, Laurant, al menos hasta que todo esto haya acabado y le hayamos atrapado. No puedes quedarte en Holy Oaks.

—¿Cómo me voy a ir? Mi mejor amiga se va a casar y soy su dama de honor. No me lo voy a perder. Y sabes que voy a abrir la tienda dentro de dos semanas y todavía no está lista. Además, está lo de la audiencia pública sobre lo de la plaza del pueblo. La gente depende de mí. No puedo hacer las maletas sin más y largarme.

—Sólo sería durante un tiempo, hasta que lo atrapemos.

Laurant empujó la silla hacia atrás y se levantó. No podía estar sentada ni un segundo más.

—¿Adónde vas? —preguntó Tommy.

—Voy a hacer un té.

—¿Té? ¿Estamos a más de treinta y seis grados a la sombra y quieres un té? —Laurant lo miró con el entrecejo fruncido y Tommy se echó para atrás—. Está bien, está bien. Te enseñaré dónde están las cosas.

Los dos hombres la observaron mientras llenaba el hervidor de agua y lo ponía en el quemador. Luego, Laurant cogió una bolsa de té de la lata y la puso en la taza, apoyó la cadera en la encimera y se volvió hacia su hermano.

—Tengo que pensar sobre esto.

—No hay nada que pensar, tienes que irte; no tienes elección, Laurant. No te...

Nick lo interrumpió con discreción.

—Tommy, deberías llamar al jefe Lloyd.

—Sí, tienes razón. —Se había olvidado del jefe de policía hasta ese momento—. Y, tal vez, mientras estoy fuera, puedas imbuirle un poco de sentido común —añadió mirando a Laurant con ceño—. No puede poner dificultades; tiene que entender que es algo grave.

—No estoy poniendo dificultades —replicó ella—. Dame algo de tiempo, ¿de acuerdo?

Se levantó y salió a regañadientes a hacer la llamada. Nick utilizó su móvil para avisar a la policía de que Laurant estaba allí. Luego, llamó a su jefe. Mientras hablaba con Morganstern, Laurant se hizo el té, se lo llevó a la mesa y se volvió a sentar.

—Tienes que hacerte con uno de éstos —le dijo Nick mientras se volvía a guardar el móvil en el bolsillo de la camisa—. Habríamos sabido dónde estabas y hubiéramos podido controlarte durante el viaje.

—En Holy Oaks todo el mundo sabe dónde está cada uno. Es como vivir en una pecera.

—El jefe de policía no conocía tu paradero.

—Lo más probable es que no se molestara en preguntar. Es muy vago —dijo—. Mis vecinas sabían adónde me dirigía, y también se lo dije a los dos hombres que me vigilaban la tienda mientras estaban los obreros.

Cogió la transcripción de la conversación que había hecho la policía, empezó a leerla y la volvió a dejar en la mesa.

—Me gustaría escuchar la cinta ahora.

Al contrario que su hermano, Nick estaba ansioso por que lo hiciera. Salió de la cocina para ir buscar el reproductor de casetes y cuando volvió, lo colocó en el centro de la mesa.

—¿Lista? —preguntó.

Laurant dejó de remover el té; depositó la cuchara en el platito, respiró y asintió con la cabeza.

Nick apretó el botón de marcha y se recostó en la silla. Laurant no apartó la vista de la cinta mientras escuchaba la conversación que había tenido lugar en el confesionario. Escuchar la voz del extraño le hizo más real el terror y, cuando terminó la cinta, sentía náuseas.

—Dios mío.

—¿Reconoces la voz?

Sacudió la cabeza.

—Hablaba en un susurro tan bajo que no he entendido todo lo que decía. No creo haberlo oído antes. La volveré a escuchar —prometió—, pero todavía no, ¿de acuerdo? No creo que pueda...

—Parte de lo que dijo fue deliberado... lo tenía calculado. Al menos, eso es lo que creo. Quería asustar a Tommy.

—Y lo consiguió. No quiero que mi hermano se preocupe, pero no sé cómo voy a evitarlo. Esto no es bueno para él... toda esta tensión.

—Tienes que ser realista, Laurant. Un hombre le dice que va a matar a su hermana después de divertirse un rato, ¿y no crees que deba preocuparse?

Laurant se pasó nerviosamente los dedos por el pelo.

—Sí, por supuesto... es sólo que...

—¿Qué?

—Que no es bueno para su salud.

Nick había notado el ligero acento francés cuando le había hablado por primera vez, pero en ese momento era más pronunciado. Tal vez pareciera tranquila y serena, pero aquella fachada se estaba resquebrajando como si fuera una fina capa de hielo.

—¿Por qué yo? —preguntó Laurant y dio la impresión de estar verdaderamente desconcertada—. Llevo una vida aburrida... normal. No tiene sentido.

—Muchos de estos bichos raros no tienen sentido común. Hace un par de años hubo un caso. El pervertido mató a seis mujeres antes de que lo pillaran. ¿Sabes lo que dijo cuando le preguntaron cómo y dónde escogía a sus víctimas?

Laurant negó con la cabeza.

—En las tiendas de ultramarinos. Se paraba delante y sonreía a las apresuradas mujeres con las que se cruzaba. La primera que le devolvía la sonrisa... era la elegida. Mujeres corrientes, Laurant, con vidas corrientes. Con esos tipos no puedes buscar motivos ni malgastar tu tiempo intentando descubrir cómo les funciona la cabeza. Deja eso a los expertos.

—¿Crees que el hombre del confesionario es un asesino en serie?

—Tal vez —reconoció—. Y tal vez no. Pudiera ser que sólo estuviera empezando. Los especialistas en ciencias del comportamiento sabrán más después de oír la cinta; alguna idea sacarán.

—¿Pero tú qué piensas?

—Que aquí hay un montón de inconsistencias.

—¿Como cuáles?

Nick se encogió de hombros.

—Por un lado, le dice a Tommy que mató a otra mujer hace un año, pero creo que mentía.

—¿Por qué?

—Porque también dijo que le había cogido el gusto de verdad —le recordó—. Una afirmación contradice la otra.

—No lo entiendo.

—Si le entusiasmó lo de torturar y matar a la mujer, entonces lo hizo recientemente y no hace un año. No habría podido esperar tanto.

—Nick, ¿y qué hay de la carta que dijo que había enviado a la policía?

—Si la escribió, y si la envió por correo, entonces la recibirán mañana o pasado. Están preparados —añadió—. Se encargarán de buscar huellas, aunque dudo de que deje alguna.

—Supongo que no encontraron ninguna en el casete, ¿no?

—En realidad, había una, pero no era de nuestro hombre. El chico que le cobró en el Super Sid tenía antecedentes, así que sus huellas estaban registradas. Fue fácil seguirle el rastro hasta el almacén —explicó—. Su agente de la condicional le ayudó a encontrar el trabajo.

—¿Recordaba a quién le había vendido la cinta?

—Por desgracia, no. ¿Has estado alguna vez en alguna de esas tiendas? La cantidad de clientes que pasan por allí es increíble, y sólo admiten metálico, así que no hay ningún resguardo de tarjeta o cheque que seguir.

—¿Y qué hay del confesionario? ¿Encontraron huellas allí?

—Sí, cientos.

—¿Pero no crees que ninguna sea de él?

—No, no creo —contestó.

—Es muy inteligente, ¿no es así?

—Nunca lo son tanto como ellos creen. Además...

—¿Qué?

—Nosotros vamos a ser más listos.

6

Nick irradiaba seguridad en sí mismo, y de repente Laurant cayó en la cuenta de que probablemente hubiera sido entrenado para comportarse con tranquilidad, de manera que los testigos y las víctimas no se dejaran llevar por el pánico.

—¿Te irritas alguna vez? —le preguntó Laurant.

—Ah, sí.

—Estás seguro de que el hombre de la cinta habla en serio, ¿verdad?

—Laurant, con independencia de las veces que me hagas la pregunta, la respuesta siempre será la misma. Sí, creo que habla en serio —repitió con paciencia—. Se ha tomado muchas molestias en investigarnos a ti y a Tommy y a mí. Como ya te he dicho, su intención fue asustar a tu hermano, y vaya si lo consiguió. Tommy está convencido de que este tipo está loco, pero tengo la sensación de que la mayor parte de lo que dijo fue cuidadosamente ensayado. Ahora, tenemos que adivinar cuáles son sus verdaderos planes.

Laurant sintió que perdía el control y apretó las manos.

—No puedo creer que esté ocurriendo esto —susurró con la voz quebrada—. ¿Oíste lo que le hizo a aquella mujer? ¿Cómo la torturó? ¿Tú...?

Nick le cogió la mano y se la apretó.

—Laurant, respira hondo. ¿Estás bien?

Hizo lo que le sugirió, pero no le sirvió de nada. El impacto de lo que había oído la estaba dejando finalmente sin fuerzas. Helada hasta los huesos, retiró la mano y empezó a frotarse los brazos.

Tenía todo el cuerpo en carne de gallina y estaba temblando de manera evidente. Nick cogió su chaqueta y se la echó por los hombros.

—¿Mejor?

—Sí, gracias.

Nick sintió un repentino impulso de echarle el brazo por los hombros y consolarla igual que habría hecho con una de sus hermanas si estuviera asustada, pero no sabía cómo reaccionaría Laurant, así que se quedó donde estaba y esperó a que ella le diera alguna especie de señal.

Laurant se arrebujó en la americana agarrando con fuerza las solapas.

—¿Cuánto tiempo llevas aquí?

—Alrededor de una hora.

Los dos se callaron, y durante varios minutos los únicos sonidos fueron el tictac del reloj de encima del fregadero y la voz apagada de Tommy procedente del salón. Nick advirtió que Laurant no había tocado el té. Entonces, ella lo miró, y él vio que tenía lágrimas en los ojos.

—¿Te sientes abrumada? —preguntó.

Laurant se limpió una lágrima y contestó:

—Pensaba en esa mujer, Millie, y lo que le hizo...

El té estaba frío, y decidió prepararse otro; entonces, resolvió prepararle otro a Nick. La faena la mantuvo ocupada y le dio tiempo para intentar controlar sus emociones.

Nick la observó mientras trabajaba y le dio las gracias cuando le puso delante la taza de té no deseada. Esperó a que Laurant se volviera a sentar para hablar.

—Me preguntaba cómo lo vas a resistir.

—¿Esperas que sea más fuerte de lo que parezco?

—Algo parecido.

—¿Qué es lo que haces exactamente en el FBI?

—Trabajo para el departamento de objetos desaparecidos.

—¿Qué es lo que encuentras?

—¿Cuando tengo suerte?

—Sí, cuando tienes suerte.

Nick se echó hacia delante para apretar el botón de rebobinado y la miró de nuevo.

—Niños; encuentro niños.

El azul de sus ojos era de lo más intenso, y cuando la miró directamente, Laurant sintió como si estuviera intentando ver dentro de su mente. Se preguntó si no estaría analizando todos sus movimientos, como si ella fuera una pieza de ajedrez. ¿Estaba intentando encontrar sus puntos débiles?

—Es un trabajo especializado —comentó Nick con la esperanza de poner fin a la conversación sobre su trabajo.

—Lamento que nos hayamos conocido de esta manera... en estas circunstancias.

—Sí, bueno...

—Mira cómo tiemblo —dijo Laurant, extendiendo la mano para que la viera—. Estoy tan furiosa que querría gritar.

—Entonces, hazlo.

La sugerencia la dejó helada.

—¿Qué?

—Que grites —dijo Nick.

La idea era tan tonta que Laurant hasta sonrió.

—A monseñor le daría un ataque al corazón, y también a mi hermano.

—Mira, tómate unos minutos e intenta tranquilizarte.

—¿Y cómo sugieres que haga eso?

—Hablemos de otra cosa, sólo durante un rato, hasta que vuelva Tommy.

—Ahora mismo no soy capaz de pensar en nada más.

—Seguro que sí —le aseguró—. Inténtalo, Laurant. Tal vez te ayude a serenarte.

Laurant aceptó a regañadientes.

—¿Y de qué te parece que hablemos?

—De ti —decidió Nick.

Laurant sacudió la cabeza, pero él hizo caso omiso y siguió adelante.

—¿No te parece raro que no nos hayamos conocido hasta ahora?

—Sí, sí que lo es —convino Laurant—. Has sido el mejor amigo de mi hermano desde que erais unos críos, y además vivió todos aquellos años con tu familia, pese a lo cual no sé casi nada acerca de ti. Tommy iba a casa durante las vacaciones de verano, y siempre estabas invitado, pero nunca fuiste. Siempre surgía algo.

—Mis padres se presentaron una vez —dijo.

—Sí, sí que lo hicieron. Tu madre trajo unas fotos de la familia, y hay una de ti... bueno, en realidad es de toda la familia con Tommy. Es en Navidad y estáis delante de la chimenea. ¿Te gustaría verla?

—¿La llevas contigo?

Laurant ignoraba lo revelador que resultaba que llevara la foto con ella. Él la observó mientras buscaba el billetero en el bolso. Había puesto la foto en una de las cubiertas de plástico que hay en todos los billeteros y, cuando se lo entregó, Nick advirtió que ya no le temblaba la mano.

Contempló la foto de los ochos chicos Buchanan arracimados alrededor de los orgullosos progenitores. Tommy también aparecía, estrujado entre los hermanos de Nick Alec y Mike. Su hermano Dylan lucía un ojo a la funeral. Nick supuso que probablemente había sido un obsequio suyo durante alguno de los partidos familiares de rugby.

—Tu madre me ayudó a aprenderme todos los nombres —dijo Laurant—. Pero tú estás un poco borroso y el codo de Theo te tapa la mitad de la cara. No es de extrañar que antes no te reconociera.

Nick le devolvió el billetero y, mientras ella lo guardaba, dijo:

—Sé mucho sobre ti. Tommy tenía en la pared las fotos que le enviaban las monjas cuando eras pequeña.

—Era muy fea.

—Sí, sí que lo eras —bromeó Nick—. Toda piernas. Tommy me leyó algunas de tus cartas. Le destrozaba pensar que no podía llevarte a vivir con él. Se sentía tan culpable... Él tenía una familia, y tú, no.

—Me las apañaba bien. Pasaba las vacaciones de verano con el abuelo, y el internado era realmente bonito.

—No conocías otra forma de vida.

—Era feliz —insistió.

—¿Pero no te sentías sola?

Laurant se encogió de hombros.

—Un poco —admitió—. Después de morir el abuelo.

—¿Te encuentras a gusto conmigo?

La pregunta la desconcertó.

—Sí, ¿por qué?

—Vamos a pasar mucho tiempo juntos, y es importante que sientas que puedes estar tranquila a mi lado.

—¿Cuánto tiempo vamos a pasar juntos?

—Cada minuto del día y de la noche hasta que esto termine. Es la única manera, Laurant. —Sin detenerse para darle tiempo a asumir las noticias, Nick comentó—: Tu hermano se volvió loco cuando descubrió que trabajabas de modelo.

Laurant volvió a sonreír.

—Sí, se volvió un poco loco. Aquel episodio mereció una conferencia a la madre superior. No me podía creer lo que mi propio hermano dijo de mí.

—La madre superiora... Se llamaba Madelyne, ¿verdad?

Tenía una memoria impresionante.

—Sí —contestó—. Después de lo que Tommy dijo de mí, la madre llamó a la gente con la que se suponía estaba viviendo durante las vacaciones de verano. Eran muy ricos, y a través de ellos había conocido a un diseñador italiano.

—Que te vio y te quiso para él, ¿no?

—Quería que pasara su colección de primavera —le corrigió—. Estuve en varios desfiles.

—Hasta que la madre Madelyne te llevó a rastras al convento.

—Pasé una vergüenza terrible —admitió—. Me pusieron en libertad condicional, lo cual quería decir fregar cacharros durante seis meses. Pasé del oropel a las manos de fregona de la noche a la mañana. ¿Vamos a estar juntos todo el rato, Nick?

Nick ni se inmutó.

—Cuando te laves los dientes, yo apretaré el tubo del dentífrico.

Nick volvió de nuevo al tema del pasado de Laurant.

—Once meses después apareciste en la portada de una de esas revistas de moda, y cuando Tommy me la enseñó, no me podía creer que aquella fuera la misma canija de rodillas desolladas.

Le estaba haciendo un cumplido, pero Laurant no supo cómo responder, así que no dijo nada.

—Tú y yo vamos a ser inseparables —dijo Nick.

—¿Quieres decir que antes incluso de que me haya vestido por la mañana estarás parado en el umbral de mi puerta?

—No, no es eso lo que quiero decir. Quiero decir que me vestiré contigo. ¿De qué lado de la cama duermes?

—¿Cómo dices?

Repitió la pregunta.

—Del derecho.

—Entonces, yo estaré en el izquierdo.

—¿Estás de broma?

—¿Sobre la cama? Sí, estoy bromeando. Pero voy a hacer lo que sea necesario para mantenerte a salvo. Voy a invadir descaradamente tu intimidad y tú me lo vas a permitir.

—¿Durante cuánto tiempo?

—El que sea necesario.

—¿Y qué pasará cuando me duche?

—Que te pasaré el jabón.

—Ya sé que estás de broma.

—Laurant, voy a estar lo bastante cerca como para restregarte la espalda.

Así es como tiene que ser. Tienes que entender que voy a ser lo primero que veas por la mañana y lo último que mires antes de cerrar los ojos por la noche. Tú y yo estamos juntos en esto.

—Pero si pasas todo el tiempo conmigo, ¿cómo lo vas a atrapar?

—Trabajo para una organización poderosa, ¿recuerdas, Laurant? Ya están investigando. Déjanos a nosotros que lo atrapemos. Es para eso para lo que nos entrenan.

Laurant apoyó la barbilla en la palma de la mano. No abrió la boca durante un minuto, al cabo del cual se volvió a incorporar y miró a Nick a los ojos.

—No voy a dejar que me asuste. Quiero ayudar. Te prometo que no cometeré ninguna estupidez. —Enseguida, añadió—: No, ahora no estoy asustada. Sólo enfadada. Furiosa de hecho, pero no asustada.

—Deberías estar asustada. El miedo te mantendrá alerta, concentrada.

—Pero el miedo también puede paralizar, y no dejaré que me paralice —le aseguró—. Ese hombre... ese monstruo —corrigió— le dijo a mi hermano lo mucho que se había divertido torturando y asesinando a una pobre mujer inocente, y luego le dijo que el antojo volvía y que me había escogido para su próxima diversión. Es tan inteligente que sabe que Tommy quiere verle la cara, así que espera a que salga del confesionario y lo golpea en la nuca. Podría haberlo matado.

—No quería matarlo, de lo contrario lo habría hecho —dijo Nick con tranquilidad—. Ahora está utilizando a Tommy de emisario. —Vio la expresión que cruzó la cara de Laurant y de inmediato buscó la manera de tranquilizarla—. No te preocupes por tu hermano. También lo mantendremos a salvo.

—Noche y día —exigió Laurant.

—Por supuesto.

Laurant asintió con la cabeza.

—¿No te parece que ese hombre es el que tiene la sartén por el mango ahora? Le dijo a Tommy que te lo contara todo y que hiciera que me llevaras lejos y que, tal vez, entonces no iría detrás. Y mi hermano quiere hacer justo eso: esconderme.

—Por supuesto que quiere que te escondas. Te quiere y no desea que te ocurra nada.

Laurant se frotó las sienes con las puntas de los dedos.

—Lo sé —dijo—. Probablemente yo habría reaccionado de la misma manera.

—¿Pero?

—Conozco a mi hermano, y sé que ahora mismo está pasando por un calvario preocupándose por otra cosa que ese hombre le dijo en el confesionario y que ni tú ni Tommy habéis comentado delante de mí.

—¿De qué se trata?

—Le dijo a Tommy que intentaría encontrar a otra persona con la que divertirse. —Al continuar, le tembló la voz—. Por el motivo que sea, decidió avisarme para que pudiera escapar, pero esa otra mujer no tendrá ningún aviso, ¿no es así?

—No, probablemente no lo tendrá —convino Nick—. Pero tienes que...

Ella lo interrumpió.

—Salir corriendo no es una opción. No voy a otorgarle a nadie esa clase de poder sobre mí; no me dejaré asustar.

—Creo que deberíamos discutir esto más tarde, una vez que Pete haya tenido tiempo de examinar la cinta con los especialistas en comportamiento criminal.

Nick intentó levantarse de la mesa, pero Laurant le agarró de la mano. No quería esperar.

—Sé que debes tener algunas teorías, y quiero oírlas. Nick, necesito información; no quiero sentirme impotente y, en este preciso instante, es así como me siento.

Nick le clavó la mirada en los ojos durante varios segundos antes de decidirse. Por fin, asintió con la cabeza.

—Muy bien, te contaré lo que sabemos. Para empezar, mi superior, el doctor Peter Morganstern, ya ha escuchado una copia de la cinta. Es el psiquiatra que dirige mi departamento y es el mejor de todos. Si alguien puede entrar en la mente de ese mierda es él. Recuerda esto, Pete no ha tenido tiempo de sentarse y analizar cada palabra.

—Comprendo.

—Bueno. Primero hablemos de los hechos. El más importante es que esto no ha sido aleatorio. Has sido escogida de manera específica.

—¿Sabéis por qué?

—Sabemos que te ha escogido porque está... entregado a ti —dijo, buscando las palabras exactas.

—¿Qué significa eso? —preguntó ella con impaciencia.

—Significa que tienes un admirador. Es lo que llamamos... admiradores.

—No tiene sentido. No soy una estrella del cine ni ninguna famosa. Sólo soy una persona corriente.

—Mírate al espejo, Laurant. No hay nada corriente en tu persona. Eres preciosa. Él cree que eres preciosa. —Prosiguió a toda prisa para que no pudiera interrumpirlo—. Y la mayor parte de las víctimas que seleccionan estos tipos no destacan por nada.

Laurant respiró antes de hablar.

—Sigue. Tengo que saber con exactitud a lo que me enfrento. No me estás asustando —añadió para que no siguiera escogiendo las palabras con tanto cuidado—. Quiero saberlo todo para poder defenderme, y como me llamo Laurant que me voy a defender.

—Muy bien, esto es lo que nos está diciendo. Lleva acechándote mucho tiempo; lo sabe todo acerca de ti. Todo. Sabe qué perfumes usas, cuáles son tus comidas preferidas, la marca de detergente que utilizas en la lavandería, los libros que lees, cómo es tu vida sexual, lo que haces cada minuto de cada día. Quiere que sepamos que ha estado dentro de tu casa al menos un par de veces, aunque es posible que más. Se sentó en tus sillones, comió de tu comida y rebuscó en tus cajones. Es su manera de llegar a conocerte —explicó—. Es probable que haya cogido algo de tu cajón de la ropa interior para quedárselo, alguna prenda que no echases de menos de inmediato. Piensa en ello, y recordarás que en los últimos tiempos quizá no hayas podido encontrar algún camisón o camiseta vieja. La prenda tiene que ser alguna que llevaras pegada a la piel.

—¿Por qué? —preguntó Laurant, inquieta por la descripción que le estaba haciendo Nick del hombre que llamaba un admirador. Se resistía a creer que alguien hubiera entrado en su casa sin ser invitado y que hubiera rebuscado entre sus cosas, y la idea de que estaba siendo observada hizo que se le pusiera la piel de gallina.

—Ha de llevar tu olor —explicó Nick—. Eso le hace sentir más cerca de ti. Sea lo que sea, duerme con esa prenda —añadió, al tiempo que recordaba las palabras del hombre acerca de envolverse en el perfume de Laurant.

—¿Algo más? —preguntó, y se sorprendió de lo normal que había sonado su voz.

—Sí —dijo Nick—. Ha estado observándote mientras dormías.

—No, me habría dado cuenta —gritó.

Nick tamborileó sobre el reproductor de casetes.

—Está todo aquí.

—¿Y si hubiera abierto los ojos?, ¿y si me despierto y lo veo?

—Eso es lo que quiere que hagas —dijo—. Aunque todavía no. Si ahora le obligaras a hacerte daño, se disgustaría.

—¿Por qué?

—Sería adelantar sus planes.

—Continúa. No estoy asustada —reiteró.

—Lo que acabo de decirte es lo que quiere que sepamos. Ahora vienen nuestras teorías al respecto. Vive en Holy Oaks y es alguien con el que tienes un trato permanente, puede que incluso diario. Eres simpática con él pero, como ya he dicho, está leyendo toda otra clase de mensajes. Pete dice que está en la fase de adoración, lo cual significa que piensa que eres condenadamente perfecta y te quiere proteger. Ahora está obsesionado y en evidente lucha consigo mismo. En cualquier caso, eso es lo que quiere que creamos. Puede que le gustes de verdad, Laurant, y en ese caso no quiere hacerte daño, aunque sabe que acabará haciéndotelo porque, independientemente de lo que hagas, terminarás decepcionándolo. En su imaginación, no hay forma de que puedas estar a la altura de sus expectativas (ya se asegurará él) y no hay manera de que puedas vencer.

—Has dicho que está en fase de adoración pero que eso va a cambiar. ¿Cuándo creéis que ocurrirá?

—¿Me estás preguntado con qué rapidez ocurrirá? No lo sé —admitió Nick—. Pero no creo que tengamos que esperar mucho. Podría ser que en su imaginación ya estuvieras... ensuciándote. Mira, tiene que encontrarte algún defecto para poder sentirse traicionado. Quizá sea tu forma de sonreírle. Sin previo aviso, va a pensar que te estás burlando de él, o quizá crea que vas a salir con otro hombre. Eso lo enfurecería definitivamente. Le gustaría que pensáramos que está atormentado. Recuerda que le prometió a Tommy que si te apartaba de él, tal vez no te siguiera, pero también alardeó de su brillantez y de que quiere un desafío mayor.

—A lo mejor se acaba cansando de esta... obsesión.

—No va a desaparecer. —La voz de Nick se volvió áspera—. Está dominado por la fantasía y no puede parar. Para él es como el juego del gato y el ratón, y tú eres el ratón. Le gusta la caza y cuanto más difícil sea, más le divierte. El juego no acabará hasta que tengas que suplicarle clemencia.

Se inclinó hacia delante y estudió a Laurant con intensidad.

—¿Y bien, Laurant? ¿Ya estás asustada?

7

¡Qué rato más delicioso había pasado jugando con el cura! Realmente delicioso. La verdad era que no había esperado que resultara tan divertido, porque, por lo aprendido en experiencias anteriores, a veces los preparativos —la fase de planificación de su programa, como le gustaba llamarlo— resultaban ser bastante más gratificantes que el acontecimiento real. Como cuando era niño y levantaba su fuerte en el patio trasero. El verdadero placer residía en la expectativa de lo que iba a hacer en el aislamiento de su capullo, donde nadie podía espiarlo. Ah, se pasaba horas y horas haciendo preparativos, un castorcito atareado que afilaba los cuchillos y tijeras de la cocina y preparaba con meticulosidad las tumbas para los animales que había atrapado y enjaulado. Pero las muertes siempre resultaban decepcionantes. Lo poco que gritaban los animales siempre le dejaba insatisfecho. En cambio, en este caso, el bueno de Tommy no le había decepcionado. No, no, en absoluto se sentía descontento con el sacerdote.

Mientras avanzaba por la carretera, volvió a recordar una y otra vez la conversación, hasta que acabó riéndose a mandíbula batiente y empezó a llorar a lágrima viva. No había nadie alrededor, así que podía ser tan ruidoso y estentóreo como le viniera en gana, aunque bueno, ahora que lo pensaba, esos días podía hacer lo que quisiera, a cualquier hora, en cualquier lugar, siempre y cuando tuviera cuidado. Sólo tienes que pedir por esa boquita, mi pequeña y preciosa Millicent. Ah, no, no puedes hacerlo. No, señor.

Los gritos atormentados del padre Tom cuando se dio cuenta de que la siguiente víctima no era otra que su preciosa hermana no dejaban de resonar en su cabeza. «¿Mi Laurant», había gritado el cura.

«¿Mi Laurant?», le remedó. Inestimable. Verdaderamente inestimable.

Había sido una pena que hubiera tenido que marcharse de forma tan precipitada. Habría disfrutado atormentando a Tommy un poco más, pero, sencillamente, no había habido tiempo por culpa de todos aquellos minutos perdidos con la tontería de que no podía contarle a nadie lo que le había dicho en el confesionario, incluso después de que él le hubiera dado permiso. Dios mío, le había ordenado que lo dijera. Aunque para el sacerdote no había ninguna diferencia. No, señor, no la había. Bueno, estaba enterado de las preciadas reglas que regulaban los sacramentos de la Iglesia —siempre hacía sus deberes—, pero había juzgado mal a Tommy, porque no había contado con que fuera tan celoso de su observancia. ¿Quién hubiera pensado que sería tan tozudo, cuando levantar la liebre le ahorraría tener que esconder a su hermana? ¿Quién lo hubiera pensado? Un sacerdote que no estaba moralmente corrompido. Caramba, ah, caramba, había resultado ser todo un dilema. De haber sido un hombre normal, sus planes habrían fracasado y tendría que volver a empezar. Pero no era ordinario. No, no, claro que no. Era brillante y, por tanto, había previsto todas las posibilidades. Había estado a punto de espetarle, allí mismo, en el confesionario, que estaba grabando la conversación, pero finalmente decidió dar una sorpresa a Tommy. Aunque había confiado en no tener que compartir la cinta, todavía no, en cualquier caso. Pasaría a incrementar su impresionante y, sin duda, ecléctica colección. La cinta de Millie estaba a punto de desgastarse. Algunos insomnes escuchaban los relajantes sonidos del océano o de la lluvia suave cuando se iban a la cama; él, la suave voz de Millie.

El sacerdote no le había dejado otra salida con aquella estúpida regla de la confesión, y la única manera de sortearla había sido que él mismo rompiera la regla, dejando que la policía tuviera una copia de la cinta. Siempre anticipándose, eso era imprescindible. Un rápido viaje al Super Sid para comprar un paquete de tres cintas vírgenes, un par de sobres manila y había resuelto el problema.

No iba a permitir que nadie ni nada interfiriera en su programa, razón por la cual siempre tenía un plan de actuación alternativo en la cabeza. Anticiparse y responder. Ésa era la clave.

Dejó escapar un sonoro bostezo. Había que preparar tantas cosas, y como era meticuloso hasta la exageración en todo lo que hacía, necesitaba cada minuto de las dos próximas semanas para preparar su especial celebración del Cuatro de Julio.

Prometía ser... explosiva.

Gracias a su servicial amiga, Internet, en ese momento se dirigía a San Luis. Era un invento maravilloso. El cómplice perfecto. Nunca gemía ni se quejaba ni lloraba ni exigía. Y no tenía que perder un tiempo precioso entrenándola. Era como una puta bien pagada, que le daba todo lo que quería y cuando quería. Sin preguntas.

¿Quién habría imaginado que fuera tan fácil aprender a fabricarse uno sus propias bombas en tres sencillos pasos que hasta un niño con una inteligencia media podría seguir, y con ilustraciones en color para ayudar a los torpes? Si uno tenía dinero —y él lo tenía— podía encargar detonadores más sofisticados —que es lo que había hecho— y preciosos equipos de «realce» que convertían pequeñas detonaciones que cosquilleaban en los oídos en explosiones que los hacían sangrar, y además con la garantía de la devolución del dinero si no conseguían hacer volar una manzana de viviendas. No tenía ningún deseo de encontrar componentes nucleares, pero tenía la sensación de que si dedicaba el tiempo necesario a buscar en las salas de chateo clandestinas y llegaba a simpatizar de verdad con aquellos estúpidos anarquistas entregados a la causa, encontraría de todo excepto plutonio. Las armas tampoco eran un problema, siempre y cuando supieras dónde tenías que pinchar. Y por supuesto, él lo sabía. Sí, lo sabía.

Aunque había comprado un montón de pequeños adminículos de lo más interesante a través de Internet, no había encargado los explosivos porque sabía que las mulas podían estar vigilando las visitas. Sin embargo, había conseguido la conexión que necesitaba de uno de sus colegas, que le había puesto en contacto con un vendedor ilegal que operaba desde el Medio Oeste, y ésa era la razón de que en ese momento se dirigiera como si tal cosa por la I-70 con su lista de la compra en el bolsillo.

Localizó un área de servicio al borde la carretera un poco más adelante y pensó en parar para poder sacar la copia de la cinta de la parte de atrás de la furgoneta. Quería volver a escuchar la voz del sacerdote, pero entonces vio un coche de policía aparcado y cambió de idea de inmediato.

Lo más probable era que las mulas ya estuvieran escuchando la cinta mientras tomaban copiosas notas. Aunque no les iba a servir de nada. No eran tan listos como él. No sacarían nada de su voz, excepto quizá su región de procedencia, ¿y a quién le importaba eso? Jamás descubrirían su juego hasta que éste acabara y él hubiera ganado.

Sabía cómo lo estarían llamando las mulas. El *sudes*. Le gustaba cómo sonaba y decidió que Sujeto Desconocido era el mejor de los apodos que jamás le habían puesto. Le atraía su simplicidad, supuso. Al usar la palabra «desconocido», las mulas —el apodo que les había puesto a los agentes del FBI— estaban admitiendo lo ineptos e incompetentes que eran, y en su estupidez e ignorancia había algo honesto y puro. En realidad, las mulas sabían que eran unas mulas. Qué placer.

—«¿Ya nos hemos divertido?» —gritó, mientras avanzaba por la carretera. Y se volvió a reír—. Bueno, sí que nos hemos divertido. —Y, riéndose entre dientes, añadió—: Sí, señor.

8

Poco después de las dos llegaron a la rectoría dos detectives del Departamento de Policía de Kansas City, Maria Rodrigues y Frances McCann. Mientras duró el interrogatorio, Nick, atento y silencioso, no se movió del lado de Laurant. Dejó que las dos detectives llevaran la voz cantante y no interfirió en las preguntas ni opinó o sugirió nada sin que le preguntaran. Cuando se levantó para salir de la habitación, Laurant tuvo que esforzarse en no agarrarlo para que se quedara allí. Quería que estuviera cerca, aunque sólo fuera para apoyarla moralmente, pero Nick había recibido una llamada telefónica de un hombre llamado George Walker, un especialista en comportamiento criminal asignado al caso.

Tommy se unió a ellos, y los dos primeros minutos con él fueron muy previsibles. Al igual que la mayoría de las mujeres que conocían por primera vez a su hermano, las detectives parecieron quedar cautivadas y con ciertas dificultades para dejar de mirarlo.

—¿Es usted un sacerdote hecho y derecho? —le preguntó la detective McCann—. Quiero decir que si ha sido ordenado y todas esas cosas.

Ignorante por completo de las palpitaciones que solía causar en la mayoría de las mujeres, Tommy le dedicó una de sus radiantes sonrisas y respondió:

—Hecho y derecho.

—Tal vez deberíamos ceñirnos a la investigación —sugirió Rodrigues a su compañera.

McCann abrió su libreta con gran revuelo de hojas y miró a Laurant.

—¿Le ha dicho su hermano cómo conseguimos la cinta? —Sin esperar a que le contestara, prosiguió—: El muy hijo de puta entró en la comisaría como si tal cosa en algún momento de la noche, dejó su pequeño paquete y se largó con la misma pachorra con que llegó. Fue el momento perfecto gracias al cristo que había allí montado. Acababan de realizarse dos grandes redadas antidrogas, y durante casi una hora los camellos no dejaron de arrastrar sus culos limpios de drogas por allí dentro. El policía de guardia dice que no vio el paquete hasta que las cosas se calmaron. En cualquier caso, pensamos que debía de ir vestido de azul, como un patrullero, o que simuló ser un abogado que iba a pagar la fianza de su cliente. Nadie recuerda haber visto a alguien con un sobre manila —añadió—. Es donde estaba la cinta y, para ser sinceros, dudo de que con aquel ajetreo alguien se hubiera percatado del sobre si el hijo de puta no hubiera llamado.

—Llamó al 911 desde una cabina de la City Center Square —terció Rodrigues—. No está lejos de aquí.

—El tipo los tiene bien puestos, hay que reconocerlo —recalcó McCann. Luego, se puso colorada y soltó—: Perdón por el vocabulario, padre. Llevo demasiado tiempo con Rodrigues.

—Entonces, ¿qué es lo que nos puede contar? —preguntó Rodrigues a Laurant.

La interpelada levantó las manos en un gesto de impotencia. No tenía la más ligera idea de cómo ayudarlas; ni siquiera se le había ocurrido una teoría plausible de por qué había sido escogida como blanco.

Las detectives no tenían ninguna pista todavía, aunque no era porque no lo hubieran intentado. Ya habían indagado por el vecindario en busca de testigos que pudieran haber detectado en las cercanías la presencia de un extraño o de algún coche el sábado anterior por la tarde. Nadie había visto ni oído nada fuera de lo normal, lo cual no había sorprendido a las detectives.

—La gente de por aquí desconfía de la policía —explicó Rodrigues—. Esperamos que si alguien vio algo extraño se lo confíe a monseñor, o incluso aquí al padre Tom. Los feligreses confían en sus curas.

Ni Rodrigues ni McCann eran optimistas en cuanto a la posibilidad de atrapar pronto al sudes. Tendrían que esperar y ver qué sucedía. Tal vez la carta que, según le había dicho el hombre a Tommy, iba a mandar arrojase alguna luz. Pero también pudiera ser que no.

—Aparte de la agresión al padre Tom, no se ha cometido ningún otro delito —dijo McCann—. Al menos no todavía, de todas maneras.

—¿Quiere decirme que si soy asesinada, entonces lo investigarán? —preguntó Laurant con más aspereza de la que pretendía.

McCann, la más franca de las dos, respondió:

—¿Quiere que lo endulce o que sea sincera?

—Sea sincera.

—Muy bien —contestó—. Somos bastante territoriales, como los gatitos, y dependería de dónde tirase el cadáver. Si es en nuestra ciudad, nos encargamos del caso.

—Ya se ha cometido un delito —les recordó Tommy.

—Sí —convino Rodrigues—. Lo atacaron, pero...

Tommy la interrumpió.

—No me refería a eso. Confesó que había matado a otra mujer.

—Sí, bueno, dijo que lo había hecho —le replicó Rodrigues—. Puede haber mentido sobre eso.

Sin que nadie se lo pidiera, McCann opinó que el incidente del confesionario habría sido una broma de mal gusto de un hombre airado que, quizá, tuviera una cuenta pendiente con el padre Tom y quisiera cobrársela. Ésa era la razón, explicó, de que en su primera visita hubieran perdido tanto tiempo preguntándole sobre posibles enemigos.

—Mire, no nos vamos a cruzar de brazos —le aseguró Rodrigues a Laurant—. Pero aún no tenemos mucho para seguir adelante.

—Y no es nuestra jurisdicción.

—¿De dónde saca eso, detective McCann?

Era Nick quien había preguntado. Estaba apoyado contra la jamba de la puerta, observando a las detectives.

McCann respondió con hostilidad.

—El sudes informó del crimen aquí, en Kansas City, pero dejaba bien claro en la cinta, claro para nosotros, en cualquier caso, que vive en o en los alrededores de Holy Oaks, Iowa. Compartiremos lo que tenemos con la policía de allí, y, por supuesto, no archivaremos el caso... por si vuelve.

—Tal y como lo vemos, el FBI está metido en esto. ¿De acuerdo? Seguro que se os ocurre algo, chicos —abundó Rodrigues.

McCann asintió con la cabeza.

—No nos gustaría interferir en una investigación del FBI.

—¿Desde cuándo? —replicó Nick.

McCann sonrió.

—Eh, vamos a intentar llevarnos bien. No veo por qué no podemos trabajar juntos en esto. Nos dais lo que tenéis, y si averiguamos algo estaremos encantados de compartirlo con vosotros.

No estaban llegando a ninguna parte. Después de darle sus tarjetas a Laurant, las detectives abandonaron la rectoría. Laurant se sentía terriblemente frustrada por la falta de acción, pese a darse cuenta de que sus expectativas no habían sido realistas. Quería respuestas y resultados —quizás, incluso, un milagro— que acabaran con aquella pesadilla, pero cuando las detectives se marcharon, se sintió abatida. Como su hermano parecía tan aliviado porque se estuviera haciendo algo —la caballería había llegado, después de todo—, no le dijo cómo se sentía. De hecho, ni siquiera tuvo oportunidad de hablar con él el resto de la tarde. La atención de su hermano estaba en otra parte.

Tommy estaba tan nervioso por los acontecimientos que se olvidó de que era sábado por la tarde. Pero entonces miró por casualidad a través de la ventana y vio que los niños lo estaban esperando. Los sábados calurosos en que Tommy estaba en la ciudad había una tradición en la parroquia de la Misericordia, y el cura no estaba dispuesto a dejar que nada se interpusiera en el ritual que tanto significaba para los niños del barrio. Todas las demás obligaciones y preocupaciones desaparecieron a las tres menos cuarto, cuando una gran cantidad de niños del vecindario se congregó en el aparcamiento de la iglesia y empezaron a gritar que saliera el padre Tom. Se puso unos pantalones cortos y una camiseta, se quitó los zapatos y los calcetines y cogió una toalla. Obligó a Laurant a quedarse dentro —era más seguro, le dijo—, pero su hermana podía ver la diversión por una de las ventanas.

Como era costumbre, y para prever cualquier complicación imprevista, a las tres en punto llegó una autobomba, y dos bondadosos bomberos fuera de servicio cerraron la verja del aparcamiento y abrieron la boca de incendios. Los niños, desde los más pequeños hasta los adolescentes, esperaron con impaciencia a que los bomberos ajustaran la pesada boquilla entre las verjas de acero y la sujetaran con unas abrazaderas a los raíles para que la manguera no resbalara por todos los lados. Los niños llevaban pantalones cortos y vaqueros cortados; ninguno tenía bañador —semejante atavío no estaba al alcance de sus padres—, pero eso no hacía mella en su entusiasmo. Después de apilar sus toallas y zapatos en las escaleras de la rectoría, se pusieron a jugar en el agua hasta que sus ropas estuvieron empapadas, chapoteando y gritando con tanto entusiasmo como cualquier niño de un club de campo. En la Misericordia no había lujosas piscinas en forma de riñón con trampolines y toboganes; se apañaban con lo que tenían, y durante una hora, mientras los bomberos y los demás adultos que habían seguido a sus pequeños se sentaban con monseñor en el porche y sorbían limonada fría, reinó el caos.

Cuando Tommy no estaba ocupado en sujetar a los más pequeños para que no fueran barridos contra los arbustos por la fuerza del chorro, se encargaba del botiquín y administraba Neosporín, tiritas fluorescentes y consuelo para las rodillas y codos desollados. Después de que los bomberos cortaran el agua y se preparasen para irse, monseñor repartió polos entre los niños. Aunque hubiera poco dinero o las colectas hubieran sido escasas durante la semana, siempre se ahorraba lo suficiente para esos lujos.

Una vez que terminó el pandemonio, y que los agotados y empapados niños se fueron a casa, monseñor McKindry insistió en que Nick y Laurant se unieran a Tommy y a él para una cena tranquila. Tommy y Nick la prepararon. Nick asó el pollo a la parrilla y Tommy hizo una ensalada de judías verdes recién cogidas de la huerta de monseñor. Una vez en la mesa, la conversación giró en torno a la reunión del anciano, que entretuvo a sus huéspedes con una anécdota tras otra sobre los problemas que él y sus amigos habían ocasionado durante su época de seminaristas. Por un acuerdo tácito, durante la cena nadie habló de lo que el viejo sacerdote denominó «acontecimiento inquietante», pero, más tarde, cuando monseñor McKindry y Laurant fregaban y secaban codo con codo los cacharros, el párroco volvió a sacar el tema al preguntarle cómo sobrellevaba la inquietud. Le dijo que estaba asustada, por supuesto, pero también tan furiosa que le gustaría empezar a tirar cosas. Monseñor se lo tomó al pie de la letra y le arrebató de inmediato el plato que estaba secando.

—Cuando tu hermano se enteró de que tenía cáncer, supe que se sentía impotente y frustrado, y furioso, pero luego decidió hacerse cargo de su tratamiento. Leyó cuanto pudo sobre el tipo concreto de cáncer que padece, lo cual no fue nada fácil porque se trata de una clase muy rara. Estudió todas las revistas médicas y se entrevistó con un buen número de especialistas en la materia, hasta que encontró al hombre que había establecido el protocolo para el tratamiento.

—El doctor Cowan.

—Sí —contestó monseñor—. Tom tuvo el pálpito de que el doctor Cowan podía ayudarlo. No esperaba milagros, claro, pero tenía fe en él, y el médico parecía saber lo que se hacía. Tu hermano libra solo esta batalla —añadió—. Y ésa fue la razón de que cuando el oncólogo se trasladó al Centro Médico de Kansas, Tom lo siguiera. Lo que intento aconsejarte, Laurant, es que te hagas cargo. Piensa en la manera de hacerlo y, a partir de ahí, no te volverás a sentir tan indefensa ni atemorizada.

Cuando terminaron de limpiar la cocina, monseñor preparó uno de sus ponches especiales, cuya propiedad de calmar los nervios destrozados estaba garantizada. Luego, le dio las buenas noches y subió a acostarse. La bebida era amarga, pero Laurant se la bebió diligentemente por las muchas molestias que el anciano se había tomado por ella.

Había sido un día endemoniado. Ya era tarde, casi las diez, y la tensión la había agotado. Se sentó junto a su hermano en el sofá del salón de la rectoría e intentó prestar atención mientras los dos amigos exponían sus planes. Pero le costaba concentrarse y no pudo evitar que sus pensamientos divagaran. Ni siquiera parecía capaz de abstraerse del ruido de fondo. Un viejo aire acondicionado, apuntalado en la ventana contigua a la chimenea, zumbaba sin parar como un enjambre de abejas furiosas, aunque apenas enfriaba el cuarto. De vez en cuando, el aparato se estremecía con violencia antes de volver al monótono zumbido, lo que hizo que Laurant se convenciera de que el cacharro se iba a caer por la ventana de un bote. La condensación del aire frío goteaba en una olla que Tommy había colocado debajo de la ventana a fin de proteger el suelo de madera que el cura estaba dispuesto a renovar un día de ésos. El constante goteo la estaba distrayendo.

Nick estaba lleno de energía. Paseaba por el salón con la cabeza gacha mientras escuchaba lo que decía Tommy. Su hermano, advirtió Laurant, estaba más tranquilo; se había quitado las zapatillas de deporte y tenía los pies sobre la otomana. En uno de los calcetines blancos había un agujero enorme, aunque el cura no advertía o no le importaba que el dedo gordo le asomara por allí. Tommy no paraba de bostezar.

Laurant se sentía tan mustia y exánime como una muñeca de trapo. Dejó la taza de porcelana sobre la mesa, se hundió en el blando cojín del sofá, respiró hondo un par de veces y cerró los ojos. Tal vez al día siguiente, después de dormir toda la noche, estuviera más lúcida.

Perdida como estaba en sus pensamientos, se sobresaltó cuando Tommy le dio con la rodilla para reclamar su atención.

—¿Te duermes?

—Estaba a punto.

—Creo que tú y Nick deberíais quedaros aquí esta noche. Tenemos dos habitaciones libres. Son espartanas, pero aceptables.

—Sólo tenéis una libre —dijo Nick—. Noah llegará en cualquier momento.

—¿Quién es Noah? —preguntó Laurant.

—Un amigo —le respondió Nick—. Viene de Washington.

—Nick piensa que necesito una niñera.

—Guardaespaldas —le corrigió su amigo—. Noah es bueno en lo que hace. Se va a pegar a ti como un chicle a un zapato. No hay nada que discutir.

No puedo estar en dos sitios a la vez, y puesto que quieres que me quede con Laurant, te voy a poner encima a Noah.

—¿Crees que Tommy corre peligro? —preguntó Laurant.

—No voy a correr ningún riesgo.

—¿Noah es del FBI?

—No exactamente.

Nick no entró en detalles, pero Laurant sentía demasiada curiosidad para dejar el tema.

—Entonces, ¿de qué lo conoces?

—Trabajamos juntos. Noah es... un especialista y Pete lo utiliza de vez en cuando. Tuve que recordarle que me debía un favor para conseguirlo; anda agobiado de trabajo.

—Como guardaespaldas.

—Podría decirse así.

—No me vas a decir cuál es su especialidad, ¿verdad?

Nick sonrió con franqueza.

—No, no te lo voy a decir.

Tommy bostezó ruidosamente

—¿Todo decidido, entonces?

—¿Qué es lo que está decidido? —preguntó Laurant.

—¿No has estado escuchando? Hemos estado hablando del asunto los últimos quince minutos.

—No, no he prestado atención —admitió, y como era su hermano, no se sintió en la necesidad de disculparse—. ¿Qué es lo que habéis resuelto?

—Te vas a ir con Nick. —Miró de reojo a su amigo y añadió—: En cualquier caso, es lo que he decidido. Nick tiene sus dudas.

—¿Ah, sí? ¿Y adónde se supone que vamos a ir?

—A Nathan's Bay —contestó—. Puedes quedarte con la familia. Estarían encantados de verte, y sé que han estado suplicando que vayas. Es un lugar estupendo, Laurant, y además está aislado. Sólo hay una manera de entrar y de salir —añadió—: Por un puente. Te aseguro que te gustará. El jardín delantero es como un campo de rugby, y justo a continuación está el agua. Es posible que Theo te lleve a navegar. Ya conoces al hermano de Nick, ¿te acuerdas?

—Sí, claro que me acuerdo de él. Se quedó con el abuelo y conmigo una semana después de acabar derecho.

—¿No sigues escribiéndote con Jordan? —preguntó, refiriéndose a la hermana de Nick.

—Sí, y me encantaría volver a verla, y al juez, y también a la señora Buchanan, pero...

Tommy abortó la inminente protesta de Laurant.

—Y así, por fin, conocerás a todos los demás —insistió—. Seguro que se pasarán por casa para verte.

—Sería maravilloso, pero éste no es el momento, Tommy.

—Es la ocasión perfecta. Estarás a salvo, y eso es todo cuanto debes considerar ahora.

—¿Qué te hace pensar que ese lunático no me va a seguir? ¿Has pensado en la familia de Nick? No los puedo poner en peligro.

—Tomaríamos medidas —dijo Nick. Se sentó en el sillón del otro lado de la otomana y se inclinó hacia delante, rodeándose las rodillas con los brazos—. Pero creo que seguiremos aquí un día más, quizá dos.

—¿A esperar la carta que según le dijo el hombre a Tommy había enviado a la policía?

—Para eso no tenemos que esperar.

—Quiero que mi hermana se vaya de aquí ahora —insistió Tommy.

—Sí, ya sé que lo quieres.

—Entonces, ¿por qué quieres esperar? Es peligroso —argumentó.

—Dudo de que nuestro hombre siga en Kansas City. Ha hecho lo que vino a hacer aquí; lo más probable es que haya vuelto a casa. Nos quedamos porque va a venir Pete. Quiere supervisar la investigación personalmente, y desea hablar contigo.

—¿De qué? —preguntó Laurant—. ¿Qué puede decirle Tommy que ya no sepa?

Nick sonrió.

—Muchas cosas —dijo.

—¿Cuándo llega?

—Mañana.

—Cuando le llamé, estaba bastante trastornado —dijo Tommy—. Estaba desesperado por encontrarte porque me figuraba que sabrías qué hacer.

—¿Y sigues pensándolo? —preguntó Nick.

—Por supuesto.

—Entonces, deja que haga mi trabajo. Laurant y yo esperaremos a hablar con Pete antes de que me la lleve. Voy a protegerla, Tommy, y no te va a quedar más remedio que confiar en mí.

El sacerdote asintió con un lento movimiento de cabeza.

—Intentaré no entrometerme. ¿Es suficiente?

Alguien llamó al timbre de la puerta y la conversación se interrumpió de golpe. Nick le dijo a Tommy que se quedara donde estaba y se dirigió a la puerta. Laurant advirtió que mientras salía de la habitación soltaba el cierre de la cartuchera de un tirón.

—Seguro que es el amigo de Nick, Noah.

—¿Crees que duerme con ella? —le preguntó en un susurro.

—¿Si duerme con qué?

—Con el arma.

Tommy se rió.

—Claro que no. No te gusta, ¿verdad?

—No me gustan las armas.

—¿Y Nick?

Se encogió de hombros.

—Ya me gustaba antes de conocerlo por ser tan amigo tuyo, y parece muy simpático.

—¿Es eso lo que piensas? —preguntó Tommy, y se volvió a reír—. A Nick le encantaría oírlo. Cuando llega el momento de la verdad, y las cosas se ponen feas, no es nada simpático. Eso es lo que lo hace bueno.

Antes de que Laurant pudiera darle la lata pidiéndole más detalles, Nick regresó al salón. Su amigo Noah lo seguía.

La primera impresión del guardaespaldas de Tommy resultó impactante. Laurant tuvo la sospecha de que si alguna vez se veía envuelto en una trifulca, saldría victorioso y encantado del buen rato pasado haciendo chocar cabezas.

Llevaba unos vaqueros descoloridos y una camiseta gris claro, y su pelo rubio rojizo pedía a gritos un buen corte. No parecía sobrarle ni un gramo de grasa en ninguna parte, y los músculos de los brazos tensaban las mangas de la camiseta. Una cicatriz debajo de la ceja y una sonrisa diabólica le conferían un aire libertino; incluso antes de que abriera la boca, Laurant supo que era un coqueto y un donjuán. Mientras atravesaba el salón para estrecharle la mano a Tommy, el sujeto ya le había echado un rápido vistazo a Laurant, y su mirada, tal y como había advertido ella, se había demorado en sus piernas un poco más de lo necesario.

—Te agradezco enormemente que hayas encontrado un hueco en tu apretada agenda para venir —dijo Tommy.

—Sí, bueno, para ser sinceros no tuve elección. Lo pedía Nick.

—Está en deuda conmigo —explicó Nick.

—Es verdad —confirmó Noah, todavía con la mirada fija en Laurant—. Y nunca deja que me olvide.

Cuando Tommy le presentó a su hermana, le cogió la mano a Laurant y no se la soltó.

—Eres bastante más bonita que tu hermano —dijo arrastrando las palabras. Miró a Nick y añadió—: Eh, tengo una gran idea.

—Olvídala —contestó Nick.

Como si no le hubiera oído, Noah sugirió:

—¿Por qué no la cojo a ella y tú te quedas con el hermano?

—Está en zona prohibida, Noah.

—¿Cómo es eso? —preguntó, con los ojos clavados en Laurant—. ¿Estás casada?

—No —respondió la aludida, sonriendo pese al extravagante comportamiento del recién llegado.

—Entonces, no veo el problema. La quiero, Nick.

—Peor para ti —le respondió Nick con brusquedad.

La sonrisa de Noah se intensificó. Sin duda, había obtenido la reacción que quería, porque le guiñó el ojo a Laurant como si fuera su cómplice en el juego de irritar a Nick. Por fin le soltó la mano y se volvió de nuevo hacia Tommy.

—Entonces ¿cómo te llamo? Tom o Tommy o lisa y llanamente cura.

—Llámalo «padre» —terció Nick.

—Pero no soy católico.

—Tom o Tommy será perfecto —dijo Tommy.

—Pete me dijo que tenías una copia de la cinta —dijo entonces Noah. Su sonrisa se había esfumado—. Creo que debería escucharla.

—Está en la cocina —le informó Tommy.

—Bien —contestó—. Estoy hambriento. ¿Tenéis algo de comer?

—¿Te gustaría que te preparase algo? —le ofreció Laurant.

Cuando Noah la miró de nuevo, la sonrisa volvía a estar instalada en su sitio con firmeza.

—Sí, me encantaría.

A Nick, sin embargo, no le gustó un pelo. Sacudió la cabeza y dijo:

—Te puedes preparar algo tú mismo. Ahora que estás aquí, Laurant y yo nos vamos a ir. Está hecha polvo.

—¿Cuál es el programa para mañana? —preguntó Noah.

—Tengo que volver al hospital para hacerme un par de pruebas —dijo Tommy—. Sólo rutina —añadió para tranquilidad de Laurant.

—Demonios, odio los hospitales.

—Pues deberían enviarte notas de agradecimiento —comentó Tommy con sequedad—. Por lo que me ha contado Nick, les mandas muchos clientes.

—Qué va, yo elimino al intermediario. Los envío de cabeza a la morgue. Ahorra tiempo y dinero. —Noah miró de soslayo a su amigo—. ¿Qué le has dicho al cura de mí?

—Que tiras a matar.

Noah se encogió de hombros.

—Eso es más o menos verdad, pero bueno, tú también. Lo que pasa es que tengo mejor puntería.

—No, no la tienes —le rebatió Nick.

Laurant estaba fascinada por la conversación, pero no fue capaz de discernir si Noah estaba de broma o decía la verdad.

—¿Has matado a mucha gente?

—Bueno, Laurant, tú sabes que no debes preguntarme eso. No puedo matar y hablar. Además, jactarse es un pecado, ¿verdad, Tom?

Nick se rió.

—La jactancia es el menor de tus pecados, Noah.

—Eh, soy un buen tipo. Me gusta verme como un ecologista.

—¿Y eso? —preguntó Nick.

—Aporto mi granito de arena para hacer del mundo un lugar mejor. —Se volvió hacia Tommy y le preguntó—: ¿Vamos a estar en el hospital todo el día?

—No, tengo hora temprano para radiología. Deberíamos de estar de vuelta aquí a las ocho o las nueve.

—¿Ya te toca otra resonancia magnética? —preguntó Nick con un brillo malicioso en la mirada—. Si es así, la verdad es que me gustaría acompañarte.

—¿Qué hay de gracioso en una resonancia magnética? —preguntó Noah.

Nick sacudió la cabeza. Tommy respondió poniéndose rojo como la grana.

—La verdad es que me van a hacer otra resonancia magnética, pero Nick no puede acompañarme. No le dejan entrar en radiología.

Noah quería saber los detalles, y Laurant no tardó en darse cuenta de cuál era la razón de que Nick y Tommy no se los dieran. Se hacían los remolones, evitando dar explicaciones, como unos colegiales traviesos que hubieran sido llevados ante el director.

—Si me perdonáis, voy a buscar el bolso.

No había llegado siquiera a la cocina cuando oyó las carcajadas. Tommy estaba contando la anécdota, pero como hablaba en voz muy baja, Laurant sólo pudo coger una o dos palabras. Fuera lo que fuese lo que hubiera ocurrido con Nick en el servicio de radiología, a los tres hombres les resultaba divertidísimo. Encontró el bolso en el suelo, al lado de la silla, se lo colgó del hombro y se apoyó contra la mesa mientras esperaba a que acabaran las risotadas.

Nick entró en la cocina buscándola.

—¿Preparada?

Laurant asintió con la cabeza y lo siguió a la puerta principal. Tommy se encorvó para que pudiera besarlo en la mejilla, y Noah lo imitó de inmediato.

Laurant lo apartó riéndose.

—Eres un ligón terrible.

—Sí, sí que lo soy —convino—. Y tú eres una mujer condenadamente bonita.

—Cuida de mi hermano —dijo Laurant sin hacer caso del cumplido.

—No te preocupes. Me han entrenado justo para eso. Procedo de una larga estirpe de policías, así que soy un protector nato. Lo llevo en los genes —añadió—. Que duermas bien, Laurant.

Ella asintió con la cabeza. Nick abrió la puerta, pero se detuvo en el umbral.

—¿Noah? ¿Cuál es tu apellido?

—Clayborne —contestó—. Noah Clayborne

9

El coche de Laurant era un cacharro. El carburador se obstruía, necesitaba un cambio de bujías y la transmisión patinaba. A Nick le sorprendió que
hubieran podido atravesar la ciudad con él para llegar al hotel.

Había hecho las reservas desde la rectoría. Estaban registrados bajo los
nombres de señor y señora Hudson. Pasaron por la recepción para recoger las
llaves, y subieron. En el ascensor, Nick le dijo a Laurant que había hecho que
trasladaran su ropa.

—Muy eficiente por tu parte.

—Soy del tipo eficiente.

Salió del ascensor el primero, se aseguró de que el largo pasillo alfombrado
en rojo estuviera vacío, y empezaron a recorrerlo uno al lado del otro. Reinaba
un silencio sepulcral. Su habitación estaba al final del pasillo. Nick introdujo la
tarjeta de plástico en la cerradura y abrió la puerta con un empujón.

—¿Te comenté que teníamos la *suite* nupcial? Es la única que les quedaba
disponible. Vamos, Laurant, no te sientas tan violenta conmigo. —Cuando
vio su expresión, añadió a toda prisa—: Parece que quieras echar a correr.

Laurant se obligó a sonreír. Era una situación violenta, pero estaba decidida a superarla.

—Estoy demasiado cansada para echar a correr.

—¿Quieres que te entre en brazos?

Laurant no contestó. Por fin, Nick la empujó suavemente para que se moviera, y entró en la *suite* de un solo dormitorio con paso vacilante. Oyó el chasquido de la puerta a sus espaldas y sintió una repentina punzada nerviosa. No era el momento de mostrar vergüenza ni timidez, se recordó. Nick se había parado justo detrás de ella. Laurant sintió el calor de su cuerpo y se apartó a toda prisa de él para examinar el salón. Estaba decorado con buen gusto en unos suaves y relajantes tonos marrón topo. Había dos sofás de felpilla color chocolate, puestos uno enfrente del otro a ambos lados de una mesa de café de mármol negro. En el centro de la mesa habían colocado un gran jarrón de cristal lleno de flores primaverales recién cortadas, y sobre el aparador situado delante de la triple ventana que daba a la explanada iluminada se veía una bandeja con fruta, queso y galletas, así como una botella de champán sumergida en un cubo de ónice negro.

Nick estaba haciendo algo raro con la puerta. Tenía un cable delgado en la mano y lo estaba enlazando alrededor del pestillo. Del extremo del cable colgaba una diminuta caja cuadrada del tamaño de una pila de nueve voltios; cuando terminó de enrollar el cable alrededor del pomo, dio la vuelta a la caja y una luz roja empezó a parpadear de repente.

—¿Qué es eso?

—Mi particular sistema de alarma —le dijo—. Jordan lo diseñó para mí. Si alguien intenta entrar mientras me ducho o estoy durmiendo, me enteraré.

Se levantó, balanceó los hombros y sugirió a Laurant que se preparase para acostarse.

—Utilizaré este baño; te puedes quedar con el del dormitorio.

Laurant asintió con la cabeza y atravesó la puerta que separaba el salón del dormitorio; de pronto, se detuvo. Había una cama de matrimonio con un edredón y sábanas blancas, abierta para la noche. Una rosa roja con el tallo largo reposaba en medio de la cama, y sobre ambas almohadas habían colocado unas chocolatinas Godiva envueltas en un reluciente papel rojo.

—¿Qué ocurre? —preguntó Nick al ver que seguía parada en la entrada.

—Hay una rosa en la cama.

Nick atravesó la estancia para verlo por sí mismo.

—Bonito detalle —comentó.

Nick estaba apenas a unos centímetros, apoyado contra la jamba de la puerta.

—Es la *suite* nupcial —dijo Laurant sin ser capaz de mirarlo abiertamente.

—Ajá, así es —admitió Nick—. ¿Vuelves a sentirte violenta?

—No, en absoluto —mintió.

—Quédate con la cama; yo dormiré en el sofá de ahí fuera.

Laurant oyó un sonoro crujido. Nick le acababa de pegar un enorme mordisco a una manzana. El zumo le goteó por la barbilla, se limpió despreocupadamente con el dorso de la mano y le ofreció la manzana a Laurant, que se inclinó y le dio un mordisco mucho más pequeño.

La tensión desapareció y de repente Nick volvió a ser nada más que el mejor amigo de su hermano mayor. Laurant se dirigió hacia el baño, y mientras revolvía el contenido de su bolsa buscando el camisón, con el rabillo del ojo lo vio tumbarse en la cama y coger el mando a distancia del televisor. Permaneció debajo de la ducha un buen rato, dejando que el agua caliente le cayera sobre los hombros hasta que toda la tensión del día acabó por desaparecer. Cuando terminó de secarse el largo pelo, se sentía agotada. Se puso un camisón Penn State, que le quedaba enorme, se aplicó un poco de crema hidratante y cogió el tubo de loción corporal Chanel; por fin, volvió al dormitorio.

Nick se había puesto cómodo. Recostado sobre las almohadas que había apoyado contra el cabezal de la cama, sus largas y musculosas piernas se extendían por delante de él cruzadas por los tobillos. Se había puesto unos viejos pantalones cortos deshilachados y una camisa blanca. Todavía tenía el pelo mojado por la ducha y estaba descalzo. Una libreta y un bolígrafo descansaban sobre su regazo, y tenía el mando del televisor en la mano. Parecía absolutamente relajado.

En el interior del armario empotrado, había colgadas unas batas de regalo, pero Laurant había olvidado llevarse una al baño, y puesto que Nick acababa de dedicarle una mirada algo más que rápida y había vuelto a concentrarse en el televisor, dejó de preocuparse por ser tan gazmoña y formal. Después de todo, no estaba medio desnuda con un picardía; el camisón la cubría desde el cuello hasta las rodillas.

Nick tenía la mirada clavada en el televisor. En apariencia, estaba inmóvil, concentrado en la pantalla, pero por dentro sus pensamientos estaban haciendo cabriolas. Cuando Laurant había salido del baño, él lo había registrado todo, aquellas piernas increíblemente largas, la ondulación suave de los pechos bajo la fina tela, el hermoso cuello, las mejillas sonrosadas y la boca perfecta. No creía que hubiera podido excitarse más si hubiera aparecido vestida con uno de aquellos explícitos *bodies* de encaje del catálogo de Victoria's Secret.

Ah, sí, se había percatado de todo en menos de tres segundos como máximo. Apartar la vista le había exigido hasta el último gramo de disciplina, y por Dios que si Laurant le hubiera preguntado por lo que estaba viendo en ese momento en el televisor, no habría sido capaz de decírselo.

88

Estaba un tanto escandalizado —y un mucho disgustado— por su manera de reaccionar ante ella.

—Eres igual que mi hermano —comentó Laurant mientras estiraba las piernas, se bajaba la camisa de dormir y se colocaba dos gruesas almohadas debajo de la espalda. Imitándolo, cruzó los tobillos y empezó a desenroscar el tapón de la loción.

Había mucho espacio entre ambos en la cama de matrimonio, pero seguía siendo una cama. «Olvídalo —se dijo a sí mismo Nick—. Es la hermanita de Tommy.»

—¿Qué decías? —preguntó Nick.

Laurant se estaba frotando los brazos con la loción rosa cuando le contestó.

—Decía que eres igualito que mi hermano. Tommy siempre tiene el mando a distancia en la mano.

Nick sonrió abiertamente.

—Eso es porque conoce el secreto.

—¿Qué secreto?

—El que controla el mando a distancia, controla el mundo.

Ella se rió, y eso le animó a seguir.

—¿No te has fijado nunca en que el presidente siempre se palpa el bolsillo del chaleco? Se está asegurando de que el mando sigue allí.

Laurant puso los ojos en blanco.

—Y todo este tiempo yo convencida de que sólo era un tic nervioso.

—Ahora ya sabes la verdad.

Laurant dejó la loción sobre la mesita de noche y se metió debajo de la colcha. Se quedó mirando la televisión con la mirada perdida durante un minuto, pero los pensamientos se le agolpaban en la cabeza.

—Noah es bueno en lo suyo, ¿verdad? Ya sé que me dijiste que sí, pero al conocerlo me dio la sensación de que ya no tenía que preocuparme por Tommy. Noah me ha hecho sentir segura respecto a que cuidará de mi hermano. Bueno, ya sé que estaba bromeando sobre todo aquello de matar y no hablar... ¿Estaba bromeando, no? —preguntó.

Nick se rió.

—Sí, sí que lo estaba.

—Me dijiste que Pete lo utiliza de vez en cuando, pero que Noah no trabaja para el FBI.

—Trabaja y no trabaja. Es algo así como lo de estar un poco embarazada.

—No existe semejante cosa.

—Exacto —contestó—. A Noah le gusta considerarse un agente libre.

—Pero ¿no lo es?

—No. Está a las órdenes de Pete.

Laurant no estaba segura del significado de aquel comentario.

—Y dado que Pete trabaja para el FBI, y Noah trabaja para él...

—También trabaja para el FBI. Sólo que no se lo decimos así.

Laurant sonrió y dijo:

—No sé cuándo hablas en serio; estoy como atontada. Espero que mañana recuperaré la lucidez.

Mañana, cuando sus pensamientos no estuvieran bailando el *twist* en su cabeza, decidiría cómo manejar las cosas. Pero por el momento estaba demasiado cansada para pensar.

Se quedó dormida viendo el partido de hockey.

10

Cuando se despertó, oyó a Nick moverse por el salón. Cogió su bolsa y se metió corriendo en el baño para vestirse. Su elección indumentaria era limitada. Había salido de Holy Oaks tan deprisa que sólo había tenido tiempo para echar un somero vistazo al ropero. Cuando había hecho el equipaje, suponía que estaría en Kansas City sólo una noche, aunque había metido en la bolsa una falda corta de lino negra y un top blanco por si Tommy hubiera sido ingresado en el hospital. La falda tenía un aspecto como si hubiera dormido con ella puesta, pero tendría que servir.

Acababa de ponerse un zapato y alargaba la mano para coger el otro cuando Nick llamó con los nudillos a la puerta del baño.

—Ha llegado el desayuno —gritó—. En cuanto estés lista tenemos trabajo.

Laurant salió con un zapato en la mano.

—¿Qué clase de trabajo?

Nick señaló una libreta encima de la mesa.

—Pensé que deberíamos hacer una lista. Me servirá para empezar, pero ya te advierto que volveremos a repasarlo todo varias veces.

—No me importará. ¿Qué es exactamente lo que vamos a repasar?

Nick apartó una silla de la mesa y la esperó para sentarse.

—Un par de cosas. Primero, vamos a hacer una lista de la gente que pudiera tener un motivo de rencor contra ti. Ya sabes... enemigos. Gente que estaría encantada si desparecieras.

—Estoy segura de que hay gente a la que disgusto, pero, con toda sinceridad, no creo que ninguno deseara hacerme daño. ¿Parezco ingenua? —Se agachó para ponerse el zapato. Cuando se incorporó de nuevo, Nick le estaba poniendo un cruasán en el plato.

—Sí, lo pareces —contestó Nick—. ¿Quieres café? —le preguntó, alargando la mano hacia la cafetera.

—No tomo, pero gracias de todos modos.

—Yo tampoco bebo café. ¿Extraño, eh? Debemos de ser los dos únicos habitantes de la Tierra que no mantenemos a Starbucks.

Se sentó a horcajadas en la silla que estaba enfrente de Laurant y le quitó el capuchón a su pluma.

—Has dicho que primero íbamos a hacer la lista de enemigos. ¿Y qué más? —preguntó Laurant.

—Quiero que me hables de los amigos que quizá sean un poco demasiado atentos. Pero lo primero es lo primero. ¿Cuánto hace que vives en Holy Oaks?

—Casi un año.

—Te mudaste para estar cerca de tu hermano, y dentro de poco vas a abrir una tienda, ¿no es así?

—Sí. Compré un viejo edificio abandonado en la plaza del pueblo y ahora lo estoy rehabilitando.

—¿Qué clase de tienda?

—Todo el mundo la conoce como el *drugstore* de la esquina, porque es lo que era hace años, pero no venderé ninguna medicina, ni siquiera aspirinas. Va a ser un lugar donde puedan quedar los universitarios, aunque también, eso espero, adonde los padres pueden llevar a sus hijos a tomarse un helado. Será una heladería con un precioso mostrador de mármol y una gramola.

—Espíritu de los cincuenta o los sesenta, ¿eh?

—Algo así —confirmó Laurant—. He diseñado muchos logotipos e ilustraciones para las camisetas y estandartes de las asociaciones y residencias de estudiantes, y confío en hacer más. Encima de la heladería hay un desván con unas ventanas maravillosas y mucha luz. Ahí es donde pienso trabajar. La tienda no es grande, pero hay una galería en el exterior y tengo pensado poner mesas y sillas durante los meses de calor.

—No vas a hacer mucho dinero vendiendo helados y camisetas, pero bueno, supongo que con tu fideicomiso no tienes que preocuparte mucho al respecto.

Laurant no admitió ni dejó de admitir la suposición de Nick y se limitó a añadir:

—También hago muchos trabajos de diseño para los comerciantes locales, y este otoño voy a dar un cursillo.

—Sé que estudiaste arte en París —dijo Nick—. Pintas, ¿verdad?

—Sí —contestó Laurant—. Como aficionada.

—Tommy me contó que ni siquiera le has dejado ver una de tus obras.

—Cuando mejore, se las enseñaré. Si es que mejoro.

—¿Hay alguien que no quiera que abras la tienda?

—A Steve Brenner le encantaría verme fracasar, pero no creo que me hiciera daño o se lo hiciera a mi hermano sólo para obligarme a abandonar el pueblo. En una ocasión, incluso me pidió que saliera con él. La verdad es que es un problema. No le gusta oír la palabra no.

—Deduzco que no saliste con él.

—No, no lo hice. No me gusta ni un pelo. Para él, el dinero lo es todo. Dirige la Sociedad de Fomento de Holy Oaks. De veras, así es como se denominan a sí mismos, aunque sólo son dos. —Tras un instante de reflexión, añadió—: Steve Brenner es agente inmobiliario.

—¿Y el otro miembro de esa sociedad? —preguntó Nick mientras añadía el nombre de Brenner a la lista.

—El jefe de policía, Lloyd MacGovern.

—¿Y qué es lo que quieren hacer esos dos para el fomento de Holy Oaks?

—Quieren comprar todos los edificios que circundan la plaza para algunas promotoras inmobiliarias —dijo—. Steve es el cerebro del plan, el que intenta acapararlo todo. Aun cuando un propietario vendiera directamente a las inmobiliarias, Steve y el jefe de policía recibirían una comisión. Así lo estableció Steve, o eso se me ha dicho.

—¿Y para qué quieren las inmobiliarias los edificios?

—Quieren derruir todos esos preciosos edificios antiguos y levantar viviendas para la expansión de la universidad. Enormes y feos apartamentos para estudiantes casados.

—¿Y no podrían construirlas en otra parte?

—Sí, podrían, pero también planean levantar un hipermercado en las afueras del pueblo —explicó—. Si consiguen deshacerse de las tiendas de los alrededores de la plaza...

—Acapararán el mercado.

—Exacto.

—¿Quiénes son los promotores inmobiliarios?

—Griffen, Inc. —contestó—. No conozco a ninguno de los socios. Tienen la sede en Atlanta, y Steve es su portavoz. Están ofreciendo un montón de dinero a los propietarios... el mejor precio.

—¿Hay alguien más, aparte de ti, que se resista?

—En el pueblo hay mucha gente que quiere que se rehabiliten los edificios y no que se derriben.

—Sí, pero ¿cuántos de ellos tienen negocios en la plaza?

Laurant suspiró.

—Hasta el viernes pasado, todavía había cuatro de mi lado.

—¿Los demás han claudicado?

—Sí.

—Quiero que me hagas un croquis y que pongas los nombres de todos los propietarios. Puedes hacerlo más tarde —añadió.

—Muy bien —convino Laurant—. Aunque la he estado llamando plaza, en realidad se abre a un pequeño parque por un lado. Hay una fuente antigua preciosa. Por lo menos tiene sesenta o setenta años de antigüedad, pero sigue funcionando... y también hay un quiosco de música. Durante los meses de verano, los músicos locales se reúnen allí los sábados por la noche para tocar. Es verdaderamente encantador, Nick.

Cerró los ojos y empezó a recordar los nombres de los que habían vendido a Griffen, empezando por el combativo propietario de la ferretería.

—Margaret Stamp es dueña de una pequeña panadería situada en la manzana central —le explicó—. Y Conrad Kellogg es el farmacéutico del pueblo; tiene el local en la manzana que está justo enfrente de la mía. Es fundamental que se mantengan firmes, porque si vende uno de ellos, Griffen podrá echar abajo sus manzanas, y en cuanto levanten un solo edificio de apartamentos, la plaza está perdida.

—¿Qué ocurre si trasladan a Tommy y se va de Holy Oaks? ¿Venderás la tienda y lo seguirás?

—No, me quedaré donde estoy. Me gusta Holy Oaks. Estoy cómoda. Tiene una historia rica, y la gente se preocupa por los demás.

—No me imagino viviendo en un pueblo pequeño. Me volvería loco.

—A mí me gusta —dijo Laurant—. Me sentía segura hasta que ocurrió esto. Pensaba que en un pueblo pequeño sabrías quiénes eran tus enemigos. Supongo que estaba equivocada.

—Sé que te trasladaste a vivir allí después de que Tommy se pusiera enfermo.

—Estuvo al borde de la muerte.

—Pero se ha recuperado. Podrías haber pedido un permiso en la galería

94

de Chicago y volver una vez que Tommy estuviera mejor, pero, en cambio, te marchaste. ¿Qué sucedió?

Laurant bajó la mirada hacia el plato y se puso a ordenar nerviosamente los cubiertos sobre la mesa.

—No estaba corriendo tras mi hermano; estaba huyendo de una situación muy incómoda. Fue... un asunto personal.

—Laurant, te advertí que iba a invadir tu intimidad, ¿recuerdas? Lo siento si te da vergüenza hablar de cosas personales, pero vas a tener que hacerlo —añadió—. No te preocupes. No se lo diré a tu hermano.

—Eso no me preocupa. Es que fue... tan estúpido —dijo, volviendo a levantar la mirada hacia Nick.

—¿Qué es lo que fue estúpido?

—Conocí a un hombre en Chicago; trabajaba para él. Salimos una temporada y pensé que me había enamorado. Ésa fue la estupidez. Resultó ser un...

Tenía problemas para encontrar la palabra exacta que describiera al hombre que la había traicionado. Nick acudió en su ayuda.

—¿Canalla? ¿Escoria? ¿Bastardo?

—Canalla —decidió—. Sí, definitivamente era un canalla.

Nick pasó una hoja en su libreta y le preguntó el nombre del hombre.

—Joel Patterson —respondió—. Era el jefe del departamento.

—Y... ¿qué ocurrió?

—Lo encontré en la cama con otra mujer, una amiga, en realidad.

—¡Ay!

—No es divertido. Al menos no lo fue entonces.

—No, supongo que no lo fue —convino Nick—. Lo siento, no he sido muy delicado, ¿no es cierto? ¿Quién era ella?

—Sólo una mujer que trabajaba en la galería. No les duró mucho el lío, ahora está enrollada con otro.

—Dame su nombre.

—¿También la vas a investigar?

—Puedes jurarlo.

—Christine Winters.

Escribió el nombre en la libreta y miró a Laurant.

—Volvamos a Patterson un segundo.

—No quiero hablar de él.

—¿Sigues herida?

—No —respondió—. Sólo sigo sintiéndome estúpida. ¿Sabes que tuvo la desfachatez de culparme?

Nick levantó la mirada de la libreta y la miró de soslayo.

—¿Bromeas?

La expresión de asombro de Nick la hizo sonreír.

—Es verdad. Me dijo que había sido culpa mía que se hubiera acostado con Christine. «Los hombres tienes sus necesidades» —dijo, citándole.

—¿Y tú no se las satisfacías, eh?

—Vaya manera curiosa de decirlo. No, no lo hacía.

—¿Por qué?

—¿Perdón?

—Pensabas que lo querías. ¿Por qué no acostarte con él?

—¿Estás justificando...?

—No, claro que no. El tipo es un gilipollas. Sólo sentía curiosidad, eso es todo. Has dicho que lo amabas...

—No, he dicho que creía que me estaba enamorando de él —le corrigió mientras apartaba el cruasán y alargaba la mano hacia la mermelada—. Estaba siendo muy práctica —explicó—. Joel y yo compartíamos los mismos intereses y creí que teníamos idénticos valores. Me equivoqué al respecto.

—Sigues sin responder a mi pregunta. ¿Por qué no te acostaste con él?

Laurant ya no podía seguir esquivando el tema.

—Estaba esperando a... quería...

—¿Qué?

—Un poco de magia. Una chispa, por lo menos. Debería haber... ¿no debería?

—Demonios, sí, debería.

—Lo intenté, pero no conseguía hacerme sentir...

—Laurant, sucede o no sucede. No se puede fabricar.

Laurant dejó el cuchillo de la mermelada en el plato, dejó caer las manos en el regazo y se desplomó contra el respaldo del sillón.

—Tengo problemas para relacionarme —dijo.

—¿Te dijo eso Patterson? —No esperó a que le contestara—. La verdad es que te hizo un lío, ¿no? ¿Qué más te dijo el bueno de Joel mientras te culpaba de echarle en brazos de otra mujer?

Laurant se dio cuenta de que Nick se estaba enfadando, y el hecho de que estuviera de su lado la hizo sentir bien.

—Me dijo que tenía el corazón de hielo.

—No crees esa tontería, ¿verdad?

—No, claro que no —dijo—. Pero...

—¿Pero qué?

—Siempre he sido muy reservada. Tal vez sea un poco fría.

—No lo eres.

Nick había negado con convicción, como si supiera algo que ella desconociera. Le habría pedido que se explicara, pero su conversación se vio interrumpida por el timbre del teléfono, y Nick se levantó para contestar.

—Era Noah —dijo cuando volvió—. El avión de Pete acaba de aterrizar. Vamos.

11

Quince minutos después de la llamada de Noah, Nick conducía de vuelta a la rectoría.

—La transmisión patina —comentó cuando empezaron a subir por Southwest Trafficway—. Me di cuenta anoche, pero esperaba estar equivocado.

—Supongo que tendré que hacer que la vuelvan a mirar.

Era otro día húmedo y caluroso. El aire acondicionado no refrigeraba nada bien, así que Laurant bajó la ventanilla.

—Creo que también deberías hacer que miren el compresor —le dijo—. Tiene ciento cuarenta y cuatro mil kilómetros, Laurant. Ya es hora de que la cambies.

—¿Que la cambie? —repitió con una sonrisa—. Es un coche, Nick, no una mujer.

—A los hombres les gusta establecer lazos afectivos con sus máquinas —explicó—. Los hombres buenos las miman.

—¿Ése es otro de los secretos que compartís los chicos?

—Chicos, no —la corrigió—. Hombres. Hombres viriles.

Laurant rió.

—¿El doctor Morganstern se ha dado cuenta de que tiene un chiflado trabajando para él?

—¿Qué te hace pensar que él no es un chiflado?

—¿Lo es? —Se puso seria al añadir—: Imagino que ha oído y visto cosas terribles, ¿no?

—Sí, así es.

—Y tú también.

—Sí, bueno, va con el trabajo.

—Tommy está preocupado por ti.

Acababan de empezar a subir otra empinada cuesta, y Nick estaba atento al chirrido que hacía la transmisión a cada cambio de marcha. Estremeciéndose por el ruido espantoso, se prometió echarle un vistazo a la mecánica del coche antes de que Laurant volviera a cogerlo. Había sido muy afortunada por no haberse quedado tirada en la carretera.

Nick la miró por encima de las gafas de sol.

—Tommy quiere que me case y siente la cabeza —dijo—. Piensa que una familia normalizará mi vida. Aunque tal cosa no va a suceder. El matrimonio y el tener hijos no son compatibles con el trabajo que realizo... Definitivamente imposible.

—¿No quieres tener hijos?

—Claro que sí —contestó—. Pero sé que les arruinaría la vida. Si tuviera alguno, no lo dejaría ni a sol ni a sombra. Sí, lo echaría a perder.

—Porque temes que pudiera ocurrirles algo... porque has visto...

La interrumpió.

—Algo así. ¿Y tú? ¿Quieres casarte y tener hijos?

—Sí, claro que quiero... algún día. Pero no quiero sólo un hijo; quiero un puñado de ellos, y me trae sin cuidado que se estile o no.

—¿Y cuánto es para ti un puñado?

—Cuatro, cinco, o tal vez incluso seis. ¿Tiene hijos el doctor Morganstern?

—No, él y Katie no pudieron, pero tienen montones de sobrinos y sobrinas, y siempre hay alguien acampando en el jardín de su casa.

Laurant lo observó durante un instante.

—¿Por qué miras continuamente por el retrovisor?

—Soy un conductor prudente.

—Te estás asegurando de que no nos siguen, ¿verdad?

—Eso también —admitió.

—¿Dónde está tu pistola?

Con la mano izquierda levantó la funda que había metido entre el asiento y la puerta.

—Nunca salgo de casa sin esto —dijo—. Cuando lleguemos a la rectoría, tendré que ponérmela. Normas —aclaró.

Laurant apoyó el brazo en la ventanilla y se dedicó a contemplar los viejos edificios a lo largo de la avenida. Pensaba en el doctor Morganstern, y se preguntó cómo sería, si se mostraría razonable cuando le contase lo que pretendía hacer. Ya tenía decidido pasar por encima de Tommy y Nick —estaban demasiado involucrados emocionalmente para resultar prácticos en la situación—, pero esperaba que el doctor la comprendiera y la ayudara, con o sin la cooperación de su hermano.

—Laurant, terminaremos de hacer la lista más tarde —le dijo Nick—. Tendríamos que haber empezado ayer noche a confeccionarla, pero estabas bastante agotada.

—Respecto a anoche me preguntaba...

—¿Sí? —inquirió él cuando Laurant dudó.

—Me quedé dormida mientras veías un partido.

—Un partido, no; el partido. La fase clasificatoria de la Copa Stanley —le aclaró.

—Lo viste entero.

—Hasta el último segundo.

—¿Y qué hiciste luego?

Nick sabía qué es lo que estaba intentado averiguar, pero el demonio que llevaba dentro decidió obligarla a preguntar.

—Me dormí —contestó.

Transcurrió un largo minuto.

—¿Dónde?

Nick sonrió.

—Contigo.

El tono de su voz destilaba seguridad en sí mismo. Su objetivo, no había duda, era provocar que Laurant se sonrojara, y ésta decidió que ya era hora de que se volvieran las tornas. Siempre se comportaba como una mojigata modosa, pero entonces no iba a ser así.

—¿Así que te sentó bien?

Nick se rió.

—Por supuesto. He dormido como un niño, aunque ahora estoy un poco preocupado. ¿Qué va a decir tu hermano cuando le diga que he dormido con su hermana?

—No se lo diré si tú tampoco se lo dices.

—Trato hecho.

Llegaron a la Misericordia, y Nick aparcó delante de la iglesia para no interrumpir el partido de baloncesto que se estaba jugando allí. Localizaron a

Noah y Tommy enseguida. Estaban cara a cara en medio de un grupo de adolescentes. Tommy iba vestido con unos pantalones cortos caqui y un polo blanco; Noah llevaba unos vaqueros gastados, una camiseta negra y la pistolera de hombro de piel marrón con el arma dentro. La expresión de su cara era total y absolutamente amenazadora. Laurant no tardó en adivinar la razón. Tommy sostenía un silbato entre los labios, y Noah le estaba discutiendo en sus mismísimas narices una decisión arbitral. El tozudo de su hermano no había sido nunca de los que se volvían atrás y, en ese momento, estaba dando tanto como recibía. Tenía la cara como un tomate y su beligerancia no desmerecía un ápice de la de Noah. Los chavales se arracimaban alrededor de su hermano como una pequeña legión de guerreros dispuestos a atacar en cuanto se lo ordenaran.

Laurant salió del coche antes de que Nick tuviera ocasión de abrirle la puerta. Ella le vio colocarse la pistola procurando no molestarla con la visión del arma.

—Pensaba que Tommy tenía que ir hoy al hospital para hacerse más pruebas —comentó Laurant.

—Ya son más de las diez —dijo Tommy—. Es probable que ya hayan vuelto de allí.

—¿No deberías hacer algo? —le preguntó Laurant haciendo un gesto con la cabeza hacia Noah, que acababa de empujar a Tommy en el pecho. El cura contraatacó haciendo sonar el silbato en las narices de Noah.

Nick soltó una carcajada.

—Mira la cara de los niños.

—No les gusta que le griten a su sacerdote.

—Se lo está pasando en grande.

—Pero no creo que los niños lo entiendan. Noah lo está avasallando.

—¿Tú crees?

Laurant levantó la vista hacia él.

—¿Tú no?

—Tu hermano sabe defenderse —dijo Nick.

—Voy adentro —dijo Laurant, y mientras cruzaba el aparcamiento, saludó con la mano a Tommy. Vio a monseñor, que la estaba esperando en el umbral de la puerta, y apretó el paso en dirección a él.

Noah la vio con el rabillo del ojo; dejó de gritar a mitad de un insulto y le dio la espalda a Tommy para poder verla mejor.

—¿Qué estás mirando con tanta atención? —le preguntó Tommy, todavía jadeando por la discusión a grito pelado.

—A Laurant —respondió—. Tiene un cuerpo magnífico.

—Estás hablando de su hermana —le recordó Nick, dándole un empellón en el hombro por detrás.

—Sí, ya lo sé. Cuesta creer que sean parientes. Es tan condenadamente bonita y dulce y él tan gilipollas. A propósito, tu amigo ve menos que un murciélago —añadió—. Estaba a medio metro de la línea y no ha visto que el balón iba fuera.

De nuevo, empezaron a pelearse a gritos.

Diez minutos más tarde, los tres entraban en la rectoría caminando pesadamente. Tommy se secó la frente con la manga del polo, pero Nick y Noah ni siquiera habían empezado a sudar. Entre risas, se dirigieron a la cocina a beber algo.

Laurant retrocedió hacia el salón para quitarse de en medio y se cambió la pesada cesta de la colada que sostenía a la otra cadera.

—No me puedo creer que les ofrecieras cerveza a los niños —le reprochó Tommy a Noah.

—Hace calor ahí fuera —se defendió Noah—. Supuse que les apetecería.

—No tienen edad —recalcó con exasperación el sacerdote—. Y ni siquiera es mediodía.

Nick le guiñó el ojo a Laurant cuando volvió a pasar por su lado llevando un pack de seis Coca-Colas. Noah le dijo a Tommy que se quedara dentro mientras él y Nick hablaban en el porche con los niños.

—¿De qué se trata? —preguntó Laurant a su hermano.

—Uno de los niños le dijo a monseñor que podría ser que el sábado hubiera visto el coche que conducía el tipo, así que Nick está hablando con él.

—¿Se lo ha dicho a la policía?

—No, ningún chico habla con la policía —explicó—. Pero han oído lo que ocurrió, y como Frankie, el jefe del grupo, ha expuesto con tanta elocuencia «nadie va a venir a nuestra j... parroquia y se va a meter con ninguno de nuestros j... curas».

Laurant abrió los ojos con asombro. Tommy asintió con la cabeza.

—Frankie es un buen chico —dijo—, pero tiene que mantener las apariencias. Entre ellos es importante ser duro. En cualquier caso, empezaron a comentar el caso a sus amigos. Se pasan el día y la noche en la calle, y uno recordaba haber visto una furgoneta desconocida aparcada en la Trece, junto a un aparcamiento vacío. Nick confía en poder conseguir una descripción del tipo que la conducía. Cruza los dedos —añadió. Entonces, cambió de tema y preguntó—: ¿Qué haces con la cesta de la colada?

—No soporto la espera; tengo que mantenerme ocupada, así que le pregunté a monseñor si podía ayudar en algo.

Tommy abrió la puerta del sótano, encendió la luz y observó a su hermana mientras bajaba la escalera de madera.

El doctor Morganstern llegó al cabo de cinco minutos. Laurant pudo oír su voz mientras subía los escalones. Los hombres estaban parados en el vestíbulo delantero. Sus agentes le sacaban una cabeza, al igual que Tommy, pero todos le trataban con un respeto y una deferencia absolutos.

Laurant estaba nerviosa e inquieta porque iba a conocer al doctor y, cuando Nick la hizo adelantarse para presentárselo, confió en que no se le notara.

El doctor le estrechó la mano, insistió en que lo llamara Pete y dijo:

—¿Por qué no nos sentamos y decidimos qué es lo que vamos a hacer?

Laurant miró a Nick de manera instintiva. Éste le hizo un rápido gesto con la cabeza, y Laurant siguió a su hermano al salón. Morganstern se quedó atrás para hablar con sus agentes. Primero lo hizo con Nick, pero en voz tan baja que Laurant no pudo oír lo que estaba diciendo. Luego, se volvió hacia Noah, y fuera lo que fuese lo que le dijo, sorprendió tanto al agente que estalló en una carcajada.

—Dios me matará a tiros, señor.

—¿Y perder así a uno de sus soldados más leales? Creo que no —respondió Pete mientras conducía a los dos hombres hasta el salón—. Además, estoy plenamente convencido de que Dios tiene sentido del humor.

Pete colocó su cartera sobre la mesa y abrió las cerraduras con sendos chasquidos. Nick se dejó caer en el sofá al lado de Laurant, y Noah permaneció de pie detrás de su superior con los brazos cruzados en el pecho, como si fuera un centinela.

—Me preguntaba, señor, si el especialista en comportamiento criminal asignado al caso le ha comunicado algún hallazgo significativo —dijo Noah—. ¿Cómo se llama, Nick?

El doctor contestó la pregunta.

—George Walker, y sí, tiene algunas ideas que nos pueden ayudar. Por desgracia, nada concreto.

—¿No es de las escenas del crimen de donde los especialistas deducen cosas? —preguntó Tommy—. Leí en algún sitio que es así como consiguen su información.

—Sí, eso es verdad —convino Pete—. Sin embargo, también hay otras formas.

—¿Como la cinta?

—Sí.

—Tommy, ¿puedes hacer el favor de dejar de dar vueltas y sentarte? —dijo Laurant.

Su hermano le hizo una seña para que se pegara más a Nick y se sentó a su lado. No sabía bien cómo formular la pregunta que quería hacer, así que decidió ir al grano.

—¿Cuál es el motivo exacto de tu presencia aquí, Pete?

—Estamos encantados de que haya venido —terció Laurant para que el doctor no pensara que su hermano era tan maleducado como parecía—. ¿No es así Tommy? —añadió mientras le daba un codazo en el costado.

—Sí, por supuesto —admitió Tommy—. Pete sabe que agradezco su ayuda. Nos conocemos desde hace tiempo, ¿verdad? —dijo, dirigiéndose al psiquiatra.

Pete asintió con la cabeza. Tommy se volvió hacia Laurant para explicárselo.

—Hace un par de años llamé a Pete a propósito de un chaval con problemas al que estaba intentado ayudar. A mí me resultaba muy complicado, y Pete nos echó una mano para que lo aceptarán en un centro terapéutico. Era la primera vez que utilizaba mi relación con Nick, pero desde entonces Pete me ha echado una mano con otros tres casos difíciles. Nunca me dice que no, ¿verdad?

—Lo intento —respondió Pete—. Hoy he venido para sentarme contigo, Tom. Quiero repasar lo que ocurrió en el confesionario.

—Ya has oído la cinta —le recordó Tommy.

—Sí, lo he hecho, y ha sido de gran ayuda en la investigación. Sin embargo, ella no me dice en qué pensabas mientras estaba hablando nuestro sudes. Me gustaría que lo repasáramos de nuevo.

—Ya le dije a Nick todo lo que recuerdo. He vuelto sobre ello al menos diez veces.

—Sí, pero Pete te hará otras preguntas diferentes —dijo Nick.

—Muy bien. Si creéis que será útil, lo repasaré otra vez.

Pete sonrió.

—Noah, ¿por qué no os vais tú y Laurant al otro cuarto. Nick, quisiera que te quedaras.

Laurant siguió a Noah hasta la puerta y se volvió en el momento en que Pete abría la cartera.

—Pete, cuando hayan terminado, ¿podría hablar con usted en privado?

—Por supuesto.

Noah cerró las puertas correderas detrás de él. El párroco bajaba por la escalera procedente del piso superior con una cesta de ropa de cama sucia. Sin mediar palabra, Laurant le quitó la cesta y se volvió a dirigir al sótano. Oyó reír a su hermano y supuso que todavía no habían empezado con el interrogatorio.

Pete se comportaba como si dispusiera de todo el tiempo del mundo. Empezó por preguntarle a Tommy si echaba de menos jugar al rugby. Tommy estaba sentado en el borde del sillón, a todas luces preocupado y tenso. Pete le facilitó el empezar a hablar sobre lo ocurrido en el confesionario y, cuando terminaron la entrevista, tenían dos pequeños detalles más que tal vez se revelaran útiles. El sudes llevaba Obsession de Calvin Klein. Tommy lo había olvidado. Y, hasta ese momento, tampoco había caído en la cuenta del chasquido que oyera. Había pensado que el hombre estaba haciendo chasquear los dedos para atraer su atención. Pete sugirió que, en realidad, aquel chasquido lo había producido la grabadora al ser conectada.

Pete se levantó y dio por terminada la entrevista.

—Cuando regreses a Holy Oaks, preferiría que no confesaras durante una temporada.

—¿Cuánto es una temporada?

—Hasta que se nos haya ocurrido una trampa para cogerlo.

Tommy lanzó una mirada a Nick y se volvió de nuevo a Pete.

—¿No creerás que va a volver a confesarse, no?

—Estoy seguro de que lo intentará —dijo Pete.

Tommy sacudió la cabeza.

—No creo que ocurra. Es demasiado arriesgado para él.

Nick, que había mantenido un desacostumbrado silencio hasta ese momento, intervino.

—Lo considerará un desafío. Cree que es inmensamente superior a todos nosotros, ¿recuerdas? Querrá demostrarlo.

—Tom, te guste o no, ha establecido una relación contigo, y creo que va a querer mantenerte al corriente de lo que ha estado tramando —dijo Pete—. Si algo tengo seguro ahora —continuó—, es que este sudes va a hacer todo lo que sea preciso para volver a hablar contigo. Desea tu admiración, pero también quiere tu odio y tu miedo.

—En muchos aspectos, eres el cómplice perfecto de su plan —terció Nick.

—¿Cómo sabéis eso?

—Quiere que alguien aprecie lo inteligente que es.

—Sé que pensaréis que soy un tozudo, pero os tengo que decir que sigo pensando que estáis equivocados respecto a este tipo. Sencillamente, no le veo sentido a que intente contactar conmigo de nuevo. He escuchado vuestros argumentos y sé que sois expertos...

—¿Pero? —le incitó Nick.

—Pero habéis olvidado la principal razón por la que acudió a mí. Quería la absolución y no la consiguió, ¿recordáis?

Pete le lanzó una mirada de comprensión.

—No, acudió a ti porque eres el hermano de Laurant —dijo—. Nunca quiso el perdón —añadió en voz baja—. Se estaba burlando de la Iglesia, del Sacramento y de ti, sobre todo de ti, Tom.

Tommy pareció deprimirse.

—Sois conscientes de que casi se encuentra a monseñor McKindry en el confesionario. Me ofrecí para el servicio en el último minuto.

—No habría acudido a McKindry —dijo Pete—. Sabía que estabas dentro del confesionario antes de entrar en la iglesia.

—Probablemente te vio atravesar el aparcamiento y entrar —dijo Nick—. Y si hubiera sido monseñor quien hiciera el servicio, habría esperado pacientemente otra oportunidad.

—Nick tiene razón —abundó Pete—. Este hombre es organizado y muy paciente. Ha invertido mucho tiempo y esfuerzos en vigilaros a ti y a tu hermana.

Algo que había dicho Pete poco antes empezó a inquietar a Tommy, y preguntó:

—¿A qué te referías cuando dijiste que nos estaba enviando mensajes mezclados?

—Quise decir que de manera deliberada está intentando hacernos correr en cinco direcciones diferentes —explicó—. En la cinta nos dice que es un acechador, tal vez un asesino en serie. Nos dice que acaba de empezar, pero entonces sugiere que lleva en ello mucho tiempo. Dice que ha matado a una mujer, pero insinúa la posibilidad de que haya habido otras. Si recuerdas, cuando te dijo que antes de Millicent sólo hacía daño a las mujeres, se rió. Ahora, nos toca descifrar lo que es real y lo que no.

—En otras palabras, todo podría ser mentira o todo podría ser verdad.

—Tommy, intenta comprender que con estos babosos la cosa siempre va de fantasías. Siempre —recalcó Nick—. La fantasía es lo que dirige a este sudes. Podría ser que todo estuviera en su cabeza, pero tenemos que asumir que Millicent existió y que la torturó y mató.

—¿Y ahora quiere representar su fantasía con Laurant?

Pete asintió con la cabeza.

—La situación es apremiante. Necesita un motivo para volver a hablar contigo.

—¿Qué intentas decirme?

Tommy notó tristeza en los ojos de Pete.

—Si lo que nos ha dicho es verdad, estoy seguro de que ahora mismo está ahí fuera buscando a otra mujer.

—Dijo que intentaría encontrar a una sustituta que reemplazara a Laurant... temporalmente —dijo Nick.

Tommy agachó la cabeza.

—¡Dios mío! —susurró—. Y luego querrá confesar sus pecados, ¿no es así?

—No. Querrá jactarse de ellos.

12

Tiffany Tara Tyler era una putilla y se sentía orgullosa de serlo. Hacía mucho tiempo que había aprendido que iba a tener que relajar su código moral de comportamiento si quería hacerse un lugar en este frío y difícil mundo. Además, no ser una mojigata le había permitido recorrer un largo camino desde el aparcamiento de caravanas de Sugar Creek... y la prueba la llevaba encima. Y nada, ni siquiera el reventón de un neumático de su oxidado Chevy Caprice del ochenta y dos, la iba a deprimir. Estaba en la cresta de la ola y se sentía bien, porque tenía el jodido convencimiento de que su vida estaba a punto de sufrir un cambio radical. Bueno, sabía que siempre iba a ser una Jezabel a ojos de su madre —había decidido que su hija estaba condenada a arder en el infierno después de que la pillara en el baño con Kenny Martin—, pero Tiffany había tomado la resolución de no volver a preocuparse jamás por lo que pudiera pensar su vieja, loca y decrépita madre. Sabía dónde residía su verdadero talento y creía de todo corazón que si se esforzaba lo suficiente, triunfaría. ¿Quién sabía? A lo mejor cuando llegara a los treinta —para los que le faltaban doce largos años— podría incluso ser millonaria, como la tal Heidi Fleiss, la madama a la que tanto admiraba porque había conseguido conocer a todas aquellas estrellas famosas del cine. Tiffany estaba convencida de que trataban a Heidi como si fuera otra estrella, y que, a lo mejor, después de acostarse con ella, hasta se la llevaban a cenar a uno de aquellos lujosos y caros restaurantes.

Tiffany recordaba el momento exacto en el que su vida experimentó la epifanía. Había mirado aquella palabra en el diccionario después de leer el artículo en la revista *Mademoiselle*. Estaba en el Salón de Peluquería de Suzie haciéndose una permanente que le friera el ya frito, largo y crespo pelo teñido de rubio. Para dejar de pensar en su dolorido y abrasado cuero cabelludo, había cogido la revista y empezado a leer el artículo que casi le estaba gritando: «Conoce tus bazas.» El mensaje no le podía haber resultado más transparente. Haz aquello para lo que vales, cambia lo que no te gusta de ti y utiliza tus bazas para conseguir lo que quieres. Pero, por encima de todo, ve a por ello.

Se tomó todas las palabras a pecho y, hasta ese día, allá donde iba llevaba consigo la revista robada. Siempre estaba metida en la bolsa de Vuitton también robada, junto al flamante móvil en el que había invertido doscientos del ala para poder conseguir tres meses gratis de servicio, siempre y cuando no se moviera de Estados Unidos.

A Tiffany le gustaba pensar que estaba dotada de poderes extrasensoriales, y después de leer el artículo vio con claridad que estaba destinada a grandes cosas. Todo le iba a empezar a suceder dentro de dos días, en cuanto se registrase en el Holidome. El precio del motel era un poco caro, pero merecía la pena. El Holidome se levantaba enfrente de la consulta del médico, al otro lado de la carretera, y así no tendría que caminar tanto después de que se realizara la intervención quirúrgica.

Por culpa de la compra del teléfono —había visto una foto de Heidi Fleiss con un móvil en la mano, lo que la llevó a pensar que era una baza importante que toda chica debía tener si iba a ir a conocer sitios— le seguían faltando doscientos dólares de los dos mil cuatrocientos que necesitaba para arreglarse las tetas. Llevaba encima los otros dos mil doscientos. No se atrevía a correr el riesgo de esconder el dinero en la caravana, donde su padrastro podía olfatearlo como un perro de caza adiestrado, con su coloradota nariz de borrachín dos veces rota. Saldría a correrse otra de sus juergas alcohólicas, que siempre acababan en la cárcel. Y si no lo encontraba él, seguro que lo haría su madre. Siempre estaba fisgoneando entre sus cosas, en busca de más condenadas pruebas que demostraran que su hija seguía siendo una puta. Entonces, sentiría que era su deber donar todo el dinero a aquel chillón predicador redentorista que veía por televisión a todas horas. No, Tiffany no correría ningún riesgo con aquel dinero tan duramente ganado y que garantizaba el cambio de su futuro. Lo llevaba todo encima y todo en metálico. Había dividido el dinero en dos partes y metido mil cien dólares en cada una de las copas de su Wonderbra talla 32 AA, el cual, siendo como era lisa como una tabla, distaba mucho de hacer maravillas por su figura. Las nuevas tetas iban a cambiar todo eso, por supuesto. Estaba segura.

Ve a por ello y cambia lo que puedas cambiar; en eso consistía el éxito. Como la mayoría de chicas de dieciocho años, tenía grandes sueños. Siempre le había gustado fijarse objetivos, y unas tetas grandes era una parte integral de sus planes de futuro. Nunca le había dicho a nadie, ni siquiera a su mejor amiga, Louann, que el mayor de todos sus sueños era llegar a aparecer en el desplegable de *Playboy*. *Penthouse* estaba un escalón por debajo, como *Hustler*, pero también se conformaba con uno de esos dos. Todos los hombres de Sugar Creek leían esas revistas... Bueno, en realidad no las leían; se las llevaban al baño para poder correrse mientras miraban embobados las mujeres desnudas. Y ella sabía que a aquellos hombres se les iban a salir los ojos de las órbitas cuando la vieran en toda su espléndida desnudez, sonriéndoles coquetamente con sus nuevas tetas talla 36 D.

No tenía ni idea de cuánto dinero se podía conseguir posando para los desplegables, pero tenía que ser mucho más que lo que ganaba en ese momento como bailarina de alterne. Los clientes nunca la elegían la primera, y sabía que tenía que ser por culpa de lo plana que era. Vera, una de las chicas, siempre se sacaba el triple en propinas que ella, pero, claro, Vera era muy exuberante, y a los hombres les gustaba enterrar las caras entre sus enormes tetas. Tiffany había tenido que complementar sus ingresos haciendo mamadas en la parte trasera, detrás del Dumpster. Era verdaderamente talentosa con la boca... si no, que se lo preguntaran a cualquiera de los chicos de Sugar Creek o, ya puestos, al médico que le iba a hacer las nuevas tetas. Había quedado tan impresionado con sus habilidades, que le había rebajado el precio de los implantes. Tiffany supuso que tendría que volver a impresionarlo de nuevo para conseguir otra rebaja por los doscientos dólares que le faltaban, y si el tipo se mostraba reacio, tendría que amenazarlo con tener una charla con la repipi de su mujercita, que había estado sentada a poco más de medio metro de distancia, atendiendo el teléfono en la recepción, mientras Tiffany estaba en el interior de la cabina haciendo que las partes pudendas del doctor echaran humo. De una manera u otra, iba a conseguir sus nuevas tetas de la talla 36 D antes de dos días.

El neumático deshinchado era un contratiempo pasajero; plantada en la cuneta de la carretera, masticando con furia el chicle que tenía en la boca, divisó una furgoneta que se acercaba. Después de todo, no iba a tener que utilizar su nuevo móvil para llamar a la grúa. Se estiró la camiseta de tejido elástico color rosa fuerte, apoyó la mano en la cadera y se balanceó majestuosamente sobre los tacones de aguja que le estaban destrozando los pies, pero que le hacían unas piernas bonitas, y adoptó una pose de mujer indefensa necesitada de ayuda.

Esperaba que fuera un hombre quien condujera la furgoneta, porque siempre podía conseguir que hiciera lo que ella quisiera en cuanto se diera cuenta de sus habilidades. Entrecerrando los ojos por el sol, soltó un sonoro suspiro de alivio cuando la furgoneta se detuvo detrás de su coche y vio al apuesto hombre que le sonreía.

Tiffany Tara Tyler se enderezó, adoptó su expresión más insinuante y echó a andar hacia la furgoneta dándose aires.

Tal y como había predicho, su vida estaba a punto de cambiar de manera radical.

Para siempre.

13

Aquello era lo más cerca que había estado Laurant alguna vez de tener una sesión con un psiquiatra. En Holy Oaks no había ninguno. Había, sin embargo, unos cuantos conocidos que podían haberse beneficiado de un par de largas charlas con un médico «de la cabeza». De inmediato, le vino a la memoria Emma May Brie —como el queso—. Era la perfecta candidata para una terapia. Allí donde fuera, la dulce aunque extraña mujer utilizaba como sombrero, lloviera o luciera el sol, un gorro de baño azul adornado con unas margaritas blancas. Sólo se lo quitaba durante una hora los martes por la mañana, cuando iba a peinarse a La Magia de Madge, el salón de belleza local que garantizaba el «volumen» a todas sus clientas. Emma May no era la excepción. Cuando salía del salón, su ralo pelo gris tenía, por supuesto, el doble de su tamaño habitual; pero sólo hasta que se ponía su gorro de margaritas y lo aplastaba por completo.

Había otros residentes que también podrían utilizar los servicios de un buen psiquiatra, pero el hecho era que si el renombrado doctor Morganstern decidía dedicarse a la práctica privada y abrir una consulta en Main Street, nadie iría jamás a visitarlo. No podía ser, y punto. Esos problemas no se discutían jamás con los extraños, y si alguien que era considerado un poquito raro tenía una de sus «temporadas», sencillamente se lo evitaba.

¿De qué estaría hablando Pete tanto rato? Le había pedido que lo esperase en el comedor, pero eso había sido hacía diez minutos por lo menos, y ya estaba tan intranquila que no podía quedarse quieta. Justo cuando estaba a punto de decidir volver a bajar y terminar de ordenar la colada, se abrió la puerta de vaivén de la cocina.

—Siento haberte hecho esperar —le dijo Pete mientras entraba—, pero monseñor y yo nos pusimos a hablar y no quise interrumpirle una anécdota sobre uno de los parroquianos.

Cerró la doble puerta que conducía al pasillo para garantizar la intimidad.

Aunque ella había pedido la reunión, de repente empezó a temerla, porque sabía lo que quería pedirle, y a una parte de ella le preocupaba muchísimo que Morganstern estuviera de acuerdo.

—Aquí estamos —comentó mientras se sentaba.

Laurant parecía no poder sosegarse y golpeaba el suelo de madera con el pie con tanta energía que hacía vibrar la mesa con la rodilla. Cuando se dio cuenta de lo revelador que resultaba aquello acerca de su estado mental, se obligó a parar. Incapaz de relajarse, se sentó con la espalda recta, tiesa como un muerto, en la incómoda silla que se quejaba con un crujido cada vez que se movía.

La luz del sol se filtraba, fragmentada, a través de las anticuadas cortinas de encaje victorianas, y el aire olía levemente a manzanas demasiado maduras. En mitad de la mesa había un gran frutero oriental lleno de fruta.

Pete no dio ninguna señal de tener prisa. Inició la conversación preguntándole cómo lo estaba afrontando.

—Lo llevo bien. —¿Podía darse cuenta de que estaba mintiendo?

Tras la respuesta se produjo un silencio. Morganstern siguió esperando pacientemente a que Laurant ordenara sus ideas y le dijera qué le rondaba por la cabeza. Ella se sentía como una idiota por lo mucho que le estaba costando hablar. Lo que hacía media hora le había parecido un plan absolutamente sensato, en ese momento se le antojó sin pies ni cabeza.

—¿Ha esquiado alguna vez?

Si a Pete le sorprendió la pregunta, no lo dejó traslucir.

—No, de hecho, no. Aunque siempre he querido probarlo. ¿Y tú?

—Sí, esquiaba a todas horas. El colegio en el que me eduqué estaba rodeado de montañas.

—Fuiste a un internado en Suiza, ¿verdad?

—Sí —respondió—. Y siempre que podía subía a las montañas. Me encanta esquiar, y la verdad es que era bastante buena. Desde que estoy en Norteamérica he ido alguna vez a las pistas de Colorado. Siempre recordaré la sensación de la primera vez que cogí el telesilla hasta lo alto de una negra...

Clasifican las pistas según el grado de dificultad, ¿sabe? El verde es para los principiantes, el azul para los esquiadores medios, y las negras están reservadas a los expertos que quieren mayores riesgos. También hay otras valoraciones, como diamantes y dobles diamantes —siguió divagando—. En cualquier caso, la primera vez que me paré en el borde de lo que parecía ser un descenso cortado a pico, tardé una eternidad en hacer acopio de valor para lanzarme. Me sentía como si estuviera de pie al borde de los acantilados de Dover, tan pronunciada me parecía la caída. Estaba aterrorizada... aunque decidida.

—¿Y hablar conmigo es como estar de nuevo al borde de aquel precipicio? —preguntó Pete.

Laurant asintió con la cabeza.

—Sí, lo es... porque sé que, como en aquella cima, una vez que me lance no hay vuelta atrás.

Se produjo una incómoda pausa antes de que Laurant empezara a hablar.

—Supongo que debería de empezar por ser absolutamente honesta, ¿verdad? De lo contrario, le estaría haciendo perder el tiempo. Le dije que estaba bien, pero no es verdad. Estoy hecha un lío y me siento como si estuviera atada con miles de nudos.

—Es comprensible.

—Supongo que sí —admitió—. En lo único que puedo pensar es en... él. Mi capacidad de concentración está hecha polvo —añadió—. Cuando estaba haciendo la colada de monseñor, pensaba en lo que quería preguntarle y por descuido vertí una botella entera de lejía en las sábanas antes de que me diera cuenta de lo que estaba haciendo. Una botella muy grande de lejía —recalcó.

Pete sonrió.

—Mira el lado positivo; quedarán blancas y relucientes.

—Cuando las puse en la lavadora eran a rayas verdes y azules.

Pete se rió.

—Vaya por Dios.

—Tendré que comprarle un par nuevo —dijo—. Pero como puede ver, tengo un pequeño problema...

—¿En mantener la concentración?

—Sí, las ideas se me agolpan en la cabeza, y me siento tan... culpable.

Monseñor llamó a la puerta con los nudillos y asomó la cabeza.

—Laurant, me voy al hospital a hacer la ronda. No creo que vaya a estar fuera mucho tiempo, y la señora Krowski no tardará en venir. ¿Te importaría atender el teléfono hasta que llegue? El padre Tom puede encargarse de cualquier emergencia.

114

—Sí, claro, monseñor.

Pete se levantó.

—Un momento, monseñor.

Disculpándose, salió al pasillo y llamó a Noah. Laurant oyó las pisadas en las escaleras y de nuevo la voz de Pete al hablar.

—Dile al agente Seaton que lleve a monseñor y que se quede con él.

El viejo sacerdote rechazó la idea de llevar escolta, argumentando que podía ir en su propio coche, pero Pete lo interrumpió con amabilidad e insistió con firmeza en que lo acompañara el agente. Monseñor se dio cuenta de la inutilidad de discutir y aceptó a regañadientes.

Pete se reunió con Laurant de nuevo y se disculpó. Nick lo siguió al interior del salón, cerró la puerta tras él y se apoyó contra ella. Cruzó los brazos a la altura del pecho, guiñó el ojo a Laurant, y el lenguaje de su cuerpo le dijo a la joven, en términos nada inciertos, que no tenía proyectado marcharse en un futuro inmediato.

—¿Deseas hablar con Pete? —le preguntó Laurant.

—Nick me ha pedido unirse a nosotros —dijo Pete—. Le he dicho que depende de ti.

Laurant dudó un instante.

—Muy bien. Pero, Nick —exigió, mirándole directamente a los ojos—, te agradecería que no me interrumpas ni discutas cuando oigas lo que tengo que decir. Prométemelo.

—No.

—¿Disculpa?

—He dicho no.

Entonces, Pete tomó las riendas de la conversación.

—Decías que te sentías culpable. ¿Por qué?

Decidió ignorar a Nick y contestó clavando la mirada en el delicado diseño de rosas del frutero oriental.

—Quiero huir y esconderme hasta que lo atrapen, y me avergüenzo de sentir así.

—No tienes nada de qué avergonzarte, y tu deseo de huir es bastante natural —dijo Pete—. Estoy seguro de que yo sentiría lo mismo.

Laurant no aceptó el comentario.

—No, no lo haría. Mi reacción es cobarde y egoísta.

Repentinamente inquieta, se levantó y caminó hasta la ventana delantera. Levantó la cortina de encaje y miró hacia fuera en el momento exacto en que monseñor entraba en el asiento del acompañante de un sedán negro.

—Eres demasiado dura contigo —dijo Pete—. El miedo no es una debilidad, Laurant; es un mecanismo de seguridad.

—En este momento está ahí fuera... buscando a otra mujer, ¿verdad?

Ni Pete ni Nick respondieron.

—Apártate de la ventana —le ordenó Nick.

Laurant retrocedió de inmediato y soltó la cortina que tenía fuertemente asida.

—¿Os preocupa que pueda estar vigilando la rectoría en este momento? —Dio un paso hacia Nick—. Me dijiste que pensabas que había cumplido con lo que vino a hacer aquí y que se habría vuelto a casa.

—No —la corrigió Nick—. Te dije que lo más probable era que se hubiera ido. No vamos a correr ningún riesgo.

—¿Es por eso que monseñor va hoy con escolta? Sí, claro que sí.

—Mientras tú y Tom estéis aquí, un agente estará pendiente de monseñor —añadió Pete.

—¿Lo estamos poniendo en peligro?

—Es sólo una precaución —insistió el psiquiatra.

—Ese hombre... va a matar pronto a otra mujer, ¿no es así?

Pete escogió las palabras con cuidado.

—Hasta que no podamos probar otra cosa, hemos de asumir que le estaba diciendo la verdad a Tom. Por tanto, la respuesta es sí, va a atrapar pronto a una mujer.

—Y la torturará y la matará. —Tuvo la sensación de que la habitación se le venía encima, así que respiró hondo en un intento de serenarse—. Y no se detendrá con una más, ¿verdad? Va a seguir matando y matando.

—Ven y siéntate, Laurant —dijo Pete.

Ella obedeció y se sentó en un lateral de la silla para quedar frente a él. Se sujetó firmemente las rodillas con las manos.

—Tengo un plan.

Pete asintió.

—Estás lista para abandonar la cima de aquella montaña, ¿no?

—Algo así —aceptó—. Sigo queriendo huir —añadió—, pero no lo voy a hacer. —Con el rabillo del ojo vio que Nick se estiraba—. Quiero atraparlo.

—Lo atraparemos —le aseguró Pete.

—Pero yo puedo ayudar —dijo—. Y tengo que ayudar. Por un montón de razones —añadió—. En primer lugar, por esas mujeres de ahí fuera, que ni siquiera se imaginan que un monstruo está buscando su próxima víctima. Ellas son la razón primordial de que no me vaya a esconder.

Pete arrugaba el entrecejo. Cuando empezó a sacudir la cabeza, Laurant supo que había adivinado lo que se proponía, así que se apresuró a exponerlo antes de que el doctor pusiera fin a la conversación.

—Puedo ser muy obcecada, y una vez que tomo una decisión me aferro a ella. Durante toda mi vida los demás han intentado controlar mis actos. Después de morir mi madre, los abogados que gestionaban el fideicomiso tomaron las decisiones por mí. Eso tuvo sentido mientras era pequeña, pero cuando me hice mayor empezaron a molestarme sus tácticas autoritarias. Sin duda les traía sin cuidado lo que yo pudiera sentir. Yo quería, como mínimo, tener alguna participación en la toma de decisiones, pero no se me permitió. Decidieron a qué colegios iría, dónde viviría y lo mucho o poco que podía gastar.

Hizo una breve pausa para respirar y continuó.

—Me llevó mucho tiempo liberarme de su control, pero al final lo conseguí, y he encontrado un lugar del que me siento parte, al que pertenezco de verdad. Ahora, este monstruo intenta alejar todo eso de mí. No puedo permitírselo... y no se lo voy a permitir.

—¿Qué es lo que quieres que haga?

—Utilíceme —le espetó—. Ponga una trampa y utilíceme para cogerlo.

—¿Estás loca? —explotó Nick.

Laurant percibió el enfado en la voz de Nick, pero intentó ignorarlo. Siguió mirando fijamente a Pete.

—Ayúdeme a convencer a mi hermano de que debo volver a Holy Oaks. Ése es el primer paso —dijo—. No tiene ni idea de lo asustada que estoy, pero tal y como lo veo... la verdad es que no tengo elección.

—¡Y un cuerno que no la tienes! —protestó Nick.

Laurant levantó la vista hacia él.

—La única manera de poder recuperar mi vida es tomar el control.

—Imposible —insistió Nick.

—No, no es imposible —dijo, y le sorprendió lo tranquila que sonaba su voz—. Pete, si vuelvo a casa a pesar de que ese hombre le dijese a mi hermano que me escondiera, ¿no lo considerará un desafío?

—Sí, seguro que sí —convino—. Esto es un juego para él. De lo contrario, ¿por qué habría mencionado a Nick? Sabe que es del FBI, y quiere demostrar que es más inteligente que cualquiera de nosotros.

—Entonces, si vuelvo a Holy Oaks, pensará que se lo estoy poniendo en bandeja, ¿verdad?

—Sí.

—No hay ninguna maldita posibilidad de que vuelvas hasta que ese bastardo esté muerto o entre rejas —dijo Nick.

—¿Haces el favor de dejarme terminar y luego discutes lo que quieras?

Laurant no perdía de vista a Nick. Parecía que quisiera arrancarla de la silla, arrastrarla hasta el pasillo y zarandearla hasta hacerla entrar en razón. Había esperado esa reacción.

—Usted puede entrar en su mente, Pete, es capaz de encontrar la manera de hacer que vaya a por mí. Y si consigo enfurecerlo lo suficiente, dejará en paz a las otras mujeres. Al menos, eso es lo que creo. Usted y Nick pueden tender una trampa, hacen esa clase de cosas a menudo, ¿no es así? Y Holy Oaks es un pueblo pequeño. Sólo hay una carretera principal para entrar y salir. No me parece que fuera demasiado difícil cerrar la ciudad, si llegara el caso.

—Laurant, ¿se da cuenta...? —empezó Pete.

—Sí, sé lo que podría ocurrir y le aseguro que no voy a correr riesgos. Haré todo lo que me digan. Lo prometo. Sólo déjeme ayudar a cogerlo antes de que vuelva a matar.

—Utilizarte como cebo —dijo Pete.

—Sí —respondió en voz baja—. Sí —repitió con resolución.

—Se te ha reblandecido el cerebro. Lo sabes, ¿no? —dijo Nick con brusquedad.

—El plan tiene sentido —adujo Laurant.

—¿Qué plan? —preguntó Nick—. No tienes ningún plan.

—Nicholas, tranquilo.

—Pete, estamos hablando de poner a la hermana de mi mejor amigo en una situación...

—Tal vez debieras dejar de pensar en mí como en la hermana de Tommy —sugirió Laurant—. Y empezar a pensar como en una agente. Ésta es una oportunidad de oro.

—Utilizarte como cebo. —Estaba repitiendo la afirmación de Pete, pero al contrario que su superior, su voz no era tranquila. Casi rayaba en el rugido.

—¿Harás el favor de bajar la voz? No quiero que Tommy oiga esto hasta que hayamos tomado una decisión.

Nick la miró con hostilidad y empezó a dar vueltas por el cuarto. A esas alturas, Laurant necesitaba que Pete se aliara con ella, porque tal y como se estaba tomando Nick su plan, sabía que la reacción de su hermano iba a ser diez veces peor.

Tenía que convencer a Pete.

—No me voy a pasar el resto de la vida escondiéndome. Ambos sabemos que usted ni siquiera estaría aquí si no fuera por Nick y Tommy. Con todo el trabajo que tienen, no podrían dejarlo todo y salir corriendo cada vez que se enterasen de una amenaza. ¿No es eso cierto?

—Por desgracia, estamos desbordados —admitió.

—Su tiempo es valioso, y por eso pensé que quizá podríamos acelerar el programa de ese hombre.

Laurant hubiera podido jurar que había visto surgir un brillo especulativo en la mirada del doctor.

—¿Qué propones?

—Que lo hagamos enloquecer.

Nick había dejado de dar vueltas y se la quedó mirando fijamente con una expresión de incredulidad en el rostro.

—Ya está loco —le dijo—. Y tú también, si crees que Tommy y yo vamos a dejar que te coloques en el centro de su diversión. Demonios, no, Laurant. Eso no va a suceder.

Laurant se volvió hacia Pete.

—¿Qué lo lograría? ¿Qué es lo que lo pondría nervioso? ¿Cómo podríamos conseguir que se enfureciera tanto que se volviera descuidado?

—Después de escuchar la cinta, puedo decirte que este sudes tiene un ego considerable, y para él es importante que el mundo crea que es inteligente. Si recibiera cualquier crítica, se pondría furioso; si discutieras con él abiertamente en el pueblo, si le dijeras a todo el mundo que es tonto, entonces creo que aceleraría las cosas. Querría pillarte enseguida sólo para pegarte un tiro. Búrlate de él, y lo provocarás.

—¿Qué más podría hacer?

—Ponlo celoso —dijo Morganstern—. Si piensa que tienes una relación sentimental e íntima con otro hombre, lo consideraría como una traición.

Laurant asintió.

—Podría ponerlo celoso. Sé que podría. ¿Se acuerda de lo que decía en la cinta? ¿Lo de cómo le había traicionado Millicent al ligar con otros hombres y que había tenido que castigarla? Puedo ligar con todos los hombres del pueblo.

Pete meneó la cabeza.

—Creo que sería más efectivo si sólo hubiera uno, y el sudes creyera que lo amas.

Laurant esperó a que continuase. Pete empezó a tamborilear con los dedos sobre la mesa mientras sopesaba las posibilidades.

—Mencionó el nombre de Nick. Desafió a Tommy a que consiguiera que el FBI se involucrara; así que, en apariencia, quiere jugar con nosotros. —Pete se frotó la mandíbula—. Hagámosle el juego hasta que veamos adónde conduce.

—¿Qué significa eso?

—Dejemos que crea que tiene la última palabra —explicó Pete—. Me pregunto qué sentiría si cree que su confesión os ha unido sentimentalmente a ti y a Nick. Después de planear su juego con tanto esmero, le sale el tiro por la culata, y, sin duda, se sentirá un imbécil. Es una idea interesante. —Movió la cabeza y añadió—: Tú y Nick deberíais comportaros como una pareja de enamorados; eso debería ponerlo en el disparadero de inmediato. —Pete matizó su sugerencia—: Si es lo que dice ser.

—Nick... —empezó Laurant.

—Es imposible que se lo trague —dijo Nick—. ¿Nos reúne y nos enamoramos de la noche a la mañana? Te lo aseguro, Pete, no funcionará.

—Nos trae sin cuidado si se lo cree o no —explicó pacientemente Pete—. El objetivo es burlarse de él y de su jueguito. Si tú y Laurant os comportáis como amantes, creerá que os estáis burlando de él. Y no le gustará ni un pelo; te lo garantizo.

Nick sacudió la cabeza.

—No. Es demasiado arriesgado.

—No estás siendo razonable —protestó Laurant.

—¿Qué no estoy siendo razonable? No tienes ni la más mínima idea de lo que esos mierdas son capaces de... ni idea.

—Pero tú sí sabes de lo que son capaces —señaló Laurant—. Y puedes protegerme.

Nick apoyó las manos sobre la mesa, se inclinó hacia delante y sacudió la cabeza.

—No estás tomando una decisión con fundamento porque no sabes a lo que te enfrentas. No hay nada que se parezca a un plan infalible. ¿No es cierto, Pete? ¿Te acuerdas del caso Haynes? ¿Por qué no le hablas de aquel plan infalible?

Antes de empezar, Pete sopesó en silencio cuánto le iba a contar a Laurant.

—Antes de que yo empezara a trabajar para el FBI, a los hombres como Haynes los llamaban psicópatas, y éste lo era sin duda. Hoy día, a Haynes lo llamarían asesino organizado, en contraposición a desorganizado. Era un hombre meticuloso en los preparativos y en la planificación y tremendamente inteligente. Siempre se fijaba en una extraña, a la que acechaba durante meses hasta que se familiarizaba con sus costumbres. Pero jamás entraba en contacto con ella ni la avisaba de la manera en que este sudes te ha avisado. —Reflexionó un instante antes de añadir—: Y cuando por fin estaba preparado, atraía a la mujer que había escogido a una zona aislada donde nadie pudiera oírla gritar. Al igual que muchos asesinos organizados, Haynes disfrutaba prolongado la agonía de la mujer todo lo posible; eso aumentaba su placer, ¿comprendes? Y después de matarla, siempre ocultaba el cuerpo. Ésa es una de las diferencias importantes entre un asesino organizado y uno desorganizado —explicó—. La mayor parte de estos últimos dejan el cuerpo a la vista y, a menudo, también abandonan el arma que han utilizado.

»Sin embargo, Haynes guardaba recuerdos... la mayoría lo hacen, para poder revivir la fantasía, pero también para tener un recordatorio de que había engañado a todos, en especial a las autoridades. Si no hubiera sido porque su esposa se puso en contacto con nosotros, creo que Clay Haynes podría haber seguido matando durante años y años antes de desintegrarse. Era muy inteligente.

»Le tendieron una trampa para cogerlo. Su esposa había encontrado los recuerdos en un viejo baúl, y quería ayudarnos. Sentía terror de su marido, y no le faltaban razones, pero estaba decidida a ponerlo entre rejas. Clay viajaba durante la semana; era representante de productos farmacéuticos, pero siempre volvía a casa los viernes por la tarde. Pensaron que tenían tiempo, así que dejaron que la señora Haynes preparase el equipaje antes de trasladarla a una casa de seguridad. Había un agente con ella, y un par más vigilaba la casa en la parte delantera.

»Clay los sorprendió a todos, porque regresó a casa antes de tiempo. Durante el interrogatorio nos dijo que había bajado al sótano y que con sólo echar una mirada había adivinado que alguien había tocado sus trofeos. Sorprendió por la espalda al agente que estaba en el salón y lo mató, tras lo cual dirigió su cólera contra su esposa. Cuando el agente que estaba dentro de la casa no respondió al teléfono, los otros acudieron a toda prisa, pero ya era demasiado tarde. Clay había hecho un buen trabajo con ella.

—Hizo una carnicería —dijo Nick—. Y puedes estar absolutamente segura de que la mujer no tuvo una muerte rápida.

Laurant cerró los ojos. No quería oír más detalles.

—¿Estabais en el caso?

—Nick era un novato. Había terminado su entrenamiento para trabajar en mi sección, pero en aquella época también estaba con la unidad de delincuencia en serie, a las órdenes de un hombre muy capaz llamado Wolcott. Wolcott llevó a Nick a la escena del crimen.

Laurant se percató de la sombría mirada de Nick y sintió una presión aplastante en el pecho.

—Vi lo que el psicópata le había hecho a su mujer y al agente —dijo Nick—. Y mientras mataba al hombre y hacía picadillo a su mujer, fuera lo estaban esperando unos agentes. ¿No te preguntas qué debió de pasarle por la cabeza a la mujer sabiendo que la ayuda estaba tan cerca? Yo sigo pensando en ello —admitió—. Para Wolcott fue demasiado y no lo pudo soportar; al día siguiente presentó la dimisión.

—Haynes huyó, pero fue detenido al cabo de una semana —terció Pete.

—Una semana y un día demasiado tarde para que nadie pudiera ayudar a su esposa —dijo Nick—. Las cosas pueden torcerse y los mejores planes...

—Comprendo los riesgos —dijo Laurant—. Este hombre que me está acechando, es organizado, ¿verdad?

—Sí.

—Y si es tan inteligente y tan organizado, ¿no podría seguir asesinando durante años?

—Algunos lo hacen.

—Entonces, ¿cómo es posible que alguno de los dos pueda pensar que tenemos otra opción? La mujer que esté buscando ahora... es la hija, la madre o la hermana de alguien. Tenemos que hacerlo.

—Mierda —masculló Nick—. ¿Has pensado en la reacción de Tom? ¿Qué va a decir cuando le cuentes este plan a medio elaborar?

—La verdad es que pensaba que quizá quisieras contárselo tú; podrías explicárselo mucho mejor que yo.

—No, no lo haré.

Pete observaba a Nick con atención.

—Interesante —comentó con calma.

Nick malinterpretó el comentario.

—No es posible que pienses que tiene algún sentido su idea. Es una locura.

—No, lo que me parece interesante es tu reacción. Ya te he dicho lo que pensaba acerca de que te implicaras en esto, Nick. Estás demasiado involucrado emocionalmente.

—Sí, bueno, estoy de vacaciones. Puedo hacer lo que quiera.

Pete puso los ojos en blanco e intentó forzar a su agente a pensar con lógica.

—Laurant tiene razón en una cosa: tienes que empezar a considerarla como una agente. Es una oportunidad de oro.

En ese momento, Laurant supo que tenía su aliado.

—¿Hablará con mi hermano?

—Primero voy a tener que conseguir la colaboración de Nick.

—Eso no va a ocurrir —le aseguró Nick.

El timbre del teléfono sobresaltó a Laurant. Aliviada por la interrupción, corrió a contestar.

—Tres tonos, Laurant; deja que suene tres veces antes de descolgar —la previno Pete.

No entendió por qué Pete quería que esperase, pero asintió con la cabeza y siguió su camino hacia el pasillo. Había una pequeña hornacina, en realidad un entrante, enfrente de la escalera. Una mesa Queen Anne encajaba justo en el hueco. El teléfono negro de escritorio descansaba sobre un par de guías telefónicas y a su lado había una libreta y una pluma.

Nick salió al pasillo en el momento en que Laurant cogía el auricular.

—Nuestra Señora de la Misericordia —dijo mientras alargaba la mano hacia la pluma—. ¿Qué desea?

Oyó la risita nerviosa y, a continuación, la voz de un niño pequeño que preguntaba:

—¿Le anda el frigorífico?

Conocía la broma y decidió seguirla.

—Pues claro que sí.

Siguió otro aluvión de carcajadas, y, entonces, otra voz gritó:

—Pues debería agarrarlo.

Las risotadas continuaban cuando Laurant colgó el teléfono. Nick la observaba desde el umbral.

—Unos niños gastando bromas por teléfono —le explicó.

El teléfono volvió a sonar. Mientras esperaba a que diera el tercer tono, le dijo a Nick.

—Supongo que no debería haberlos animado. Esta vez me pondré más seria.

—Nuestra Señora de la Misericordia. ¿Qué desea?

—Laurant. —El nombre fue pronunciado en un sordo susurro.

—¿Sí?

La voz del otro extremo de la línea empezó a cantar una versión envilecida de *Buffalo Gal.*

—Oh, chica de ojos verdes no salgas a jugar, a jugar, a jugar. Oh, chica de los ojos verdes no salgas a jugar... ¿Te gusta mi canción, Laurant?

—¿Quién eres? —Al preguntarlo, giró en redondo y miró a Nick.

—Un rompecorazones —se burló la voz—. Me temo que voy a tener que romper tu lindo corazoncito. ¿Estás asustada?

—No, no lo estoy —mintió.

Al oírlo reírse, Laurant casi se muere de miedo. La risa se interrumpió tan repentinamente como había empezado, y el hombre susurró:

—¿Quieres oír otra canción?

No contestó. Nick corrió hacia ella; Laurant oyó ruidos procedentes del piso de arriba y con el rabillo del ojo pudo ver a Pete que la observaba desde el salón, aunque la voz del teléfono la había dejado paralizada. Tenía apretado el auricular de tal manera que Nick tuvo que utilizar una fuerza considerable para apartárselo y escuchar con ella.

Laurant cayó en la cuenta entonces de que alguien estaba grabando o rastreando la llamada y que por eso Pete le había dicho que lo dejara sonar tres veces. Debía mantenerlo hablando el mayor tiempo posible, pensó, pero ¡ay, Dios!, el sonido de su voz le provocaba ganas de vomitar.

—¿Es tan estúpida como la que acabas de cantar? —preguntó.

—Ah, no, no, ésta seguro que te gusta. Es tan pura y... original. Escúchala con atención.

Oyó un chasquido y, luego, los aterradores gritos de una mujer. Era el sonido más horrible que hubiera escuchado jamás. Si Nick no llega a sujetarla, se habría caído al suelo cuando los torturados alaridos le taladraron el oído. Eran casi inhumanos y parecían continuar hasta el infinito. Por fin, oyó otro chasquido, y los gritos cesaron.

—¿No vas a decirme que la deje en paz? Ya lo he hecho, ¿sabes? La he dejado en la tumba; incluso puse una piedrecita encima para acordarme de dónde está si alguna vez quiero desenterrarla. A veces lo hago, ¿sabes? Me gusta ver en qué se han convertido. Ésta era un mal sucedáneo tuyo, Laurant. ¿Ya estás lista para jugar?

A Laurant le estaba subiendo la bilis a la garganta; pudo sentir su sabor.

—¿Jugar a qué? —preguntó, intentando aparentar lo mejor posible que tanto él como la conversación la aburrían.

—Al escondite. Tú te escondes y yo te busco. Así es como se juega.

—No voy a jugar a nada contigo.

—Sí, sí, sí que lo harás.

—No —replicó Laurant con dureza—. Me voy a casa.

El sujeto pegó un alarido, pero Laurant no pudo calibrar si era de furia o de alegría. Arrancó el auricular de la mano a Nick, se enderezó y gritó:

—Ven y atrápame.

14

Algunas cosas de la vida eran, sencillamente, demasiado buenas para pasarlas por alto. Igual que un vaso de limonada helada en un día húmedo y tórrido. O una dama en apuros parada en la cuneta de la carretera, mendigando sólo un poco de atención. Aunque ésta no había sido una dama, y había acabado sintiendo un poco de lástima por haber desperdiciado en ella tanto de su valioso tiempo.

Sin embargo, había hecho un buen uso de la cinta, ¿no era así? Al fin y a la postre, quizá su valioso tiempo no hubiera sido desperdiciado del todo. Por Dios que habían recibido su mensaje alto y claro. Rompecorazones era un hombre de palabra.

Se preguntó cuánto tardarían en encontrarla. Demonios, excepto los datos postales, les había dado todo. Pobre, pobre Tiffany. Estalló en carcajadas; no podía evitarlo. La puta jamás había llegado a utilizar el móvil nuevo que le había agitado ante las narices. Aunque él sí lo había usado, para llamar a su corazoncito, y había mantenido la llamada el tiempo suficiente para que las mulas adivinaran a nombre de quién estaba al teléfono.

Le había proporcionado lo que consideraba un entierro digno; una tumba poco profunda cerca de la carretera. Los matorrales que rodeaban el barranco obstaculizaban la vista. Al final, las mulas la encontrarían, y con un vistazo sabrían qué clase de mujer había sido.

Le rompió el corazón y se lo robó. Ese acto espontáneo le preocupó durante un par de minutos, pero luego se dio cuenta de lo cuidadoso que había sido al no manchar la furgoneta con una sola gota. Aquellas increíbles bolsas Ziploc eran realmente útiles, tal y como alardeaba la publicidad. A ver si se acordaba de enviar una nota de felicitación al fabricante.

Inmundicia. Eso es lo que había sido la chica. Pura inmundicia. Y ésa era la razón de que no hubiera conservado el recuerdo. No quería recordarla, así que lo había tirado por ahí.

Por lo general, siempre que encontraba una candidata digna consideraba la idea de conservarla y entrenarla, pero pudo ver claramente a primera vista que ésta ya había sido usada, y la descartó de inmediato. La sustituta tenía que ser pura e inocente, limpia y adorable. Ah, sí, sería adorable, o de lo contrario una relación duradera jamás, jamás funcionaría. No, señor.

Lo había hecho antes y podía volver a hacerlo.

Le embargó un repentino estallido de ira salvaje que le asustó. Se dio cuenta de la fuerza con que estaba agarrando el volante y se obligó a relajarse. Todo su tiempo y esfuerzos desperdiciados. ¡Desperdiciados! Había creado a la compañera perfecta, y su muerte le había causado un gran dolor.

No le entusiasmaba la tarea de encontrar e instruir a una sustituta, pero no podía demorarla por mucho más tiempo. No, tendría que empezar enseguida, lo cual significaba hora tras hora de cuidadosa y meticulosa planificación. Tendría que considerar cada detalle, cada aspecto insignificante. E investigar. Implicaba mucha investigación. Tendría que saberlo todo sobre ella. ¡Todo! Quiénes eran sus parientes y amigos, quién la echaría de menos y a quién le importaría un comino. Luego, tendría que aislarla, alienarla y, cuando finalmente la poseyera, empezaría el auténtico trabajo. La mantendría encerrada. Empezaría el lento y agonizante proceso de instrucción, día sí y día también de interminable instrucción. Sería cruel e implacable hasta que ella se convirtiera exactamente en lo que él quería. Habría dolor, mucho dolor, pero llegaría a comprenderlo y perdonarlo en cuanto la degradara y la convirtiera en la pareja perfecta. ¿Por qué? Porque lo adoraría.

La ira no lo dejaba en paz. La cólera crecía sin cesar, royéndole las entrañas como gusanos hambrientos. No podía perder el control, no en ese momento. Respiró hondo y se obligó a pensar en algo agradable.

La pequeña Tiffy había sido tan fácil como parecía. Ni el menor desafío. Ni siquiera había tenido que camelársela para que entrara en la furgoneta. No, sin más preámbulos se había acercado pavoneándose hasta la puerta y había subido apresuradamente a la furgoneta, con la ceñida faldita por encima de la entrepierna, para que él viera que no llevaba bragas. Ni un ápice de pudor. Sólo Dios sabía la de enfermedades que llevaría encima. Había tenido que lavarse tres veces para librarse de su fetidez.

Tomó nota mental para decirles a sus colegas de Internet que matar putas no era tan bueno como lo pintaban.

La chica había proferido blasfemias y obscenidades como si eso fuera a servirle para escapar. No, señor. Matarla había sido un placer, pero no le había proporcionado el subidón del que tantas ganas tenía esos días. Sabía la razón, claro. La chica no era limpia.

«Oh, chica de los ojos verdes no salgas a jugar...»

Ah, cómo odiaba tener que empezar todo de nuevo. ¡Cuánto tiempo! ¡Menudo trabajo!

«Tranquilo, tranquilo —musitó—. Ya lo has hecho antes y lo puedes hacer de nuevo.»

No era un proyecto para el que estuviera preparado aún. Si algo había aprendido en el curso de los años era que había que terminar un trabajo antes de empezar otro.

La salida de la I-35 que llevaba hasta Holy Oaks surgió un poco más adelante. Como conductor ejemplar, puso el intermitente y redujo la velocidad.

«Oh, chica de los ojos verdes, te vengo a buscar, a buscar, a buscar...»

Tenía un nombre secreto para Holy Oaks. Lo llamaba el «asunto inacabado».

15

El juego había empezado.

Un equipo del FBI irrumpió en Holy Oaks para preparar la trampa. Jules Wesson, el jefe de sección, estableció su puesto de mando en una espaciosa y bien equipada cabaña propiedad de la abadía situada ocho manzanas al sur de la ciudad, en la punta del lago Shadow. De Wesson, licenciado por Princeton y con un máster en Psicología Anormal, se rumoreaba que llegaría a ser el sustituto de Morganstern, siempre y cuando terminara el doctorado y siempre y cuando éste se jubilara; la mayoría de los agentes creían que tales rumores habían sido difundidos por el propio Wesson. Como jefe, era terco, reglamentista y tocahuevos, así como de una arrogancia sorprendente teniendo en cuenta que los agentes a sus órdenes tenían bastante más experiencia que él.

Joe Farley, agente de campo de Omaha, Nebraska, y Matt Feinberg, especialista en espionaje electrónico destinado en Quantico, habían sido enviados al pueblo por delante del resto para reconocer el vecindario de Laurant y proteger el edificio. Se les había ordenado a ambos que trataran la propiedad como escenario de un crimen.

Sabían que iban a tener problemas para pasar desapercibidos. En un pueblo del tamaño de Holy Oaks, todo el mundo conocía a los demás y los asuntos de los demás, y los dos agentes no deseaban llamar la atención como un par de zapatos rojos en un cortejo fúnebre. Se les había informado de la presencia de otros forasteros en el pueblo que estaban trabajando en la restauración de la abadía, así que los dos agentes se vistieron de obreros. Farley, tocado con una gorra de béisbol, transportaba una bolsa de tela gruesa negra; Feinberg acarreaba una caja de herramientas.

Nadie les prestó la más mínima atención. Nadie, claro, excepto Bessie Jean Vanderman. Mientras el agente Feinberg rodeaba el perímetro de la casa de madera de dos plantas de Laurant en busca de posibles escondrijos, el agente Farley transportó su bolsa hasta la escalera delantera. Tras cruzar el porche, se detuvo ante la puerta para ponerse los guantes. Experto como era en entrar y salir sin dejar huellas, utilizó una herramienta muy sencilla, su tarjeta de American Express —nunca salía de casa sin ella—, para abrir la puerta. No tardó ni cinco segundos.

El jefe de policía Lloyd McGovern apareció cinco minutos después y sorprendió a Farley. Bessie Jean, la vecina de Laurant y perro guardián oficioso tras el fallecimiento de *Daddy*, había llamado al jefe de policía tras observar a un hombre cuellicorto y de complexión fuerte que entraba en la casa de Laurant.

A Farley le preocupaba más que el jefe de policía echara a perder su escenario del crimen que el arma que agitaba en la mano.

Lloyd, rascándose la calvorota y sin dejar de blandir el arma —que según pudo apreciar claramente el agente tenía el seguro puesto— gritó:

—Levanta las manos, chico. Soy la ley en Holy Oaks y es mejor que hagas lo que te digo.

Feinberg entró por la puerta delantera sin hacer ruido, se acercó al jefe de policía por detrás y le tocó en la espalda para llamar su atención; pensando equivocadamente que tenía una pistola, Lloyd dejó caer la suya y levantó las manos.

—No ofreceré resistencia —tartamudeó, ya sin rastro de hostilidad y bravuconería en su voz—. Chicos, coged lo que queráis, pero, por Dios, no me hagáis nada.

Exasperado, Feinberg puso los ojos en blanco, se hizo a un lado y agitó las manos vacías delante del jefe de policía. Lloyd se dio cuenta de que iba desarmado y se agachó con dificultad para coger la pistola del suelo.

—Muy bien, vamos —empezó, complacido de volver a estar al mando—. ¿Qué estáis haciendo aquí, chicos? Sois unos idiotas de remate si creéis que vais a robar algo de valor. Mirad en torno vuestro y podréis daros cuenta de que Laurant no tiene absolutamente nada que merezca la pena llevarse. Sé positivamente que no tiene reproductor de vídeo, y el televisor tiene por lo menos diez años; no valdrá más de cuarenta dólares, y seguro que no vale la pena ir a la cárcel por eso. Por lo que sé, es más pobre que un ratón de iglesia. En el banco no guarda gran cosa y ha tenido que pedir un préstamo para pagar la tienda.

—¿Cómo sabe el tiempo que tiene el televisor? —peguntó Farley con curiosidad.

—Me lo dijo Harry. Esto es, Harry Evans —explicó—. Es primo segundo mío. Hace tiempo, quiso venderle a Laurant un flamante televisor. ¿Conocéis esos con la imagen dentro de la imagen? Ella no lo quiso y, en su lugar, le pidió que le arreglara un viejo televisor de segunda mano. Si queréis que os diga lo que pienso, creo que tiró el dinero. Y así fue como me enteré de los años que tiene su televisor.

—¿Y también tiene un pariente trabajando en el banco? —preguntó Feinberg—. ¿Es así como sabe lo del préstamo?

—Algo parecido —contestó Lloyd—. Chicos, tal vez debiera recordaros que el que tiene la pistola aquí soy yo, y que vais a empezar a contestar mis preguntas. ¿Estáis robando a Laurant?

—No —respondió Feinberg.

—Entonces, ¿qué hacéis en su casa? ¿Sois parientes suyos de Francia?

Farley había nacido y crecido en el Bronx y no había conseguido librarse de su marcado acento callejero, que era como el de un matón de una mala película de gánsters.

—Exacto —consiguió decir sin reírse—. Venimos de Francia.

Al jefe de policía le gustaba acertar. Se le hinchó el pecho como a un pavo real. Asintiendo con la cabeza mientras guardaba el arma, dijo:

—Lo que pensaba. Habláis de una manera muy rara, así que imaginé que teníais que ser extranjeros, chicos.

—La verdad, jefe, es que los dos somos del este, y por eso tenemos acento. Mi amigo sólo estaba bromeando cuando le dijo que éramos franceses. Somos amigos del hermano de Laurant —explicó—. Estamos haciendo unos trabajitos en la abadía, y el padre Tom nos pidió que nos pasáramos por aquí y arregláramos el fregadero.

—Está atascado —dijo Farley, abundando en la mentira.

El jefe de policía se percató de la bolsa negra abandonada cerca de la puerta principal.

—¿Y estáis pensando en pasar la noche aquí?

—Quizá —contestó Farley—. Depende de la faena que nos dé el desagüe.

—Ella no es propietaria de la casa; sólo inquilina. ¿Dónde está Laurant?

—No tardará en llegar.

—¿Y de verdad creéis, chicos, que vais a dormir aquí, en la misma casa que ella, no siendo parientes?

A Feinberg se le estaba agotando la paciencia.

—Deje de llamarme chico. Tengo treinta y dos años.

—¿Treinta y dos, eh? Entonces, contéstame: ¿qué hace un hombre hecho y derecho llevando aparato en los dientes? Nunca había oído algo igual.

El aparato era la última fase de la reconstrucción de una mandíbula hecha añicos, resultado de una redada frustrada, pero el agente no estaba por la labor de compartir tal información con un hombre que ya había demostrado ser un completo idiota. Además, se suponía que nadie debía saber la verdad acerca de su condición de agentes del FBI.

—En el este hacemos cosas diferentes.

—Me parece que tú sí —convino Lloyd—. Pero eso no cambia el hecho de que no deberíais quedaros aquí.

—¿Por qué? ¿Le preocupa la reputación de Laurant? —preguntó Feinberg.

—No, todo el mundo sabe lo buena chica que es Laurant —contestó mientras aposentaba su ancho trasero en el extremo del brazo del sofá.

—Entonces, ¿cuál es el problema? —preguntó Farley— ¿Por qué le molesta que durmamos aquí?

—Ah, no me molesta en absoluto, chicos, pero va a molestar a otra persona con quien no querréis tener líos. Ya os lo advierto. Lo mejor que podéis hacer es encontrar otro alojamiento, porque a él no le va a gustar oír que Laurant ha estado viviendo con dos hombres, aunque sólo sea durante un par de días. No, no le va a gustar ni un pelo.

—¿A quién se refiere?

—Sí, ¿a quién no le va a gustar? —preguntó Farley mientras cerraba la puerta. El jefe de policía no se iba a marchar mientras no tuvieran una respuesta a su pregunta.

—No os importa a quién. Aunque se lo voy a tener que decir. Chicos, ¿por qué no os vais a la abadía? Tienen habitaciones que podéis ocupar gratis si les decís que habéis venido a hacer ejercicios espirituales. Sabéis lo que es eso, ¿no? Pasarse el tiempo rezando y meditando.

—Quiero saber quién se va a enfadar porque nos quedemos con Laurant —insistió Farley—. Y también quiero saber por qué tiene que ir a decírselo.

—Porque si se entera de que lo sé y que no se lo he dicho...

—¿Qué? —preguntó Farley.

—Puede llegar a ser verdaderamente malo —dijo el jefe de policía—. Y no quiero enfadarlo.

—¿Enfadar a quién, jefe?

Lloyd se sacó un pañuelo sucio del bolsillo trasero y se secó la frente.

—Hace bochorno aquí dentro, ¿verdad? Laurant se compró un aparato de aire acondicionado de ventana, y no creo que le importe si lo encendéis, ¿eh, chicos? Así, cuando vuelva, el salón estará agradable y fresquito. Va a venir hoy, ¿no es así?

—No estamos seguros —dijo Feinberg.

Farley no se rindió.

—Seguimos sintiendo curiosidad por oír ese nombre, jefe.

—No os lo voy a decir: puedo ser muy tozudo cuando quiero y ahora me siento tozudo. Si yo fuera vosotros, no me haría mala sangre por ello, porque vais a conocer a mi amigo muy pronto. Vendrá perdiendo el culo en cuanto se entere de que estáis aquí. Os lo garantizo: es un hombre poderoso por estos andurriales, así que si sabéis lo que os conviene, seréis muy respetuosos con él. Yo no lo enfadaría, podéis jurarlo. Sólo la ley puede tanto como él.

—¿Significa eso que estamos solos? —preguntó Farley.

El jefe bajó la mirada.

—Algo así. —Se encogió de hombros y dijo—: Así son las cosas por aquí. El progreso tiene su precio.

—¿Y eso quiere decir...? —preguntó Farley.

—No es asunto vuestro.

—Puede decirle a su amigo que no tiene nada que temer de nosotros —dijo Feinberg—. Ninguno de los dos está interesado sentimentalmente en Laurant.

Farley adivinó a dónde quería llegar Feinberg y enseguida asintió con la cabeza.

—Es verdad —abundó.

—Bien, bueno, me alegra oír eso porque mi amigo proyecta casarse con Laurant muy pronto, y siempre consigue lo que quiere. No os engañéis al respecto.

—Está hablando de matrimonio, ¿eh? —recalcó Feinberg.

—Algo más que hablar. Es sólo una cuestión de tiempo el que ella comprenda cómo van a ser las cosas.

—Suena como si su amigo creyera que Laurant le pertenece —dijo Farley.

—Le pertenece.

Feinberg se rió.

—¿Qué es lo que te resulta tan condenadamente divertido?

—Su amigo —le aclaró Feinberg—. Se va a llevar un verdadero chasco.

—¿Y cómo es eso?

—Cuando descubra... —Farley no acabó la frase de manera deliberada.

—¿Descubra qué?

—Que Laurant ha conocido a alguien mientras estaba en Kansas City.

—Fue un amor a primera vista —terció Feinberg.

—Eso no es verdad del todo. —Farley se dirigió a Feinberg mientras seguían tomándole el pelo al jefe de policía y suministrándole información—. Conoce a Nick de toda la vida.

—No, sabía de su existencia, pero no lo conoció hasta la semana pasada.

—¿De quién estáis hablando?

—De Nick.

—¿Nick qué? —preguntó el jefe de policía sin disimular su frustración.

—Nicholas Buchanan.

—El hombre del que se ha enamorado Laurant —le explicó Farley.

—Lo divertido del caso es... —empezó Feinberg.

—¿Qué?

—Ese tipo, Nick...

—¿Qué sucede con él?

—Que es el mejor amigo del padre Tom. Supongo que estaba escrito.

—¿Y ese Nick vive en Kansas City? Las relaciones a distancia no funcionan.

—Ah, pero no vive en Kansas City, sino en la Costa Oeste.

—Bueno, no creo que Brenner tenga de qué preocuparse. Como ya os he dicho, las relaciones a distancia no suelen funcionar.

Sin darse cuenta, el jefe de policía les había proporcionado el nombre de su amigo, pero ni Feinberg ni Farley dejaron que lo supiera.

—Nick también ha debido de pensarlo así —dijo Feinberg.

—Por eso se va a trasladar aquí, a Holy Oaks, para estar con Laurant —añadió Farley.

El jefe de policía levantó las cejas de golpe.

—¿Que va a venir aquí... con ella?

—Así es —dijo Farley—. Supongo que no quiere arriesgarse a perderla.

—Y fue un amor a primera vista —le recordó Feinberg.

—¿Y dónde se va a quedar a vivir ese tipo?

—Aquí, con Laurant, hasta que se casen. No estoy seguro de dónde vivirán luego —le dijo Farley.

—¿Casarse, dices? ¿A quién le habéis oído eso?

—Nos lo dijo Laurant —respondió Feinberg.

—La gente murmurará.

—Supongo.

—Me tengo que ir ya. —El jefe de policía se metió el pañuelo en el bolsillo a toda prisa y se dirigió a la puerta.

Pese a su considerable volumen, el agente de la ley podía moverse deprisa cuando quería. Farley y Feinberg se pararon ante la ventana y le observaron correr hacia el coche.

—Menudo pedazo de... —masculló Farley—. Ni siquiera nos ha preguntado los nombres o pedido la documentación.

—Tiene que visitar sitios, ver a gente... —empezó Feinberg.

—Y llamar a un amigo llamado Brenner —concluyó Farley mientras sacaba el móvil y marcaba un número.

Le contestaron al primer tono.

—¿Lo tienes ahí? —preguntó Farley. Al cabo de un minuto de espera, dijo—: Sí, jefe —y cortó la comunicación.

Feinberg se agachó junto a la caja negra.

—Manos a la obra —dijo, mientras le pasaba un par de guantes al otro agente—. Esto nos puede llevar toda la noche.

Farley era el eterno optimista.

—A lo mejor tenemos suerte.

Una hora más tarde, les tocó la lotería. Encontraron la cámara de vídeo escondida en un rincón en lo alto del armario de la ropa blanca, situado en la parte de afuera del dormitorio de Laurant. La lente estaba encajada en un agujero del muro y apuntaba hacia la cama. La había estado observando mientras dormía.

16

Nick no le hablaba. Laurant dio por sentado que seguía furioso por su insistencia en regresar a Holy Oaks. Después de que hubiera retado al loco a ir y atraparla, Nick había enloquecido un poco. Por decirlo de una manera suave. Tommy oyó el alboroto y llegó corriendo, con Noah pisándole los talones. En cuanto Nick le contó a su hermano lo que Laurant había hecho, éste se unió al griterío, aunque ella se supo defender y les hizo frente. Pete y Noah acudieron en su ayuda, y la flanquearon cual si fueran guardaespaldas. Los dos hombres defendieron su plan, y tras lo que pareció una hora de combate, Tommy acabó por ceder. La llamada de teléfono le convenció de que el hombre no iba a olvidarse de Laurant, y si el FBI no tendía una trampa y atrapaba al animal, entonces Laurant pasaría el resto de su vida huyendo o escondiéndose.

Y mientras el sudes estuviera jugando al escondite con ella, con toda certeza haría presa en otra mujer.

No tenían elección.

Por desgracia, Nick no lo había visto de esta manera, y hasta ese momento Laurant no había logrado socavar su enfado. Pete había vuelto a sugerirle a Nick una vez más que se apartara, repitiendo su anterior argumento de que, sencillamente, estaba demasiado implicado en la situación y que no podría ser objetivo. Nick se negó a escuchar, pero cuando Morganstern lo amenazó con no darle elección y retirarlo del caso, Nick se fijó en la expresión de congoja de Tommy, y acabó cediendo también.

135

Pete llamó a Frank O'Leary para poner el balón en juego.

En ese momento, Laurant volvía por fin a casa, sentada codo con codo con Nick en un avión de US Air Express que los transportaba desde Kansas City a Des Moines. El resto del viaje lo harían en coche. Pete le dijo a Laurant que en el aeropuerto les esperaría un coche. El de ella iba camino del taller en Kansas City, y en cuanto terminaran de repararlo, Tommy y Noah volverían a Holy Oaks en él.

No quería pensar en lo que iba a ocurrir una vez estuviera allí. Hojeó con nerviosismo las páginas de *Time*, incluso intentó leer un artículo sobre la inflación, pero no podía concentrarse y tras leer el mismo párrafo tres veces se dio por vencida.

¿Cuánto tiempo le iba a estar aplicando Nick el tratamiento de silencio? Había dejado de hablar en el instante en que llegaron al aeropuerto.

—Estás siendo pueril.

No respondió. Laurant se volvió para mirarlo y se dio cuenta del intenso tono grisáceo de su tez.

—¿Te encuentras mal?

Una cortante sacudida de cabeza fue la única respuesta que obtuvo. Entonces, se percató de que Nick se aferraba a los brazos del asiento.

—Nick, ¿qué ocurre?

—No ocurre nada.

—¿Entonces por qué no me hablas?

—Hablaremos más tarde, en cuanto el avión aterrice, a menos que...

—¿A menos que qué?

—Que nos estrellemos y muramos en una bola de fuego.

—Estás de broma.

—No, no lo estoy.

No se lo podía creer. Al machote le daba miedo volar. Tenía todo el aspecto de ir a vomitar. Su miedo era real y aunque le parecía de lo más divertido, se obligó a ser compasiva.

—No te gusta mucho volar, ¿verdad?

—No —contestó Nick con aspereza antes de girar la cabeza para volver a mirar fijamente por la ventanilla.

—¿Quieres cogerme de la mano?

—Esto no tiene ninguna gracia, Laurant.

Levantó la mano del apoyabrazos y entrelazó los dedos con los de Nick.

—No me estaba burlando. Hay montones de gente a la que no le gusta volar.

—¿De verdad?

Nick la agarró con firmeza, y Laurant pudo notar las callosidades de su mano. Manos de trabajador, aunque en ese momento fuera vestido como un ejecutivo de Wall Street. Otra contradicción, pensó Laurant, otra capa de su personalidad que encontraba enigmática y fascinante. Tommy y Nick no se parecían en nada. Sin duda, habían escogido caminos distintos. Su hermano estaba entregado a la Iglesia; siempre buscaba la parte buena de los demás, y su objetivo primordial era salvar almas.

Nick parecía haber entregado su vida a combatir a los demonios. Tenía un trabajo deprimente e interminable, y no estaba segura de que las recompensas valieran el precio que pagaba. Nick le parecía muy cínico. Esperaba que la gente fuera mala y, hasta el momento, no le habían decepcionado.

El impulso por consolarlo la pilló de sorpresa. Se inclinó para acercarse y le susurró:

—Casi hemos llegado.

—No habremos llegado hasta que aterricemos.

Se estaba revelando difícil de consolar.

—Los aterrizajes no son peligrosos...

Nick soltó un bufido.

—Siempre y cuando el piloto sepa qué carajo está haciendo.

—Estoy segura de que sabe lo que hace. A los pilotos los entrenan para aterrizar.

—Quizá.

—Sólo quedan unos minutos. Estamos haciendo el descenso de aproximación.

La presión de la mano de Nick se intensificó.

—¿Cómo lo sabes?

—El capitán les acaba de decir a los auxiliares que se sienten.

—¿Has oído bajar el tren de aterrizaje? Estoy absolutamente convencido de no haberlo oído.

—Sí que lo he oído.

—¿Estás segura?

—Sí, estoy segura.

Nick respiró y se obligó a calmarse.

—Sabes que éste es el momento de mayor siniestralidad, ¿no? Los pilotos calculan mal la aproximación a la pista.

—¿Has leído eso en algún sitio?

—No, sólo lo supongo. Física elemental. Las cosas se tuercen... el error humano. Piensa en ello. Un hombre intenta posar suavemente unas diez mil toneladas de metal sobre un par de rueditas pivotantes de caucho. Cada vez que aterriza un avión se produce un verdadero milagro.

Laurant conservaba una expresión sombría.

—Entiendo. Entonces crees que si el hombre estuviera destinado a volar nacería con alas.

—Algo así.

—¿Nick?

—¿Qué? —El tono de su voz ya era hosco.

—A veces, en tu trabajo ¿no te toca sortear las balas y no te ves abocado a situaciones de vida o muerte? Por Dios, eres agente del FBI. La flor y nata de los elegidos. Y, sin embargo, tienes miedo de un pequeño paseo en avión.

—Irónico, ¿verdad?

Laurant ignoró el tono sarcástico de su voz.

—Creo que deberías hablar de esto con alguien. Pete podría serte útil. Es psiquiatra, y seguro que podría ayudarte a superar esta... inquietud.

Nick no supo cómo decirle que a Pete le parecía tan divertida su fobia como a ella.

—Quizá —dijo, encogiéndose de hombros.

Como la estaba mirando, no se percató de que el suelo se acercaba al avión. El aterrizaje fue suave y tranquilo y, para cuando enfilaban la puerta de embarque, la tez de Nick volvía a tener un aspecto saludable.

—¿No quieres arrodillarte y besar el suelo? —le preguntó Laurant.

—Es una absoluta crueldad reírse de las fobias humanas, Laurant.

—No me estaba riendo.

—Vaya que sí —contestó. Salió al pasillo, abrió el compartimiento superior y bajó el equipaje—. En tu interior hay una vena realmente malvada.

Retrocedió para que Laurant pudiera plantarse delante de él.

—¿En serio?

—Sí. Y me gusta.

Laurant se rió.

—Ahora que tienes los pies sobre el suelo, te haces el chulo, ¿eh?

—Soy chulo siempre —presumió mientras le daba un suave empujón para que caminara hacia la salida.

El aeropuerto estaba sorprendentemente abarrotado. Mientras se abrían paso hacia la zona de equipajes, Nick se dio cuenta de la cantidad de hombres que se fijaban en Laurant. Uno ni siquiera intentó ser sutil. Tras un momento de duda, se giró por completo y los siguió. Nick respondió pasándole el brazo por el hombro a Laurant y pegándola a su costado.

—¿Qué haces?

—Asegurándome de que no te alejas —contestó. Lanzó una mirada hostil al moscón, y cuando el hombre se dio la vuelta y se marchó a toda prisa en otra dirección, sonrió con aire burlón.

—Llevas la falda demasiado corta.

—No.

—Muy bien, entonces tienes las piernas demasiado largas.

—¿Qué te pasa?

—Nada. No te pares.

Nick siguió examinando las caras mientras caminaban entre la multitud. Cuando llegaron a la escalera mecánica, tuvo que soltarla. Laurant lo miraba con el ceño fruncido, pero era demasiado tarde para volver sobre el comentario acerca de su falda.

Un agente los estaba esperando en el exterior de la zona de equipajes. El coche, un Explorer de 1999, estaba aparcado en zona prohibida. El agente entregó a Nick una carpeta atestada de papeles y las llaves del coche, tras lo cual cargó el equipaje de ambos en la trasera. Dos guardas de seguridad del aeropuerto, que estaban parados muy juntos en la acera, meneaban las cabezas mientras rumiaban su frustración por no poder hacer nada con aquel coche mal aparcado.

El agente atrajo la atención de Laurant cuando abrió una gran caja negra metida en un rincón del maletero. Cuando vio el despliegue de armas, retrocedió un paso de manera involuntaria.

Nick se percató.

—Aún no es demasiado tarde para que cambies de idea.

Laurant enderezó los hombros.

—Sí, sí lo es.

El agente le abrió la puerta del acompañante, le deseó buena cacería y desapareció en la terminal.

Nick lanzó la chaqueta al asiento trasero y, mientras se sentaba al volante, se desabrochó el cuello de la camisa; luego, echó el asiento hacia atrás para acomodar sus largas piernas. En el interior de la consola de piel que los separaba había un mapa de Iowa.

Laurant conocía el camino a casa, por supuesto, pero de todos modos Nick quiso cerciorarse de la ruta, que alguien había trazado con un marcador amarillo.

—¿Has oído lo que me ha dicho tu amigo? —preguntó Laurant.

—¿Qué? —preguntó levantando la mirada del papel que sostenía en la mano.

—Buena cacería.

Nick asintió con la cabeza.

—Sí, siempre decimos eso —explicó—. Una superstición.

—¿Como lo de «rómpete una pierna» antes de salir a escena?

—Sí.

Dejó que terminara de leer y, una vez que Nick colocó la carpeta de los documentos en el asiento trasero, preguntó:

—¿Había algo importante?

—Sólo detalles de última hora.

—Deberíamos arrancar.

—¿Tienes prisa?

—No, pero esos guardas de seguridad parecen a punto de echarse a llorar por no poder multarte.

Nick saludó a los guardas con la mano al salir del aparcamiento.

—¿Tienes hambre?

—No —respondió Laurant—. ¿Y tú?

—Puedo esperar.

—¿Había algo en la carpeta sobre la carta que el hombre le dijo a Tommy que había enviado a la policía de Kansas City?

—No, siguen sin recibir nada.

—¿Por qué le diría a Tommy que la había enviado cuando es evidente que no lo hizo?

—No lo sé. Tal vez estuviera jugando con él. Dejaré que Pete lo adivine.

Mientras Nick conducía entre el denso tráfico, Laurant guardó silencio. Una vez salieron a la carretera, Nick se arremangó las mangas de la camisa y se recostó en el asiento. Tenía las dos horas siguientes para prepararla. Repasó la lista de todo lo que Laurant no debía hacer y acabó con el mismo consejo que ya le había dado diez veces por lo menos.

—No creas nada de lo que te diga la gente, y no vayas a ninguna parte sin mí. ¿Entendido?

—Sí, entendido.

—Ni siquiera a los lavabos de señoras de un restaurante.

—Lo sé. Ni siquiera a los lavabos de señoras.

Nick asintió con la cabeza, momentáneamente tranquilo. Laurant no se llamaba a engaño; sabía que repasarían la lista de nuevo al cabo de una hora o así.

—Volvamos a repasar tu rutina diaria.

—A estas alturas deberías sabértela de memoria.

—Muy bien, veamos si me la sé. Nos levantamos a las siete de la mañana, hacemos nuestros ejercicios de estiramiento...

—Para entrar en calor —añadió Laurant.

—Sí, exacto, y luego salimos a correr... Dios se apiade de mí, casi seis kilómetros desde el principio hasta el final. Cogeremos el sendero que rodea el lago, empezando por la punta occidental, y siempre iremos en la misma dirección.

—Sí.

—Odio correr. Es malo para las rodillas, ¿lo sabes?

—Lo encuentro tonificante. A lo mejor, acabas pensando lo mismo —dijo—. Parece que estás en buena forma. ¿No eres capaz de correr seis kilómetros?

—Claro que puedo, pero no dejaré de refunfuñar.

Laurant rió.

—Me encantará verlo.

—Muy bien; así que entonces volvemos a casa y...

Se detuvo. Laurant supuso que debía continuar.

—Y nos duchamos, nos ponemos la ropa de trabajo y caminamos dos manzanas hasta la plaza. Me pasaré la mayor parte del día ordenando mi desván y desembalando cajas mientras los obreros terminan abajo. Con un poco de suerte, ya no tardarán mucho. Quiero abrir el cuatro de julio.

—Eso no te da mucho tiempo.

—Probablemente ya estés de vuelta en Boston para esa fecha.

—Eres una optimista. Puede que esté en Holy Oaks un mes, tal vez más.

—¿Cómo te puedes permitir disponer de tanto tiempo?

—Se lo prometí a tu hermano. No te voy a dejar hasta que lo atrapemos... o...

—¿O qué?

—Si se esconde, y tengo que marcharme por cualquier motivo, te llevaré conmigo. Ni te plantees discutirlo —la advirtió.

—No lo haré, pero ¿sabes qué creo?

—No, ¿qué?

—Creo que todo va a suceder deprisa. Me parece que no vamos a tener que esperar mucho.

Nick movió la cabeza en señal de asentimiento.

—Tengo la misma sensación. Tal y como sonaba por teléfono... Sí, no va a tardar en ir detrás de ti. Pete piensa lo mismo.

—Bien. Deseo que esto termine cuanto antes.

—Sí, bueno, Dios mediante así será. ¿Sabes?, cuando llegue el momento de marcharme, estarás de mí hasta la coronilla.

—Estoy segura de que será al revés, serás tú quien esté hasta la coronilla de mí.

—Lo dudo. Te lo advierto, me voy a tomar muchas libertades. Lo cierto es que no te voy a dejar ni a sol ni a sombra. —La miró antes de continuar—. El objetivo es que el sudes se vuelva loco de celos, ¿correcto?, y tan furioso que cometa un pequeño error...

—Y entonces podrás atraparlo.

—Ése es el plan. Pero lo más probable es que no sea yo el que lo trinque. Ni tampoco Noah, en realidad.

—¿Por qué piensas eso?

—Noah va a estar muy ocupado haciendo de niñera de Tommy, y yo estaré ocupado... acosándote. No sé por qué, pero estoy deseando que llegue ese momento. Así que dime una cosa: ¿qué tal besas?

Laurant intentó hablar con acento sureño, y le contestó arrastrando las palabras con mucha lentitud.

—Soy muy, pero que muy buena.

Nick se rió.

—¿Cómo sabes que eres buena?

—Andre Percelli —dijo—. Me besó, y me dijo que era buena. Por eso lo sé.

—Nunca habías mencionado a ese tal Andre. ¿Quién diablos es?

—Nos conocimos en la escuela. Pero, ¡ay!, nuestro romance acabó tan deprisa como empezó. Estábamos en la cola del comedor cuando me besó, y lo di por concluido allí mismo.

Nick sonrió.

—¿Y eso?

—No besaba bien.

—Pero tú sí.

—Eso fue lo que me dijo antes de que le diera un puñetazo.

Nick se rió.

—Eras una chiquilla dura, ¿eh?

—Sabía defenderme. Y todavía sé —alardeó.

—¿Y qué fue de Andre?

—Nada. La última vez que oí hablar de él, estaba casado y tenía dos hijos.

Nick cambió de tema para volver a la rutina.

—Nunca hemos hablado de las noches. ¿Qué haces por la noche?

Laurant estaba revolviendo en el bolso, buscando un pasador para el pelo.

—Sí que hablamos de las noches —le recordó—. Y te dije que durante las dos próximas semanas todas las noches hay algo programado.

—¿A causa de la boda a la que vas a ir?

—En parte —respondió—. Pero también debido a que prometí al abad que le ayudaría a ordenar el desván. Quiere hacer limpieza general antes del aniversario.

—Que también es el cuatro de julio. Qué inoportuno —añadió.

—La boda es el sábado anterior —le dijo. Encontró el pasador en el fondo del bolso.

—Eso del aniversario... va a ser un lío. Dios quiera que para entonces hayamos arreglado esto. Tommy me dijo que el pueblo se va a llenar de forasteros procedentes de todas partes de Estados Unidos.

Laurant se recogió el pelo en la nuca y lo sujetó con el pasador.

—En realidad también van a venir de Europa —dijo—. La abadía de la Asunción abrió sus puertas hace cien años, así que es posible que asista incluso un cardenal.

—Fantástico —masculló Nick—. Va a ser una pesadilla para la seguridad. Te lo advierto, Laurant, si no atrapamos deprisa a ese mierda, te sacaré de allí hasta que termine la conmemoración.

—De acuerdo —contestó—. Pete dijo que aguantáramos un tiempo prudencial, ¿recuerdas?

—Hasta el primero de julio. Luego, nos vamos.

Laurant levantó la mano.

—No voy a discutir contigo, pero eso no nos deja mucho tiempo.

—A menos que él se mueva rápido. Escucha, es muy importante que no te relajes. ¿Comprendes? Bajar la guardia puede ser peligroso.

—Lo sé y no me voy a relajar. ¿Puedo preguntarte algo?

—¿El qué?

—Si no fuera yo... lo que quiero decir es... si no fuera la hermana de tu mejor amigo y hubiéramos sido unos completos desconocidos antes de que ocurriera esto, ¿te habrías mostrado tan reacio a tender una trampa?

—¿Quieres decir utilizándote como cebo?

—Sí.

—La cuestión es que eres la hermana de mi amigo. No lo puedo disociar.

—Pero ¿qué pasaría si...?

La reacción inmediata de Nick fue decirle que sí, que se habría mostrado tan reacio porque conocía por propia experiencia lo que era que a uno le explotaran los planes en las narices, pero después de reflexionar sobre la hipótesis durante otro minuto, admitió que era una oportunidad de oro y que, probablemente, no la habría dejado escapar.

—Estaría al cincuenta por ciento.

—¿Qué significa?

—Que sopesaría los peligros y las posibilidades de detención de ese mierda antes de que volviera a matar. Y luego...

—Y luego ¿qué?

Nick suspiró.

—Optaría por la trampa.

—¿Has tenido miedo alguna vez?

—Caramba, pues claro. Y he visto lo que puede ocurrir. Con independencia de lo que hayas visto en la televisión, no siempre cogemos a los tipos malos. A veces siguen sueltos durante años. El hijo de puta que encabeza la lista de los «más buscados», Emmett Haskell, se fugó hace un año de un psiquiátrico de alta seguridad, y seguimos sin dar con él.

—¿Qué es lo que hizo?

—Mató a un montón de gente; eso es lo que hizo. Siete muertes hasta el momento, que sepamos. Podría haber más. Haskell les dijo a los loqueros que matar le traía suerte. Le gustaba apostar a los caballos y todos los primeros sábados de mes acudía a las carreras, así que el primer sábado de mes tenía que matar a alguien. No importaba a quién —añadió—. Servía cualquiera: hombre, mujer, niño, aunque sentía especial predilección por las mujeres. Cuanto más guapa, mejor... por la suerte, ¿comprendes?

—Tommy me dijo...

—¿Qué te dijo?

—No se lo dijiste como algo confidencial, él jamás habría dicho nada en tal caso, pero le pregunté por qué estaba tan preocupado por ti y mencionó...

Nick sabía a dónde quería llegar Laurant: al caso Stark. Le había hablado a Tommy sobre el mismo, con la esperanza de que hacerlo le ayudara a olvidar; pero no había sido así en absoluto.

—Te dijo que maté a una mujer, ¿no es eso?

—Sí.

—Hice lo que tenía que hacer.

—No tienes por qué justificar tus actos ante mí, Nick.

—La verdad es que no tuve más remedio. Si hubiera andado más listo, quizás hubiera podido esposarla... pero me fui de la casa, y eso le dio tiempo para coger al niño y prepararse.

A Laurant le corrió un escalofrío por los brazos.

—¿Prepararse para qué?

—Para mí. Sabía que iba a volver, y quería que observara cómo mataba al niño.

Laurant se percató de la oleada de tribulación que cruzó por los ojos de Nick.

—¿Cómo te deshaces de esto? —preguntó—. ¿Lo borras de tu memoria?

—No, no borro nada. Me apaño con ello.

—Pero ¿cómo?

—Me mantengo ocupado.

—Mantenerse ocupado no es apañarse con ello.

—No le digas a Noah lo que te voy a contar, pero, a veces, desearía parecerme más a él. Cuando tiene que hacerlo, consigue que no le afecte.

Laurant mostró su desacuerdo.

—Paga un precio, como tú. Sólo consigue endurecerse más.

—Sí, tal vez, pero mientras haya animales como Haskell o Stark ahí fuera no te puedes relajar. Quiero cogerlos.

—Siempre va a haber otro, ¿verdad? Nick, necesitas tener una vida normal fuera del trabajo.

—Me recuerdas a Pete, y esta cháchara está resultando condenadamente aburrida.

Cogió el teléfono, marcó un número y habló por el micrófono.

—Vamos a tomar la siguiente salida y buscar algo de comer. A propósito, nos estáis siguiendo demasiado cerca.

Después de que Nick guardara el teléfono, Laurant se giró para mirar por la ventanilla trasera.

—El coche azul, ¿verdad?

—No, el Honda gris que va detrás del azul.

—¿Cuánto tiempo llevan siguiéndonos?

—Desde que salimos del aeropuerto. Este coche lleva un dispositivo de seguimiento con un radio de ochenta kilómetros, y, una vez en Holy Oaks, Jules Wesson, el agente jefe al mando de esta operación, nos tendrá bajo vigilancia permanente.

—Eso no nos va a servir de mucho. Es un pueblo pequeño, y vamos a caminar tanto como conducir.

—Tú también vas a llevar encima un pequeño dispositivo de rastreo muy mono. No estoy seguro de en dónde irá, pero probablemente en un alfiler o una pulsera.

La verdad es que resultaba tranquilizador saber que el FBI la estaría siguiendo mientras se movía por el pueblo.

—Estoy segura de que Jules Wesson es eficiente, pero aun así desearía que Pete estuviera en Holy Oaks.

—No sería de mucha utilidad allí; nunca ha sido agente de campo. Jules Wesson, Noah y yo le iremos suministrando información a medida que la consigamos, y espero que Pete sea capaz de adivinar el dónde, el cuándo y el cómo. ¿Crees que habrá un sitio decente para comer en Sweetwater? Es la siguiente salida.

—Hay una cafetería en el centro del pueblo. La verdad es que la comida es bastante buena.

—¿Qué es lo que te apetece?

—Una gran y jugosa hamburguesa con pepinillos. Y patatas fritas. Muchas patatas fritas.

—Me parece bien.

Laurant no tuvo necesidad de darle indicaciones. Sweetwater contaba con una sola calle principal, acertadamente bautizada como Main Street, y la cafetería estaba situada a la derecha, justo en mitad de la calle.

Laurant se metió en un reservado situado junto a la ventana delantera. Nick se sentó a su lado. No había mucho espacio.

—¿No prefieres sentarte enfrente de mí? —preguntó Laurant.

—No —contestó mientras alargaba la mano hacia el pegajoso menú plastificado, que se sujetaba de canto entre el salero y el pimentero—. Vamos a empezar a practicar el asunto del amartelamiento.

Nick encargó dos hamburguesas dobles, doble de patatas fritas y dos vasos de leche. Laurant le dijo que comía como una lima, y eso le trajo a la memoria a Nick una anécdota del hermano de Laurant, relacionada con la cola de la cafetería de la universidad. Cuando Nick terminó de contar el incidente, Laurant se estaba riendo con tantas ganas que se le saltaban las lágrimas. No tenía ni idea de que Tommy hubiera sido tan bromista.

—¿Y fue él quien empezó la pelea por la comida?

—No siempre ha sido sacerdote —le recordó.

Le contó otra anécdota, y luego otra. Los clientes de la cafetería se giraron un par de veces ante el sonido de sus carcajadas. Veían a una pareja de jóvenes disfrutando de su mutua compañía.

146

Cuando volvieron al coche y reemprendieron la marcha, Laurant estaba completamente relajada.

—Tal vez deberías aminorar la marcha. No veo el coche gris —le dijo a Nick.

—Así es como se supone que funciona; la teoría dice que no has de verlos.

—Nos van a seguir hasta Holy Oaks.

—Sí, eso harán.

—¿Cuántos agentes hay esperándonos?

—Suficientes.

—¿No cuesta esto mucho dinero?

—Queremos atraparlo, Laurant. El coste no importa.

—Sí, ¿pero qué pasa si dura más tiempo de lo que todos suponen?

—Pues que dura más tiempo.

Laurant se quitó el pasador y dejó que el pelo le cayera sobre los hombros, hecho lo cual reclinó el asiento. Acababa de cerrar los ojos, cuando Nick dijo:

—No lo comprendo.

—¿Qué no comprendes?

—A ti... que vivas en un pueblo tan pequeño.

—Me gusta.

—No me lo creo. Eres una chica de gran ciudad hasta la médula.

—La verdad es que no, en absoluto. Crecí en un pueblo pequeño.

—Que por casualidad pertenecía a tu abuelo —señaló Nick—. Vivías en una hacienda; si quieres llamarlo pueblecito, hazlo.

—Y fui al colegio en un pueblo diminuto, casi aislado. De verdad que me gusta Holy Oaks, Nick. La gente es buena y decente. Y es bonito y apacible... al menos, lo era.

—Sí, bueno, si te gusta tanto, ¿cómo es que alquilaste la casa en la que vives?, ¿por qué no la compraste?

—Primero quería concentrarme en el negocio —explicó—. Y la señora Talbot no quería vender la casa todavía. Allí crió a su familia y, aunque ahora vive en un hogar de ancianos, todavía no está preparada para deshacerse de ella. Estoy pensando en comprarme una cabaña que hay en el lago; aunque tendría que reformarla.

—¿Y cómo es que no la has comprado todavía?

—Steve Brenner.

—El tipo de la Sociedad para el Fomento de Holy Oaks.

—Es el dueño de la cabaña.

—Creo que quiere ser tu dueño.

—¿Qué?

—Parece que cuando los agentes Farley y Feinberg entraron en tu casa, la vecina de al lado llamó al jefe de policía y éste llegó corriendo.

—C.G. no va corriendo a ningún sitio.

—¿El jefe de policía se llama C.G.?

Laurant sonrió.

—Culo Gordo —explicó—. Todos lo llaman así. No goza de muy alta consideración en Holy Oaks.

—Supongo que no.

—No quería interrumpirte. ¿Qué ocurrió cuando apareció el jefe de policía? ¿Supo que eran del FBI? No se lo dirían.

—No, no le dijeron nada, pero lo raro es que él no les preguntó. Estaba ocupado en hablarles de las intenciones que Brenner alberga en relación a ti. Parece que va contando a todo el mundo que se va a casar contigo.

—Menudo gilipollas que está hecho.

—Eso parece. Uno de los agentes le contó al jefe de policía lo de nuestra ardiente e intensa relación, y a él le faltó tiempo para largarse.

—A contárselo a Steve, sin duda.

—Sin duda.

—Es la clase de hombre que tiene dificultades para comprender que no puede conseguir todo lo que quiere.

—Lo ayudaré a comprenderlo.

Laurant no estaba segura de cómo planeaba hacerlo, pero el tono de su voz sugería que lo estaba deseando.

El tiempo invertido en el viaje a Holy Oaks pasó volando. Estaban a gusto juntos. Hablaron de música —a ambos le gustaba la clásica y el *country*—; discutieron de política —Laurant era liberal hasta la médula, mientras que él era un conservador en toda la extensión de la palabra—; y Nick la mantuvo fascinada con divertidas anécdotas sobre lo que era crecer en una familia numerosa. Antes de que Laurant se diera cuenta, Nick estaba aminorando la marcha para coger la salida a Holy Oaks.

—Estaremos en casa antes de que anochezca —comentó Laurant.

Nick se puso serio.

—Laurant, tengo que hablarte de un par de cosas.

—¿Sí?

—Farley y Feinberg... los agentes que te mencioné hace un rato.

—¿Sí?

—Al registrar tu casa encontraron una cámara de vídeo.

—¿Dónde?

—En el armario de la ropa blanca del piso de arriba. Había un agujero perfectamente taladrado del tamaño de media aspirina. La lente de la cámara apuntaba a tu cama; jamás te habrías dado cuenta: está justo en el centro de una flor del papel pintado.

Laurant sintió como si se quedara sin aire en los pulmones. Se agitó en el asiento y, sin darse cuenta, agarró a Nick del antebrazo.

—Pensé que merecías tener un pequeño respiro de esta pesadilla. Si te lo hubiera dicho nada más subir al coche, habrías estado preocupada todo el viaje. ¿Me equivoco?

—¿Cuánto tiempo ha estado allí?

—Una temporada —respondió—. Tenía polvo encima, así que lleva algún tiempo allí, por lo menos una o dos semanas, pero no puedo decirte con exactitud cuántos días y noches. Habían limado el número de serie.

—No vuelvas a guardarte información, ¿de acuerdo? Cuando te enteres de algo nuevo, dímelo enseguida.

—Vamos a vivir juntos. Te lo contaré todo.

—¿Hasta que la muerte nos separe? —preguntó Laurant sarcásticamente, aunque con un sarcasmo teñido de miedo.

—No, hasta que lo atrapemos.

Laurant le soltó el brazo.

—Siento haberte agarrado con tanta brusquedad. Ya me lo advertiste. Me dijiste que había estado en mi casa y que me había observado mientras dormía. Me ha estado viendo...

No continuó. Se giró para mirar por la ventanilla y que Nick no se diera cuenta de lo afectada que estaba. Se imaginó vistiéndose y desnudándose. Algunas noches en las que el aire acondicionado no enfriaba lo suficiente, había dormido desnuda. Y todo estaba grabado.

Bajó la vista a su regazo y vio que había roto el pasador.

—Me siento como si hubiera hecho algo de lo que debiera avergonzarme. Ha habido noches en las que no soportaba el camisón. Hacía calor —se defendió.

—Lo que hagas en la intimidad de tu dormitorio...

—Pero sólo fue eso —gritó—. No he hecho nada. Dormía. Eso es todo. No he estado con ningún hombre, eso seguro, pero ¿y si hubiera estado? Dios, es tan nauseabundo.

—Laurant...

—No te atrevas a decirlo.

—¿Decir qué?

—Que no es demasiado tarde para que cambie de idea.

Nick se hizo a un lado y paró en el arcén, puso el coche en punto muerto e hizo un gesto con la cabeza hacia la señal de la derecha. Indicaba el límite urbano de Holy Oaks.

—¿Me vas a dar una última oportunidad de volverme atrás? —preguntó.

—No.

—¿Entonces por qué te detienes?

—Para decirte que tienes que dejar de asustarte cada vez que te enteres de algo desagradable. Va a haber algunas sorpresas, y voy a intentar hacer todo lo posible para anticiparme, pero tienes que... soportarlo. ¿Comprendes? No puedo estar preocupándome por cómo vas a reaccionar e intentar juntar los trocitos de nuevo cada vez que tú...

Laurant le puso la mano en el brazo, esta vez con suavidad.

—Lo prometo. No me asustaré o, al menos, intentaré no hacerlo.

Nick percibió la decisión de su voz y la vio en su mirada.

—Tienes redaños —le dijo mientras metía la marcha y salía a la carretera.

Laurant sintió frío de repente. Bajó el aire acondicionado y se frotó los brazos.

—¿Encontraron la cinta? ¿Estaba en la cámara? Esas cintas no duran mucho, ¿verdad? No más de un par de horas. ¿Cómo la cambiaba? ¿Ha estado de acá para allá en mi casa... en mi dormitorio? Si lo ha hecho, ha estado corriendo un riesgo considerable de que lo vieran.

—La cámara se acciona con un transmisor, lo cual significa que observaba tu dormitorio desde un monitor instalado en alguna parte. Te lo mostraré cuando lleguemos. Es un dispositivo sensible al movimiento de lo más elemental —añadió con el ceño frucido—. En realidad, un artilugio cuya fabricación está al alcance de un chaval de instituto... y eso es lo que me preocupa del asunto. Quienquiera que pusiera el equipo, no era un profesional, aunque logró su propósito.

—¿Y por qué te preocupa eso?

—Es sólo que no deja en muy buen lugar la inteligencia de nuestro chico —explicó—. Como he dicho, no se trata de alta tecnología, y nuestro sudes parece la clase de persona que se desviviría por hacerlo ingenioso... perfecto. Su objetivo es impresionarnos.

—Y no os ha impresionado.

—Exacto.

Laurant asintió y volvió a mirar por la ventanilla.

—Casi hemos llegado.

Nick giró a la izquierda en Assumption Road, una carretera de dos carriles. Alguien había pintado de negro el indicador de la carretera de manera que sólo se pudieran leer las tres primeras letras *A-s-s* [culo]. A Nick le hizo bastante gracia.

—Los chavales del instituto lo hacen una vez al año por lo menos —explicó Laurant—. Creen que es divertido.

—Y es divertido.

—Entonces probablemente eres de los que ven los *Simpsons* por televisión, ¿verdad?

—No me pierdo una.

—Yo tampoco —admitió—. Al abad le pone furioso que hagan eso con la señal, le parece irreverente y todo eso. ¿Vamos primero a casa o quieres ir al lago a ver a Jules Wesson? Tommy me dijo que lo había arreglado para que los agentes utilizaran la cabaña del abad.

—Vayamos a presentarnos primero a Wesson. Giro en Oak Street, ¿verdad?

—Sí. A la izquierda en Oak si fuéramos a casa, y a la derecha para coger hacia el lago.

Los dos campanarios de aguja gemelos de la abadía de la Asunción se erguían en la distancia. La construcción gótica se había levantado en lo alto de una colina que dominaba el inmaculado pueblecito. Era magnífica. El monótono gris de los enormes sillares del edificio se rompía aquí y allá por brillantes vitrales de colores. Un largo y sinuoso sendero conducía hasta las puertas.

Nick disminuyó la velocidad al traspasar la verja de hierro forjado que rodeaba la propiedad. Por doquier se erguían unos robles gigantescos. Agrupados protectoramente contra los costados norte y sur de la construcción, parecían arbotantes que reforzaran los muros exteriores.

—Parece una catedral —comentó Nick en voz baja, como si ya estuvieran dentro de la iglesia.

—La restauración ha durado mucho. El pueblo ha hecho suyo el proyecto de recaudar los fondos para la rehabilitación —dijo—. Ya casi está terminada —añadió—, al menos la iglesia principal; en la capilla todavía queda trabajo. Tenemos que venir aquí a pasear; en esta época del año los jardines están preciosos.

—¿Qué fue primero: el huevo o la gallina?

151

Laurant entendió qué le estaba preguntando.

—La abadía fue fundada por una orden belga, y estaba aquí mucho antes de que surgiera el pueblo. La población es muy variada. Después de la Segunda Guerra Mundial, se produjo una gran afluencia de inmigrantes.

—¿Y por qué hicieron todo ese camino hasta Holy Oaks, Iowa?

—¿Tommy no te ha contado nada de la historia de este pueblo?

—No.

—Los inmigrantes vinieron tras los pasos del padre Henri VanKirk. Murió el año pasado. Ojalá le hubiera conocido; fue un hombre increíble. Durante la guerra, ayudó a innumerables familias a escapar de los alemanes, pero al final fue capturado y torturado por los nazis. Cuando finalmente fue liberado, vino a Estados Unidos, y sus superiores lo enviaron aquí para que se repusiera. Muchas de las familias a las que había ayudado lo habían perdido todo, y lo siguieron. Rehicieron aquí sus vidas y convirtieron Holy Oaks en su hogar.

»Después de morir el padre VanKirk, el abad encontró sus diarios y creyó que servirían de inspiración a la gente, así que decidió que había que traducirlos al inglés. Todos hemos estado tan ocupados preparando la conmemoración del aniversario que no ha habido tiempo, pero en cuanto termine, se supone que empezaré con la traducción y la informatizaré.

—¿El padre VanKirk está enterrado aquí?

—Sí. Hay un cementerio al otro lado de la abadía. Los jardines están rodeados por unos magníficos robles, más grandes que los que ves al lado de la iglesia...

—Y es por eso que este lugar se llama Holy Oaks.

Laurent sonrió.

—Exacto. Protegen la tierra donde duermen los ángeles.

Nick asintió con la cabeza.

—Donde duermen los ángeles. Me gusta.

—¿Qué te parece el pueblo? ¿Verdad que es bonito?

Las calles adoquinadas estaban flanqueadas de casas blancas de listones de madera. Las farolas eran como las antiguas de gas. Nick sabía que eran eléctricas; sin embargo, le daban al pueblo un toque amable y un aspecto de lo más pintoresco.

—Me recuerda un pueblo de Nueva Inglaterra. Tiene la misma clase de encanto. ¿Tu casa tiene una cerca blanca?

—No, pero la de mi vecina, sí.

Llegaron a la señal de stop de Oak. Nick giró a la derecha y avanzó por otra calle flanqueada de árboles. Las ramas formaban un dosel que cubría todo el ancho de la calzada.

—Tengo la sensación de haber saltado en el tiempo. No puedo evitar pensar que me voy a encontrar con Richie Cunningham, conduciendo un Chevy descapotable del cincuenta y siete.

—Vive dos manzanas más allá —bromeó Laurant.

A medida que se acercaban al lago, las casas eran más corrientes. Construidas en la segunda mitad del siglo, mostraban detalles más modernos, como fachadas de ladrillos o dos niveles, aunque, al igual que sus semejantes más antiguas, se conservaban primorosamente. A todas luces, las familias que vivían allí se sentían orgullosas de sus casas y su pueblo.

Dejaron atrás un campo de béisbol desierto, siguieron hacia el oeste, más allá de una gasolinera Phillips 66, y transpusieron un par de toscos postes de madera para entrar en el parque.

—En primavera y en otoño, este lugar está atestado de universitarios; en verano lo invaden los chavales del instituto.

Nick bajó la ventanilla. El olor terroso del humus de las agujas de los pinos y las hojas de roble y abedul, que se entremezclaban en el suelo, llenaba el aire. Llegaron a una bifurcación, más allá de la cual se extendía un lago. A cada leve ráfaga de aire, las sombras de los altísimos árboles se mecían en la superficie de un agua refulgente.

La cabaña estaba oculta entre los árboles. Nick se detuvo en el camino de grava y apagó el motor.

—No parece que aquí pueda vivir nadie.

Laurant hizo el comentario en el momento en que se abría la puerta delantera. Al otro lado de la mosquitera pudo ver a un hombre con gruesas gafas de montura negra que los miraba con ojos de miope.

Nick hizo que se quedara en el coche hasta que lo rodeó y le abrió la puerta. Sus ojos no descansaban; no paraba de escudriñar el entorno y, cuando le dio la mano para ayudarla a bajar, apenas le prestó atención.

—¿Ese hombre es Jules Wesson? —preguntó Laurant.

—No, es Matt Feinberg, nuestro empollón en electrónica. También es un buen tipo; te gustará.

El agente en cuestión esperó a que llegaran al porche para abrir la puerta y apartarse. Tenía un aspecto corriente, estatura media, pelo y ojos castaños y un corrector en los dientes. Su sonrisa era encantadora y sincera. Sostenía un montón de cables en las manos, pero los dejó caer sobre la mesa de la entrada para poder estrechar la mano de Laurant.

Tras el intercambio de saludos, preguntó:

—¿Te ha dicho Nick que Farley y yo entramos en tu casa?

—Sí —contestó—. Eres uno de los que encontró la cámara.

—Así es. Mientras estábamos dentro, tu vecina llamó al jefe de policía, que apareció volando. Es demasiado, el tío —dijo. Y le contó que le habían dicho al jefe de policía que estaban haciendo unas reparaciones en su casa. Luego, se volvió hacia Nick—. En cuanto Seaton ponga la otra línea telefónica, estaremos listos para seguir. Está trabajando en ello ahora.

—¿Cuántos agentes hay?

Feinberg echó un vistazo a la galería antes de contestar.

—Wesson no comparte esa información. La verdad es que no sé cuántos estamos, ni si van a venir más ni cuándo.

—¿Dónde está Wesson?

—Ha ido al dormitorio a coger unos papeles. Es un bonito lugar, ¿no os parece? En otras circunstancias, me gustaría acampar ahí fuera. El lago me recuerda al de Walden Pond.

Nick asintió.

—Ésta es la cabaña que te tendrías que comprar, Laurant —dijo.

Laurant estaba de acuerdo. La luz era maravillosa. Unos ventanales que se extendían de arriba abajo por las dos plantas metían la vista del lago dentro de la cabaña. El salón y la zona de comedor estaban integrados en un gran rectángulo. Tenía un aire rústico, pero era espacioso, aunque en ese momento se veía atestado de cosas. Las cajas de los ordenadores y demás equipamiento estaban esparcidas por doquier. Sobre la mesa del comedor, pegada a la pared más alejada, había dos ordenadores sin conectar aún.

Laurant oyó que se abría una puerta y alzó la vista hacia la galería en el momento justo en que salía Jules Wesson. Estaba hablando por el móvil y llevaba un montón de papeles.

Wesson era alto, enjuto y medio calvo. Tenía unos ojos escrutadores, pero tras echar una rápida ojeada hacia ella y Nick, los ignoró y siguió hablando por teléfono. Lo vio dirigirse a la mesa y dejar los papeles encima.

Feiberg atrajo su atención de nuevo. Le entregó un reloj de oro. Parecía un Timex pasado de moda y tenía una correa estrecha.

—Queremos que te pongas esto y que no te lo quites nunca, ni siquiera para ducharte. Es impermeable, por supuesto. Puedes nadar con él, incluso. Dentro hay un dispositivo de seguimiento, y estaré controlando todos tus movimientos en esa pantalla que hay detrás de mí. Queremos saber dónde estás en todo momento.

Laurant se quitó el suyo y se puso el nuevo. Se había dejado el bolso en el coche y no tenía bolsillos, así que le entregó su reloj a Nick, que lo guardó en el bolsillo de la camisa.

Wesson cortó la comunicación. Saludó con la cabeza a Laurant cuando Nick se la presentó, pero no perdió el tiempo en cumplidos.

—Estoy listo para pillarlo —anunció con sequedad—, pero no me gustan las sorpresas. No abandone Holy Oaks sin pedir permiso primero. ¿Entendido?

—Sí —contestó Laurant.

Por último, Wesson se dio la vuelta para saludar a Nick. El jefe estaba dejando bien clara la jerarquía, haciendo que Nick y Laurant supieran quién era la persona al mando. Aun en tiempos de crisis, se seguían observando las reglas del juego. «Vaya gilipollez», pensó Nick. Sabía que Wesson lo consideraba un competidor, y nada de lo que se le dijera podría convencerlo jamás de que Nick no estaba interesado en llegar a la cima a toda prisa.

Personalmente, a Nick no le gustaba Wesson ni un pelo, pero tenía que trabajar con él, y sacaría el máximo provecho de la situación. Wesson tenía un ego del tamaño de Iowa, pero mientras no permitiera que tal circunstancia interfiriese en la operación, Nick pensaba que podrían llevarse bastante bien.

—Morganstern quiere que lo llames —dijo Wesson.

—¿Han sacado algo de la llamada telefónica?

Feinberg fue el que contestó.

—Pudieron localizar la llamada que el sudes hizo a la rectoría. El teléfono pertenecía a una mujer llamada Tiffany Tyler, y la llamada se hizo justo desde las afueras de San Luis.

Feinberg dio un paso adelante.

—La patrulla de carretera encontró el coche de la mujer aparcado en el arcén de la I-70. El neumático trasero izquierdo estaba pinchado, y no había ninguno de repuesto en el maletero. Creemos que subió de buen grado al coche del sudes, pero es sólo una suposición. También pensamos que él no tocó el coche en ningún momento, pero aun así nuestros técnicos lo han examinado por fuera y por dentro y de arriba abajo. Es un Chevrolet Caprice viejo y estaba lleno de huellas. Las están analizando ahora.

—No creemos que ninguna pertenezca a nuestro sudes. —Wesson dirigió su explicación a Laurant—. Es cuidadoso, cuidadoso de verdad.

Feinberg asintió.

—Y metódico —añadió mientras se quitaba las gafas y empezaba a limpiarlas con el pañuelo—. No había la más ligera mancha, ni siquiera media huella, en la cinta y en el sobre que dejó en la comisaría.

—Queremos empezar a irritarlo —dijo Wesson—. Espero que pierda el control y lo eche todo a perder, y tengamos un golpe de suerte.

—Tiffany es la mujer que oí gritar por teléfono, ¿no es así?

—Sí, así es —respondió Wesson—. Él utilizó su teléfono para llamarla.

—¿La han encontrado ya?

—No. —La respuesta, enunciada con los labios apretados, fue seca. Wesson se comportaba como si Laurant lo hubiera criticado a él personalmente.

—A lo mejor sigue viva. ¿Creen...?

—Por supuesto que no —la cortó Wesson con impaciencia—. Está muerta, no hay duda al respecto.

La fría actitud del agente la puso nerviosa.

—Pero, para empezar, ¿por qué la recogió? Si es tan cuidadoso y si, tal y como alardeó, estudia a sus clientas antes de atraparlas, entonces ¿por qué haría algo tan espontáneo?

Feinberg contestó:

—Estamos bastante seguros de que la mató para llamar nuestra atención. Quiere que sepamos que es el auténtico.

Nick la cogió de la mano.

—Y Tiffany fue... oportuna. Estaba indefensa y al alcance de su mano.

Feinberg se volvió a poner las gafas, se ajustó las patillas en las orejas y dijo:

—Olvidé mencionar que Farley y yo examinamos tu correspondencia. La dejamos encima de la mesa que hay junto a la puerta principal.

Laurant se tomó la invasión de su intimidad con calma. Aunque no se le había ocurrido que el FBI fuera a abrirle la correspondencia, el hecho de lo que hicieran no la molestó. Sólo estaban trabajando a conciencia y eso era algo que apreciaba.

Wesson se acercó un paso a Nick y dijo:

—Quiero que te quede claro: estás aquí únicamente como guardaespaldas de Laurant. Tu misión es protegerla en todo momento.

El tono de Wesson había sido hostil; en comparación, el de Nick fue afable.

—Sé cuál es mi trabajo.

—Y el plan consiste en encolerizar al sudes, así que ambos tenéis que montar un numerito que se crea todo el pueblo.

Nick asintió. Wesson no había acabado de poner a Nick en su sitio.

—Mi equipo hará el trabajo de verdad y atrapará a ese cerdo.

—¿El trabajo de verdad? —repitió Nick con sarcasmo—. Estamos en esto juntos, te guste o no.

—Si no fuera por Morganstern no estarías aquí —puntualizó Wesson.

—Sí, bueno, pero estoy aquí y tendrás que hacerte a la idea.

La atmósfera se había caldeado. Los dos agentes estaban como toros prestos a embestirse con la cabeza. Laurant apretó la mano de Nick.

—Deberíamos irnos, ¿no te parece?

Nick no dijo nada más. Cuando estaba abriendo la puerta para marcharse con Laurant, sonó el teléfono; se volvió al oír a Wesson exclamar:

—¡Cojonudo!

Nick esperó a que terminara de hablar y entonces preguntó:

—¿Qué es lo que es cojonudo?

Wesson sonrió con suficiencia:

—Tenemos una escena del crimen.

17

Wesson era un gilipollas. También era ignorante, odioso, grosero y arrogante, y no tenía don de gentes. Y lo que aún era peor: carecía de compasión. La respuesta del agente al oír que un granjero había tropezado con el cuerpo mutilado de la joven de dieciocho años Tiffany Tara Tyler había sido de una absoluta desconsideración. Alborozado y dando gritos de alegría, sólo le había faltado ponerse a cantar; y lo que hacía que su entusiasmo desenfrenado resultara del todo escandaloso era que Laurant, una civil, estuviera allí observándolo.

Nick quiso sacarla de la cabaña antes de que viera u oyera algo más, y tratar con Wesson más tarde, pero cuando cogió el brazo de Laurant para llevársela, ella se apartó. Lo que hizo Laurant a continuación no sólo lo sorprendió, sino que provocó que su admiración hacia ella aumentara un grado.

Laurant le sacó los colores a Wesson. Se plantó delante de sus narices para que no pudiera ignorarla y se las hizo pasar canutas. Le recordó que había sido asesinada una joven y que si era incapaz de sentir el menor atisbo de remordimiento o piedad por la pobre Tiffany, entonces era que, a lo mejor, debería considerar dedicarse a otra cosa.

Cuando Wesson empezó a discutir, Nick tomó el relevo, aunque su lenguaje fue mucho más crudo.

—Pondré esto en mi informe —le amenazó Wesson.

—A ver si es verdad —replicó Nick.

Wesson decidió dar por concluida la conversación. Le molestaba que una extraña opinara sobre su comportamiento y no estaba dispuesto a perder ni un minuto de su valioso tiempo intentando apaciguarla. Aquello caía bajo las atribuciones de Nick.

—Haga lo que le he dicho y lo atraparemos —dijo.

Laurant no desistió.

—¿Y que me guarde mis opiniones para mí?

Wesson no vio ninguna necesidad de contestar. Se volvió hacia el ordenador y la ignoró.

Laurant giró en redondo.

—Nick, ¿puedo utilizar tu teléfono? —Nick se lo entregó—. ¿Cuál es el número privado del doctor Morganstern?

Wesson giró un octavo en su silla giratoria y se levantó de un salto.

—Si tiene problemas, plantéemelos a mí.

—Creo que no.

—¿Cómo dice?

—He dicho que no creo.

Wesson miró a Nick en busca de ayuda para lidiar con la difícil mujer. Éste se limitó a mirarlo de hito en hito mientras recitaba el número de teléfono de Morganstern.

—Marca treinta y dos, es el número abreviado.

—Mire, señora, sé que he parecido...

Laurant dejó de marcar.

—Cruel, señor Wesson. Ha parecido insensible, despiadado y cruel.

Wesson apretó las mandíbulas y la miró con los ojos entrecerrados.

—A ninguno nos conviene involucrarnos personalmente. Estamos intentando atrapar a ese pervertido para que no haya más cadáveres.

—Se llamaba Tiffany —le recordó Nick.

—Me gustaría oírle decir su nombre —dijo Laurant.

Wesson meneó la cabeza con resignación, y como si estuviera dispuesto a decir o hacer lo que fuera para quitarse a Laurant de encima, dijo:

—Tiffany. Se llamaba Tiffany Tara Tyler.

Laurant devolvió el teléfono a Nick y salió de la cabaña. Antes de que éste pudiera abrirle la puerta, ya estaba dentro del coche.

—Qué hombre más detestable —dijo.

—Sí, sí que lo es —convino Nick—. Le has hecho sudar y no creía que eso fuera posible.

—No entiendo por qué Pete ha puesto a alguien como él al mando.

—No lo ha hecho. En este caso Pete es un mero asesor. El que manda es O'Leary, y Wesson trabaja a sus órdenes.

Nick condujo de vuelta al pueblo. El sol estaba a punto de desaparecer tras los árboles y producía un luminoso resplandor en la superficie del lago.

Laurant no podía apartar sus pensamientos de Tiffany.

—Realmente Wesson se alegró cuando oyó lo de esa pobre chica.

Nick se sintió obligado a poner las cosas en su lugar.

—No, no se alegró porque una mujer hubiera sido asesinada; estaba excitado porque ahora tenemos una escena del crimen, y es de esperar que eso cambie las cosas. No estoy disculpando su comportamiento —añadió—; sólo intento explicarlo. Dicen que es un buen agente. Sólo he trabajado con él una vez antes, pero fue hace mucho tiempo y los dos éramos novatos e inexpertos. Pete dice que es bueno. Pero Wesson me lo va a tener que demostrar.

—Dices que ahora que tenéis una escena del crimen las cosas cambiarán. ¿Cómo?

—Todos los asesinos dejan en la escena del crimen lo que los especialistas en comportamiento llaman firma personal. Es una expresión de sus fantasías enfermizas y violentas, y nos dirá mucho acerca de él.

—Es cuidadoso, tú mismo lo dijiste. ¿Qué pasaría si no hubiera ninguna pista en la escena del crimen?

—Las habrá —le aseguró—. Siempre que una persona entra en contacto con otra, y con independencia de lo cuidadoso que sea, deja algo tras de sí. Un folículo capilar, una escama de piel, un trozo de uña, huellas de pisadas de la suela del zapato o, tal vez, un hilo de la ropa interior o la camisa... siempre queda algo. La baza no estará en encontrar la prueba; es el análisis de lo encontrado lo que resulta difícil. Exigirá tiempo y cuidado. Y mientras los criminólogos hacen su trabajo, las fotos de la escena se envían al especialista en comportamiento para que nos diga cuáles son las fantasías del sudes que se están representando.

Nick la miró antes de proseguir:

—La firma de un asesino —explicó— es su tarjeta de visita psicológica. Puede cambiar de modus operandi y el dónde, el cuándo y el cómo, pero jamás cambiará de firma.

—Quieres decir que siempre hay un patrón.

—Sí —convino—. Como las marcas del cuerpo o la actitud corporal. El especialista estudia eso y resuelve qué es lo que persigue el asesino. Por mi parte, ya puedo decirte que, por lo que se refiere a este hombre, todo tiene que ver con el control.

Nick detuvo el coche en la esquina de las calles Oak y Main. Una mujer joven que empujaba un coche de bebé cruzó por delante de ellos. Antes de continuar, la mujer se detuvo para mirar de reojo a Nick y saludar con la mano a Laurant.

—Mi casa está en la manzana siguiente, la segunda desde la esquina. Pero no quiero ir allí. Ojalá pudiéramos quedarnos en un motel.

—Tienes que ir a casa y comportarte como si no pasara nada, ¿recuerdas?

—Lo sé, pero sigue sin apetecerme —dijo—. No quiero volver a entrar en esa casa nunca más.

—Lo entiendo.

Avanzaron por la calle, que estaba flanqueada por unos árboles más ancianos que cualquiera de los residentes. La luz del atardecer, filtrándose por entre las ramas bajas, moteaba los jardines. En el horizonte empezaban a levantarse unos nubarrones de tormenta. Laurant divisó la casa y se acordó de lo encantadora que le había parecido cuando la vio desde el coche la primera vez. Era vieja y destartalada, pero le gustó. Después de mudarse, lo primero que había hecho era comprar en la tienda de plantas un columpio para el porche. Por las mañanas, se sentaba en el columpio a tomarse su té y leer el periódico; por las tardes charlaba con los vecinos que arreglaban sus jardines.

La paz que había disfrutado, el sentimiento de pertenencia, había desaparecido ya y no supo si volvería alguna vez.

—¿Sigue la cámara allí o la han quitado? —preguntó.

—Sigue allí.

—¿Conectada?

—Sí. No queremos que sepa que la hemos encontrado.

—¿Entonces no vio a los agentes cuando entraron en el dormitorio?

—No, la encontraron en el armario empotrado del pasillo —le recordó—. Se mantuvieron fuera del campo de visión de la cámara.

Nick se metió en el camino y paró el motor. Laurant miraba la casa fijamente cuando preguntó:

—¿Dónde conseguiría algo así? ¿Venden esas cosas en las tiendas?

Antes de que pudiera contestarle, soltó:

—Cada vez que entre en el dormitorio, puede estar observándome.

Nick le puso la mano en la rodilla.

—Queremos que esté observando. Es una gran ocasión para presionarlo. Tú y yo vamos a excitarnos y ejercitarnos violentamente delante de la cámara.

—Sí, ya sé en qué consiste el plan.

No es que le estuviera entrando miedo y se fuera a echar atrás, pero Laurant se dio cuenta de que estaba perdiendo la determinación. Su vida se había convertido en una de aquellas películas surrealistas en las que nada era lo que parecía, en las que todo lo que parecía provechoso e inocente sólo era una máscara que escondía algo siniestro. Su encantadora casita parecía atractiva, pero *él* había estado dentro, y había una cámara que enfocaba su cama.

—¿Lista para entrar?

Asintió con un seco movimiento de cabeza.

Nick se percató de su angustia y decidió intentar distraerla. Mientras abría la puerta para salir del coche, dijo:

—Holy Oaks es un pueblo precioso, pero sigo pensando que me volvería loco si viviera aquí. ¿Dónde está el tráfico? ¿Y el ruido?

Laurant supo cuál era su intención. La estaba ayudando a sobrellevarlo. Nick se había dado cuenta de que empezaba a abrumarse, se percató Laurant, y por eso trivializaba la conversación.

Ambos se apearon del vehículo.

—¿Te gusta el tráfico y el ruido?

—Es a lo que estoy acostumbrado —contestó. Se miraban por encima del capó del coche—. Seguro que aquí no te llega mucho estruendo circulatorio, ¿verdad?

—Me temo que sí. Cuando el hijo del jefe de policía, Lonnie, sale a divertirse en coche con sus amigos, a mucha gente le encantaría que se despeñara por un barranco. Es una amenaza, y su padre no hace nada al respecto.

—El matón del pueblo, ¿eh?

—Sí.

Laurant volvió a meterse en el coche para coger el bolso mientras Nick inspeccionaba el vecindario. En el jardín delantero había un gran roble, casi idéntico en tamaño al del jardín del vecino de la esquina. Por el otro lado, la casa blanca de dos plantas lindaba con un solar vacío, y al final del largo sendero se levantaba un garaje exento, lo cual implicaba que cuando Laurant guardaba el coche tenía que entrar por la puerta trasera. Las dos construcciones estaban pegadas y rodeadas por todos los lados de árboles y arbustos muy crecidos; demasiados sitios para que un hombre pudiera esconderse. Nick también se dio cuenta de que tanto la casa como el garaje carecían de luces exteriores.

—El paraíso del ladrón —comentó—. Demasiadas zonas ocultas.

—En el porche tengo una luz.

—No es suficiente.

—En el pueblo hay mucha gente que nunca cierra las puertas, incluso cuando se va a dormir por la noche. Es un pueblo pequeño y todos se sienten seguros.

—Sí, bueno, pero tú cerrarás las puertas.

—¡Yuju, Laurant! Bienvenida a casa.

Nick se volvió cuando una anciana de pelo blanco, ataviada con un llamativo vestido violeta con un amplio cuello de encaje blanco, abrió la puerta mosquitera y salió al porche. En la mano estrujaba un pañuelo de encaje blanco. Parecía rondar los ochenta y era tan delgada como un pararrayos.

—Tuvimos un poco de alboroto mientras estabas fuera.

—¿En serio? —le contestó Laurant. Se dirigió hacia la valla de la vecina y esperó a que le contara lo ocurrido.

—No me hagas gritar, querida —le censuró cariñosamente Bessie Jean—. Ven aquí y trae contigo a ese joven.

—Sí, señora.

—Quiere saber quién eres —le susurró a Nick.

Éste le cogió la mano y le contestó igualmente en un susurro:

—Llegó la hora de la comedia.

—¿Amartelamiento y todo eso?

—Lo has cogido enseguida, cariño. —Y, al decirlo, se inclinó y la besó con suavidad.

De pie en el porche, Bessie Jean Vanderman no se perdía detalle.

La cerca discurría a lo largo del perímetro del jardín delantero. Nick soltó la mano de Laurant para abrir la cancela, y mientras la seguía por el camino de cemento hasta las escaleras del porche, divisó a otra anciana que lo escudriñaba a través de la mosquitera. El interior de la casa estaba a oscuras, y las sombras ocultaban la cara de la mujer.

—¿Y qué fue ese alboroto? —preguntó Laurant.

—Un gamberro entró en tu casa —dijo Bessie Jean, bajando la voz como si estuviera compartiendo una confidencia, y se inclinó hacia Laurant—. Llamé al jefe de policía y le exigí que viniera de inmediato a investigar. El jefe dejó al gamberro dentro y salió corriendo hacia su coche. Fue digno de verse, sin duda. No tuvo la cortesía de venir y preguntarme qué estaba ocurriendo. Lo mejor que puedes hacer es comprobar si te falta algo. —Se irguió y retrocedió para tener una vista completa de Nick—. Bueno, ¿quién es este apuesto joven que se pega tanto a ti? No creo haberlo visto nunca antes en Holy Oaks.

Laurant hizo rápidamente las presentaciones, pero Bessie Jean Vanderman se tomó su tiempo en calar a Nick. «Ésta no pierde detalle», pensó él, detectando la sagacidad de los claros ojos verdes de la anciana.

—¿Y a qué se dedica, señor Buchanan?

—Trabajo en el FBI, señora.

Bessie Jean se llevó la mano al cuello de golpe. Tras un par de segundos en los que pareció sobresaltada, se recuperó.

—¿Por qué no empezó por ahí? Me gustaría ver su placa, joven.

Nick sacó su documentación y se la entregó. La anciana sólo le echó una mirada superficial antes de devolvérsela.

—Se han tomado el tiempo que han querido.

—¿Cómo dice?

Cuando respondió, su tono cortante rezumaba crítica.

—A Hermana y a mí no nos gusta que nos hagan esperar.

Nick no tenía ni la más remota idea de lo que estaba hablando, y por la expresión de desconcierto de Laurant se dio cuenta de que ella tampoco.

Bessie Jean abrió la puerta mosquitera.

—No veo ninguna razón para perder más tiempo. Entre y puede dar comienzo a la investigación.

—¿Qué es exactamente lo que quiere que investigue? —le preguntó Nick mientras seguía a Laurant.

La hermana de Bessie Jean lo estaba esperando. Laurant volvió a hacer las presentaciones. Viola se quitó las gafas y se las metió en el bolsillo del delantal mientras se adelantaba para estrechar la mano a Nick. Era más baja, más regordeta y una versión mucho más dulce de su hermana.

—Esperamos y esperamos —dijo. Antes de soltársela, palmeó la mano de Nick—. Yo no hubiera insistido, pero Bessie Jean nunca perdió la fe. Estaba casi segura de que habían extraviado su carta, y por eso escribió la segunda.

—No es típico del FBI hacer el gandul —dijo Bessie Jean—. Por eso supe que debían de haber perdido mi carta en el correo. Entonces, escribí una segunda, y cuando tampoco recibí...

—Escribió al mismísimo director —explicó Viola.

Bessie Jean abrió la marcha hacia el salón. Estaba fresco y en penumbra y olía a canela y vainilla. Una de las dos había estado haciendo algo de repostería, y las tripas de Nick reaccionaron con un ruido sordo. Estaba más hambriento de lo que pensaba.

La cena tendría que esperar. Le llevó un segundo adaptarse a la oscuridad; luego, Viola descorrió las cortinas de la ventana delantera y tuvo que volver a entrecerrar los ojos. El cuarto estaba atestado de antigüedades. Justo enfrente de él se abría la chimenea; en la repisa se alineaban unas velas, y encima, un enorme óleo mostraba a un perro gris sentado sobre un cojín color burdeos. El animal era bizco.

Bessie Jean condujo a Nick y Laurant al sofá victoriano, retiró la almohada bordada de la mecedora de mimbre y se sentó, cruzando las piernas por los tobillos tal y como le había enseñado su madre. Su postura era tan tiesa que podía haber mantenido dos enciclopedias en equilibrio sobre la cabeza.

—Saque la libreta, querido —ordenó.

Nick apenas la oyó. Su atención había sido atraída por las fotos que atestaban las mesas y las paredes. El sujeto en todos los marcos de plata era el mismo: el perro, un schnauzer, supuso Nick, o tal vez un cruce.

Laurant le dio un golpecito en el brazo y dijo:

—Bessie Jean y Viola escribieron al FBI para que las ayudaran a resolver un misterio.

—De misterio nada, querida —corrigió Viola—. Sabemos muy bien lo que ocurrió. —Estaba sentada en una sofá tapizado con un estampado de grandes flores y se entretenía en componer la blonda de uno de los brazos.

—Sí, sabemos lo que sucedió —asintió Bessie Jean acompañándose de un movimiento de cabeza.

—¿Por qué no le das los detalles, Hermana?

—Todavía no ha sacado la libreta y la pluma.

Viola se levantó y se dirigió a la mesa del comedor mientras Nick se palpaba los bolsillos en busca de una libreta que sabía que no tenía. Estaba en el coche con las carpetas.

La hermana regresó con una libreta rosa, aproximadamente del tamaño de una calculadora de bolsillo, y una estilográfica rosa con una pluma violeta colgando de la punta.

—Puede utilizar ésta —dijo.

—Gracias. Bueno, díganme de qué se trata.

—El director ha faltado a su obligación al no decirle cuál era su misión —dijo Bessie Jean—. Está aquí para investigar un asesinato.

—¿Disculpe?

Bessie Jean repitió pacientemente su anuncio. Viola asintió con la cabeza.

—Alguien asesinó a *Daddy*.

—*Daddy* era la mascota de la familia —le explicó Laurant, señalando con la cabeza el óleo que colgaba sobre ellos.

—Lo llamábamos *Daddy* por nuestro papaíto, el coronel —añadió Viola.

Haciendo gala de su autocontrol, Nick no sonrió.

—Entiendo.

Bessie Jean lo estaba mirando con cara de pocos amigos.

—Joven, no es mi intención criticar...

—¿Sí, señora?

—Nunca he oído de un agente de la ley que no vaya con una libreta y una pluma. Esa pistola que lleva en el cinturón está cargada, ¿no?

—Sí, señora, lo está.

Bessie Jean quedó satisfecha. En su opinión, tener una pistola era importante, porque, una vez que el joven atrapara al culpable, muy bien podría ser que tuviera que dispararle.

—¿Han investigado las autoridades locales el asunto? —preguntó Nick.

—De asunto nada, querido. Fue un asesinato —le corrigió Viola.

—Llamamos al jefe de policía C.G. de inmediato, pero no hará nada para ayudarnos a encontrar al criminal —explicó Bessie Jean.

Viola, deseando servir de ayuda, añadió:

—C. G. quiere decir «Culo Gordo», querido. Escríbalo ahí.

A Nick le costó decidir qué resultaba más desconcertante: si una mascota que se llamaba *Daddy* o una dulce ancianita que utilizaba expresiones como «culo gordo».

—¿Por qué no me cuentan qué ocurrió exactamente?

Bessie Jean lo miró aliviada y empezó:

—Creemos que *Daddy* fue envenenado, pero no tenemos la absoluta certeza. Solíamos encadenarlo al gran roble del jardín delantero durante el día y, a veces, los días que había bingo, hasta la noche, para que pudiera tomar el fresco.

—Tenemos una cerca, pero *Daddy* podía saltarla, así que teníamos que utilizar la cadena —explicó Viola—. ¿Está tomando nota de esto, querido?

—Sí, señora.

—*Daddy* tenía una salud estupenda —le dijo Bessie Jean.

—Sólo tenía diez años y estaba en la flor de la vida —aportó Viola.

—La escudilla del agua apareció boca abajo —dijo Bessie Jean mientras se mecía adelante y atrás y se abanicaba con el pañuelo.

—Y *Daddy* jamás habría podido haberle dado la vuelta, porque era demasiado pesada para él.

Bessie Jean volvió a asentir con la cabeza.

—Así es. *Daddy* era inteligente, pero no hubiera podido meter el hocico debajo de aquella escudilla.

166

—Alguien tuvo que darle la vuelta —dijo Viola con énfasis.

—Creemos que le echaron veneno en el agua y que el culpable se deshizo de la prueba después de que el pobre *Daddy* bebiera.

—También sabemos cómo se deshizo de ella —proclamó Viola—. Tiró el agua envenenada en mis balsaminas —dijo Viola—. Mató mis preciosas flores. Un día estaban esplendorosas y al siguiente ajadas y marrones. Parecía como si las hubieran rociado con ácido.

Desde la parte trasera de la casa llegó el sonido de una campana. Viola se levantó del sillón con dificultad.

—Si me perdonan, iré a sacar los bollos del horno. Ya que me levanto, ¿les puedo traer algo?

—No, gracias —dijo Laurant.

Nick estaba ocupado escribiendo en la libreta. Levantó la vista y dijo:

—Me vendría bien un vaso de agua.

—Solemos tomar un gintonic por la noche —dijo Viola—. Resulta bastante refrescante en días tan húmedos. ¿Le apetecería uno?

—El agua servirá —respondió.

—Está de servicio, Hermana. No puede beber.

Nick no la contradijo. Terminó de tomar nota y preguntó:

—¿Ladraba el perro a los extraños?

—Ah, caramba, pues claro —contestó Bessie Jean—. Era un magnífico perro guardián, muy exigente si los desconocidos se acercaban a la casa. Ladraba a todo el mundo. Vaya, se ofendía si alguien pasaba por la calle.

Era evidente que el tema del perro alteraba a Bessie Jean. A medida que hablaba de él, iba aumentando el ritmo del balanceo, y Nick empezó a temer que saliera despedida de la mecedora de un momento a otro.

—Ahora hay unos forasteros trabajando en la abadía. Tres de ellos se fueron a vivir a la casa del viejo Morrison, que está cruzando la calle, y la tienen alquilada mientras están aquí —dijo—. Otros dos se alojan con los Nicholson, en la otra punta de la manzana.

—A *Daddy* no le gustaba ninguno —terció Viola desde el comedor. Atravesó la pieza llevando un vaso de agua helada, que depositó en la mesa de café sobre una servilleta que se sacó del bolsillo.

Nick no tardó en empezar a considerar que *Daddy* no sentía debilidad por nadie.

—Esos católicos tienen siempre mucha prisa —observó Bessie Jean. Sin duda, se había olvidado de que Laurant era católica y que su hermano era sacerdote—. Si quiere que le diga la verdad, son muy impacientes. Quieren acabar la restauración de la abadía para celebrar el día de puertas abiertas la festividad del Cuatro de Julio.

—Es que también es la conmemoración del aniversario de la abadía —dijo Viola.

Bessie Jean se dio cuenta de que se estaban alejando de la investigación.

—Hicimos que el médico metiera a *Daddy* en el congelador para que ustedes pudieran supervisar la autopsia. ¿Lo está anotando todo en la libreta?

—Sí, señora —le aseguró Nick—. Continúe, por favor.

—Justo ayer recibí la factura del doctor por los servicios de incineración. Me quedé estupefacta y lo llamé de inmediato. Estaba segura de que era un error.

—¿Incineraron al perro?

Bessie Jean se secó los ángulos de los ojos con el pañuelo, tras lo cual empezó a abanicarse de nuevo.

—Sí, lo han incinerado. El doctor me dijo que le había llamado mi sobrino para decirle que habíamos cambiado de opinión y que siguieran adelante e incineraran al pobre *Daddy*.

A esas alturas, la mecedora se movía de verdad, haciendo crujir el suelo de debajo.

—¿Y el veterinario siguió las órdenes sin consultarlas a ustedes?

—Sí, eso hizo —dijo Viola—. Ni se le pasó por la cabeza preguntarnos primero.

—Su sobrino...

—Pues ésa es la cuestión —gritó Bessie Jean—. Nosotras no tenemos sobrinos.

—En mi opinión, el culpable quería deshacerse de la prueba —dijo Viola—. ¿No es así?

—Eso parece —convino Nick—. Me gustaría ver esas flores.

—Bueno, eso no podrá ser, querido —dijo Viola—. Justin me ayudó a arrancar las raíces y a plantar flores nuevas. Me vio ahí fuera, de rodillas, forcejeando con las plantas, y a pesar del duro día que había tenido trabajando de carpintero en la abadía, tuvo la bondad de acercarse y ayudarme. La verdad, ya no puedo mantener yo sola el jardín.

—¿Y quién es Justin?

—Justin Brady —respondió Bessie Jean con impaciencia—. Creo que ya lo he mencionado.

—No, no lo has hecho —dijo Viola—. Le has dicho a Nicholas que tres obreros se han mudado a la casa de Morrison y que otros dos viven con los Nicholson; no le has dicho los nombres. He oído todas tus palabras con absoluta claridad.

—Bueno, pues tenía la intención de hacerlo —replicó Bessie Jean—. Sólo conocemos a los tres de enfrente. Uno de ellos es Justin Brady, que es el único que nos gusta.

—Porque me ayudó —dijo Viola—. Los otros son Mark Hanover y Willie Lakeman. Estaban sentados los tres en las escaleras del porche bebiendo cerveza y todos me vieron forcejeando, pero Justin fue el único que cruzó la calle para ayudarme. Los otros dos siguieron bebiendo.

—Bueno, joven, ¿cree que *Daddy* fue asesinado o piensa que sólo somos un par de viejas chifladas que se inventan historias?

—A partir de lo que me han contado, y dando por sentado que sea fiel a los hechos, estoy de acuerdo en que el perro fue asesinado —dijo Nick.

Laurant abrió los ojos desmesuradamente.

—¿Eso crees?

—Sí —contestó.

Bessie Jean juntó las manos con fuerza. Estaba eufórica.

—Sabía que el FBI no me fallaría. Ahora, dígame, Nicholas, ¿qué piensa hacer al respecto?

—Investigaré esto yo mismo. Alguna muestra de la tierra donde estaban plantadas aquellas flores ayudaría. Y la escudilla... ¿siguen teniéndola, verdad?

—Sí, claro —dijo Viola—. La guardamos en el garaje con los demás juguetes favoritos de *Daddy*.

—¿Nos mantendrá informadas de los avances? —inquirió Bessie Jean.

—No lo dude. ¿No se les ocurriría lavar la escudilla del agua, verdad?

—Creo que no lo hicimos —dijo Viola—. Estábamos tan disgustadas que nos limitamos a guardarla para evitar... los recuerdos.

—Viola quería bajar el cuadro y recoger las fotos, pero no se lo permití. Es un consuelo tener a *Daddy* ahí, sonriéndonos.

Todos se callaron para levantar la vista al unísono hacia el óleo. Mientras Nick se preguntaba cómo sabían las mujeres que el perro estaba sonriendo, Laurant reflexionó sobre el motivo de que las hermanas sintieran semejante cariño por aquel animal malhumorado que se abalanzaba sobre cualquiera que entrara en el jardín. Había mordido a tanta gente que el veterinario mantenía expuesto el récord de inyecciones del perro en el tablón de anuncios de la sala de espera.

—Ojalá que el culpable sea alguien de fuera de nuestro apacible valle. No me gustaría pensar que uno de los nuestros podría hacer una cosa tan horrible —dijo Viola.

169

—No me extrañaría que fuera el hijo del jefe de policía. Lonnie siempre anda metido en problemas. Ese chico tiene una veta malvada que cada vez se acentúa más. Ha salido a su padre, claro.

—Es un ser taimado. Su madre falleció hace varios años. No me gusta hablar mal de una muerta, pero era muy poquita cosa. No tenía carácter, ni siquiera de joven. Además era una quejica, ¿verdad, Bessie Jean?

—Vaya que lo era.

—Ha dicho que hay muchos forasteros en el pueblo —dijo Nick—. ¿Han visto a alguien rondar por la casa de Laurant?

—Me paso buena parte del tiempo sentada en el porche, y por la noche miro de vez en cuando por las ventanas sólo para asegurarme de que las cosas están como deberían estar. Excepto al hombre que vi entrar ayer en casa de Laurant, no he visto a nadie en el jardín ni merodeando por los alrededores. Como ya he dicho, la mayor parte de los forasteros son obreros que están trabajando en la abadía. Algunos vienen de tan lejos como Nebraska y Kansas.

Apoyó los dos pies en el suelo y detuvo la mecedora de golpe. Se inclinó sobre Nick y Laurant con expectación y preguntó:

—¿Se quedarán a cenar?

—Esta noche tenemos macarrones —anunció Viola mientras se apoyaba en los cojines con ambas manos para levantarse y dirigirse a la cocina—. Macarrones, pecho de ternera y bollos de canela caseros... y haré una ensalada para acompañar.

—No queremos causarles molestias —se excusó Laurant con decisión.

—Estaremos encantados de acompañarlas —dijo al mismo tiempo Nick.

—Laurant, ¿por qué no ayudas a Hermana mientras hago compañía a Nicholas? —sugirió Bessie Jean.

—Ven y pon la mesa, querida —dijo Viola—. Comeremos en la cocina, pero utilizaremos la vajilla de Spode.

Bessie Jean no perdió el tiempo. En cuanto desapareció Laurant, se inclinó aún más hacia delante en la mecedora y exigió saber cómo se habían hecho tan amigos Nick y Laurant.

Nick había estado esperando la oportunidad. Sin olvidar el más mínimo detalle, le habló de su amistad con Tommy y de cómo éste le había llamado para pedirle ayuda después de que un hombre entrara en el confesionario y amenazara con hacer daño a Laurant.

—El desgraciado incidente nos ha unido —explicó—. Nuestros expertos coinciden en que el hombre sólo estaba fanfarroneando para divertirse. Ya conoce a ese tipo de personas. Les gusta asustar a la gente, provocar y crear problemas. Quieren que se les preste atención, eso es todo. Creen que se trata de un tipo poco inteligente, probablemente con un coeficiente intelectual bajo —añadió— y, casi seguro, impotente.

Bessie Jean se ruborizó.

—¿Impotente, dice?

—Sí, señora. Eso creen.

—Entonces, ¿no lo han enviado aquí a investigar el asesinato de *Daddy*?

Se había estado preguntando cuánto tardaría la anciana en darse cuenta.

—No, pero de todas maneras lo voy a investigar —prometió.

Bessie Jean se recostó en la mecedora.

—Hábleme un poco de usted, Nicholas.

No iba dejar que tratara el asunto por encima. Lo taladró con la mirada de una experta interrogadora; también quería saberlo todo sobre su familia.

Laurant lo salvó al aparecer en el umbral y llamarlos para la cena. Nick siguió a Bessie Jean a la cocina. La delicada y florida vajilla descansaba sobre un mantel de hilo que cubría casi por completo las patas cromadas de la mesa de la cocina. Nick cautivó a las señoras con sus modales caballerosos, al apresurarse a retirarles las sillas para que se sentaran. Ambas sonrieron complacidas.

La ensalada resultó ser una gelatina con sabor a lima situada sobre un lecho de lechuga iceberg y con un poco de mayonesa por encima. Nick odiaba la gelatina con sabor a frutas, aunque se la comió de todos modos para no herir los sentimientos de las ancianas, y mientras él tragaba como un pavo, Bessie Jean puso al corriente a Viola sobre el incidente ocurrido en Kansas City.

—Las cosas que hace la gente hoy día para llamar la atención. Horrible, sencillamente horrible. El padre Tom debió de preocuparse mucho.

—Sí, así fue —dijo Laurant—. No sabía qué hacer, así que le pidió ayuda a Nick.

—Algo bueno salió de todo esto —dijo Nick. Guiñó el ojo a Laurant a través de la mesa y añadió—: Por fin, conocí a la hermana de Tommy.

—Y lo atrapó, ¿eh? —Bessie Jean movió la cabeza como si hiciera constar algo que estaba cantado.

—Pues claro que sí —dijo Viola—. Es la muchacha más bonita de Holy Oaks.

—Fue un flechazo —les dijo Nick, dedicando una mirada de devoción a Laurant—. No creía en semejante cosa hasta que me ocurrió.

—¿Y tú, Laurant? —preguntó Viola—. ¿También fue un amor a primera vista para ti?

—Sí, también —contestó la joven con un suspiro.

171

—Qué romántico —dijo Viola—. ¿No te parece romántico, Bessie Jean?

—Pues claro que es romántico —dijo—. Pero, a veces, los fuegos artificiales que empiezan rápido se acaban rápido. No me gustaría que le rompieran el corazón a nuestra Laurant. ¿Comprende lo que digo, Nicholas?

—Sí, señora, lo comprendo, pero éste no es el caso.

—Entonces, dígame, ¿cuáles son sus intenciones?

—Voy a casarme con ella.

Viola y Bessie Jean se miraron entre sí y rompieron a reír.

—¿Estás pensando lo mismo que yo, Hermana? —preguntó Bessie con una risita tonta.

—Estoy segura de que sí. —Viola lanzó una sonrisa de complicidad a su hermana.

—Es una noticia emocionante —proclamó Bessie Jean—. ¿Supongo que el padre Tom les ha dado sus bendiciones?

—Sí, así es —contestó Laurant—. Se siente muy feliz por nosotros.

Laurant y Nick intercambiaron una mirada, extrañados por las risas de las señoras.

—Nicholas, no nos estamos riendo de su maravillosa noticia. Se trata sólo... —empezó Viola.

—De Steve Brenner —terció Bessie Jean—. Menudo berrinche se va a agarrar cuando se entere de lo de ustedes. Ah, vaya, sí, ojalá que Hermana y yo estemos allí cuando ocurra. El señor Brenner tiene grandes planes para ti, Laurant.

—Ni siquiera he salido una vez con ese hombre, y no creo haber hecho nada para llamar su atención.

—Se ha encaprichado contigo, querida —explicó Viola.

—No, está obsesionado —la corrigió Bessie Jean—. Eres la chica más bonita de Holy Oaks, así que ha de tenerte. Cree que el tener lo mejor de todo lo convertirá en el mejor hombre del pueblo. Por eso ha comprado el viejo caserón de Sycamore. Si quieres saber mi opinión, el señor Brenner no es más que un gallo viejo y grande que se pavonea por todo el pueblo. —Se volvió hacia Nick—. Piensa que puede coger lo que quiere, incluida su Laurant.

—Entonces se va a llevar una sorpresa, ¿verdad? —preguntó Nick.

Bessie Jean sonrió.

—Vaya que sí —convino la anciana—. Tal vez haya notado que Hermana y yo no tenemos una gran opinión de ese hombre.

Nick se rió.

—Me había dado cuenta.

—A los demás les gusta bastante —dijo Viola—, pero también sabemos por qué. El señor Brenner da dinero a todas las organizaciones benéficas locales, y eso hace que la gente lo aprecie. Tampoco es mal parecido; tiene una buena mata de pelo.

Bessie Jean arrugó el entrecejo con desdén.

—Yo no soy tan fácil de impresionar. Me traen sin cuidado los fanfarrones, y el señor Brenner va tirando el dinero como si estuviera sembrando césped. Si seguimos hablando de él se me van a quitar las ganas de comer. Bueno, Laurant, ¿es oficial vuestro compromiso o preferís que no digamos nada? Cuando es necesario, sabemos guardar un secreto —le aseguró.

—Pueden decírselo a quien quieran. Mañana o pasado Nick y yo iremos a comprar el anillo de compromiso. —Rebosante de excitación, extendió la mano y agitó los dedos—. No lo quiero demasiado grande.

—No te olvides de anunciarlo en el periódico. En eso os puedo ayudar —sugirió Bessie Jean.

Por el entusiasmo de la voz y el brillo de la mirada, Laurant supo que Bessie Jean ardía en deseos que darle la noticia a la hija de su amiga, Lorna Hamburg, que casualmente era la redactora de la página de sociedad.

—Puedo llamar a Lorna en cuanto acabemos de cenar.

—Eso sería de gran ayuda —aceptó Laurant.

—¿Debo mencionar lo del problema de Kansas City?

Laurant no estaba segura y miró a Nick, que respondió enseguida.

—Pues claro que debe mencionarlo. Lo más seguro es que la redactora quiera conocer todos los detalles sobre cómo nos conocimos. ¿No te parece, cariño?

La terneza no estaba planeada; sólo se le había escapado, y Nick se sorprendió. Laurant, en cambio, respondió con naturalidad:

—Sí, querido. Creo que Bessie también debería contarle a la pequeña Lorna que los expertos del FBI han llegado a la conclusión de que se trata de un hombre a todas luces perturbado... y de escasa inteligencia.

—Ah, seguro que le contará todo a la pequeña Lorna —dijo Viola. Pasó el plato de carne a Nick, insistiendo en que repitiera. Nick retiró la silla, se dio una palmada en la repleta barriga y le dijo que no le cabía un trozo más.

—Hoy día hay mucho loco en el mundo —observó Bessie Jean, sacudiendo la cabeza—. Será un consuelo saber que anda cerca un agente del FBI.

—¿Dónde se va a quedar exactamente? —preguntó Viola.

—Con Laurant —respondió Nick—. Es una mujer fuerte y puede cuidar de sí misma, pero quiero estar allí para asegurarme de que se mantenga a salvo de hombres como Steve Brenner y de cualquier otro que esté pensando en molestarla.

Las dos hermanas enarcaron las cejas e intercambiaron una mirada que Nick no supo interpretar. Había dicho algo que no les había gustado, pero no sabía lo que era.

Bessie Jean bajó el tenedor, apartó su plato, cruzó las manos sobre la mesa y puso en orden sus ideas antes de volverse para mirar directamente a Laurant.

—Querida, voy a ser clara. Sé una o dos cosas sobre las hormonas que causan estragos en los cuerpos de los jóvenes. Puede que sea vieja y de ideas fijas, pero me mantengo al día de estos tiempos cambiantes a través de las historias que veo en la televisión, Bueno, no tienes una madre o un padre que te guíen. Sí, ya sé que eres adulta, pero sigues necesitando que alguien mayor y más sabio te aconseje de vez en cuando. Todas las jóvenes lo necesitan. Hermana y yo te hemos cogido mucho cariño, y con ese cariño llega la preocupación. Bueno, te lo voy a preguntar sin ambages: mientras Nicholas se ocupa de protegerte de otros hombres, ¿cómo piensas protegerte de él?

—Te está hablando de tu virtud, querida —terció Viola.

—Hemos llegado a un acuerdo —empezó Nick—. Yo no haré nada... deshonroso, y Laurant tampoco.

—La gente murmurará, pero lo harán a vuestras espaldas —dijo Viola.

—Lo harán de todas maneras —dijo Bessie Jean—. A veces, en el ardor del momento, se olvidan las mejores intenciones. ¿Comprendes lo que quiero decir?

Laurant abrió la boca para hablar, pero no le salió nada. Lanzó una mirada suplicante a Nick.

—Al grano, Bessie Jean —la instó Viola mientras doblaba con primor la servilleta y se levantaba.

—De acuerdo, pues, iré al grano —dijo, limpiándose con delicadeza las comisuras de los labios con la servilleta—. Sexo seguro, Nicholas.

—Sí, querida —convino Viola. Dio la vuelta a la mesa, recogiendo los platos—. Queremos que practiquéis el sexo seguro. ¿Tomaremos postre?

18

Steve Brenner estaba muy furioso. Esta vez, la puta había ido demasiado lejos. Nadie, ni hombre ni mujer, iba a tomarle el pelo. Ya era hora de que Laurant recibiera una lección, y él era precisamente el hombre que se la iba a dar. ¿Quién diablos se creía que era para humillarlo delante de sus socios y amigos, metiendo en casa a otro hombre?

¿Cómo se podía enamorar alguien en el espacio de un fin de semana?

Furioso por las noticias que le acababa de comunicar el jefe Lloyd, cogió una silla y la arrojó a través del cuarto, tirando una lámpara de despacho al suelo. Observó cómo se hacía añicos y, todavía furioso, le pegó un puñetazo a la pared. La pintura fresca salpicó en todas las direcciones y le roció de pequeñas partículas blancas el polo encarnado recién lavado. El muro de mampostería se hundió bajo su mano, y, cuando golpeó el bloque de cemento de detrás de la pared, se desolló los nudillos. Ajeno al dolor y al destrozo que acababa de ocasionar, retrajo la mano con brusquedad, y se sacudió todo él como si fuera un perro mojado que se deshiciera del exceso de agua.

Era incapaz de pensar cuando se enfurecía y sabía que necesitaba estar lúcido para poder calcular sus opciones. Era el amo del juego, después de todo. La puta todavía no lo había comprendido, pero no tardaría en hacerlo. Vaya que sí.

El jefe de policía Lloyd permanecía despatarrado en un sofá detrás de un escritorio vacío. Parecía relajado, pero por dentro estaba tan nervioso y tenso como una comadreja acorralada, porque sabía por propia experiencia de lo que era capaz Steve cuando se irritaba. Que Dios se apiadara de él, porque no deseaba volver a ver jamás aquella faceta de su nuevo socio.

La flamante hebilla plateada del cinturón se le estaba clavando dolorosamente en la barriga, pero temía moverse. No quería hacer nada que atrajera la atención sobre él hasta que Steve se tranquilizara.

Sobre los pantalones planchados de Steve caían rítmicamente unas gruesas gotas rojas de sangre, que se convertían en unas rayas negras que bajaban hasta la rodilla. Lloyd pensó en decírselo —sabía la importancia que Steve le daba a la presencia—, pero decidió seguir callado y fingir que no se había dado cuenta.

Con su pelo castaño ondulado y sus bien formadas facciones, Steve era considerado apuesto por la mayor parte de las mujeres del pueblo, y el jefe de policía suponía que lo era. Tenía la cara un poco larga, pero cuando sonreía las mujeres no veían más que carisma. Aunque en ese momento no estaba sonriendo, y si aquellas mismas mujeres pudieran ver el hielo de sus ojos, no les parecería nada atractivo. Incluso tal vez se asustaran tanto como Lloyd.

De espaldas al jefe de policía, Steve abría y cerraba los puños delante de la ventana mientras contemplaba la plaza. Aparecieron tres adolescentes deslizándose por la acera sobre sus monopatines, sin hacer caso de las señales que prohibían las bicicletas y los monopatines mientras pasaban a toda velocidad. El farmacéutico, Conrad Kellogg, salió a la carrera de su local agitando las manos cuando uno de los mamarrachos, con el pelo largo y desgreñado teñido de naranja, se estrelló involuntariamente contra su escaparate.

En el otro lado de la plaza, se abrió la puerta de la tienda de Laurant, y aparecieron los gemelos Winston vestidos con monos. Esa noche trabajaban hasta tarde. El alumbrando público ya estaba encendido, lo cual significaba que eran más de las siete. Todas las tiendas, excepto la farmacia, cerraban a las seis. Los gemelos estaban haciendo horas extras para tener la tienda lista. Steve observó cómo terminaban de sellar la ventana que acababan de instalar en la fachada de la tienda de Laurant.

—Menudo desperdicio de dinero —masculló.

—¿Qué dices, Steve?

No le respondió. Puesto que Steve, sumido en sus oscuras meditaciones, no le prestaba atención en ese momento, Lloyd decidió que no había ningún riesgo en ponerse cómodo. Se soltó el cinturón por debajo de su dilatada barriga, se desabrochó los pantalones para darse un poco más de espacio y se sacó la navaja del bolsillo. Tras abrir la hoja oxidada, empezó a sacarse la roña de las descuidadas uñas.

—Me tomo un par de días para ir a pescar un poco, ¿y qué ocurre?: que se enamora de otro hombre. Hija de puta. Si sólo me hubiera dado una oportunidad... si se hubiera permitido conocerme, se habría enamorado de mí. Sin duda. Puedo ser jodidamente encantador cuando quiero —dijo bruscamente.

Lloyd no sabía si debía intentar aplacarlo o lamentar con él este último acontecimiento. Decir algo inconveniente podía ser peor que no decir nada, así que se decidió por un sonoro gruñido y dejó que Steve lo interpretara como quisiera.

—Pero no me ha dejado —clamó Steve—. Yo sólo quería una oportunidad. Había previsto darle algún tiempo para que se acostumbrara a la idea, y, entonces, tal vez enviarle más flores y volverle a pedirle que saliéramos. ¿Te diste cuenta de cómo me ignoró el mes pasado en la fiesta del pescado frito? Daba igual lo que hiciera, no me dejó ni acercarme. Se comportó como si yo fuera un moscardón; ésa fue toda la atención que me prodigó. La gente también se dio cuenta; lo noté en la forma de mirarme.

—Bueno, Steve, no es así en absoluto. Todo el mundo en Holy Oaks sabe que te vas a casar con Laurant. Ella también tiene que saberlo. A lo mejor sólo está corriéndola antes de sentar la cabeza.

—Son los hombres los que la corren, no las mujeres.

—Entonces, quizá sólo está haciéndose la interesante. —Hizo una mueca de dolor cuando se pinchó la carne tierna de debajo de la uña con la navaja—. Vas a ser el hombre más rico del valle, y ella lo sabe. Sí, eso es: se está haciendo la interesante.

—Creí que era... mejor que todo eso.

—¿Que qué?

—Si él se queda allí con ella, entonces está dejando que la toque.

La furia retornó a su voz, y Lloyd intentó desviarla.

—Me parece que sólo te está probando. A las mujeres les gusta que los hombres las persigan; eso lo sabe todo el mundo.

—¿Quiénes eran aquellos hombres de la casa? —Giró en redondo y miró al jefe de policía malévolamente mientras esperaba una explicación. En su lugar, recibió una excusa.

—Tenía prisa por venir a contarte lo de que Laurant llevaba a otro hombre a su casa. Ni se me ocurrió preguntarles sus nombres. Me dijeron que eran amigos y que estaban allí para arreglar el fregadero. Llevaban herramientas, y me figuré que probablemente irían a la abadía.

—Pero no te molestaste en conseguir sus nombres o pedirles alguna documentación.

—Tenía prisa —lloriqueó Lloyd—. Ni lo pensé.

—Por amor de Dios, eres el jefe de policía de este villorrio de tres al cuarto. ¿No sabes hacer tu trabajo?

Lloyd dejó caer la navaja y levantó las manos en un gesto conciliador.

—No te enfurezcas conmigo, sólo soy el mensajero. Si quieres, vuelvo allí enseguida y consigo la información que quieras.

—Olvídalo —masculló Steve, volviendo a dar la espalda al jefe de policía—. Tal vez esa vieja chismosa de la puerta de al lado tuviera razón; a lo mejor estaban robando la casa de Laurant.

—Bueno, Steve, sabes que no tiene nada que merezca la pena robar. Te digo que sólo eran unos amigos.

Steve no podía controlar su furia. Laurant compartiendo la cama con otro hombre. Era imperdonable. Tal vez sólo estuviera intentando reafirmar su independencia... jugando con él. Ah, sí, había que darle una lección en seguida. En el pasado había dejado sin castigar la grosería de Laurant, y por lo tanto sólo podía culparse a sí mismo por ese último insulto. La primera vez que le había hecho el vacío, debería haberle dado un buen susto de inmediato. Algunas mujeres necesitaban mano dura hasta que aprendían cuál era su sitio. Su primera esposa había sido de ésas, pero había creído que Laurant sería diferente.

Le había parecido delicada y casi perfecta, pero ahora se daba cuenta de que lo había enfocado mal. Había sido condenadamente educado y amable, pero eso iba a cambiar.

—Nadie se enamora en un simple fin de semana.

—Según sus amigos, está realmente prendada de ese tal Nick Buchanan —comentó Lloyd. Tenía la cabeza gacha, concentrado en extraer la pegajosa mugre de la uña del meñique—. Esos amigos me dijeron que Nick y Laurant se iban a casar.

Tras soltar las últimas noticias, Lloyd levantó la vista para ver cómo reaccionaba Steve.

—Gilipolleces —masculló—. Eso no va a ocurrir.

Lloyd asintió con la cabeza.

—Pero ya sabes... si se casan, lo más probable es que se vayan a vivir a otro sitio... por el trabajo de él y todo eso. No se me ocurrió preguntar a qué se dedicaba el tal Nick, pero, entonces, ¿no te das cuenta? Laurant tendría que vender la tienda.

La mirada de Steve se tornó glacial mientras observaba a Lloyd. Aquel gordo le recordaba a un mono de zoológico, espulgándose en público sin ningún pudor. Era repugnante, aunque útil, y ésa era la razón de que Steve lo aguantara.

Lloyd guardó la navaja, se percató de la mugre caída en la carpeta blanca del escritorio y la sacudió con la mano. Echando un vistazo por la ventana, comentó:

—Parece que la tienda de Laurant va a abrir muy pronto.

—Eso tampoco va a suceder —dijo Steve. Dio un paso amenazador hacia el jefe de policía con el rostro contraído por la ira—. ¿A ese cerebro de mosquito que tienes se le ha ocurrido cuánto dinero vamos a perder si se sale con la suya y convence a los demás propietarios de que no vendan? No voy a dejar que nadie me joda este negocio.

—¿Y qué vas a hacer al respecto?

—Lo que haga falta.

—¿Estás hablando de violar la ley?

—Me cago en la ley —rugió—. Ya estás metido en esto hasta el culo —añadió con un gruñido—. Y qué si te tienes que meter un poco más.

—Yo no he violado la ley.

—¿Ah, no? ¿Y qué me dices de lo de la anciana señora Broadmore? Fuiste uno de los que falsificaron su firma en aquellas escrituras.

Lloyd empezó a sudar.

—Todo fue idea tuya, y, además, ¿qué daño hicimos? La anciana ya había muerto y sus parientes recibieron el dinero, así que seguro que no les importa. Mierda, habrían vendido la tienda de la vieja, pero dijiste que si se enteraban de nuestro acuerdo con la inmobiliaria, nos la pondrían mucho más cara. No veo que lo que hicimos fuera un delito.

La risa de Steve sonó como un arañazo en una pizarra.

—Tal vez fuera idea mía, pero fuiste tú quien falsificó su firma y, por lo que pude ver, te faltó tiempo para gastarte tu recompensa en un coche nuevo.

—Sólo hice lo que se me dijo que hiciera.

—Eso es verdad, y vas a seguir haciendo lo que se te diga. Quieres jubilarte siendo un hombre rico, ¿no es así?

—Por supuesto. Quiero marcharme de este pueblo, alejarme de...

—¿Lonnie?

El jefe de policía apartó la mirada.

—No he dicho tal cosa.

—Te da miedo tu hijo, ¿verdad Lloyd? Con lo malo y lo bruto que eres y te da miedo tu hijo.

—Carajo, no, no me da miedo —bramó.

Steve se desternilló de risa, y el sonido resultó aún más chirriante que diez uñas arañando una pizarra. Lloyd tuvo que hacer un esfuerzo para no encogerse.

—Gallina de mierda. Amedrentado por tu propio hijo.

En ese momento, más que su hijo, lo que asustaba a Lloyd era saber que Steve podía ver más allá de su apariencia de gran hombre.

—Lonnie va a cumplir diecinueve, y te aseguro que nunca ha estado bien de la cabeza, ni siquiera cuando era pequeño. Es tan mezquino y tiene un carácter tan desagradable que es para echarlo de casa a patadas. Admito que quiero alejarme de él, pero no porque le tenga miedo; aún le puedo zurrar la badana. Es sólo que estoy harto y asqueado de los líos en los que no deja de meterse. He perdido la cuenta de las veces que lo he tenido que sacar de apuros. Uno de estos días, matará a alguien. Se propasó con la Edmond; la chica acabó en el hospital, y tuve que echarle bastante imaginación para conseguir que el médico no abriera la boca. Lo convencí de que si la gente llegaba a enterarse de que había sido violada, Mary Jo se quitaría la vida; de que jamás podría volver a ir con la cabeza alta en este pueblo.

Steve ladeó la cabeza.

—También lo amenazaste, ¿no es así? Apuesto a que le dijiste que si decía una sola palabra le echarías a Lonnie o se lo echarías a su esposa. Estoy en lo cierto, ¿verdad?

—Hice lo que tenía que hacer para evitar que mi hijo fuera a la cárcel.

—¿Sabes cómo te llama todo el pueblo? El Jefe Culo Gordo. Se ríen de ti a tus espaldas. Si quieres que cambien las cosas, mantén la boca cerrada y haz lo que te diga. Luego, podrás alejarte de Holy Oaks y de Lonnie y no volver a mirar atrás.

Lloyd estaba haciendo tiras el papel secante del cartapacio. Evitando la mirada de Steve, preguntó:

—¿No le irás a contar a Lonnie lo que planeo hacer, verdad? El chico cree que va a sacar una buena tajada del dinero, y quiero estar bien lejos antes de que se dé cuenta de que no va a ver ni un centavo.

—No le diré nada mientras sigas colaborando. Creo que nos entendemos, ¿no? Bueno, respecto a ese tal Buchanan...

Lloyd enderezó el cuello de golpe.

—¿Quién?

Brenner volvió a cerrar el puño con la intención de estamparlo contra la grasienta cara de Lloyd, pero en esa ocasión sintió el pinchazo en los nudillos y, al mirar hacia abajo, vio las manchas de sangre en la pernera del pantalón. Mierda. Iba a tener que volver a cambiarse de ropa. Había que mantener las apariencias, y no podía permitir la más mínima imperfección en su aspecto.

—No importa —masculló mientras se dirigía a grandes zancadas al baño, situado en la parte posterior del despacho, para lavarse la mano.

Lloyd se acordó por fin de quién era Buchanan.

—Con todo, deseo que me dejes volver a casa de Laurant para tener una charla con aquellos amigos. Puede que sigan allí.

El gangoso gemido de Lloyd sacaba de quicio a Steve. No tenía paciencia con la gente corta de entendederas, y si no fuera porque el jefe de policía era un ingrediente necesario para su grandioso plan, habría tenido sumo placer en darle una paliza. Mejor aún, le habría encargado a Lonnie que lo hiciera en su lugar mientras él observaba. El chico haría todo lo que Steve le dijera porque, al igual que su padre, le impulsaban la codicia, el odio y la frustración.

Terminó de lavarse y se secó las manos en una toalla de papel, hecho lo cual, la dobló con pulcritud en un cuadrado perfecto y la arrojó a la papelera. Alargó la mano hasta el bolsillo posterior del pantalón, sacó el peine y se paró delante del espejo para peinarse.

—¿Dónde está Lonnie ahora? —gritó.

—No lo sé. Nunca me dice a dónde va. Si ha sacado su perezoso culo de la cama, es posible que haya ido al lago a pescar. ¿Por qué quieres saberlo?

Había llegado la hora de la lección. Laurant se iba a enterar de que no toleraría a ningún competidor.

—No es asunto tuyo. Ve a buscarlo y tráemelo.

—Primero tengo que recoger mi coche nuevo.

—Primero tienes que hacer lo que te diga y luego puedes ir a por tu maldito coche. Y he dicho: ve a buscar a Lonnie.

El jefe de policía echó el sofá hacia atrás y se levantó.

—¿Pero qué he de decirle?

Steve volvió a entrar en el despacho. Contestó con una sonrisa:

—Dile que tengo un trabajo para él.

19

Laurant prolongó de manera deliberada la visita a las Vanderman. Necesitaba tiempo para mentalizarse ante la dura prueba que se le avecinaba.

Todo había cambiado en un abrir y cerrar de ojos. Solía considerar su casa como un remanso de seguridad, un auténtico santuario, donde podía encontrar paz y tranquilidad después de un agotador día de trabajo. El hombre al que el FBI apodaba *sudes* le había despojado de todo aquello. El sujeto desconocido que le estaba haciendo trizas la mente.

¿Cuánto tiempo había estado espiándola? Y esa noche, ¿estaría cómodamente sentado en un sofá, observándola? La sola idea la hizo palidecer. No tardaría en dirigirse a su dormitorio y prepararse para acostarse, y la cámara estaría captando cada uno de sus movimientos.

Sintió el impulso repentino de ponerse las zapatillas de deporte y salir a correr. No podía, por supuesto, fuera estaba oscuro, y no formaba parte del programa aprobado por Wesson. Pero seguía queriendo hacerlo. Había empezado su régimen de carreras después de saber que su hermano tenía cáncer. Era una válvula de escape y una manera de vencer el miedo. Le encantaba el ejercicio físico, llevarse al límite, cada vez más y más deprisa, hasta que su mente se limpiaba y ya no era capaz de concentrarse en nada que no fuera el latido de su corazón, el crujido de la maleza bajo los pies y el ritmo de su respiración mientras corría por el accidentado sendero que bordeaba el lago. Llegaba a olvidarse del entorno mientras avanzaba y avanzaba, exigiéndose cada vez más y más, hasta que empezaban a liberarse las benditas endorfinas y la llenaban de energía. El pánico desparecía durante un breve instante, y se sentía maravillosamente viva y completamente libre.

En ese momento echó de menos aquella sensación y, ah, Dios, cómo deseó volver a controlar su vida. Odiaba estar asustada, y oscilar entre la furia y el terror la estaba volviendo loca.

—Querida, ten cuidado con esa taza; a ver si la vas a romper.

La advertencia de Viola la hizo volver al presente. Viola seguía contándole el último chismorreo que había oído en su club de *bridge*. Laurant intentó prestar atención mientras acababa de secar la vajilla azul. Cuando la cocina estuvo limpia, siguió a la anciana hasta el porche y se sentó a su lado en la mecedora, mientras que Bessie Jean, cogida del brazo de Nick, le acompañaba en un paseo por la propiedad para mostrarle sus petunias y su huerto. El alumbrado público apenas iluminaba el jardín trasero.

Nick estaba más interesado en el oscuro solar vacío flanqueado de árboles que lindaba con la parte trasera de la casa de Laurant que en el jardín. La abundancia de matojos y arbustos frondosos lo convertía en un paraíso para el sudes, donde podía esconderse y observar o acercarse a la casa de Laurant sin ser visto.

—¿Suelen jugar los niños en ese solar? —preguntó a Bessie Jean después de haber elogiado su jardín.

—Antes sí, pero no han vuelto desde que a Billy Cleary le salió una grave urticaria a causa de la hiedra venenosa. Iba en pantalones cortos y se sentó encima, ¿comprende?, y por lo que me dijo su madre, fue una experiencia muy dolorosa. El chico no se pudo sentar durante dos semanas. Cuando se recuperó, Billy y sus amigos cambiaron el solar por el lago para ir a jugar.

Habían dado una vuelta completa a la casa. Bessie Jean llamó a Viola.

—Le estaba hablando a Nicholas de Billy Cleary y de que solía jugar en el solar de atrás de la casa de Laurant, hasta que se topó con la hiedra venenosa. —Subió los escalones y se sentó en una silla de mimbre.

Viola se inclinó sobre Laurant.

—La planta se le metió en las partes pudendas.

—Le contaba a Nicholas que no ha vuelto nadie al solar —explicó Bessie Jean.

—Eso no es verdad —dijo Viola—. ¿No te acuerdas, Hermana? Hace algunas semanas había unos niños jugando allí atrás. *Daddy* se levantó sobre las patas traseras y se puso a ladrar y ladrar contra la mosquitera trasera. Tuvimos que cerrar la puerta para que se tranquilizara.

183

Bessie Jean asintió.

—No creo que fueran niños —dijo—. Estaba anocheciendo. Posiblemente sólo fuera un mapache o una comadreja. En realidad, ahora que lo pienso, creo que alguna alimaña estaría haciéndose su cubil, porque aquella semana *Daddy* montó varios escándalos.

Viola también asintió con la cabeza.

—Sí, es verdad —convino.

Nick se apoyó contra la verja.

—¿Hace cuánto que ocurrió eso? ¿Se acuerdan?

—No estoy segura —dijo Bessie Jean.

—Ya me acuerdo —proclamó Viola—. Acababa de plantar los Niños Grandes.

—¿Los Niños Grandes?

—Los tomates —aclaró.

—¿Y eso cuándo fue? —preguntó Nick con paciencia.

—Hace casi un mes.

Bessie Jean no estaba de acuerdo. Creía que Viola estaba equivocada y que no hacía tanto de aquello. Las hermanas discutieron durante varios minutos antes de que Laurant se levantara, atrajera su atención y pusiera fin a la pelea que se avecinaba.

—Nick y yo deberíamos irnos a casa.

—Sí, querida, querréis deshacer las maletas y poneros cómodos, ¿no es así? —observó Viola.

—Tiene cara de estar molida, ¿verdad, Hermana? —comentó Bessie Jean.

Nick estaba completamente de acuerdo. Parecía agotada. Tenía unos círculos oscuros bajo los ojos y no se parecía en nada a la Laurant que había conocido en la rectoría. Al enterarse de que Tommy estaba en perfecto estado, se había relajado por completo, y durante un instante había dado la impresión de no tener ninguna preocupación en el mundo.

Pero eso había sido antes de que su hermano le contara lo de aquel pervertido bastardo que quería matarla. Dicho fuera en su honor, no se había derrumbado ni puesto histérica, como habría hecho más de una. Y Nick se acordaba de la fortaleza que había mostrado al decirle a Pete que la dejara tender una trampa. ¿Cuánta fuerza y resistencia albergaba en su interior? Dios quisiera que la suficiente para sobrellevar aquella pesadilla.

—Muchas gracias por la cena. Estaba deliciosa —dijo Laurant.

—Te daré la receta de mis macarrones —le prometió Viola.

Bessie Jean soltó una risa burlona.

—¿Qué receta? Seguiste las instrucciones de la caja de macarrones con queso Kraft. Todo lo que hiciste fue comprarla en la tienda, Hermana.

Nick añadió su agradecimiento y le echó el brazo por el hombro a Laurant con naturalidad. Bessie Jean acompañó a la pareja hasta el final del camino y les abrió la cancela.

—Sus ojos no descansan, ¿verdad, Nick? —Para que el joven no se ofendiera, se apresuró a explicar—: No se me escapan los detalles, ¿sabe?, y desde el momento en que ha salido al porche no ha dejado de vigilar el vecindario. No es una crítica —añadió—. Es sólo que me he dado cuenta. Siempre en guardia, ¿eh? Supongo que lo entrenarían para hacerlo así en la academia del FBI.

Nick meneó la cabeza.

—La verdad es que soy así de entrometido.

La anciana la sonrió con ojos chispeantes. Nick supuso que, de joven, la mujer debía de habérselo pasado en grande acechando a los hombres de Holy Oaks.

Apoyándose en Nick, Bessie Jean susurró en voz alta:

—Me gusta tu chico. No lo dejes escapar, querida.

Laurant se rió.

—Procuraré conservarlo —prometió—. A mí también me gusta.

—Hermana y yo lo sabemos todo sobre el reloj biológico de la mujer —dijo—. Un número considerable de mujeres de tu edad ya tienen dos o tres hijos. Ya es hora de que empieces a formar una familia.

—Sí, señora —contestó Laurant a falta de algo mejor que decir. Sabía que era inútil discutir con Bessie Jean o hablarle de todas aquellas mujeres que esperaban hasta los treinta para formar una familia, y que ella tenía todavía varios años por delante hasta llegar a aquella edad memorable. Bessie Jean era directa, dogmática y tan sutil como una almádena, pero aun así le gustaba. Por imperfecta que fuera, también era sincera y amable... de vez en cuando, por lo menos.

—Vaya, mirad, ahí están Justin Brady y Willie Lakeman.

Los vecinos de enfrente transportaban una larga escalera extensible desde el jardín trasero. Uno de ellos la apoyó contra el costado de la casa y empezó a subir mientras el otro la sujetaba.

Bessie Jean los llamó para saludarlos y sonrió cuando los dos hombres le devolvieron el saludo con la mano.

—Es tarde para estar pintando —comentó Nick.

Acababa de hacer el comentario cuando desde el interior de la casa alguien encendió los reflectores.

—Justin es el joven que está subido a la escalera —dijo Viola—. Ya os he hablado de él. Cuando me vio trabajando en el arriate, se acercó enseguida a echarme una mano. Al principio no me gustaba ninguno de los tres, pero desde entonces he cambiado de opinión.

—¿Por qué no le gustaban al principio? —preguntó Nick, observando al hombre alto y musculoso que se apoyaba en la escalera y alargaba la mano hacia la espátula que llevaba en el bolsillo trasero de los vaqueros.

—Pensaba que eran todos unos inútiles, pero sólo tienen malas pulgas, no son unos haraganes. Mantienen su promesa —añadió con un movimiento de cabeza—. El propietario, el señor Morrison, llegó a un acuerdo con los chicos para que le pintaran la casa en lugar de pagarle el alquiler. Está en Florida, tomando el sol hasta que pase la fiesta.

—Es la primera vez que veo a alguno de ellos trabajar en la casa —dijo Bessie Jean—. Aunque os diré lo que he visto. Casi todas las noches durante las dos últimas semanas, han estado yendo al bar y parrilla de Second Street a beber hasta la hora de cerrar. Les trae sin cuidado que sus vecinos intenten dormir; cantan y ríen y alborotan, organizando un jaleo terrible cuando vuelven a casa. Los he visto desde mi ventana, y, justo hará un par de semanas, uno de ellos se desmayó en el jardín. Creo que fue Mark Hanover. Durmió allí toda la noche. Es una vergüenza la manera que tienen de escandalizar, poniéndose como cubas.

Era evidente que las hermanas tenían opiniones diferentes sobre los inquilinos.

—Bueno, pero están cumpliendo su palabra —le recordó Viola—. Y Justin me dijo que en cuanto terminaran de trabajar en la abadía arreglarían la casa, aun cuando supusiera trabajar desde el anochecer hasta el alba. Creo que también lo harán.

Nick siguió intentando ver mejor a Willie Lakeman, pero estaba de espaldas a la calle y llevaba una gorra de béisbol. Aunque se diera la vuelta, Nick dudaba de que pudiera verle la cara con claridad. Parecía ser de la misma altura y peso que Justin.

Decidió acercarse y saludar; tal vez consiguiera que el tercer inquilino saliera de la casa y así también podría calarlo. Cambió de idea cuando oyó bostezar a Laurant; se estaba quedando dormida de pie.

—Venga, cariño; tienes que acostarte.

Laurant lo siguió hasta el coche y ayudó a entrar el equipaje. A excepción de una pequeña lámpara de escritorio situada junto al teléfono, la casa estaba a oscuras y tenía echadas todas las cortinas. Cuando Laurant empezaba a subir la escalera con su bolsa de viaje, sonó el teléfono. Dejó caer la bolsa al suelo, encendió una luz y entró a toda prisa en el salón. Nick le había advertido que siempre habría al menos un agente del FBI dentro de la casa, así que no se sorprendió cuando se abrió la puerta de vaivén de la cocina, y un hombre vestido con pantalones negros y camisa blanca con las mangas arremangadas hasta los codos se acercó a ella corriendo. Llevaba una pistola ajustada al cinturón y tenía un bocadillo en la mano.

Llegó antes que ella al teléfono, que estaba en el escritorio situado entre el salón y el comedor, comprobó el visualizador de llamadas y cogió unos auriculares conectados a la base del teléfono, hecho lo cual le hizo una señal para que contestara.

Por el número del visualizador, Laurant supo que quien llamaba era Michelle Brockman. Era su mejor amiga y pronto iba a casarse.

—Hola, ¿cómo sabías que he vuelto?

—Esto es Holy Oaks, ¿recuerdas? —dijo Michelle—. Así que dime: ¿es cierto? ¿De verdad te amenazó un hombre en Kansas City? Si es así, no te voy a dejar salir del pueblo nunca más.

—No te preocupes —le aseguró—. Sólo se trataba de algún tipo que creyó que era divertido. Las autoridades investigaron y me dijeron que no había que tomárselo en serio.

—Qué alivio. —Michelle suspiró—. Muy bien, entonces, dime: ¿quién es el monumento?

—¿Cómo dices?

La carcajada de Michelle estalló en el teléfono. Aquel sonido siempre hacía sonreír a Laurant. Procedía de lo más hondo de las tripas de su amiga y rebosaba alegría y travesura. Se habían conocido en la fritada de pescado mensual. Laurant sólo llevaba a la sazón una semana en el pueblo y ni siquiera había desembalado sus cosas cuando Tommy la presentó como voluntaria para trabajar de cocinera en el espectáculo organizado para recaudar fondos. Michelle también había sido reclutada.

Surgió una amistad inmediata. Eran dos personalidades contrapuestas: Laurant era introvertida, y Michelle desbordaba vitalidad y entusiasmo. También era atenta. Lorna Hamburg había acorralado a Laurant, intentando sonsacarle toda la información personal que pudiera para un artículo que quería escribir sobre la recién llegada, o como ella la llamaba, la extranjera de Chicago. Michelle la había arrancado de las garras de la entrometida y no dejó que Lorna la acosara. A partir de aquel momento, se hicieron grandes amigas.

—Te he preguntado que quién es él.

—No sé de qué me estás hablando —contestó Laurant, atormentando de manera deliberada a su amiga.

—Deja de vacilarme; me muero de curiosidad y quiero saber. ¿Quién es el monumento que te has traído a casa?

—Se llama Nicholas Buchanan. ¿Te acuerdas que te conté que mi hermano vivió con los Buchanan cuando era pequeño?

—Me acuerdo.

—Nick es el mejor amigo de Tommy —explicó—. No lo había conocido hasta el último fin de semana.

—¿Y?

—¿Y qué?

—¿Ya te has acostado con él?

Laurant sintió que se ruborizaba.

—Espera un momento, ¿de acuerdo?

Puso la mano sobre el micrófono del anticuado teléfono y susurró al agente:

—¿Necesita escuchar esta conversación íntima?

El agente intentaba con todas sus fuerzas evitar que se le escapara la sonrisa. Se quitó los auriculares y se alejó. Laurant sacó la silla y se sentó al escritorio de cara a la pared.

—Muy bien, ya estoy de vuelta —anunció mientras cogía un bolígrafo y empezaba a sacarle y meterle la punta.

—¿Lo has hecho?

—¿Que si he hecho qué?

—Deja de ser evasiva. ¿Te has acostado ya con él? He oído que es guapísimo.

Laurant se rió.

—Michelle, no deberías hacer preguntas como ésa.

—Soy tu amiga del alma, ¿no?

—Sí, pero...

—Y me preocupo por ti. Necesitas sexo, Laurant; le sentará bien a tu cutis.

Laurant empezó a garrapatear en la libreta.

—¿Qué le pasa a mi cutis?

—Nada que el sexo no pueda arreglar. Te dará color a las mejillas.

—Utilizo colorete.

Michelle soltó un ruidoso y exagerado suspiro.

—No me lo vas a decir, ¿verdad?

—No, no pienso.

—¿De verdad es amigo de tu hermano?

Laurant inclinó la cabeza. Se sentía fatal por mentir a su mejor amiga, pero sabía que, cuando aquello hubiera terminado, podría decirle por fin la verdad, y Michelle lo entendería.

—No, no es sólo un amigo. —Se giró en la silla para mirar a Nick. Estaba en el pasillo delantero con el otro agente, asintiendo con la cabeza a algo que le estaba contando el hombre. Tenía la expresión sombría, hasta que se dio cuenta de que Laurant lo estaba mirando fijamente; entonces, sonrió.

Laurant volvió a mirar a la pared.

—Ha ocurrido una cosa de lo más rara, Michelle —susurró.

—¿El qué?

—Que estoy enamorada.

Michelle mostró su escepticismo de inmediato.

—No, tú no. ¿De verdad te has permitido enamorarte? De ti no me lo creo.

—De verdad.

—¿De veras? Ha ocurrido muy deprisa, ¿no?

—Lo sé —contestó. Cogió de nuevo el bolígrafo y empezó a dibujar.

—Debe de ser un bicho raro para haber atravesado todas tus defensas. Estoy impaciente por conocerlo.

—Lo conocerás, y sé que te gustará.

—No me lo puedo creer. Tiene que haberse tirado encima de ti para que te fijaras en él. Te ha dado fuerte, ¿no?

—Supongo que sí.

—Es alucinante —exclamó Michelle.

—No es tan espeluznante —se defendió Laurant.

—¡Venga ya!

Laurant se rió. Michelle siempre la ponía de buen humor. Era tan teatral, extrovertida y franca... mientras que ella se lo guardaba todo en el corazón. Era la única amiga en la que había confiado desde el instituto.

—Ya sé lo que está pasando por tu retorcida mente. Siempre intentas descubrir qué es lo que falla en el tipo y siempre juegas sobre seguro. Sólo porque te quemaste una vez...

—Dos —le corrigió.

—El tipo de la universidad no cuenta —dijo Michelle—. En la universidad todo el mundo acaba con el corazón roto al menos una vez. Sólo cuento al cerdo aquel de Chicago.

—Era un cerdo —convino Laurant.

—Y sólo porque no lo juzgaste bien, resolviste que todos los hombres eran una basura. Excepto mi Christopher; de él nunca has pensado que fuera una basura.

—Por supuesto que no. Me encanta Christopher.

Michelle suspiró.

—A mí también. Es tan dulce y maravilloso.

—Igual que Nick.

—No lo eches todo a perder con éste, Laurant. Esta vez, sigue tus sentimientos.

—¿Qué quieres decir con que no lo eche a perder?

—Con tus antecedentes...

—¿Qué antecedentes?

—No descargues toda tu ira sobre mí, sólo te estoy diciendo cómo son las cosas. No tienes muy buenos antecedentes con los hombres de los alrededores. ¿Quieres que repase la lista de los que has rechazado?

—No me gustaba ninguno.

—Jamás te diste la oportunidad de conocer a ninguno el tiempo suficiente para averiguar si tenían futuro o no.

—No me interesaban.

—Eso es evidente. En el pueblo, todos estaban convencidos de que Steve Brenner podría atravesar ese grueso caparazón tuyo. He oído que ha estado diciendo por ahí que quería casarse contigo.

—Eso he oído. Ni siquiera me gusta, y puedes tener la certeza de que jamás lo he animado. Me pone los nervios de punta.

—A mí me gusta, y a Christopher también. Steve es encantador y divertido e inteligente. Le gusta a todo el mundo excepto a ti.

—A Bessie Jean Vanderman y a su hermana no les gusta.

—Por favor. A ésas no les gusta nadie.

Laurant se rió.

—No es verdad.

—Sí, sí que lo es. No les gustan los católicos porque son demasiado avasalladores, y acabo de enterarme de que Viola piensa que el rabino Spears hace trampas en el bingo.

—Bromeas.

—¿Me iba a inventar algo así?

—Dime una cosa: ¿cómo te enteraste tan pronto de que Nick estaba conmigo?

—Línea directa. Mientras Bessie Jean seguía en la parte delantera, su hermana entró a escondidas y llamó a mi madre, que es la que me lo contó. Todos sabemos cómo le gusta adornar las cosas a Viola. Dijo que estabais comprometidos, pero madre y yo no la creímos. ¿Piensas casarte con Nicholas algún día o es demasiado pronto para preguntarlo?

—Me acabas de preguntar si dormimos juntos —le recordó.

—No, te pregunté si habíais tenido relaciones sexuales.

—En realidad, Viola no lo ha adornado. Me voy a casar con él.

Michelle volvió a gritar.

—¿Por qué no me lo has dicho enseguida? ¿Hablas en serio? Realmente eres... no me lo puedo creer. Es demasiado precipitado para que mi pequeño cerebro lo pueda asimilar. ¿Ya habéis fijado fecha?

—No —admitió—. Pero Nick quiere casarse muy pronto.

—Ah, Dios, es tan romántico. Espera a que se lo cuente a Christopher. Tú eres mi dama de honor, ¿no? —dijo—: Así que yo...

La insinuación no fue sutil.

—¿Quieres ser mi dama de honor?

Michelle se interrumpió para comunicar la noticia a gritos a sus padres. Ambos tuvieron que ponerse al teléfono por turnos para felicitar a Laurant; cuando volvió a ponerse Michelle, habían pasado diez minutos.

—Sí, seré tu dama de honor. Me honra que me lo pidas. Ah, eso me recuerda que te llamaba para decirte que tu vestido está listo; lo puedes recoger mañana. Vuelve a probártelo, ¿de acuerdo? No quiero meteduras de pata el día de mi boda.

—Muy bien. ¿Algo más?

—La comida campestre —dijo—. Espero conocer a Nick entonces.

—¿Qué comida campestre?

—¿Qué quieres decir con que qué comida campestre? El abad proyecta celebrar en el lago una gran fiesta de agradecimiento para todos los que tanto han trabajado en la restauración.

—¿Cuándo se ha decidido eso?

—Ah, es verdad, estabas fuera del pueblo. Salió en el boletín del sábado, pero estabas en Kansas City. Ah, Dios mío, se me olvidó preguntarte. Supongo que las noticias sobre Nick me han vuelto idiota. Ha sido tan inesperado que no he podido pensar en nada más. Olvidé preguntarte. ¿Está bien tu hermano?

—Sí, fantástico. Esta vez ha conseguido el visto bueno.

—Entonces ¿nada de quimio?

—Nada de quimio.

Michelle pareció aliviada.

—Gracias a Dios. ¿Ha vuelto ya a casa?

—No, él y un amigo volverán con mi coche en cuanto lo hayan reparado. La transmisión patinaba.

—Necesitas un coche nuevo.

—Lo tendré; uno de estos días.

—Cuando te lo puedas permitir, ¿no es así?

—Así es.

Laurant dejó caer el bolígrafo de repente. No había estado prestando atención mientras garrapateaba en la libreta, pero en ese momento vio lo que había hecho. El papel estaba cubierto de corazones... corazones rotos. Arrancó la hoja de la libreta y empezó a romperla.

—El padre Tom sigue sin saber que se ha acabado todo el dinero, ¿verdad?

Laurant miró por encima del hombro para ver si Nick y el otro hombre seguían en el pasillo, pero se habían ido.

Aunque estaba sola en el salón, contestó en voz baja.

—No, Tommy no sabe que el dinero se ha acabado. Tú y Christopher sois los únicos a los que se lo he contado.

—Que Dios te ayude si llega a enterarse Tommy. Ponte en su lugar. Te cedió su participación en el fideicomiso cuando entró en el seminario, pensando que la propiedad de tu abuelo estaría segura y que tendrías garantizado el futuro de por vida. ¿Cómo se va a sentir cuando averigüe que aquellos taimados abogados robaron hasta el último centavo del fideicomiso cobrando unas facturas exorbitantes? —clamó Michelle. Cuanto más hablaba de la injusticia, más se enfurecía—. Millones de dólares en minutas —recordó a Laurant—. Deberían pudrirse en la cárcel. Lo que hicieron contigo fue una estafa.

—Conmigo no —la corrigió Laurant—, con mi abuelo. Lo traicionaron y ésa es la razón de que vaya tras ellos.

Le había llevado un año encontrar un abogado que estuviera dispuesto a enfrentarse a uno de los bufetes más grandes y poderosos de París; el abogado incluso se había resistido al principio, pero cuando estudió los documentos y vio lo que habían hecho, cambió radicalmente de actitud y quiso echarlos de la profesión. La demanda se presentó al día siguiente.

—No pierdas la esperanza. Tienes que seguir luchando para conseguir lo que te pertenece por derecho. —Michelle suspiró por el teléfono—. Los abogados son unos sacos de mierda.

—Debería darte vergüenza. Te vas a casar con uno, ¿recuerdas?

—Cuando lo conocí todavía no era abogado.

—Michelle, reza para que esto se arregle pronto. Me he gastado hasta el último centavo en minutos y en restaurar la tienda. Y también tuve que pedir un préstamo al banco. Sólo Dios sabe cómo me las voy a arreglar para devolverlo.

—Los abogados contra los que luchas esperan que te rindas y te retires. ¿Te acuerdas de lo que dijo Christopher? Que ésa es la razón de que no paren de presentar recursos o lo que sea para retrasar la sentencia definitiva, pero si esta vez vuelves a ganar, tendrán que pagar.

—Y dentro de diez días.

—Bueno, aguanta hasta entonces. Ya estás cerca de la meta.

—Sí, lo sé.

—Madre me está llamando a gritos; tengo que colgar. La merienda campestre es a las cinco; no os retraséis.

—No entiendo por qué el abad ha programado la fiesta tan pronto. Todavía no se ha acabado la restauración, y me apuesto lo que sea a que aún no han retirado los andamios de la iglesia.

—Es la única hora que encajaba en su apretado programa —explicó Michelle—. Y el abad me prometió que habrían quitado los andamios antes de la boda. ¿Te das cuenta de que antes de una semana seré una vulgar mujer casada? Ah, un momento, Laurant.

Oyó que Michelle le gritaba a su madre que iría enseguida y volvió a escucharla por el teléfono.

—Mi madre tiene los nervios destrozados por los preparativos.

—Debería dejarte.

—Pareces cansada.

—Y lo estoy —admitió.

La mente de Laurant no dejaba de trabajar mientras hablaba con Michelle. El agente Wesson estaba utilizando la cabaña del abad como puesto de mando, y se suponía que nadie sabía qué estaban haciendo él y sus hombres en Holy Oaks.

—¿Dónde es exactamente la merienda? ¿En la cabaña del abad?

—No —respondió Michelle—. Hay unos parientes o amigos del abad alojados allí. Al otro lado del lago; limítate a seguir los coches.

—Muy bien —dijo—. Hablamos mañana.

—No estaré aquí, ¿recuerdas? Me voy a Des Moines a recoger el nuevo aparato ortopédico, así que te veré en la merienda.

—¿Quién te lleva?

—Papá —respondió—. Si éste no ajusta bien, va a montar la de Dios es Cristo. Por culpa de las meteduras de pata de los fabricantes, me queda menos de una semana para aprender a caminar sin cojear.

—Si alguien lo puede conseguir, ésa eres tú. ¿Quieres que te haga algún encargo mientras estás fuera?

Michelle se rió.

—Sí. Que cojas un poco de color en las mejillas.

20

Laurant oyó que Nick bajaba las escaleras, y, cuando terminó de despedirse de Michelle y colgó el teléfono, le vio apoyado contra la jamba de la puerta, observándola. Tenía el pelo alborotado en la frente y de nuevo le impresionó lo sexy que era. Tal vez tuviera razón Michelle; quizá debiera pensar en volver a ponerse algo de color en las mejillas.

¿Qué tal sería en la cama? Dios mío, no se podía creer que estuviera permitiéndose tales pensamientos. Sin pérdida de tiempo, apartó aquellas fantasías de su mente. No era una adolescente sumida en una rebelión hormonal, sino una mujer adulta, y no había nada malo en mantenerse célibe hasta que apareciera el hombre adecuado, ¿verdad? Nick no satisfacía sus exigencias. No, no era el hombre adecuado.

—Perdona, he estado mucho tiempo colgada del teléfono.

—No pasa nada. Joe dice que tienes un montón de mensajes en el contestador. Continúa y escúchalos.

Nick subió la bolsa de Laurant mientras ésta escuchaba la cinta. Sólo había un mensaje inquietante, el de Margaret Stamp, la propietaria de la panadería local. Llamaba a Laurant para decirle que Steve Brenner le había aumentado la oferta por su tienda un veinte por ciento, y que le había concedido una semana para pensarlo. Acababa el mensaje con una pregunta. ¿Sabía Laurant que Steve no iba a pagar un céntimo a los que ya le habían vendido hasta que no hubieran firmado todas las tiendas?

Se oyó un trueno a lo lejos. Laurant se dejó caer contra el respaldo de la silla, concentrándose en el zumbido de la cinta al rebobinarse. Su determinación había sufrido otro embate, aunque sabía que tendría que hacer acopio de energía para enfrentarse a esta última crisis. Pobre Margaret. Laurant sabía que no quería vender, pero en los últimos tiempos la panadería no iba bien, y el dinero que le ofrecía Steve bastaría para garantizarle una cómoda jubilación. En conciencia, ¿cómo podía decirle a Margaret que se abstuviera de firmar, cuando había un riesgo cierto de que lo perdiera todo?

Dio un brinco cuando Nick le tocó el hombro.

—Laurant, me gustaría presentarte a Joe Farley. Va a quedarse con nosotros.

El agente se adelantó para estrecharle la mano.

—Encantado de conocerla, señora.

Los pensamientos de Laurant cambiaron de registro: por el momento, tendría que aparcar la lucha por salvar la plaza del pueblo.

—Por favor, llámame Laurant.

—Por supuesto —contestó—. Y tú llámame Joe.

Joe era un hombre fornido de abundante cabellera roja y una cara redonda que se le iluminaba cuando sonreía. Tenía una de las paletas ligeramente torcida, lo cual, en cierta manera, lo humanizaba. Aunque también iba armado, no parecía tan impresionante ni tan inflexible como el señor Wesson.

—¿Sueles trabajar con Nick?

—He trabajado con él alguna vez —respondió—. Por lo general, me paso el día en el despacho, así que esto es un cambio notable para mí. Espero que no te importe, pero Feinberg y yo hemos hecho un par de cambios en tu sistema de alarma. Nada complicado, pero funcionará.

Laurant miró a Nick.

—No tengo ningún sistema de alarma.

—Ahora, sí.

Joe le explicó.

—Hemos cableado todas las ventanas y las puertas para que cuando entre alguien lo sepamos. Parpadeará una luz roja, pero no hará ningún ruido —garantizó—. No deseamos asustar al sudes; queremos atraerlo al interior y echarle el guante. Espero que no sepa que está poniendo en marcha el tinglado. Por supuesto, cualquier extraño que se acerque a la casa será marcado por los agentes de fuera.

—¿Están vigilando la casa?

—Sí.

—¿Cuánto tiempo te quedarás aquí? —preguntó Laurant.

—Hasta el uno de julio... si es que para entonces no hemos atrapado al sudes. Me iré cuando tú te vayas.

La cabeza le daba vueltas. Cada vez le estaba resultando más y más difícil apartar una crisis mientras se concentraba en otra. Giró y se dirigió a la cocina seguida por los hombres.

—Necesito una taza de té —dijo cansinamente.

—Laurant, no quiero despistes sobre lo de marcharse, ¿de acuerdo? Ya hemos hablado de ello —le recordó Nick.

—Muy bien, ya lo sé —respondió con desgana.

—Hablo en serio, Laurant. Te iras de aquí...

No le dejó terminar.

—He dicho que muy bien. —La irritación en su voz se oyó alta y clara—. ¿Te importa decirme adónde voy a ir?

—Conmigo.

—¿Vas a dejar de hacer eso? —le preguntó en voz alta.

El arrebato de genio sorprendió a Nick. Levantó una ceja, se apoyó contra la mesa de cocina y cruzó los brazos.

—¿Que deje de hacer qué?

—De darme respuestas de bobo —masculló. Cogió el hervidor de agua blanco de la encimera y se dirigió al fregadero para llenarlo.

No era necesario tener una mirada entrenada para darse cuenta de que la estaba afectando la presión, pero el momento no podía haber sido peor, porque Nick también estaba empezando a sentirse como un animal enjaulado y furioso. Ahora que estaban en Holy Oaks, daba comienzo el juego de la espera, y Dios, cómo odiaba aquella parte de su trabajo. Habría preferido un dolor de muelas a tener que estar a la espera de que pasara algo.

Trabajar con Jules Wesson ya se estaba revelando como un problema. Nick se había pasado diez minutos al móvil intentando que Wesson le proporcionara información, pero cada vez que le hacía una pregunta se salía por la tangente. Nick sabía qué era lo que estaba haciendo Wesson, ni más ni menos que apartarlo de la cadena de información.

Joe sacó una silla de debajo de la mesa y se sentó, pero Nick siguió a Laurant hasta el fregadero.

—¿Qué demonios quiere decir eso de respuestas de bobo?

Al volverse, Laurant tropezó con el pecho de Nick; el agua se derramó por la boca del hervidor y le salpicó la camisa.

—Nunca me das una respuesta directa —dijo.

—¿Ah, no? ¿Como cuándo?

—Acabas de tener un buen ejemplo. Te he preguntando adónde iba a ir, y me has contestado...

—Que conmigo —la cortó.

—Eso no es una respuesta directa, Nick.

Sin pensar lo que estaba haciendo, Laurant cogió un trapo y empezó a secarle el agua de la camisa. Nick le arrancó el trapo y lo arrojó sobre la encimera.

—No estoy seguro de adónde vamos a ir —le dijo—. Cuando lo sepa, te lo diré. ¿De acuerdo? Y a propósito —añadió, inclinándose hasta que sus narices se tocaron—, ésta es la única maldita ocasión en que no te he dado una respuesta directa.

—No, no es la única —replicó—. Te pregunté cuántos agentes había en Holy Oaks, ¿y recuerdas tu respuesta? Bastantes. Pues bien, ¿qué clase de respuesta directa es ésa?

Los músculos de la mandíbula de Nick se hincharon, buena muestra de lo que le estaba costando contener el genio.

—Aunque supiera el número exacto, no te lo diría. No quiero que los veas ni que los busques.

—¿Por qué no? —Lo apartó de su camino y se dirigió a la cocina, puso el hervidor sobre el quemador y lo encendió.

—Porque entonces no dejarás de mirarlos o de buscarlos cada vez que salgamos, y si el sudes te está vigilando (lo cual, dicho sea de paso, es más que seguro), entonces se dará cuenta de que estás observando a los agentes.

—Os estáis peleando como un vulgar matrimonio.

Laurant y Nick se volvieron al unísono hacia Joe con cara de pocos amigos.

—No nos estábamos peleando —dijo Nick.

—Era un sencillo cambio de impresiones —insistió Laurant—. Eso es todo.

Joe sonrió con aire burlón.

—Eh, que no soy vuestro hijo para que intentéis convencerme. Me trae sin cuidado si os peleáis o no. El hecho es que, probablemente, los dos necesitéis soltar un poco de vapor, y merece la pena que aclaréis las cosas ahora.

Laurant advirtió el montón de platos sucios apilados en el fregadero. Era evidente que Joe se había sentido como en casa, pero no se había molestado en limpiar. Lo miró con el ceño fruncido, cogió el jabón Palmolive del armario y llenó el fregadero de agua.

Joe se dio cuenta de lo que estaba haciendo.

—Yo lavaré eso. Iba a ponerlos en el lavavajillas, pero no tienes.

—Es una casa antigua.

Nick cogió el trapo y empezó a secar el plato que le pasó Laurant, mientras Joe se recostaba en la silla y se ponía cómodo.

—Nick, acerca de marcharse el uno... —empezó Joe.

—¿Sí?

—Wesson quiere que ella se quede.

—Mala suerte. Se marchará el día uno.

—Hará valer su autoridad.

—Puede intentarlo.

—¿A qué viene ponerse tan duro con esa fecha?

—Porque Tommy estima que durante la celebración del aniversario el pueblo se verá invadido por un par de miles de personas. Al mismo tiempo que el pueblo celebra el aniversario, hay una gran concentración universitaria. Me gustaría sacarla de aquí antes, pero tiene que asistir a esa boda y no se irá.

—Te digo que Wesson está decidido a mantenerla aquí lo que haga falta.

—Y yo te digo que se marchará. No voy permitir bajo ningún concepto que Laurant se quede aquí con esa multitud que va a venir. ¿Cómo voy a protegerla? —Sacudió la cabeza y añadió—: No sucederá tal cosa.

Joe levantó las manos en un gesto conciliador.

—Me da igual lo que decidas. Sólo pensé que debía advertirte que vas a tener camorra, eso es todo. Por lo que a mi respecta, tú tienes la última palabra.

Laurant pasó otro plato a Nick para que lo secara y preguntó:

—¿Qué pasa con Tommy? ¿También se marchará el día uno?

—Ya sabes lo tozudo que puede ser tu hermano; cree que es importante que ayude al abad.

—Pero harás que se vaya, ¿no es así? —suplicó—. A mí no me escuchará, pero a ti, sí.

—¿Ah, sí? ¿Y eso desde cuándo?

—Tienes que hacer que se marche con nosotros. Si no se va yo tampoco me iré. Díselo. Así tal vez deje de discutir.

—Tranquila —dijo Nick al ver la mirada de congoja en sus ojos—. Noah me prometió que lo sacaría de aquí de una manera u otra; tal vez tenga que dejarlo sin sentido y sacarlo a rastras —añadió—. Aunque ni se inmutará por golpear a un sacerdote. Noah me dio su palabra, así que tranquilízate. Confía en él.

—¿Alguien tiene hambre? —preguntó Joe esperanzado. Le respondió un rugido de sus propias tripas.

—Supongo que tú —observó Nick.

—Estoy hambriento. Se suponía que Feinberg iba a traer algunas provisiones entrando a escondidas por el solar que hay detrás de la casa, pero jo, tío, esas dos ancianas están siempre mirando por la ventana, y no ha conseguido pasar. Deberían trabajar para el FBI.

—No saben que sigues aquí o nos habrían dicho algo a mí o a Nick.

—No he salido de la casa desde que entré —explicó Joe—. Las ancianas salieron esta tarde, y doy por sentado que creen que me fui mientras estaban fuera. Por la noche he tenido muchísimo cuidado con las luces.

—¿No podría Feinberg traer las provisiones desde el otro lado de la casa? —preguntó Laurant.

—Así no podría llegar a la puerta, y entregarlas por la ventana sería muy arriesgado.

Laurant quitó el tapón del fregadero, se secó las manos y empezó a buscar algo de comer para Joe en el frigorífico.

—¿Encuentras algo ahí dentro? Te aseguro que a mí me resultó imposible. Me comí el fiambre que había, y todo lo que queda son cereales —dijo Joe.

—¿Así que los armarios están bastante pelados? —preguntó Nick.

Laurant cerró el frigorífico.

—Mañana iré a la tienda de ultramarinos —prometió.

—Esperaba que te ofrecieras. He hecho una lista... si no tienes inconveniente.

—Si estás realmente hambriento, podríamos salir y traerte algo —se ofreció Nick.

Laurant sacudió la cabeza.

—A esta hora de la noche ya está todo cerrado.

—Ni siquiera son las diez. ¿No hay nada abierto? —preguntó Nick.

—Lo siento. Todas las tiendas cierran a las seis.

—Te lo juro, no sé cómo soporta vivir aquí —le dijo a Joe. Se sentó a horcajadas en la silla del otro lado de la mesa en la que estaba el agente y añadió—: Ni siquiera hay una tienda de *bagels* en veinticinco kilómetros a la redonda. ¿Es verdad o no, Laurant?

Acababa de terminar de buscar en la despensa y cerró la puerta con las manos vacías.

—Sí, es verdad, pero me las arreglo muy bien sin comer *bagels* recién hechos.

—Supongo que en el pueblo no habrá dónde comprar rosquillas crujientes de crema.

—No, no hay —dijo Laurant.

Laurant abrió el congelador de la base del frigorífico y empezó a buscar verduras congeladas.

—¿Encuentras algo ahí? —preguntó Joe con impaciencia.

—Un poco de brécol congelado.

—Servirá.

El hervidor de agua empezó a silbar, y Nick alargó la mano para coger una taza y un platillo.

—¿Quieres uno, Joe?

—Preferiría té helado.

—No estamos aquí para servirte, colega. Si lo quieres, háztelo.

Nick hizo que Laurant se sentara y le sirvió el té.

—Ninguno de los dos debería criticar el pueblo hasta haber pasado aquí al menos una semana. Primero tenéis que cogerle el tranquillo. El ritmo es diferente —dijo.

—No me digas —dijo Nick arrastrando las palabras.

Laurant ignoró el sarcasmo.

—En cuanto aprendáis a tomaros las cosas con calma, os gustará.

—Lo dudo.

Laurant se estaba enfadando.

—Deberías tener una actitud más abierta. Además, si quiero un *bagel*, me compro una caja en la tienda y los descongelo.

—Pero no están recién hechos —se quejó Nick—. Todo el mundo come *bagels*, Laurant; es el alimento nacional. ¿Qué comen todos esos universitarios? Los *bagels* son salud, maldita sea, y los chavales lo saben.

—Bah, deja de lloriquear. Te estás comportando como uno de esos norteamericanos que van a París y se empeñan en comer en McDonald's.

—No estaba lloriqueando.

—Vaya que sí.

—¿Qué le ha ocurrido a la dulce hermanita que conocí en Kansas City?

—La dejé allí —respondió Laurant.

Joe se levantó, cogió la caja de cereales del armario y sacó la leche descremada del frigorífico; acto seguido se hizo con una cuchara y el tazón más grande que pudo encontrar.

—Ese tal Brenner ha aumentado su oferta por la panadería en un veinte por ciento, ¿eh?

Laurant lo miró sorprendida.

—Escuché tus mensajes —afirmó—. Y me pareció como si Margaret estuviera a punto de claudicar. El negocio puede ser demasiado bueno para dejarlo pasar, sobre todo si ella es tan mayor como parecía por teléfono.

—No es tan mayor, pero tienes razón: el dinero sería su jubilación.

—Estás intentando salvar al pueblo, ¿verdad? —preguntó Joe.

Laurant sacudió la cabeza.

—No, sólo intento salvar la plaza del pueblo. No comprendo por qué la gente piensa que progreso significa derribar los hermosos edificios antiguos para levantar otros nuevos pero insustanciales. No lo entiendo. El pueblo seguirá siendo magnífico con o sin plaza, pero el encanto, la historia... eso se perderá.

Nick la observaba mientras revolvía el té. Llevaba haciéndolo dos minutos, pero todavía no lo había probado. Estaba sentada sin moverse, mirando pensativamente el líquido arremolinado de la taza hasta que, al final, la distrajo el sonido de la cuchara al chocar contra el tazón vacío de Joe.

Laurant advirtió que Joe se miraba la muñeca mientras llevaba el plato al fregadero.

—Joe, ¿por qué miras continuamente el reloj? —preguntó.

—Porque lo tengo conectado —contestó—. Si se apaga la luz roja del panel que he conectado en el cuarto de invitados, accionará la alarma de mi reloj.

Un trueno restalló en las cercanías, y empezó a llover. El ruido hizo que Joe se estremeciera.

—Esta noche nos va a ayudar la madre naturaleza. Confiemos en que sea una buena tormenta.

—¿Quieres una buena tormenta?

—Por supuesto —contestó—, ya que Nick quiere inutilizar la cámara después de que hayáis realizado la pequeña representación para nuestro sudes. Haré que las luces parpadeen un par de veces, y luego lo apagaré todo con el interruptor principal. Cuando las luces vuelvan a encenderse, la cámara se quedará apagada.

—Supuse que no serías capaz de dormir con la cámara observándote —dijo Nick.

—No, no podría. Gracias —dijo, aliviada.

—La cámara está enchufada a una toma del desván —le dijo Joe—. Confiamos en que entrará para volver a encenderla, pensando que sólo se trata de volver a darle al interruptor.

Laurant asintió.

—Y le estaréis esperando.

Con el codo sobre la mesa, apoyó la barbilla en la palma de la mano y se quedó mirando de hito en hito la ventana trasera, que tenía echadas las persianas. ¿Estaría ahí fuera en ese momento, observando y esperando su oportunidad? ¿Cómo se acercaría a ella? ¿Mientras estuviera durmiendo?, ¿o esperaría a que saliera y entonces intentaría atraparla?

La lluvia empezó a golpear con fuerza las ventanas.

—¿Listos para subir? —preguntó Joe—. La tormenta podría amainar en cualquier momento, y quiero aprovechar esta oportunidad para bajar al sótano y enredar con la instalación eléctrica. Esperad aquí hasta que haga parpadear las luces. Luego, subís y hacéis vuestras cosas. Os daré cinco minutos y después volveré a apagarlo todo. Nick, tú desmonta la cámara y, cuando hayas terminado, me das un grito y vuelvo a encender las luces.

—Entendido —asintió.

—En el cofre al fondo del pasillo hay una linterna —dijo Joe—, así que podrás ver lo que hagas. —Retiró la silla y se levantó—. Muy bien, esperad hasta que vuelva la luz. Las haré parpadear cada dos segundos; os daré un grito cuando podáis subir.

Rodeó a toda prisa la esquina, salió al vestíbulo trasero y bajó la escalera del sótano. Nick se quedó esperando en el umbral.

—No has tocado el té. Pero me figuro por qué te lo has hecho.

Laurant levantó la vista hacia él.

—¿Qué es lo que te explicas?

Las luces parpadearon un par de veces y se apagaron por completo. De repente, la cocina se quedó oscura como boca de lobo.

—No te asustes. —La voz de Nick fue un tranquilizador susurro en la oscuridad.

—No lo haré —le aseguró.

Un relámpago iluminó la pieza durante una milésima de segundo, y Laurant casi esperó ver una cara surgiendo en la luz grisácea. Allí sentada, en aquella diminuta estancia donde *él* se había sentido como en casa, empezó a tener miedo. Dios, cómo deseaba saltar al coche y huir. ¿Por qué habría vuelto?

La voz de Nick disipó el pánico que empezaba a dominarla.

—Hacerte un té es la manera que tienes de soportarlo, ¿no es así?

Laurant giró en la dirección de la voz e intentó verlo a través de la oscuridad.

—¿Qué has dicho?

—Que cuando estás inquieta, dejas lo que tienes entre manos y te preparas un té. Lo hiciste un par de veces en Kansas City mientras estábamos en la rectoría. Sin embargo, nunca te lo bebes, ¿no?

Antes de que pudiera contestar, volvió la luz y Joe gritó:

—¡Adelante!

Nick cogió a Laurant de la mano y la levantó de la silla con un suave tirón. Recorrieron la casa y subieron la escalera sin que él la soltara. El pulso de Laurant se intensificaba a cada paso que avanzaba hacia el dormitorio, hasta que llegó un momento en que creyó que el corazón se le iba a aplastar contra la caja torácica. La puerta del armario de la ropa de cama estaba abierta, pero no pudo ver la cámara.

Nick se detuvo con la mano en el picaporte.

—Esto tiene que parecer real. ¿Entiendes lo que quiero decir? Queremos provocarlo, ¿recuerdas? Lo cual significa que ahí dentro tenemos que excitarnos y meternos en harina, y que tienes que actuar como si estuvieras disfrutando.

—Tú también vas a tener que actuar como si estuvieras disfrutando —señaló. De repente se puso tan nerviosa que se le quebró la voz.

—Bah, no voy a tener ningún problema en absoluto. Llevo mucho tiempo esperando a ponerte las manos encima. ¿Preparada?

—Sólo intenta seguir mi ritmo.

Nick quería una seductora y por Dios que eso era lo que iba tener. Laurant estaba decidida a hacer la actuación de su vida. Ambos tenían el mismo objetivo en la cabeza, poner al loco tan celoso que se olvidara de la cautela y fuera a por ella. Confiaban en que su furia lo llevara a cometer una imprudencia. Era demasiado tarde para cambiar de idea.

—Eh —susurró Nick—. Sonríe. —Y con una sonrisa radiante, añadió—: Tal vez debamos practicar un poco primero. ¿Cuánto hace que no te revuelcas en el heno?

—Un par de días —mintió— ¿Y tú?

—Algo más. ¿Alguna sorpresa ahí dentro?

—¿Como qué?

—Bueno, no sé, lo habitual que cualquier señorita tiene a mano: látigos, grilletes en las paredes... el ajuar convencional que pasa de madres a hijas, ya sabes.

Laurant contuvo la risa.

—¿Con qué clase de chicas has tratado hasta ahora?

—Buenas chicas —le aseguró—. Buenas chicas de verdad.

Laurant sabía que Nick estaba intentando hacerla reír para que superara el miedo escénico.

Mientras lo empujaba para pasar por su lado, dijo:

—Lo siento, no hay ninguna sorpresa. Así que todas las chicas tienen espejos en el techo, ¿no?

Cuando Laurant abrió la puerta, Nick se estaba riendo. Ella entró primero, encendió las luces y se dirigió a la cama.

Resultó ser más fácil de lo que esperaba. Se limitó a fingir sin más que volvía a ser modelo. En su mente, la cama se convirtió en el final de la pasarela, y su trabajo consistía en llegar allí utilizando todas las partes de su cuerpo. Avanzó con gracia natural, balanceando las caderas al ritmo de una música imaginaria y con una expresión sensual en el rostro.

Nick la observaba desde el umbral, asombrado por el repentino cambio. Laurant se soltó provocativamente la larga y abundante melena rizada sobre los hombros y le dirigió una mirada ardiente que decía «ven y poséeme». Cuando llegó a los pies de la cama doble, se volvió y le hizo un gesto con el índice para que se acercara. Nick tuvo que recordarse que todo era una actuación. Si los ojos pudieran arder de pasión, los de ella quemarían la casa.

Caminó hacia su tentadora, pero Laurant no había terminado de impresionarlo. Cuando llegó hasta ella, sacudió la cabeza, retrocedió un paso y empezó a desabrocharse la blusa con mucha lentitud. En ningún momento retiró la vista de él, mirándolo directamente a los ojos, esperando, provocando, insinuándose.

Nick permitió que se desabrochara la blusa, pero cuando empezó a quitársela y vislumbró el sujetador de encaje y la suave ondulación de los pechos, la atrajo entre sus brazos sin ningún miramiento, impaciente y ansioso. La tomó por la nuca, dejando que el pelo de Laurant se le enroscara en el puño, mientras que con la otra mano le empujaba la espalda, atrayéndola hacia él. Le echó la cabeza hacia atrás, se inclinó y la besó intensa y prolongadamente.

El contacto resultó eléctrico. La boca de Laurant era tan suave, maleable, servicial... Demonios, sabía besar. Separó los labios sin que tuviera que empujarla, y Nick cedió a la curiosidad y el deseo. Le introdujo la lengua en la boca para probar el dulce interior. Laurant se puso rígida, pero sólo durante un segundo o dos, tras lo cuales sus brazos encontraron el camino hasta la nuca de Nick y se apretó contra él, aferrándose, mientras lo igualaba en ardor.

El beso se prolongó hasta el infinito. La mente de Nick sabía que todo era una actuación para la cámara, pero a su cuerpo le traía sin cuidado tal distinción. Estaba reaccionando como lo haría cualquier otro hombre en los brazos de una mujer hermosa.

Nick apartó la boca y empezó a mordisquearle el lóbulo de la oreja.

—Despacio —susurró Nick, jadeando.

—No —le respondió ella en otro susurro. Laurant le tiró del pelo para echarle la cabeza hacia atrás y para poder volver a besarlo en la boca. Cuando sus lenguas se tocaron, Nick emitió un gemido grave.

Laurant sonrió con satisfacción petulante contra los labios de Nick y lo volvió a besar con pasión, adoptando ya por completo el papel de agresora, aunque Nick no iba a permitir que lo superase. Le desabrochó los vaqueros y deslizó las manos por su columna hasta introducirlas bajo la tela, le ahuecó las manos en las nalgas, la levantó con una sacudida y la apretó contra su erección. Sorprendida, Laurant abrió los ojos e intentó apartarse; Nick no se lo permitió. Su boca se enseñoreó y, al cabo de unos segundos, los ojos de Laurant volvían a estar cerrados, mientras ella se apretaba contra el pecho caliente y duro de Nick. Pelvis con pelvis, en una perfecta conjunción, se frotaba contra él. La manera de tocarla y acariciarla con las manos y la lengua la hicieron olvidar que se suponía que todo era una actuación. Se agarró a los hombros de Nick para no caerse y le devolvió el beso con un deseo sincero.

Desde el oscuro salón al otro lado del pueblo, el mirón estaba observando. Su rugido de cólera resonó por toda la casa. Temblando, cogió una lámpara, la arrancó del enchufe y la arrojó contra la pared de estuco.

El castigo no se haría esperar.

206

21

A la mañana siguiente a Laurant le costaba mirar a Nick a los ojos. La noche anterior, Nick se había apartado bruscamente de ella en cuanto se apagaron las luces para ir al pasillo a desmontar la cámara. En ese momento, Laurant había dado gracias por la oscuridad, consciente de su aturdimiento y desorientación. Le había costado conseguir mover las piernas. Hubiera querido esconderse en el baño hasta recuperarse, pero no cabía ni plantearlo. En cambio, se dejó caer de espaldas en la cama y allí se quedó hasta que se le acompasó el pulso y pudo respirar sin dificultad.

Nick y Joe entraron en el cuarto a oscuras y le dijeron que descansara un poco; permanecerían despiertos por turnos. No sabía si Nick había dormido o si ni siquiera había descansado. Lo único que recordaba era el agotamiento que la abrumaba.

Se despertó al rayar el alba y se puso la ropa de deporte: un ceñido top a rayas azules y blancas que le dejaba al aire el ombligo, pantalones cortos azules, calcetines y sus cómodas aunque ajadas Reebok blancas. Después de recogerse el pelo en una cola de caballo, salió del dormitorio para empezar los estiramientos.

Nick llegó al dormitorio cuando salía del baño. Echó un vistazo al conjunto de Laurant y el corazón le dio un vuelco. No había una sola curva del cuerpo de la chica que quedara disimulada.

—Jesús, Laurant, ¿tu hermano sabe que te pones cosas así?

Laurant empezó a hacer sus torsiones de cintura y le contestó sin mirarlo:

—No voy a la iglesia; voy a correr.

—Tal vez debieras ponerte una camiseta grande por encima...

—¿Por encima de qué?

—Del pecho.

La camiseta no le iba a cubrir aquellas increíbles piernas largas. Le estaba costando dejar de mirarlas.

—Y unos pantalones largos —masculló—. Es un pueblo pequeño; los vas a escandalizar.

—No, no creo —le aseguró—. Están acostumbrados a verme correr.

No le gustaba ni un pelo, pero ¿quién era él para quejarse? Si quería vestirse como una... atleta. Bueno, carajo, ¿qué le pasaba? No era cosa suya decirle lo que tenía que ponerse. Aun cuando fueran parientes —que no lo eran, como se apresuró a recordarse— seguiría sin tener derecho a decirle cómo vestirse.

Nick ya se había puesto su ropa de deporte, una camiseta azul marino descolorida, pantalones cortos de gimnasia y unas zapatillas de correr que en algún momento habían sido blancas. Mientras Laurant hacía los estiramientos de piernas, Nick metió la pistola en la funda de la cintura y se estiró la camiseta hasta cubrirla. A continuación, cogió un pequeño auricular y se lo introdujo en la oreja derecha. Moviéndose delante del espejo del tocador de Laurant, ajustó un disco circular en el elástico del cuello, justo encima de la clavícula.

Mientras se volvía a atar un cordón que se había soltado, Laurant le preguntó:

—¿Para qué es esa pinza?

—Es un micrófono —contestó—. Así que hoy, nada de decir cochinadas. Wesson oirá todo lo que diga, y, sólo para que conste, Jules, sigo pensando que es una idea estúpida.

La voz del auricular le contestó.

—Queda debidamente anotado, agente Buchanan, y para usted es señor, no Jules.

Nick masculló la palabra «zopenco» para sí y se volvió hacia Laurant.

—¿Lista?

—Sí —contestó, y por primera vez desde que Nick entrara en el dormitorio, lo miró a los ojos.

—Me preguntaba cuánto iba a durar.

Laurant no se molestó en fingir que no lo comprendía.

—¿Lo has notado?

—Ahora te estás ruborizando.

—No es verdad. —Se encogió de hombros para disimular la vergüenza y su voz bajó hasta convertirse en un susurro con la esperanza de que Wesson no la oyera.

—No creo que tengamos que hablar sobre lo sucedido...

—No, no tenemos que hablar de ello —asintió Nick. Torció la boca en una sonrisa encantadora y añadió—: Pero te apuesto lo que quieras a que nos pasaremos el día pensando en ello.

La estaba mirando fijamente a la boca, así que Laurant clavó la mirada en el suelo.

—Vamos —dijo Nick.

Ella asintió y pasó por su lado, rozándolo. Mientras bajaba las escaleras, Nick le dijo:

—Quiero que permanezcas justo delante de mí. No te preocupes; aflojaré la marcha para ir a tu paso.

Laurant se rió.

—¿Que aflojarás la marcha? No creo.

—Desde que trabajo en el FBI corro casi todas las mañanas. Los agentes nos tenemos que mantener en forma —le dijo.

—Ajá —asintió—. Entonces ¿a qué vino decirme que no eras un corredor?

—No, no dije eso. Te dije que odiaba correr.

—Dijiste que era malo para las rodillas y que no ibas a dejar de quejarte todo el rato.

—Es malo para las rodillas, y tengo previsto quejarme.

—¿Y cuántos kilómetros corres cada mañana?

—Unos ciento sesenta, más o menos.

Laurant rió.

—¿De verdad?

Joe estaba parado delante de la ventana del salón, mirando al exterior a través de una rendija de las cortinas corridas.

—Nick, creo que deberías mirar esto. Tenemos un problema; tal vez quieras reconsiderar lo de salir a correr hoy.

Laurant llegó antes que él a la ventana; después de atisbar, dijo:

—No pasa nada. Sólo son los chicos, que me están esperando. Corremos juntos todas las mañana.

Nick miró por encima de la cabeza de Laurant y vio a siete jóvenes que atestaban la acera delante de la casa. Otros dos más trotaban en el sitio en mitad de la calzada.

—¿Quiénes son?

—Chicos del instituto —contestó.

—¿Y corren contigo todos los días? ¿Por qué demonios no me hablaste de ellos?

La voz de Laurant sonó a incredulidad y enfado.

—No te sulfures. No es nada del otro mundo. Lo siento, olvidé hablarte de ellos. Los chicos pertenecen al equipo de atletismo en pista del Instituto de Holy Oaks... bueno, algunos —explicó—. Y, en realidad, no corren conmigo, al menos no alrededor del lago. Cuando llego al sendero, están todos agotados. Luego, me esperan para volver y...

—¿Y qué? —preguntó. Antes de que Laurant tuviera ocasión de responder, masculló—: Wesson, ¿estás oyendo esto?

—Alto y claro —se oyó entre interferencias.

—¿Y qué? —le volvió a preguntar a Laurant—. Te esperan a que vuelvas de rodear el lago y entonces ¿qué?

—Me acompañan a casa al trote. Eso es todo. Quieren hacer ejercicio durante el verano para estar en plena forma cuando empiece el colegio.

Nick volvió a mirar al exterior y divisó a otro chico que venía corriendo por la calle para unirse a sus amigos.

—Ah, sí, son todos grandes atletas —observó con sarcasmo—. Sobre todo ese que se está comiendo una rosquilla. Va de cabeza a las Olimpiadas, sin duda.

Joe se miró de reojo en el espejo del vestíbulo. Tenía el pelo apelmazado por todos los lados. No se había molestado en peinarse después de levantarse de la cama o, mejor dicho, del sofá, e intentó alisárselo con timidez mientras hablaba.

—Esto... no creo que ninguno de esos chicos se arrastren fuera de la cama y vengan hasta aquí para correr, Laurant. Estoy casi convencido que no es correr lo que les motiva.

—¿Y qué es, entonces, lo que les ha hecho levantar hoy de la cama tan temprano? —preguntó exasperada.

Fue Nick quien le contestó.

—Hormonas, Laurant. Hormonas enloquecidas.

—¡Vaya por Dios! ¿A estas horas de la mañana? Los chicos de su edad tienen muchas más cosas en la cabeza además de sexo.

—No, no las tienen —la contradijo Nick.

Laurant miró a Joe, que asintió con timidez.

—La verdad es que no —convino con Nick.

Nick apuntó hacia la ventana sacudiendo el pulgar.

—A su edad no pensaba en otra cosa.

Joe movió la cabeza.

—Tengo que volver a darle la razón a Nick —dijo—. Yo nunca pensaba en otra cosa. La mayor parte del tiempo en cómo conseguirlo y, cuando por fin lo lograba, entonces pensaba en cómo volver a conseguirlo.

Laurant no sabía si reír o enfadarse. La conversación era ridícula.

—¿Estáis diciendo que cuando erais adolescentes pensabais en eso a cada segundo de cada hora del día?

—Más o menos —dijo Nick—. Así que sabemos qué se proponen y detrás de lo que van. Tal vez debiera salir y tener una breve charla con ellos.

—Ni te atrevas.

A Nick se le ocurrió una idea mejor. Los intimidaría. Se levantaría la camiseta por encima de la pistola y metería la tela por detrás para que el arma quedara bien a la vista.

Joe lo observaba.

—Eso debería desanimarlos.

Cuando abría la puerta delantera para que pasara Laurant, Nick sonrió y dijo:

—Tal vez debiera disparar a un par de ellos.

Laurant puso los ojos en blanco al pasar por su lado, haciendo caso omiso del ceño de Nick. Tras saludar a su séquito con la mano, cruzó la calle al trote y les presentó a Nick. Les dijo que era su prometido. Ni un solo chico dejó de advertir la pistola, por supuesto, pero sólo le dedicaron una rápida mirada antes de volver toda su atención a los considerables atractivos de Laurant. Cuando ésta les explicó que Nick era del FBI, ni siquiera lo miraron.

Todo se reducía a un tejido ceñido contra un arma cargada, y ganó el tejido.

Nick permaneció detrás de ella mientras corrían; los chicos acomodaron su paso al de ambos e intentaban pegar la hebra con Laurant por turnos.

El chico de la rosquilla fue el primero en desinflarse, y enseguida lo siguieron otros tres. Laurant fue aumentando el ritmo poco a poco; las largas piernas devoraban el pavimento mientras avanzaba con gracilidad. Había estado en lo cierto acerca de la resistencia de su club de admiradores: cuando llegaron a la entrada del parque, los dos últimos chicos se doblaron por la cintura, jadeando para recuperar el resuello. Nick los oyó dar arcadas, y el sonido le supuso una inconmensurable fuente de placer.

A Laurant le encantaba esa hora del día; era tan apacible, tranquila y encantadora... Durante una hora se obligó a olvidarse de todo y a concentrarse en el sendero. La lluvia de la noche anterior había humedecido las hojas, pero sabía que a mediodía volverían a estar secas. Iowa había sufrido el azote de una sequía pertinaz, y las hierbas y la maleza estaban ocres. Rodeó el codo del lago de aguas azules, dejando a su derecha la entrada a la reserva natural. Había sus buenas cuatro hectáreas de prado de pasto alto y marrón. Al igual que el trigo, se ondulaba bajo la suave brisa matinal.

Pasó por la cabaña del abad y tuvo la sensación de que el agente Wesson la estaba observando, pero no pudo verlo porque las cortinas estaban corridas. El embarcadero que discurría a la derecha y por detrás de la cabaña se levantaba sobre el agua a considerable altura, otra señal de la falta de lluvia.

Cuando terminó de dar una vuelta completa al lago, el sudor le corría por la nuca y entre los senos. Aminoró la marcha, se detuvo, se dobló por la cintura y respiró hondo varias veces. Oía resollar a Nick a sus espaldas.

Allí parados constituían unos blancos fáciles. Nick inspeccionó con rapidez el denso bosque y la maleza alta que los rodeaban y se acercó a Laurant. Tenía la camiseta empapada en sudor; se secó la frente con el antebrazo. Laurant podría recuperar el resuello de vuelta a casa.

—Salgamos de aquí. ¿Volvemos corriendo o andando?

—Al trote.

Los chicos esperaban en la entrada del parque. Sonriendo como idiotas, volvieron a rodear a Nick y Laurant y se acomodaron a su ritmo.

—Peleles —masculló Nick a Laurant cuando ésta se despidió de los chicos con la mano y esprintó hasta el camino de entrada a la casa.

En cuanto se cerró la puerta detrás de ellos, Nick se relajó.

—Caray, menuda humedad hay en el ambiente.

—¿Qué te ha parecido nuestro lago?, ¿verdad que es bonito?

—Lo vi ayer —le recordó—. Cuando fuimos a ver a Wesson.

—¿Pero es o no encantador? Es el paraíso del pescador. Realmente puedes ver los peces en su agua cristalina de fondo rocoso.

—¿De verdad? No me había dado cuenta.

Laurant tenía las manos en la cadera y seguía jadeando ligeramente.

—¿Cómo que no te has dado cuenta? ¿Qué has estado mirando?

—Todos aquellos sitios donde pudiera esconderse el bastardo. Podría haberte tenido en su mira desde que entramos hasta que salimos del parque, y jamás lo habría localizado. No puedo dejar que vuelvas a hacer ese recorrido. ¿Me has oído, Wesson? El sudes podía haber estado escondido en cualquier parte. Hay demasiado terreno para cubrir.

A Laurant se le secó la boca cuando intentó hablar.

—¿Crees que usaría un arma para...?

—Es de la clase de tipos que prefieren el contacto y la intimidad —dijo Nick—. Sin embargo, podría intentar herirte para detenerte.

—Otros agentes os observaban mientras estabais en el parque —añadió Joe cuando Laurant pasó por su lado para coger unas botellas de agua. La siguió al interior de la cocina y prosiguió—: Estabais a salvo.

Laurant volvió al salón, lanzó una botella de Evian a Nick y abrió la suya. Bebió un buen trago y se dirigió a la escalera.

—Voy a ducharme.

—Espera —dijo Nick mientras subía las escaleras delante de ella. Miró dentro del baño para asegurarse de que no hubiera ninguna sorpresa esperando.

Estaba siendo demasiado prudente, y Laurant se lo agradecía.

—Muy bien, adelante.

—Puedes ducharte en el baño que hay en el pasillo —le sugirió.

—Esperaré.

Nick estaba sentado en la cama hablando por teléfono cuando Laurant salió del baño quince minutos más tarde. Se había puesto una bata corta de algodón que había conocido mejores tiempos, y el pelo le goteaba por la espalda. Nick le echó una mirada y de inmediato perdió el hilo de sus pensamientos. Sabía que debajo de la fina tela iba desnuda, y se tuvo que obligar a dar la vuelta para poder concentrarse en la conversación.

—Mira, Theo, hablaremos de esto cuando vuelva a Boston, ¿de acuerdo? —Colgó el teléfono y volvió la cabeza con lentitud para echar una ojeada a Laurant con el rabillo del ojo. La observó mientras abría el cajón de la cómoda y sacaba dos diminutos trozos de encaje. Su pensamiento voló de inmediato a visiones de Laurant con aquello puesto.

«Contente», se dijo a sí mismo. Estaba en zona prohibida, y no ganaba nada fantaseando con ella. ¿Qué clase de amigo era para desear a la hermana de Tommy?

Reprenderse no le sirvió de nada. La deseaba; tan sencillo como eso. Vaya, por fin admitía lo evidente. Bueno, ¿qué iba a hacer al respecto? Nada, decidió; ni una maldita cosa. Aun cuando no fuera la hermana de su amigo, no se liaría con ella. Una relación entre los dos era imposible. Jamás funcionaría, y acabaría odiándolo. Laurant deseaba lo que nunca había tenido, una familia e hijos, muchos hijos, y él no quería nada de eso. Había visto demasiado para permitirse llegar a ser tan vulnerable. Aunque procediera de una familia de ocho hijos, seguía siendo un solitario, y así es como le gustaba que fuera.

No debía haberla besado nunca. Mala idea, decidió. Le había pillado de improviso y no se había dado cuenta de lo agradable que iba a ser. Dios, era un arrogante. En realidad creyó que podría permanecer frío y profesional, pero cuando Laurant lo rodeó con sus brazos, y él sintió la suavidad de sus labios, los pensamientos de profesionalidad salieron volando por la ventana, y se había convertido en uno de aquellos adolescentes pervertidos de allí fuera. En lo único que pudo pensar fue en cómo conseguir tumbarla de espaldas.

Después de todo, quizá Morganstern tuviera razón. Tal vez estuviera demasiado implicado personalmente para esa misión. Su jefe se había referido a su amistad con Tommy, no obstante. ¿Qué pensaría Pete si supiera que su agente deseaba a la hermana de su amigo? Nick ya conocía la respuesta a esa pregunta: le arrancaría el pellejo.

Volvió a sonar el teléfono. Nick contestó y, tras un minuto de escucha, dijo:

—Sí, monseñor, claro que se lo diré. Gracias por llamar.

Laurant estaba ante el umbral del armario empotrado, cambiando el peso de un pie descalzo a otro mientras rebuscaba entre la ropa apretujada que colgaba de la única y combada varilla.

Cuando Nick colgó, preguntó:

—¿Era monseñor McKindry?

—¿Qué? Ah, sí, era él. Tommy se dejó el dietario en la cocina y ha llamado para decir que se lo enviaba por correo.

—¿Ha dicho cuándo han salido Tommy y Noah?

—Sí —contestó—. Al amanecer. Laurant, por el amor de Dios, ponte algo encima.

Mientras le preguntaba, había seguido revisando la ropa.

—En cuanto me concedas un mínimo de intimidad, estaré encantada de vestirme.

Nick percibió la turbación en su voz.

—Muy bien, muy bien —dijo, sintiéndose como un idiota. Se dirigió a la ducha de Laurant y añadió—: No salgas del dormitorio hasta que me haya vestido y mantén echado el pestillo.

—Joe está abajo.

—Sí, bueno, pero quiero que me esperes. —El tono de su voz no dejaba lugar a la discusión.

Laurant corrió tras él. Nick se estaba quitando la camiseta cuando ella alargó la mano por detrás para coger el secador y el cepillo de la repisa del lavabo. Al hacerlo, rozó sin querer la base de la columna de Nick, que reaccionó como si le hubiera quemado con el rizador de pelo. Se estremeció.

—Lo siento —tartamudeó Laurant.

Nick suspiró y arrojó la camiseta al lavabo.

—Te he hecho sentir incómoda de nuevo, ¿no?

Estaban uno enfrente del otro, casi tocándose con las puntas de los pies. Laurant se agarró la bata por el pecho con una mano y con la otra cogió el secador y el cepillo.

—¿Está escuchando el señor Wesson? —susurró.

Nick negó con la cabeza.

—El micrófono está en la cómoda, con el auricular.

—No quiero que sea violento, pero la culpa es de habernos besado. Ya sé que se suponía que teníamos que hacerlo, pero yo...

—¿Qué?

Se encogió de hombros al tiempo que contestaba.

—Que me ha hecho volver a estar violenta. Eso es todo.

—Los dos...

—¿Qué? —susurró.

—Nos excitamos.

Laurant había estado mirándole fijamente los pies hasta que Nick dijo la palabra. Entonces, levantó rápidamente la vista hacia él.

—Sí, nos excitamos. ¿Y qué hacemos al respecto?

—Superarlo —sugirió—. Sé una manera.

El brillo de su mirada debería haberla alertado.

—¿Cómo? —preguntó.

—Dúchate conmigo. Eso debería de ayudarte a superar la timidez.

La sugerencia la sorprendió tanto que se echó a reír, lo cual era exactamente lo que él pretendía conseguir. La tensión se desvaneció. La sonrisa de Nick era cómica.

—Tienes una mirada de lo más rijosa —le dijo Laurant mientras se daba la vuelta y salía del baño.

Como el espejo seguía empañado por el vapor, y el baño estaba sofocante, Nick le dijo que dejara la puerta abierta. Laurant esperó a oír el ruido de la ducha y, entonces, se apresuró a vestirse y a secarse el pelo. Puesto que iban a salir a comprar un anillo de compromiso, decidió arreglarse un poco y se puso sus pantalones blancos plisados y una blusa de seda color melocotón. Luego, buscó los zapatos de lona en el fondo del armario empotrado.

Mientras se secaba el pelo, Nick hizo la cama. Cuando terminó, la colcha estaba completamente torcida, pero Laurant se abstuvo de criticar su obra.

Nick se puso unos vaqueros y un polo blanco y enganchó la cartuchera de piel al cinturón. Luego, se sujetó el disco rojo, añadió el auricular y se metió la billetera en el bolsillo trasero.

—Muy bien, entonces ¿cuál es el programa? —preguntó después de echarle un rápido vistazo a Laurant.

—Primero desayunar algo porque estoy hambrienta y luego ir al ultramarinos a comprarle algo a Joe. Después, quiero echar un vistazo a la tienda para ver si han empezado ya con los suelos. Si no hubieran empezado, me quedaré allí toda la tarde a trabajar.

—Y luego, a la joyería —sugirió Nick mientras se ponía unos mocasines de piel.

—También tengo que recoger el traje de dama de honor —recordó—. Y debería pasar una o dos horas en la abadía; tengo que empezar con el desván.

Se pasaron la mañana haciendo recados. Fueron todas faenas de lo más normal, de las que hacen las parejas a todas horas, sólo que no había nada de normal en su situación. Laurant no paraba de mirar por encima del hombro, incluso mientras estuvieron en la tienda de ultramarinos comprando las provisiones para Joe. En casi cada esquina fue detenida por una amiga o vecina, y en todos los casos presentó a Nick como su prometido.

Nick le echó bastante teatro. Estuvo tan natural en sus atenciones y manifestaciones de cariño que Laurant tuvo que recordarle que sólo era una actuación.

Laurant no se relajó hasta que estuvieron dentro del coche; sólo entonces, se sintió segura. Nick condujo hasta el McDonald's para desayunar y luego se dirigió a casa de nuevo. Encendió la radio y escucharon una dulce canción de Garth Brooks sobre un amor perdido y vuelto a encontrar.

Laurant estaba impaciente por que Nick viera su tienda. Lo ayudó a meter en casa la compra, que dejaron en el pasillo para que Joe la guardara. Luego, volvieron a subir al coche. Ya que iban a subir a la abadía después de comprar el anillo de compromiso, Nick decidió dirigirse a la plaza.

Se detuvo en la fuente para poder ver los edificios que se erigían ante él. Ninguno era una joya histórica bajo ningún concepto, pero aquellas viejas construcciones tenían su encanto. La mayoría de las fachadas necesitaban reparaciones, pero ninguna de importancia.

—¿Te das cuenta de en qué podría convertirse? —preguntó Laurant.

—Sí, me doy cuenta —asintió—. ¿Por qué querría alguien tirar esto abajo?

—Exacto —dijo con entusiasmo—. Hace años, aquí era donde la gente hacía sus compras y alternaba. Quiero que vuelva a ser igual.

—Pero arreglar las tiendas no será suficiente —dijo Nick—. Tiene que haber algo dentro para atraer a la gente.

—El rector de la universidad está pensando en trasladar la librería al edificio de la esquina que está a tu derecha. Es lo bastante grande, y el campus se les está quedando pequeño. Los chavales tendrían que venir a la plaza a comprar los libros.

—Eso ayudará.

—Sí —convino Laurant—. Y pueden venir andando. El campus está sólo a dos manzanas. Vamos —le instó—, quiero que veas la tienda.

Su entusiasmo hizo sonreír a Nick. Aparcó en la manzana central, cerca de la joyería, y cuando empezaron a caminar por la acera, la agarró por el hombro.

En cualquier caso, no pudo enseñarle su tienda; acababan de aplicar la primera capa de barniz de poliuretano al suelo, y puesto que las ventanas estaban cubiertas, Nick ni siquiera pudo mirar a través de ellas para ver el precioso mostrador de mármol. Tendría que esperar por lo menos cuatro días, hasta que fueran aplicadas la segunda y tercera capa de barniz, y se secaran.

Retrocedieron hasta la joyería de Russell. Nick impresionó sobremanera a Miriam Russell cuando escogió un anillo de diamantes de dos quilates, el más grande de la tienda. Aunque Laurant no lo quiso; le gustaba un anillo marquesa de diamantes de un quilate y medio. Puesto que no había que adaptarlo —encajaba en el dedo de Laurant a la perfección—, Nick dijo que aquel anillo le estaba predestinado.

Laurant extendió la mano y movió los dedos para que la luz hiciera centellear el diamante, al tiempo que, embelesada, soltaba exclamaciones como una mujer enamorada. Le preocupaba estar sobreactuando un poco, pero Miriam pareció tragarse la representación. Con las manos unidas, sonreía llena de satisfacción.

Cuando Nick le entregó a Miriam la American Express para pagar la compra, la expresión de ésta se tornó grave; le preguntó a Laurant si podía hablar con ella un momento en privado antes de efectuar el cargo. La condujo a la trastienda mientras Nick esperaba en el mostrador. Ignoraba de qué estaban hablando las mujeres, pero fuera cual fuese el tema, puso a Laurant en una situación embarazosa. Su tez había adquirido una tonalidad rosácea y no dejaba de mover la cabeza.

Minutos más tarde, firmado ya el recibo de la compra, Nick cogió el anillo y lo volvió a colocar en el dedo de Laurant; acto seguido, se inclinó y la besó. Fue un beso suave, que no exigió correspondencia, y que la dejó absolutamente conmocionada. Nick tuvo que darle un suave codazo para que se apartara del mostrador.

Cuando salían de la tienda, Miriam gritó:

—Recuerda lo que te he dicho, Laurant. Tendré los dedos cruzados por ti.

A todas luces avergonzada, Laurant se alejó corriendo. Nick la alcanzó.

—¿De qué iba todo eso?

—Nada importante.

—¿Va a tener los dedos cruzados por ti?

—Nada, de verdad.

—Vamos, Laurant. Cuéntamelo.

Se detuvo para intentar eludirlo.

—Muy bien, te lo contaré. Esa pequeña conferencia que hemos tenido en la tienda versaba sobre la política de devoluciones de Russell. Cree que la voy a fastidiar una vez más... Ésas han sido sus palabras, no las mías. Te das cuenta, ¿verdad?, de que cuando esto haya terminado y te hayas ido, todos van a pensar que la he vuelto a cagar. No tiene gracia, Nick, así que deja de sonreír.

No sentía ninguna lástima, y contestó riéndose.

—Tienes una reputación realmente extraña aquí, ¿no? ¿Qué es exactamente lo que les haces a los hombres que intentan acercarse a ti?

—Nada —gritó—. No hago nada. Sólo soy... exigente. Hay un puñado de mujeres del pueblo que no tienen nada mejor que hacer que chismorrear, y si por casualidad una de ellas me ve charlando con un hombre disponible, da por sentadas toda clase de cosas que no son verdad. Y antes de que me dé cuenta, esa entrometida redactora, Lorna Hamburg, lo ha publicado en el periódico local. Es ridículo —añadió—. Y si no se me vuelve a ver charlar con el mismo hombre, todas dan por sentado que he ido y la he fastidiado de nuevo.

—¿De verdad se publican cosas así en el periódico?

—Lorna dirige la página de sociedad —explicó—. Nada más que cotilleos y basura. Aquí no sucede nada, así que ella...

—¿Lo embellece?

—Ah, Dios, hablando del rey de Roma —susurró—. Vayámonos de aquí. Muévete, Nick; nos ha visto.

Lorna Hamburg los divisó a una manzana de distancia y se acercó corriendo. Las facciones, ya de por sí pequeñas, quedaban empequeñecidas por el largo y rizado pelo platino; unos enormes pendientes, que le colgaban de los lóbulos como péndulos, se balanceaban adelante y atrás a cada paso que daba. En el hombro izquierdo llevaba una bolsa de lona, grande como una maleta, con un estampado piel de leopardo, y que al correr la hacía inclinarse de lado y le confería el aspecto de una borracha incapaz de mantener la verticalidad.

Aceleró para cortarles la retirada, y sus tacones fucsia de diez centímetros repicaron contra la acera, produciendo un sonido que recordaba el castañeteo de los dientes.

—Vaya, pues sí que corre —observó Nick.

Cuando se abalanzó sobre ellos, Nick no pudo por menos que fijarse en las cejas de la mujer o, más bien, en la ausencia de ellas. Lorna se las había depilado por completo, y utilizaba un lápiz para dibujar una línea recta encima de los ojos hundidos.

Por culpa de la falta de cooperación de Nick para ponerse a cubierto, Laurant quedó atrapada.

—Pensaba que los agentes del FBI eran rápidos —masculló mientras esperaba pacientemente para presentarlo a la mujer que era conocida como el Gorila de la *Gazette*.

—Ten presente el objetivo; ésta es una oportunidad de oro. Ahora, desarruga el entrecejo y haz como si me amaras.

Nick se mostró asquerosamente encantador, lo cual animó a Lorna a ser más avasalladora que nunca. Exigió que le concedieran una entrevista en el acto. Sacando su libreta de veinte por veinticinco centímetros de la bolsa, quiso saber todos los detalles de cómo se habían conocido.

Al cabo de quince segundos, Nick sabía dos cosas sobre la mujer: una, que odiaba a Laurant; y dos, que lo deseaba a él. No era una suposición presuntuosa. Demonio, la manera de mirarlo sin dejar de humedecerse los labios metiendo y sacando la lengua rápidamente lo hacía absolutamente evidente... y repugnante.

El nudo en el estómago de Laurant se fue retorciendo cada vez con más y más fuerza a medida que las preguntas de Lorna se hacían más y más personales, y la cosa llegó al límite cuando la redactora le preguntó si ella y Nick ya estaban viviendo como marido y mujer.

—Eso no es asunto tuyo, Lorna.

Nick le apretó el hombro y dijo:

—Cariño, enséñale a Lorna el anillo de compromiso.

Laurant seguía echando chispas cuando levantó la mano y la agitó en las narices de Lorna.

—Debe de haber costado una fortuna. Todo el pueblo sabe que trabajas en el FBI —dijo entonces—. Vaya, he debido de recibir como seis llamadas para hablarme de ti. Es verdad —añadió cuando percibió el escepticismo de Nick—. Es la pistola, ¿sabes? La gente se hace preguntas al respecto y, claro, son demasiado educados para preguntarte.

—Así que murmuran a su espalda —terció Laurant.

Lorna la ignoró.

—Los agentes del FBI no ganan mucho dinero, ¿verdad?

—¿Me estás preguntando si me puedo permitir el anillo? —soltó Nick.

—No pretendía ser indiscreta.

Nick apretó la mano a Laurant.

—Llevo una vida desahogada. Un fideicomiso familiar —añadió Nick.

—Entonces, ¿eres rico?

—Por Dios, Lorna. Eso no te...

Nick puso la otra mano en el hombro de Laurant y dijo con dulzura:

—Bueno, cariño, no seamos susceptibles. Lorna sólo siente curiosidad.

—Sí —convino la aludida—. Curiosidad. ¿De dónde eres, Nick? No te importa que te llame Nick, ¿verdad?

—No, claro que no. Vivo en Boston. Me crié en Nathan's Bay.

—¿Te llevarás a Laurant a Boston cuando os hayáis casado?

—No, vamos a vivir aquí. Tendré que viajar mucho, pero puedo vivir en cualquier parte, y a Laurant le encanta este pueblo. Y a mí también me está empezando a gustar.

—Pero después de que os caséis, Laurant no tendrá que trabajar, ¿no es así?

—No voy a vender la tienda, Lorna, así que déjalo —le espetó Laurant.

—Estás entorpeciendo el progreso, Laura.

—Mala suerte. —No era una gran contestación, pero fue todo lo que se le ocurrió a bote pronto—. Y da la casualidad de que quiero trabajar.

—Por supuesto, claro. —El tono de Lorna era condescendiente.

—Si Laurant quiere trabajar, lo hará —dijo Nick—. Es una mujer moderna e independiente, y apoyaré todo lo que haga.

Lorna cerró el cuaderno y lo metió en la bolsa. Acto seguido, volcó toda su maternal atención sobre Laurant.

—Me gustaría pensar que ésta es la definitiva, pero, sinceramente, tengo mis dudas. Puedes estar segura de que no quiero verme obligada a publicar otra retractación. Odio hacerlo. La gente cree que lo que publico en mi columna es verdad, así que entiende mi preocupación.

Nick le echó el brazo por el hombro a Laurant y la atrajo hacia sí.

—¿Has tenido que publicar alguna retractación sobre Laurant?

—Dos veces —dijo Lorna.

—Eso no importa —soltó Laurant—. Lo que tenemos que hacer es empezar a movernos; tengo mucho que hacer esta tarde.

—Estoy segura de que te has percatado de lo pequeño que es Holy Oaks

—empezó a decir Lorna—, pero aquí soy bastante importante. Soy la redactora de la página de sociedad de la *Gazette*. La gente depende de mí para estar al día de los últimos acontecimientos del pueblo. También esperan que sea veraz, pero tu prometida me ha hecho esa labor extremadamente difícil. Hasta el punto de que he llegado a odiar escribir sobre ella. De verdad que sí.

—Entonces, no lo hagas —le sugirió Laurant.

Volviéndose hacia Nick, Lorna continuó:

—Como te decía antes de ser interrumpida de manera tan brusca, Laura no para de cambiar de idea. En uno de mis artículos mencioné que Steve Brenner y Laura eran noticia de verdad y que se oían campanas de matrimonio en lontananza, pero me vi obligada a publicar la retractación.

Hizo una pausa para sonreír con suficiencia hacia Laurant y continuó:

—Me obligó a hacerlo. ¿Te imaginas? Mi credibilidad en entredicho, pero le trajo sin cuidado. Siguió insistiendo en que publicara la rectificación.

—Porque no era verdad —señaló Laurant exasperada—. Jamás salí con Steve Brenner y lo sabes, pero a ti te trae sin cuidado ser fiel a la verdad, ¿no es así, Lorna?

El acento francés de Laurant se estaba manifestando, señal inequívoca de su creciente enfado.

—¿He de ser insultada? Soy veraz, y publico lo que se me dice.

—Si no me falla la memoria, escribiste sobre mis planes de boda.

Laurant la estaba acorralando contra una esquina, y aquello no le gustó a Lorna lo más mínimo.

—Ahora no me acuerdo de los detalles, pero estoy segura de que debí de conseguirlos de una fuente fidedigna o no los habría publicado —masculló, ya con los labios fruncidos en un mueca de desagrado.

—¿La buena tinta sería Steve Brenner? —preguntó Nick.

—Admito que tal vez... exageré un poco para hacer el artículo de interés periodístico —explicó—. Pero, con independencia de lo que dijera Laura, no me lo inventé en absoluto. Tengo una reputación que proteger.

—¿Qué tuvo que decir Steve acerca del artículo?

Lorna se encogió de hombros.

—No dijo nada al respecto. ¿Lo conoces ya?

—No, no lo conozco.

—Te gustará —predijo—. Le gusta a todo el mundo; a todo el mundo excepto a Laura —dijo, agitando la mano hacia la aludida—. Steve quiere mejorar la economía local, y ha hecho mucho para ayudar a este pueblo. Sé que se ha debido de sentir avergonzado, como yo misma me sentí, por la retractación, pero jamás ha dicho esta boca es mía. Nunca lo haría; es un caballero. Yo jamás habría publicado la rectificación si Lauren no me hubiera amenazado con hacer rodar mi cabeza. Puede llegar a ser una mujer muy difícil.

—De verdad que tenemos que irnos —repitió Laurant. Ya había tenido bastante ración de la Pequeña Lorna por ese día.

Nick no se movió.

—A propósito... ya que quieres ser fiel y todo...

—¿Sí? —preguntó Lorna, pluma en ristre.

—Su nombre es Laurant. Laurant, y no Laura ni Lauren. Estamos enamorados —añadió—. Así no tendrás que preocuparte de publicar otra rectificación. ¿No es así, corazón?

Como quiera que Laurant no le respondió de inmediato, le apretó en el hombro.

—Sí —dijo—. Nick me ama y yo le amo.

Lorna volvía a tener una fea sonrisa de suficiencia en los labios. Era evidente que no creía a Laurant, y a ésta, de repente, se le antojó imprescindible que la detestable mujer se convenciera.

—Ocurrió justamente así —dijo, chasqueando los dedos ante las narices de Lorna—. No creía en el amor a primera vista, pero conocí a Nick. Al principio pensé que no era más que pura atracción sexual, ¿verdad, cariño?, pero entonces me di cuenta de que era real. Estoy locamente enamorada de él.

Los ojillos de Lorna se movían como una flecha de la sonrisa satisfecha de Nick a la expresión ferviente de Laurant.

—Te citaré textualmente. —Hizo que sonara a amenaza.

—Eso será fantástico —le dijo Nick mientras se daba la vuelta hacia el coche con Laurant todavía pegada a su costado.

Por suerte, el coche no estaba aparcado demasiado lejos. Nick le abrió la puerta a Laurant y dio la vuelta para entrar por el lado del conductor. Lorna estaba parada en la acera, observándolos con una mirada malevolente.

—Tengo la sensación de que la Pequeña Lorna no te gusta mucho —dijo Nick, echando otra ojeada hacia la redactora de sociedad por el retrovisor.

—Me doy cuenta de por qué te admitió el FBI; eres muy observador.

—Mi artículo aparecerá el domingo —grito Lorna—. Por favor, seguid enamorados hasta entonces.

Furiosa porque la mujer no la creyera, Laurant pulsó el botón para bajar la ventanilla y asomó la cabeza.

—Te lo digo por última vez, Lorna. Esto es amor verdadero; de los que duran.

Lorna se bajó del bordillo.

—Seguro.

—Seguro —repitió Laurant.

—¿Habéis fijado la fecha de la boda?

Era un desafío, y no se iba a quedar sin respuesta.

—Por supuesto que sí —dijo Laurant—. Nos casaremos el segundo sábado de octubre a las siete de la tarde.

—¿Y hay alguna razón para que sea tan pronto? —preguntó.

—No queremos un noviazgo largo. Además, ya está todo planeado. Sinceramente, Lorna, lo sabe todo el mundo; la verdad es que deberías estar más al día, ¿no te parece? Quiero decir que, después de todo, eres la redactora de sociedad.

La respuesta de Lorna fue un sonoro gruñido.

—Con todo... planear una boda en tan poco tiempo. ¿No será que te *tienes* que casar, verdad? ¿Es ése el motivo de tanta prisa?

—Se acabó —soltó Laurant al tiempo que alargaba la mano hacia el manillar de la puerta.

Nick la agarró del brazo y cerró la puerta de golpe. Estaba intentando no soltar la carcajada, pero se moría de ganas de preguntarle qué haría si la dejaba salir del coche. ¿Estaba dispuesta a noquear a la Pequeña Lorna?

De repente, Laurant sospechó que se estaba comportando como una completa lunática. Se hundió en el asiento y subió la ventanilla.

—¿Quieres hacer el favor de arrancar? Quiero salir de aquí.

Ninguno de los dos dijo una palabra más hasta que estuvieron lejos de la plaza y se dirigían hacia la abadía. Entonces, Laurant explotó en una diatriba:

—Lorna Hamburg es la mujer más dogmática, asquerosa y chismosa de Holy Oaks. No la soporto. Es mezquina y cruel y le encanta crear problemas. ¿Cómo se atreve a no creerme? —gritó—. Nunca jamás le había mentido antes de ahora. Jamás. Pero no me ha creído, ¿verdad? Viste la expresión de su rostro; pensó que estaba mintiendo.

Tras un minuto de silencio, Nick la miró.

—¿Laurant?

—¿Qué? —preguntó con un tono de lo más arisco.

Nick señaló lo evidente.

—Estabas mintiendo.

—Pero ella no lo sabía, ¿no?

—Aparentemente, sí.

—Conduce, Nick. Limítate a conducir.

Nick se rió. No pudo evitarlo, sencillamente.

Laurant lo ignoró y clavó la mirada en la ventanilla mientras se esforzaba en aplacar su mal genio.

—No estás siendo lógica —señaló—. ¿Qué va a ocurrir cuando esto acabe y vuelva a Boston? ¿Vas a hacer que Lorna publique otra retractación, o te vas a limitar a admitir que le mentiste?

—Jamás voy a admitir que he mentido. Jamás. No daré a esa vomitiva mujer la satisfacción de saber que tenía razón. Tengo una reputación horrible entre los hombres del pueblo a causa de sus mentiras.

Se cruzó de brazos y se miró fijamente el regazo. Sabía que no estaba siendo razonable, pero estaba demasiado furiosa con la Gorila para que le importara.

—Lorna carece de ética; por completo. Te juró que haré lo que sea para evitar admitir que he mentido. Hasta sería capaz de casarme contigo —exageró—. Y eso que eres el menos indicado.

Nick aminoró la marcha.

—¿Qué quieres decir con eso de que soy el menos indicado? ¿Qué pasa conmigo?

—No eres seguro. Eso es lo que pasa contigo. Por Dios, si vas armado.

—Ya te lo he dicho: va con el trabajo.

—Exacto.

—En la vida no hay garantías, y no existe nada que sea absolutamente seguro, al menos no en el sentido al que te refieres. Los conductores de autobús pueden ser asesinados mientras hacen su trabajo.

—¿Ah, sí? ¿Cuántos conductores crees que se ven envueltos en tiroteos?

Nick hizo rechinar los dientes.

—No conozco a tantos agentes del FBI que se vean envueltos en tiroteos, como dices tú de forma tan curiosa —masculló—. Estás siendo absolutamente ilógica, lo sabes, ¿verdad?

Laurant irguió la espalda.

—A lo mejor no quiero ser lógica. ¿Pasa algo?

—A ver si nos entendemos. Aunque sepas que es ilógico, ¿serías capaz de casarte conmigo sólo para fastidiar a Lorna?

Por supuesto que nunca haría semejante cosa; y, por supuesto, tampoco estaba dispuesta a admitirlo ante el sempiterno don Lógico Sabelotodo.

—¿Alguna objeción? —preguntó.

—Ninguna. Si tú no ves nada malo en ello, entonces yo tampoco.

Laurant se cruzó de brazos y le dedicó un agresivo cabeceo.

—Bien. El catorce de octubre, a las siete de la tarde... Anótalo.

22

La basura de un hombre puede convertirse en el tesoro de otro. En cualquier caso, eso es lo que esperaba Laurant mientras revisaba una docena de enmohecidas cajas de ropa blanca vieja y apolillada y chucherías rotas que alguien había arrumbado en el desván hacía unos cincuenta años. Cuando acabó la jornada, estaba cubierta de una capa de polvo, los pantalones blancos eran grises y no paraba de estornudar a cada segundo por culpa del cartón mohoso. Por desgracia, no encontró ninguna inestimable pintura de Van Gogh o Degas escondida entre la basura. De hecho, no encontró nada que no considerara trasto viejo, aunque se negó a desanimarse. Después de todo, sólo acababa de empezar, y había aún como unas sesenta cajas precintadas esperando a que las revisara.

Camino del coche, Nick la ayudó a bajar la basura cuatro tramos de escalera.

—¿Nos queda tiempo para pasarnos por la costurera a recoger mi traje de dama de honor? —preguntó.

—Claro, si nos damos prisa. Se supone que tenemos que recoger a Tommy y a Noah dentro de una hora. Eso es tiempo suficiente para ducharnos y cambiarnos de ropa.

En cuanto llegaron a casa, Laurant subió corriendo la escalera y se cruzó con Joe, que bajaba.

—Acabo de hacer la ronda y todo está bien cerrado —le aseguró.

Nick extendió cuidadosamente el vestido sobre la mesa del comedor y se dirigió a la cocina para coger una bebida fresca.

Laurant se dio prisa en prepararse. No iba a cometer dos veces el mismo error y salir del baño con una vieja y horrible bata andrajosa, así que reunió todo lo que necesitaría, incluidos los zapatos sin talón.

Veinte minutos después, decidió que ya no podía hacer más por su aspecto. Esa noche iba a echar mano de todos los recursos posibles, así que se puso *el vestido*. Era corto, era negro, y tenía la suficiente fibra elástica para que la tela se le adhiriese en las partes adecuadas. El favorecedor cuello cuadrado no mostraba más que un atisbo del inicio del pecho. Desde que se había mudado a Holy Oaks, sólo se lo había puesto una vez, y fue cuando Michelle y Christopher la habían llevado a cenar para celebrar su compromiso. Michelle había bautizado el conjunto como «el vestido asesino», dijo que era indecentemente decente e insistió en que constituía la propiedad más excitante de Laurant. Christopher se había mostrado de acuerdo con considerable énfasis.

Laurant se paró delante del espejo para arreglarse el pelo. Incluso se lo había rizado, pero debido a su falta de práctica se había quemado la oreja en el proceso. Se quedó mirando de hito en hito su reflejo y soltó un sonoro gruñido. ¿Por qué se estaba tomando tantas molestias para parecer bonita? No era una adolescente en plena agonía del primer amor, pero sin duda se estaba comportando como tal. Dios, ¿se estaba enamorando de él? La posibilidad hizo que varios escalofríos le recorrieran la columna. Cuando terminara su trabajo, se iría.

«Es una locura», susurró mientras arrojaba el cepillo sobre la repisa. Estaba estúpidamente chiflada por el amigo de su hermano mayor. Eso era todo.

Su ego recibió un verdadero varapalo cuando Nick entró en el cuarto. Apenas se fijó en ella. Tras echarle un rápido vistazo —probablemente para asegurarse de que tenía los zapatos puestos en el pie correcto— le dijo que Pete estaba al teléfono y que cuando Joe terminara de hablar con él, el doctor quería hablar con ella. La voz de Nick parecía tensa, y Laurant se preguntó por la razón de su aparente preocupación.

Él estaba mirando por encima de su cabeza.

—Nada importante —dijo—. Sólo quiere oír cómo estás.

Nick percibió el aroma del perfume de Laurant cuando pasó junto a ella camino del baño. Simuló no darse cuenta, de la misma manera que había fingido no darse cuenta de lo increíblemente excitante que resultaba embutida en aquel ceñido vestido negro. Hasta que cerró la puerta. Entonces, se apoyó en ella, inclinó la cabeza, y susurró:

—Maldita sea, estoy en un apuro.

Quince minutos más tarde se dirigían a recoger a Noah y a Tommy. Nick condujo el coche por el camino trasero de la abadía y se detuvo junto a la escalera. Él y Laurant estaban saliendo cuando apareció Tommy en el umbral y bajó corriendo los escalones. A Noah no se le veía por ninguna parte.

Abrazó a Laurant.

—¿Estás bien?

—Perfectamente —le aseguró.

—Vuelve a meterte en el coche. —La soltó, abrió la puerta e intentó meterla dentro con evidente ansiedad—. Nick, ésta es una mala idea.

—¿Dónde está Noah? —preguntó Nick. Esperó a que Tommy entrara en el asiento trasero y se volvió a sentar detrás del volante.

—Ya viene —dijo Tommy—. ¿Por qué no compramos comida preparada y vamos a casa de Laurant a comer? No me gusta la idea de que esté en público. Es peligroso.

Laurant se volvió en el asiento para poder verle la cara.

—Tommy, no puedo quedarme encerrada en casa.

—No veo por qué no.

—El plan es que se me vea, ¿recuerdas?

—Sé cual es el plan —soltó—. Incitar al loco a que te persiga.

—Va a ir a por ella —dijo Nick con calma—. Pero preferiríamos que ocurriera antes que después. Le estaremos esperando.

—Vuelvo a repetir que es un mal plan. Las cosas se pueden torcer...

Laurant lo interrumpió.

—¿Sabes que ahora mismo hay agentes que nos vigilan? —No sabía si era verdad o no; estaba intentando tranquilizar a su hermano.

—¿Dónde están? —preguntó Tommy, estirando el cuello para mirar por la ventanilla trasera.

—Se supone que no los puedes ver —dijo Laurant, y su voz sonó llena de autoridad.

Tommy pareció relajarse un poco.

—Sí, muy bien. Ah, caray, olvidé mi cartera.

—Se supone que no tienes que decir eso hasta que llegue la inspección —bromeó Nick.

—Sólo será un minuto.

Laurant contempló cómo su hermano subía corriendo la escalera y volvía a entrar.

—Está más nervioso que en Kansas City.

—Es comprensible.

Tommy volvió a salir al cabo de un minuto y bajó los escalones de dos en dos con su larga zancada. Noah le pisaba los talones. Fue entonces cuando Nick y Laurant vieron cómo iba vestido Noah. El primero en echarse a reír fue Nick, pero Laurant no tardó en unírsele.

Noah iba vestido como un cura, con traje negro, camisa negra y alzacuello.

—Va a ir de cabeza al infierno —dijo Nick.

Laurant tuvo que apartar la vista porque no podía dejar de reír.

—¿Crees que irá armado? —preguntó.

—Tiene que llevar un arma —dijo Nick.

—¿Siempre?

—Siempre —contestó.

Noah ni se molestó en saludar. Estaba decidido a conseguir que Tommy estuviera de acuerdo con él en un tema sobre el que, a todas luces, habían estado discutiendo.

—Lo que yo te diga, no es normal.

—Quizá no lo sea para ti —contestó Tommy.

Noah resopló.

—Para ningún hombre.

Nick se imaginó sobre qué estaban discutiendo.

—Celibato, ¿verdad?

—Sí —contestó Noah—. Que un sacerdote jamás tenga relaciones sexuales... sencillamente no está bien.

Nick se rió. Tommy sacudió la cabeza e intentó cambiar de tema.

—¿Dónde vamos a cenar?

Noah no iba a dejar el asunto así como así. Parecía no poder superar la regla del celibato.

—No es saludable, punto —dijo—. Ni siquiera te das cuenta de todas esas mujeres que se te echan encima. ¿A qué no?

La paciencia de Tommy se estaba agotando.

—Sí, me doy cuenta —dijo—. Y las ignoro.

—A eso me refería. No es...

Tommy lo cortó.

—Sí, lo sé, no es normal. Bueno, déjalo estar, Noah.

Noah decidió complacerlo.

—Caray, qué bien hueles, Laurant. ¿O eres tú, Nick? —bromeó.

Antes de que uno de los dos pudiera contestar, dijo:

—¿Os habéis dado cuenta de la infame cantidad de furgonetas que hay en este pueblo? Demonios, están por todas partes. Me imagino que Wesson estará comprobando las matrículas. Lo hace, ¿verdad?

La pregunta disipó la atmósfera de despreocupación e hizo que la conversación se tornara seria.

—Le llamé temprano para averiguar si tenía noticias. Imaginé que había comprobado las matrículas de los coches de los obreros de la manzana de Laurant, pero no me contó nada.

—¿Qué fue lo que dijo?

—«Estoy haciendo mi trabajo.» Es una cita.

Noah suspiró.

—Así que somos las pistolas a sueldo, ¿no es eso? Nos va a dejar al margen.

—Eso parece.

—Que se vaya al infierno. No voy a trabajar a ciegas.

Tommy empezó a hacer preguntas y sugerencias a Nick, y cuando aparcaron en la parte posterior del restaurante Rosebriar, a Laurant se le había quitado el apetito.

Cuando Tommy intentaba salir del coche, Noah le cogió del brazo.

—Escucha, cura. Quédate cerca. Si vuelves a salir corriendo, yo mismo te pego un tiro.

—Sí, de acuerdo. No volverá a ocurrir.

Recuperado el buen humor, Noah sonrió. Tommy salió del coche y le abrió la puerta a Laurant. Ésta giró las piernas para salir y se levantó estirándose la falda con timidez.

Noah soltó un silbido de reconocimiento.

—Tom, tienes una hermana preciosa.

—Es absolutamente inapropiado que los sacerdotes silben a las mujeres bonitas.

Noah miró a Nick.

—Desde que me he puesto el alzacuello, no ha parado de criticar. Intento ser paciente y amable, pero me lo está poniendo difícil.

Tommy iba delante con Laurant, inclinando la cabeza sobre la de su hermana mientras le hablaba, y Nick acomodó su paso al de Noah.

—¿Paciente en qué sentido? —le preguntó.

Noah se encogió de hombros.

—Me ofrecí a oír en confesión en lugar de uno de los otros curas, pero Tom se puso hecho un basilisco y no me dejó.

Tommy oyó el comentario y miró hacia atrás.

—Pues claro que no te dejé.

—Tu amigo se toma estas cosas de sacerdotes con mucha seriedad.

—Se supone que todos los sacerdotes se toman su trabajo con seriedad —dijo Nick—. Debería haber advertido a Tommy sobre tu retorcido sentido del humor.

—Es fácil hacerle perder la calma.

—Eso es porque sabes qué botones pulsar.

—¿Y qué pasa con Laurant?

—¿Qué pasa de qué?

Noah le guiñó un ojo.

—¿Has pulsado ya alguno de sus botones? Me he dado cuenta de cómo la miras.

—Está en zona prohibida. Espera, Tommy —gritó—. Dejad que uno de nosotros entre primero.

—En zona prohibida ¿para ti o para mí?

—Para los dos. No es de la clase de mujer que se enrolla con uno a menos que adquieras un compromiso.

El sendero de adoquines bordeaba el edificio. Noah se adelantó a Tommy y Laurant a grandes zancadas mientras Nick los seguía. Los dos agentes estaban ocupados examinando el terreno.

Unas macetas de terracota, desbordantes de geranios blancos y rojos, flanqueaban el acceso a la puerta. El Rosebriar era una antigua y diseminada construcción victoriana que había sido transformada en restaurante. El comedor estaba lujosamente decorado con jarrones de cristal llenos de flores primaverales sobre los manteles blancos de hilo. La vajilla parecía antigua y cara.

La habitación que les mostraron estaba situada en la parte posterior de la casa y daba a un estanque con patos y al bosque. Les condujeron a una mesa redonda situada delante de la ventana para que pudieran disfrutar de la vista, pero Noah, señalando con la cabeza una mesa en un rincón, pidió que los sentaran allí.

El comedor estaba bastante lleno. Un buen número de familias con hijos estaban cenando y había un bullicio de risas. Mientras avanzaban hacia el rincón, las cabezas se volvieron para observar a Laurant. Incluso los niños estaban hipnotizados por ella. Laurant pareció no darse cuenta de las miradas de admiración de todos los hombres del restaurante.

El camarero retiró la mesa para que Laurant pudiera sentarse en la esquina. Nick se situó a su lado; Noah y Tommy se sentaron uno enfrente del otro, pero el primero odiaba estar de espaldas al comedor, así que torció la silla para ver a los demás comensales. Empezó a quitarse la chaqueta, se dio cuenta de que el arma quedaría a la vista y se la volvió a poner.

Tommy no podía estarse quieto. A cada segundo se giraba para mirar por la habitación, y cada vez que oía un estallido de risas, erguía el cuello de golpe.

—Estate quieto e intenta relajarte —le ordenó Noah—. Removiéndote de esa manera en la silla, llamas la atención. Y deja de mirar a la gente. ¿Acaso no conoces a la mayoría?

Tommy meneó la cabeza.

—No, no los conozco a todos. Por eso los observo.

—Deja que los observemos nosotros —sugirió Nick—. Ahora, cíñete al programa, ¿de acuerdo?

—Creo que deberías intentar sonreír, Tommy —susurró Laurant—. Se supone que esta noche estamos de celebración.

—Voy a pedir una botella de champán —dijo Nick.

—¿Qué estamos celebrando? —preguntó Noah.

Laurant levantó la mano.

—Nick y yo estamos oficialmente comprometidos.

Tommy sonrió por fin.

—Así que ésa es la razón de que esta noche te hayas puesto de punta en blanco.

—No me he puesto de punta en blanco.

—Y de que te hayas maquillado, ¿eh? Jamás te maquillas.

Sabía que su hermano no estaba intentando avergonzarla a propósito, pero aun así deseó darle una patada por debajo de la mesa para que se callara.

—También te has cambiado el peinado.

—Me lo he rizado, ¿de acuerdo? No es nada del otro mundo. Y a propósito, si alguien te pregunta, estás muy emocionado porque me vaya a casar con tu mejor amigo.

—Muy bien —dijo.

—La verdad es que a lo mejor tengo que casarme con tu hermana después de todo —dijo Nick con una sonrisa burlona.

—¿Y cómo es eso?

—Se dio de bruces con una amiga...

—Lorna no es amiga mía.

Nick asintió con la cabeza.

—Y Laurant hará lo que sea para impedir que Lorna diga que ya se lo había dicho.

Tommy se rió.

—Lorna siempre le ha caído mal. Supongo que tendrás que casarte con ella.

Se recostó en la silla. Su mirada saltó de Laurant a Nick y luego hizo el camino inverso, tras lo cual, dijo:

—¿Sabéis? No estaría nada mal. Estáis hechos el uno para el otro.

—No se quiere casar conmigo. No soy lo bastante seguro para ella.

—La boda es a la siete de la tarde del segundo sábado de octubre, y nos casarás tú —dijo Laurant—. Sé que Lorna irá a hablar contigo, así que muéstrate encantado y no olvides la fecha.

—Bien, bien, el segundo sábado de octubre —asintió—. No lo olvidaré. Pero cuando esto acabe, vas a tener que decirle la verdad a Lorna.

Laurant sacudió la cabeza con vehemencia.

—Antes me voy del pueblo.

—Pensaba que te ibas a casar conmigo para salvar la cara.

Laurant se encogió de hombros.

—Supongo que sería capaz.

—El matrimonio es un sacramento sagrado —les recordó Tommy.

—Afloja un poco, Tommy —sugirió Laurant—, y déjate llevar por la corriente.

—En otras palabras, que mienta como un bellaco, ¿no es eso?

Laurant sonrió.

—Exacto.

—Muy bien, déjame que te pregunte una cosa. Si voy a ser yo quien os case, ¿quién te va a acompañar hasta el altar?

—No había pensado en eso —reconoció.

—Tengo una idea —dijo Noah—. ¿Qué tal si los caso yo y así tú, Tom, la puedes llevar hasta el altar?

—Ése sí que es un buen plan —convino Nick.

Tommy parecía exasperado.

—Muy bien, Noah, saltémonos las normas una vez más. Tú no eres un sacerdote de verdad; sólo finges que lo eres, y eso significa que no puedes casar a nadie ni oír en confesión ni concertar citas.

Noah soltó una risotada, atrayendo las miradas de los demás comensales.

—Carajo, no hace falta mucho para cabrearte. Estamos fingiendo que Nick y Laurant se van a casar, ¿no es eso? Por lo tanto, fingiré que los caso.

Tommy miró a Nick.

—Échame una mano. El abad se arriesgó con Noah. Pete habló con él y le convenció para que colaborase. El abad se avino a decirle a todo el mundo que Wesson es un primo suyo y que le ha dejado quedarse en la cabaña. El

232

hombre está siendo de lo más complaciente —añadió—. Pero no nos gusta que la gente suplante a los sacerdotes, y Noah prometió que no haría nada que desacreditara el alzacuello. Cinco minutos después de abandonar el despacho del abad, le guiño un ojo a Suzie Johnson y la llamó monada.

—Sólo intento ser un cura amistoso —explicó Noah—. Y sigo pensando que los sacerdotes deberíais tener un día libre a la semana para ir a...

Tommy lo interrumpió.

—Sí, ya sé. Un día libre para tener relaciones sexuales. No es así como funciona.

El teléfono de Nick sonó. Tras escuchar durante medio minuto, dijo:

—Sí, señor —y colgó.

—El jefe de policía acaba de apearse de un flamante Ford Explorer rojo. Viene hacia aquí.

—¿Está solo? —preguntó Noah.

—Eso parece.

—La logia celebra su reunión semanal aquí —explicó Laurant—. Lo más probable es que los demás estén arriba, en uno de los comedores pequeños.

—¿Brenner es miembro de la logia?

—Creo que sí —contestó.

—A lo mejor después de comer subo y lo saludo —dijo Nick—. Me gustará conocer al bueno de Steve Breener.

Al cabo de un minuto, el jefe de policía cruzó la entrada pavoneándose. Vestido con el uniforme gris y botas de vaquero, no se molestó en quitarse el sombrero al entrar. Nick observó cómo la dueña cogía un menú y conducía al jefe de policía al piso de arriba.

—Brenner es el talento local, ¿no es así? —preguntó Noah.

—Eso parece —dijo Nick.

—¿Qué quieres decir con lo de «talento local»? —preguntó Tommy.

—El tipo que intenta controlar el pueblo. El matón —explicó Noah—. Siempre hay uno por lo menos en todos los pueblos de este tamaño.

—Entonces, eso es lo que es Brenner —dijo Tommy—. Intenta controlar el pueblo, y mi hermana es la única persona aquí que está dispuesta a plantarle cara. —Advirtió que Laurant contemplaba con admiración el anillo y sonrió—. Yo no le cogería demasiado cariño a ese anillo, Laurant.

—Lo estoy exhibiendo, Tommy —susurró—. Pero es precioso, ¿no te parece? No tenía ni idea de que Russell tuviera tantas cosas bonitas. —Empezó a preguntarse cómo sería estar casada con Nick. Saber que cuando se despertara por la mañana, él estaría allí. Ser amada por...

—¿Qué política de devoluciones sigue la tienda? —preguntó Tommy, práctico hasta la médula.

Laurant volvió a poner la mano en el regazo.

—Por lo general te da diez días, pero la señorita Russell hará una excepción conmigo. Me va a dar treinta días. ¿Sabes lo que me dijo? «Debido a tus lamentables antecedentes con los hombres, querida, te voy a conceder todo un mes para que cambies de opinión.»

Tommy se rió.

—En el pueblo mi hermana tiene fama de espantar a los hombres.

—Gracias a todas las mentiras sobre mí publicadas por Lorna en el periódico.

—Sé sincera, Laurant. Espantas a los hombres, y que conste que me parece fantástico: así evitas que los cerdos te acosen.

Tommy miró por encima del hombro una vez más cuando oyó un alboroto detrás de él. Luego, sonrió.

—Ése es Frank Hamilton. Es el entrenador del equipo de rugby del instituto, y los otros dos son sus ayudantes. Todos se mueren de ganas de conocerte, Nick. Vayamos a saludarlos antes de que suban.

—¿Cómo es que conocen a Nick? —preguntó Laurant.

—El canal de deportes proyecta la cinta del partido un par de veces al año.

—Maldita sea —masculló Nick. Tiró la servilleta sobre la mesa y siguió a Tommy fuera de la sala.

—No le van a dejar olvidar jamás ese partido, y Nick odia toda esta fanfarria.

—¿Qué es lo que ocurrió exactamente durante ese partido?

—¿Nunca has visto la cinta?

Laurant negó con la cabeza.

—No, y Tommy nunca me lo ha contado.

—Nick convirtió el ensayo de la victoria.

—Eso es fantástico.

Noah se rió.

—Hubo algo más. Nick agarró un trote corto y empezó a zigzaguear entre la defensa, que era su especialidad. Podía girar sobre un centavo y de ahí el sobrenombre de *Cortador* —explicó—. Sea como fuere, tenía la cabeza girada y estaba mirando hacia lo alto del muro de cemento. Cuando se ve la cinta, se oye que el comentarista pregunta: «¿Qué está mirando el número ochenta y dos?» Era el número de Nick —añadió—. De modo que mientras una cámara enfocaba a Nick, otra empezó a buscar en la tribuna para ver qué era lo que había captado su interés, y una vez acabado el partido, mezclaron las dos grabaciones.

Hizo una pausa para beber agua y continuó:

—Allí estaba aquel tipo, apoyado sobre el muro de cemento. Estaba borracho perdido, gritando a los demás aficionados mientras sujetaba una cerveza en una mano y a un bebé en la otra. Tenía al pequeñín sentado en la cornisa. ¿Te puedes creer la estupidez? —preguntó—. Pero como te he dicho, estaba borracho.

—¿Dejó caer al bebé?

—Pues sí, pero Nick había estado observando. Más tarde me dijo que mientras corría, vio que el hombre agarraba al niño una vez, pero que no lo apartó de la cornisa. Lo tenía agarrado a medio colgar por fuera del muro. En ese momento, Nick corría como si se fuera a acabar el mundo aunque nadie lo seguía. Consiguió el ensayo, pero siguió corriendo mientras daba la vuelta. Había pensado en pararse debajo del muro hasta que alguien obligara al padre a apartar al niño, pero cuando estaba a tres metros, al tipo se le resbaló la criatura y el bebé salió volando. La caída habría sido mortal. Nick lo atrapó y, te lo juro, es hermoso de ver.

La anécdota la dejó atónita. A Laurant se le ocurrieron cientos de preguntas, pero las olvidó antes de formularlas cuando Noah dijo:

—Después del partido, Nick fue suspendido.

—¿Qué?

—Como te lo cuento —insistió—. Después de terminar el partido, el padre entró en los vestuarios acompañado de un cámara de televisión. Seguía borracho, por supuesto, y algunos tipos me dijeron que estaba encantado por la atención que le estaban deparando. Quería darle las gracias a Nick por haber salvado a su hijo; pero Nick apareció por una esquina, lo vio, se abalanzó hacia él y lo tumbó. Lo dejó sin sentido.

—Y por eso lo suspendieron.

—Ajá, pero no por mucho tiempo. Las protestas del público convencieron al entrenador, que probablemente no deseaba suspenderlo de verdad. Puedo entender a Nick; no quería oír ninguna excusa del borracho.

Apareció el camarero y colocó una cesta de panecillos en el centro de la mesa. Noah cogió uno y dijo:

—Muy bien. Es tu turno. Cuéntame algo.

—¿Qué te gustaría saber?

—¿Cómo fue que Tommy se fue a vivir con la familia de Nick cuando era pequeño?

—Mi padre estaba a punto de abrir un despacho en Boston y había ido allí a buscar casa. Se llevó a Tommy con él para que pudiera inscribirse en un colegio y empezar el nuevo trimestre. Entonces yo sólo era un bebé y me quedé con mi madre. Ella terminaría de hacer las maletas y seguiría a mi padre. Pero todo cambió de repente. Mi padre murió en un accidente de coche, y a Tommy lo dejaron al cuidado del ama de llaves durante un tiempo. Mi madre no pudo soportar la pérdida. Se suponía que Tommy sólo iba a permanecer en Boston hasta que acabara el colegio, y que mi madre iría en avión hasta allí y se quedaría con él hasta entonces, pero no estaba lo bastante equilibrada para ir a ninguna parte. El abuelo me dijo que bebía mucho y tomaba pastillas. Algunas eran somníferas y otras la ayudaban a despertar. Murió de una sobredosis.

—¿Suicidio?

—Creo que sí. El abuelo decía que había sido la combinación de alcohol y pastillas. Quería creer que había sido un accidente.

—Ésa es una combinación mortífera.

Laurant asintió.

—Tras su muerte, el abuelo tuvo que cargar con nosotros. Quería hacer lo correcto y sabía que Tommy era feliz en Boston. El juez Buchanan lo llamó inesperadamente y le sugirió que Tommy se quedara a vivir con su familia hasta que las cosas se asentaran. Nick y Tommy se habían hecho grandes amigos y, en cualquier caso, Tommy pasaba la mayor parte del tiempo con la familia. El juez podía ser muy convincente. Al igual que mamá, el abuelo tenía pensado que aquello fuera sólo durante una breve temporada; pero entonces, murió.

—Y Tommy tuvo que quedarse donde estaba.

—Sí.

—¿Y qué pasó contigo?

Laurant levantó los hombros.

—Me metieron en un internado. Después de licenciarme en la universidad, fui un año a París a estudiar arte, luego vine a Estados Unidos y encontré trabajo en Chicago. Viví allí nueve meses, y después me trasladé a Holy Oaks. Nada espectacular sobre mi pasado.

—Te dejaron al margen, ¿no? Tommy tenía esa gran familia a la que podía llamar propia, pero tú no tenías a nadie.

—Era feliz.

—No podías ser feliz.

—Aquí vienen —dijo—. No quiero hablar más de esto. ¿De acuerdo?

—Por supuesto.

Nick se reía entre dientes cuando se sentó.

—¿Qué es tan divertido? —preguntó Noah.

Antes de contestar, Nick miró a Laurant.

—Los hombres del pueblo le han puesto un apodo a Laurant.

—¿Ah, sí? ¿Y cómo la llaman? —siguió Noah.

—La Mujer Hielo, o simplemente La Hielo —dijo Tommy.

Los tres hombres rompieron a reír, pero a Laurant no le hizo gracia.

—Eres un bocazas, Tommy.

—Oye, él me ha preguntado.

Le lanzó una mirada que daba a entender que le ajustaría las cuentas más tarde. Nick captó su atención al inclinarse sobre ella y susurrarle al oído:

—Puedes estar segura de que no besas como el hielo.

Apareció el camarero para tomar nota, pero en cuanto se fue, los hombres empezaron a tomarle el pelo por turnos. Al final, después de que consiguieran hartarla, decidió reconducir la conversación.

—He oído que Penn State va a tener una temporada de fútbol realmente complicada. Han perdido a la estrella y cerebro del equipo.

No había oído tal cosa, por supuesto, pero eso no importaba. En cuanto pronunció la palabra fútbol, las mentes de los hombres cambiaron a la modalidad deportiva. Fue tan fácil como quitarle un caramelo a un niño. Se recostó en la silla y sonrió complacida.

Nick y Tommy habían jugado con Penn State, y resultó que Noah había sido zaguero de Michigan State, así que cada uno se creía una autoridad en la materia. Durante la comida no pararon de discutir sobre fichajes y la ignoraron por completo. No podía haber sido más feliz.

Al salir del restaurante, una familia de seis miembros llamó a Tommy para que se acercara a la mesa. Noah se quedó con él, y Nick y Laurant salieron.

Lonnie los estaba esperando. Entró en el aparcamiento a toda velocidad con su Chevrolet Nova cuando Nick y Laurant se dirigían a su coche. El Chevy frenó de golpe en el centro del aparcamiento, a escasos centímetros de ellos. Nick empujó a Laurant entre dos coches, se puso delante de ella y esperó a ver qué pretendía el conductor.

Lonnie no estaba solo. Otros tres jóvenes lo acompañaban en el coche, todos del vecino pueblo de Nugent y todos delincuentes juveniles. Siempre que Lonnie tenía que hacer un trabajo importante para Steve Brenner se aseguraba de que sus amigos entraran en el lote. Sólo les daba una miseria del dinero que recibía de Steve, pero eran demasiado estúpidos para pensar que su amigo les pudiera estar estafando. Además, se apuntaban por la diversión, no por el dinero, y Lonnie tenía otro motivo para involucrarlos. Si las cosas se ponían feas, ellos se comían el marrón. El inútil de su padre tendría que soltarlo. ¿Qué diría la gente si el hijo del jefe de policía fuera encarcelado? Ser un gran hombre en el pueblo lo era todo para él, y Lonnie imaginaba que podría librarse de ser acusado de asesinato siempre y cuando tuviera cuidado.

Steve le había dicho que Laurant y su novio conducían un Explorer y ahora estaban al lado de un Ford Explorer rojo nuevo. Steve no le había contado nada sobre Nick, sólo que alardeaba de ser el prometido de Laurant, y puesto que Steve proyectaba casarse con Laurant, Lonnie tenía que darle un susto de muerte a Nick. «Échalo del pueblo», le había ordenado Steve, y Lonnie, babeando sobre el fajo de billetes que Steve hizo oscilar delante de sus narices, le prometió hacer exactamente eso.

—Es el hijo del jefe de policía, Lonnie —le susurró Laurant—. ¿Qué estará tramando?

—Me parece que no vamos a tardar en averiguarlo —masculló a su vez Nick. Luego, gritó—: ¡Eh, chaval, aparta el coche!

Lonnie abrió la puerta y saltó afuera, dejando el motor encendido. Era alto y desgarbado y tenía el cutis arrasado por el acné. Los finos labios desaparecían absorbidos por una expresión desdeñosa, y el pelo le caía por la cara en largos y grasientos mechones. Nick juzgó que rondaría los dieciocho o diecinueve años.

Ya era un caso perdido. Podía verlo en sus ojos.

—Empecemos por el coche —le dijo Lonnie a sus amigos—. Destrozadlo. —Sacó la navaja automática del bolsillo trasero, y con una risilla burlona, alardeó ante sus amigos—: Voy a hacer que el señor Gran Ciudad se cague por las patas abajo. Observad y aprended. —Accionó el resorte para abrir la sucia hoja y avanzó lentamente—. Laura, volverás a casa dando un paseo con nosotros, porque el coche de tu novio va a quedar hecho una mierda cuando acabemos con él.

Nick se rió. No era la reacción que Lonnie había previsto.

—¿Qué es lo que te parece tan jodidamente divertido?

—Tú —respondió Nick. Localizó a Noah, que arrastraba a Tommy detrás de él y se apresuraba a bajar las escaleras para dirigirse hacia ellos. Nick lo llamó a gritos:

—Eh, Noah, el matón local quiere destrozar el coche nuevo.

—Pero éste es... —empezó Tommy.

—Claro que lo es —le interrumpió Nick.

—Lonnie, ¿qué crees que estás haciendo? Guarda esa navaja —le ordenó Tommy.

—Tengo algunos asuntos que arreglar con Laura —dijo Lonnie—. Usted y el otro cura métanse dentro.

—¿Este tipo es idiota o qué le pasa? —preguntó Noah con incredulidad.

—Para mí que sí lo es —dijo Nick, arrastrando las palabras mientras metía la mano debajo de la chaqueta y soltaba el broche de la cartuchera.

Furioso porque se estuvieran burlando de él delante de sus amigos, Lonnie entró a fondo con la navaja y la clavó en el neumático delantero izquierdo. Volvió a darle otro navajazo y sonrió cuando oyó el silbido del aire.

—¿Seguís pensando que soy un idiota?

—Gracias a Dios que tenemos una de repuesto —gritó Noah. Estaba ocupado en mantener a Tommy detrás de él e intentar vigilar a aquellos tarados al mismo tiempo.

Lonnie reaccionó tal y como Noah esperaba. Hundió la navaja en el otro neumático. Sus amigos rieron a carcajadas, y eso lo envalentonó; acto seguido, rayó la rejilla con una línea irregular y repitió la operación sobre el capó.

Por fin, retrocedió para contemplar su obra.

—Bueno, ¿y cómo vais a volver a casa? —se burló.

Nick se encogió de hombros.

—Supongo que en mi coche.

—¿Con dos neumáticos desinflados?

Nick sonrió.

—Éste no es mi coche.

Lonnie parpadeó. Nick dio un paso hacia él mientras gritaba:

—Noah, tal vez deberías entrar y traer al jefe de policía. Querrá saber que su hijo ha estado metiéndose con su coche.

—¡Mierda! —gritó Lonnie.

—Tira la navaja. Ahora —ordenó—. No empeores esto más de lo que ya está. Has destruido una propiedad privada y amenazado a un ag...

Estuvo a punto de decirle a Lonnie que era agente del FBI, pero no era el momento de hacerlo.

—Nadie me toma por idiota —silbó Lonnie.

—Todo eso lo has hecho tú solito —replicó Nick—. Ahora, tira la navaja. Es la última vez que te lo digo.

Lonnie se echó hacia delante con la navaja, gritando:

—Te voy a cortar en pedacitos, gilipollas.

No era más que una fanfarronada.

—Sí, claro —dijo Nick mientras le daba un rodillazo, le quitaba la navaja y la tiraba al suelo. Lo aplastó contra el coche e hizo saltar la alarma.

Todo ocurrió tan deprisa que Laurant no tuvo tiempo ni de pestañear.

Lonnie estaba doblado por la cintura, gritando de dolor. Laurant vio el cuchillo y retrocedió para meterlo debajo del coche de un puntapié.

Saltó la segunda alarma. Los colegas de Lonnie se abalanzaron hacia su coche y se metieron en él a trompicones. Nick soltó a Lonnie y lo observó desplomarse.

—Gilipollas. Te voy a...

—Ah, mira, aquí viene papaíto —dijo Nick alegremente.

El jefe de policía bajaba las escaleras corriendo, haciendo que su gran barriga se moviera arriba y abajo. Mientras tanto, los tres chicos del coche intentaban frenéticamente encontrar las llaves. Noah se acercó a grandes zancadas al lado del conductor y dijo:

—¿Buscáis esto?

—No hemos hecho nada. Todo fue idea de Lonnie.

—¡Cállate, Ricky! —gritó el que estaba sentado en el asiento trasero.

—Salid del coche —ordenó Noah—. Así, despacito y buena letra, y mantened las manos donde pueda verlas. —No quería estropear su tapadera, pero tenía la mano en la chaqueta, sobre la culata de su Glock, no fuera a ser que a alguno de ellos se le ocurriera sacar un arma.

El jefe de policía parecía a punto de echarse a llorar.

—¿Mi coche nuevo? Mirad mi coche nuevo. ¿Has hecho esto tú, hijo? ¿Lo hiciste?

Lonnie intentó ponerse de pie.

—No —dijo con sorna—. Lo ha hecho este gilipollas —añadió señalando a Nick—. Y también me ha dado un rodillazo.

—Iba a decirte que me había comprado un coche nuevo —continuó el jefe de policía, como si no hubiera escuchado ni una sola palabra de lo que le había dicho Lonnie—. Iba a decírtelo. También te lo iba dejar. —Con los ojos llorosos, pasó las manos sobre los profundos arañazos del capó—. Ni siquiera ha durado impecable un día entero. Lo acababa de recoger.

—Te estoy diciendo que ha sido el gilipollas —volvió a decir Lonnie.

—Este chico necesita mejorar su vocabulario —dijo Noah.

—¿Me vas a creer o no? —gritó Lonnie a su padre—. Por última vez te digo que te ha rajado los neumáticos y arañado la pintura.

Laurant estaba indignada. Hizo a un lado a Nick para ponerse frente al jefe de policía.

—Sé que es su hijo y que esto le resulta difícil, pero es el jefe de policía y tiene que hacer su trabajo. Lonnie está mintiendo. Ha sido él quien ha causado los destrozos. Creía que su coche era el de mi prometido. Le guste o no, tiene que detenerlo.

Lloyd levantó las manos.

—Tranquilízate, Laura, no hay razón para precipitarse. Es mi coche y me aseguraré de que mi hijo pague las consecuencias si es culpable, pero él dice que tu novio...

Laurant lo cortó. Estaba tan furiosa, que farfulló las palabras.

—¡Está mintiendo! —repitió—. Hay cuatro testigos. Mi hermano, el padre Clayborne, Nick y yo. Tiene que detenerlo.

—Bueno, bueno, tal y como lo veo esto es cuatro contra cuatro, porque estoy seguro de que los amigos de Lonnie van a respaldarlo, y no tengo ningún motivo en absoluto para no creerlos.

—Lonnie nos amenazó con una navaja.

Mirando más allá de Laurant, hacia Nick, el jefe de policía exigió:

—Haría mejor en controlar a su chica, no voy a soportar que me ladre. Bueno, ya está bien, Laura, apártate y contén la lengua.

Laurant no se podía creer que el jefe de policía se dirigiera a ella como si fuera una niña traviesa.

—¿Que contenga la lengua? No pienso callarme —dijo—. Haga algo —exigió.

El jefe de policía la miró furioso.

—Voy a hacer algo —anunció—. Oye, tú —masculló, señalando a Nick—. Quiero ver tu documentación, y la quiero ver ahora.

El genio de Laurant explotó. Se volvió hacia Tommy, y hablando en un rápido francés, le dijo que pensaba que el jefe de policía era un idiota incompetente. En un francés fluido, Nick le dijo que se tranquilizara.

El jefe de policía apretó los puños con fuerza sin dejar de mirar a su hijo. Quería hacerlo entrar en razón a patadas y tuvo que hacer un tremendo esfuerzo para controlar la furia. Además, si daba rienda suelta a su genio, había bastantes posibilidades de que Lonnie contraatacara y le diera una paliza. Ya lo había hecho antes, y Lloyd sabía que lo volvería a hacer.

—He dicho que quiero ver tu documentación.

—Sin problema —contestó Nick mientras sacaba su insignia y la abría dándole la vuelta—. Nicholas Buchanan, jefe. FBI.

—Ah, mierda —gimió Lloyd.

—Va a tener que encerrarlo. Mañana me acercaré y cumplimentaré el papeleo.

—¿Qué papeleo, señor agente del FBI? Ha sido mi coche el que ha resultado dañado. Lonnie, deja esa risilla o te juro que te doy un guantazo.

Noah se acercó al jefe de policía.

—Soy sacerdote y no conozco bien la ley —dijo—, pero me parece que aquí su hijo ha cometido un delito. Lonnie amenazó a un agente del FBI con una navaja, y eso es una especie de infracción, ¿no?

—Bueno, bueno, tal vez sí y tal vez no —dijo el jefe de policía saliéndose por la tangente—. No veo ninguna navaja, así que lo que usted afirma podría ser una invención. ¿Entiende mi dilema?

—La navaja está debajo del coche —le dijo Noah.

Para ganar algo de tiempo mientras decidía qué hacer, el jefe de policía masculló:

—¿Y cómo llegó debajo del coche?

—La metí yo de una patada —intervino Laurant.

—¿Y qué estabas haciendo con una navaja?

—Ah, por amor de... —empezó Laurant.

El jefe de policía se quitó el sombrero y se rascó la cabeza.

—Bueno, esto es lo que voy a hacer. Váyanse todos a casa y déjenme que me ocupe de esto. Puede pasarse por la comisaría mañana, pero llámeme antes —le dijo a Nick—. Para entonces, lo habré arreglado todo. Váyanse a casa, vamos.

Laurant temblaba de furia. Sin mediar palabra, le dio la espalda al jefe de policía y se dirigió al coche de Nick golpeando con fuerza sobre el pavimento con los elevados tacones.

Nick la oyó mascullar entre dientes. Cuando le abrió la puerta, le sujetó la mano.

—¿Te encuentras bien? Estás temblando. No estarás asustada, ¿verdad? No habría dejado que te ocurriera nada. Lo sabes, ¿no?

—Sí —dijo—. Sólo estoy furiosa, eso es todo. El jefe de policía no va a hacer nada con Lonnie. No lo detendrá, seguro. Espera y verás.

—Estás furiosa.

—Tenía una navaja —gritó—. Podría haberte herido.

Nick se sorprendió.

—¿Estabas preocupada por mí?

Tommy y Noah estaban entrando en el asiento trasero y no quiso que la oyeran.

—Pues claro que estaba preocupada por ti. Bueno, ¿por qué no dejas de sonreír como un idiota y entras en el coche? Quiero ir a casa.

Nick quiso besarla, pero, en cambio, decidió darle un apretón en la mano. Era un lamentable sustitutivo.

—Jefe —gritó Nick mientras rodeaba el coche para dirigirse al asiento del conductor—. Voy a querer hablar con su hijo mañana.

Tommy estiró el cuello para mirar por el cristal trasero cuando Nick salió del aparcamiento. Pudo ver al jefe de policía discutiendo con Lonnie.

—Crees que Lonnie podría ser el tipo que ha estado acechando a Laurant, ¿no es así?

—Lo vamos a investigar —respondió Nick—. Pero no creo que sea el hombre que buscamos. No me parece muy inteligente.

—Ese chaval es un tarado —dijo Noah.

—Si, bueno, aportaste tu granito de arena para estimularlo —dijo Nick.

—¿Cómo iba a hacer yo eso? —preguntó inocentemente.

—¿Gracias a Dios que tenemos una de repuesto? ¿No fue eso lo que le dijiste después de que acuchillara el primer neumático?

—Quizá —reconoció Noah—. Quería mantenerlo ocupado para que os dejara en paz a ti y a Laurant.

—¿Es verdad eso? Creí que querías ver hasta dónde era capaz de llegar.

Noah se encogió de hombros mientras tiraba del rígido alzacuello. Le estaba irritando el cuello.

—Esta cosa es como una soga —le dijo a Tommy.

—Nick, ¿había algún agente en el restaurante? Y de haberlos, ¿por qué no salió ninguno a ayudarnos? —preguntó Laurant.

—La situación estaba controlada —respondió Nick.

—Wesson me ordenó que dejara a Tommy oír en confesión —le dijo Noah a Nick.

—Pete no quiere que lo haga —respondió Nick—. Es una mala idea.

—Eso es lo que le dije.

Por el tono de voz de Noah, Laurant se dio cuenta de que Wesson no le gustaba más de lo que le gustaba a Nick. Se volvió en el asiento y le preguntó el motivo.

Nick apretó el pulgar sobre el disco para que Wesson no pudiera escuchar. Noah se dio cuenta de lo que estaba haciendo.

—No tienes por qué hacer eso. Quiero que Wesson me oiga. Para que conste, creo que es un arribista y que está hambriento de poder. Le importa un comino a quién tenga que pisar para llegar a la cumbre, inclusión hecha de Morganstern.

Noah estaba embalado y no iba a parar hasta que hubiera arrojado toda la frustración provocada por el hombre que dirigía la operación.

—No es un jugador de equipo —añadió—. Ni yo tampoco; sin embargo, evito la publicidad tanto como tú, pero Wesson va tras ella. ¿Recuerdas el caso Stark? —preguntó, y antes de que Nick pudiera contestar, añadió—: Pues claro que sí. Tuviste que matar a alguien... y eso no lo olvidas. Ni lo olvidarás nunca.

—¿Qué pasa con el caso Stark? —preguntó Nick mirando a Noah por el retrovisor.

—Apuesto a que te sorprendiste cuando abriste el periódico dos días después y leíste aquella historia de interés humano sobre cómo salvaste al niño. ¿No te pareció jodidamente extraño que el periodista escribiera todo aquel cuento sobre ti, tu familia y tu mejor amigo, Tom?

—¿Estás diciendo que Wesson filtró la historia? —preguntó Nick. La sola idea le hizo sentirse enfermo.

—Demonios, sí, eso es lo que estoy diciendo —contestó—. ¿No te diste cuenta de que el nombre de Wesson aparecía diseminado por todo el artículo? Si me dejaran a solas con el periodista en un cuarto durante un par de minutos, también podría demostrarlo.

—¿Y por qué haría eso Wesson? —preguntó Laurant—. ¿Qué ganaba él?

—Es un envidioso. Además, quiere dirigir a los Apóstoles —dijo Noah—. Ésa ha sido siempre su meta, y creo que piensa que cuanta más publicidad se pueda hacer, más posibilidades tendrá. Te lo aseguro, Nick, en cuanto Morganstern se jubile o acepte un ascenso, Wesson se meterá por medio. Si llega ese día, lo inteligente sería que te fueras.

Nick entró en el aparcamiento trasero de la abadía y detuvo el coche.

—Ahora, concentrémonos en nuestro trabajo. Descansa un poco, Tommy. Pareces agotado.

—Hasta mañana en la merienda campestre —dijo Tommy. Alargó la mano sobre el asiento y le dio un apretón en el hombro a Laurant—. ¿Sigues bien?

—Perfectamente. Buenas noches, Tommy.

Noah saltó por el asiento y salió por el lado de Tommy. Se inclinó sobre la ventanilla y dijo:

—Felices sueños, Hielito.

23

Cuando llegaron Nick y Laurant la merienda campestre estaba en pleno apogeo. Nick oyó tocar a la banda mientras cogía la mano de Laurant y atravesaban el camino de tierra hacia la multitud congregada alrededor del quiosco de música y las mesas de la comida. La colina allende la planicie estaba abarrotada de mantas de colores, y desde la distancia parecía un edredón de retales. Los niños lo invadían todo, correteando entre las parejas que bailaban al son de la música de The Hilltops. El penetrante olor a humo procedente de las barbacoas flotaba en el aire.

Tommy y Noah estaban ocupados en dar la vuelta a las hamburguesas en la parrilla, pero el primero los vio y los saludó con la mano. Laurant llevaba una manta en el brazo; localizó un lugar vacío bajo un árbol retorcido y la extendió allí.

A Nick no le gustó la magnitud de la reunión; parecía que la mayor parte del pueblo hubiera acudido al evento. El sol ya se estaba ocultando, y alguien conectó las luces navideñas que colgaban de árbol a árbol alrededor del quiosco de madera.

—Es un conjunto estupendo, ¿verdad? —preguntó Laurant.

—Ajá —dijo Nick sin dejar de escudriñar la multitud.

—Herman y Harley Winston fueron los que fundaron el grupo —explicó Laurant—. Herman es el del saxo, y Harley, el batería. Son los gemelos que te dije que están restaurando la tienda. Son muy agradables. Deberías conocerlos.

Nick examinó la banda y sonrió. Eran seis, y todos parecían sesentones. Los gemelos eran clavados y vestían de forma parecida, con pantalones blancos y camisas rojas a cuadros.

—Ya son mayores —observó.

—Pero jóvenes de corazón —le enmendó Laurant—. Y maestros artesanos. En Holy Oaks no arrumbamos a los mayores. Su contribución a este pueblo ha sido muy importante. Cuando veas la tienda y el altillo comprenderás el talento que tienen estos hombres.

—Eh, no los estaba criticando —dijo—. Era una observación, nada más.

El líder de la banda, un caballero calvo de sonrisa franca, ojos brillantes y terriblemente cargado de hombros, golpeó el micrófono para atraer la atención de la concurrencia.

—Señoras y señores, como ya sabéis, esta merienda es la manera que tiene el abad de dar las gracias a todos aquellos de vosotros que tanto os habéis esforzado por conseguir que la iglesia estuviera terminada a tiempo para el aniversario. El abad confía en que esta noche disfrutéis de lo lindo. Ahora, como ya sabéis, los chicos de la banda y yo sólo interpretaremos viejos éxitos, porque es lo único que sabemos tocar. Nos encanta recibir sugerencias, así que si alguien quiere impresionar a un chico o chica especial, que venga y escriba el título de la canción en un trozo de papel y que lo meta en el sombrero que está allí, encima de la mesa de cartas. Hay papel y lápices de sobra. Sacaremos las sugerencias del sombrero hasta que nos tengamos que ir. Ahora, la primera canción va dedicada a Cindy Mitchell y su marido, Dan. Ésta es la primera salida de Cindy desde su operación de vesícula, y es estupendo verla recuperada. Vamos, Dan, sácala a la pista de baile. Esta canción es una de mis favoritas —añadió mientras daba un paso atrás y levantaba las manos como un director sinfónico. Golpeando con el pie, contó—: Uno, dos, tres. ¡Venga, muchachos!

La orden fue seguida de un silencio. El jefe de la banda se dio la vuelta para averiguar qué pasaba; entonces, se rió entre dientes. Volviendo al micrófono, explicó con timidez:

—Supongo que debería decirles a los chicos el nombre de la canción que vamos a tocar. Es *Misty*. Bueno, probemos de nuevo.

A Nick no le gustaba la idea de que Laurant estuviera en medio de semejante multitud. Sabía que la merienda era un buen lugar para que los vieran juntos, y para que él observara a la gente que la rodeaba, pero seguía sin hacerle gracia la situación. La muchedumbre podía tragársela, y no quería perderla de vista ni un segundo.

Los amigos y amigas de Laurant dificultaban la labor. En cuanto la localizaron, quisieron apartarla de él. Todos estaban intrigados por Nick, como era de suponer, y varios hombres se acercaron a estrecharle la mano y a presentarse. Eran francos y amistosos, e intentaban atraerlo a sus diferentes grupos de amigos, congregados alrededor de los barriles de cerveza, mientras Laurant era arrastrada en dirección opuesta. A fin de mantenerla junto a él, Nick la agarró por la cintura y la sujetó con fuerza. No la dejaría moverse.

Laurant no aguantó el comportamiento de Nick durante mucho tiempo. Se puso de puntillas y le susurró al oído:

—Vas a tener que dejarme hablar con mis amigos y vecinos.

—No desaparezcas de mi vista —le susurró a su vez y, entonces, y dado que sabía que estaban siendo observados, la besó suavemente en los labios—. Procura permanecer entre Noah y yo.

—Lo haré —prometió, y lo besó—. Ahora, Nick, sonríe, por favor. Es una fiesta, no un funeral.

Alguien la llamó por su nombre, y Nick la soltó a regañadientes. No se había alejado ni cinco pasos, cuando ya estaba rodeada de mujeres. Hablaban todas al mismo tiempo, y Nick estaba plenamente convencido de cuál era el tema, porque no dejaban de mirarlo. Se metió las manos en los bolsillos y no apartó la vista de Laurant. Tenía una sonrisa absolutamente increíble.

Una de las mujeres soltó un alarido, y Nick dio un rápido paso adelante, pero entonces vio que Laurant estaba enseñando el anillo, y que eso era lo que había excitado a la joven. Retrocedió y se concentró de nuevo en la multitud. Cuando volvió a mirar a Laurant, ésta se abría paso lentamente hacia el quiosco de música. Mientras la contemplaba relacionarse con jóvenes y mayores, se percató de la importancia que Laurant tenía para su comunidad; y también de que la querían. La gente del pueblo apreciaba lo dulce y humanitaria que era. Nick se dio cuenta de que el interés de Laurant por lo que le estaban contando era auténtico. Hacía que la gente se sintiera bien, y eso era un regalo del cielo.

Nick sonreía mientras la contemplaba, pero la sonrisa se desvaneció cuando dos hombres de la edad de Laurant la abordaron. Por la forma de babear, era evidente que la fama de Laurant no había desanimado a ninguno de los dos. Nick sintió un repentino ataque de celos. Entonces, uno de los hombres puso la mano en el brazo de Laurant, y a Nick le entraron ganas de darle un puñetazo. Sabía que su reacción era improcedente; no era propio de él ser tan posesivo.

No era capaz de entender qué le pasaba. Una relación con ella era imposible; lo sabía y lo aceptaba.

¿Por qué le estaba costando tanto mantener la distancia? Porque lo excitaba una barbaridad, admitió. No era deseo sexual, era lo bastante mayor y había vivido lo suficiente para conocer la diferencia. Era capaz de controlar la lujuria con duchas frías, pero aquel sentimiento era radicalmente distinto. Le preocupaba horrores.

—¿Eres Nick Buchanan?

Nick se giró.

—Sí, yo soy.

—Me llamo Christopher Benson —dijo el hombre mientras alargaba la mano para estrechar la de Nick—. Laurant es la mejor amiga de mi prometida, y la mía también —añadió con una sonrisa—. Quería conocerte y saludarte.

Christopher era un hombre agradable y de trato fácil. Con la complexión de un defensa de fútbol, era tan alto como Nick, pero le sobraban al menos veinte kilos.

Tras un instante de charla, Christopher admitió con timidez:

—Michelle me ha enviado para sonsacarte toda la información que pueda. Piensa que como acabo de licenciarme en derecho debería ser capaz de interrogar a todo el que me propusiera.

Nick rió.

—¿Qué es lo que quiere saber exactamente?

—Bueno, lo normal en estos casos, cuánto ganas, dónde vais a vivir después de casaros y, por encima de todo, si la cuidarás siempre. Tal vez estés pensando que Michelle es una entrometida, pero no es así. Sólo mira por Laurant.

Los dos se volvieron para observarla. Había una fila de hombres que esperaban su turno para bailar con ella. En ese momento, Laurant daba vueltas por la pista con un imberbe.

Nick contestó a todas las preguntas que podía y esquivó otras.

Cuando por fin Christopher quedó satisfecho, comentó:

—Laurant es una parte importante de este pueblo; la gente depende de ella. Con Michelle son como hermanas —añadió—. Se alegran la vida mutuamente y, vaya, les gusta reír.

Nick se estaba preguntando cuándo iba a tener la oportunidad de bailar con Laurant. Tenía claro que no se iba a poner a la cola, porque ser el prometido habría de tener alguna ventaja, ¿no? Incluso aunque sólo fuera un pretendiente.

Christopher pareció leerle el pensamiento.

—¿Por qué no sacas a Laurant? La comida no va a tardar en desaparecer.

—Buena idea.

Se abrió paso entre la multitud a empujones, le dio un toquecito al imberbe en el hombro y atrajo a Laurant entre sus brazos.

—Permíteme, chaval.

Laurant quiso suavizar la decepción del adolescente e, inclinándose a un lado, le pidió que le guardara un baile más tarde, después de cenar.

—Sólo le estás dando alas —le dijo Nick.

—Es un chico muy agradable —dijo.

Nick no quería hablar del chico. La arrimó a él y siguió bailando.

—Simula que me quieres, cariño —le ordenó.

Laurant se rió.

—Es que te quiero, amor mío.

—Me gusta eso que llevas puesto.

—Eso se llama vestido; vestido de tirantes, para ser exactos, y gracias. Me encanta que te guste.

—Dime una cosa. Si todos lo hombres de este pueblo te temen, ¿cómo es que hacen cola para bailar contigo?

—No lo sé —dijo—. Tal vez porque saben que no les diré que no. Aunque no piden que salga con ellos ni que les conceda una cita. Me parece que quizá Tommy tenga razón; tal vez los asuste.

—Eso está bien —dijo con satisfacción petulante.

—¿Por qué?

No respondió a la pregunta.

—Vayamos a comer algo —dijo.

—Viola y Bessie Jean nos están saludando con la mano. Creo que quieren que nos sentemos con ellas.

—Hijo de puta —dijo entre dientes Nick.

Su reacción sorprendió a Laurant.

—Creía que te gustaban.

—No es por ellas —respondió con impaciencia—. Acabo de ver a Lonnie. ¿Qué demonios está haciendo aquí?

—¿Es necesario que diga que ya te lo había advertido? —Localizó a Lonnie entre la multitud, sentado en una mesa de merienda, solo y con una expresión de insolencia en el rostro. No había nadie más sentado a la mesa, y Laurant se dio cuenta de que varias personas que pululaban con evidente nerviosismo alrededor del matón evitaban establecer contacto visual con él.

Nick estaba buscando al jefe de policía entre la multitud.

—No veo al querido papaíto —dijo.

—Vaya, dudo que esté aquí. No ha respondido a tus llamadas en todo el día, y la cárcel estaba cerrada cuando hemos pasado. Creo que se esconde de ti, señor agente del FBI —dijo.

Nick meneó la cabeza.

—Voy a tener que hacer algo respecto a él.

—Primero tendrás que encontrarlo.

—No estoy hablando del jefe de policía —contestó—. Voy a tener que hacer algo respecto a Lonnie. Es una complicación que ahora no necesitamos.

—¿Y qué puedes hacer?

Nick le echó el brazo por los hombros y se dirigió al bufé situado detrás del quiosco de música.

—Noah.

—¿Noah es lo que vas a hacer?

—Ajá.

—Muy bien. ¿Y qué puede hacer Noah?

Nick sonrió con aire burlón.

—Muchas cosas.

—Primero ve y haz que Lonnie deje la mesa —sugirió—. Luego, comeremos. La gente necesita sitio para sentarse.

—Muy bien —asintió, pero mientras se daba la vuelta hacia las mesas, vio que Tommy se dirigía desde la dirección opuesta hacia Lonnie. Llevaba una pala de servir en la mano y una expresión en la cara que indicaba que ese día no estaba dispuesto a soportar ninguna de las tácticas de terror de Lonnie. Noah estaba ocupado en recoger hamburguesas, pero sin quitarle ojo de encima a Tommy mientras trabajaba, motivo por el cual las dos hamburguesas acabaron en el suelo. Los amigos de Lonnie se materializaron como por ensalmo y se sentaron a la mesa mientras Tommy se acercaba.

—¿No deberías ir a ayudar a mi hermano? —preguntó Laurant dejando traslucir la preocupación en la voz.

—Puede apañárselas solo.

Lonnie tenía un cigarrillo colgando de la boca. Tommy le dijo algo, Lonnie sacudió la cabeza y, con un capirotazo, le tiró el pitillo. Tommy lo pisó. En un abrir y cerrar de ojos, agarró a Lonnie por el cogote y lo arrojó de la mesa.

Lonnie deslizó la mano en el bolsillo del pantalón, y en ese instante Noah apareció corriendo, al igual que un nutrido grupo de los hombres que asistían a la merienda. Acudían en ayuda de Tommy. La muestra de solidaridad enfureció a Lonnie, que enrojeció de ira. Noah se abrió paso a empujones entre los hombres en el momento preciso en que Lonnie sacaba la navaja automática. Noah le asestó un golpetazo en la muñeca con la pala de servir, al tiempo que le ponía la zancadilla; con un grito de dolor, Lonnie dejó caer la navaja. Tommy la recogió y se la lanzó a Noah, que, levantando en vilo a Lonnie, le ordenó que se largara con sus amigos.

Laurant dejó escapar un suspiro de alivio. Cuando Tommy y Noah volvían hacia la parrilla, varios hombres los pararon para estrecharles la mano. El más entusiasta, les palmeó enérgicamente en los hombros.

—Bueno, ¿qué tal si comemos? —Nick cogió dos platos, le entregó uno y se dirigió a buscar las hamburguesas.

Tras llenarse los platos con ensalada y patatas fritas en la mesa del bufé, se unieron a las Vanderman. Las mujeres estaban sentadas con los tres hombres que vivían temporalmente en la casa de enfrente de la suya. Bessie Jean se arrimó a toda prisa a Viola para que Laurant y Nick pudieran sentarse en el banco con ellas.

Viola hizo las presentaciones, añadiendo detalles que había obtenido de los cansados trabajadores. Dos de los hombres, Mark Hanover y Wille Lakeman, eran dueños de sendas granjas en el norte de Iowa, y completaban sus ingresos trabajando como carpinteros. Justin Brady acababa de comprar la tierra de su tío, en Nebraska, e intentaba amortizar el préstamo hipotecario cuanto antes aceptando trabajos extraordinarios. Los tres hombres tenían treinta y pocos años y los tres llevaban anillos de casados. Los callos de sus manos demostraban que eran unos trabajadores esforzados, y los vasos vacíos que se alineaban delante de ellos, que eran unos consumados bebedores. Nick apoyó los codos en la mesa y los escuchó mientras describían el trabajo de la abadía sin dejar de estudiarlos ni un segundo.

Mark vació de dos largos tragos una taza de plástico de casi medio litro llena de cerveza. Nick comprendió por qué el hombre bebía tanto cuando Bessie Jean le preguntó si tenía hijos.

El hombre bajó la mirada a la taza que sostenía en las manos.

—Mi mujer murió el año pasado. No tuvimos hijos. Estábamos esperando a terminar de pagar algunas deudas.

Viola alargó la mano a través de la mesa y palmeó la de Mark.

—Lamentamos terriblemente tu pérdida, pero tienes que tirar adelante con tu vida e intentar mirar al futuro. Estoy segura de que es lo que habría querido tu esposa para ti.

—Lo sé, señora —contestó—. Con la sequía, tenemos que aceptar trabajo siempre que podemos. Tengo que cuidar de mis padres, y Willie y Justin también tienen familias que mantener.

Willie sacó la cartera para enseñar a su familia, una esposa pelirroja y tres niñas pequeñas coronadas por sendos mechones color zanahoria. Justin no iba a ser menos. Sacó la foto de su esposa con cuidado y se la entregó a Bessie Jean.

—Se llama Kathy —dijo con el orgullo resplandeciendo en la voz—. Va a tener nuestro primer hijo para primeros de agosto o así.

—¿Esperáis niño o niña? —preguntó Laurant.

Justin sonrió.

—Kathy y yo decidimos que no queríamos saberlo. Preferimos tener una sorpresa. —Mirando por encima del hombro hacia el quiosco de música, dijo—: A Kathy le encanta bailar. Ojalá pudiera estar aquí.

—Trabajamos catorce horas al día —dijo Mark.

—Es un buen dinero, así que no nos importa —terció Justin.

—Justin, no te hemos dado las gracias como te mereces por habernos ayudado en el jardín —dijo Viola—. Tan ocupados como estáis, y sacaste tiempo para echarnos una mano. Creo que te voy a hacer un pastel de chocolate; es mi especialidad.

—Es muy amable por su parte, señora, pero pasamos muchas horas en la abadía y no llegaré a casa hasta después de anochecer. Aunque puede estar segura de que me encanta el pastel de chocolate.

Viola sonrió abiertamente.

—Bueno, entonces te haré uno. Te lo dejaré en la escalera o en la cocina.

Mark empezó a hablar de todo el trabajo que todavía les quedaba por hacer antes del aniversario. Wille bromeó con Justin, tomándole el pelo por quedarse con el trabajo fácil en la galería del coro, mientras ellos tenían que subir y bajar por el andamio con las latas de pintura.

—Eh, hago mi parte —dijo Justin—. Los vapores del barniz se concentran en esa galería y hacen que me maree. Por eso hago más descansos que vosotros, tíos.

—Por lo menos, tienes los pies en el suelo mientras trabajas. Willie y yo nos pasamos la mitad del tiempo colgados del cuello.

—¿Qué es lo que haces en la galería? —preguntó Laurant.

—Estoy arrancando la vieja tarima podrida y sustituyéndola por una nueva. La humedad ha ocasionado muchos daños alrededor del órgano —añadió—. Es un trabajo aburrido, pero cuando termine va a quedar precioso.

—¿Qué tal estáis en casa de Morrison? —preguntó Bessie Jean.

—Bien —dijo Mark encogiéndose de hombros—. Justin pensó que debíamos repartirnos las faenas caseras, así que cada uno nos encargamos de limpiar un cuarto. Facilita las cosas.

Nick devoró dos hamburguesas mientras escuchaba la conversación. Feinberg le había dicho que Wesson ya había descartado a esos tres hombres. Eran granjeros que trabajaban como carpinteros y que corrían contra reloj para acabar la restauración, pero por lo que a Nick concernía, seguían siendo sospechosos. Al igual que cualquier otro hombre que hubiera asistido a la merienda campestre. No estaba dispuesto a descartar a nadie de Holy Oaks.

Un chaval del instituto le dio un golpecito en el hombro a Laurant y le pidió que bailara con él. Antes de que Nick pudiera dar con un motivo para oponerse, Laurant ya había aceptado gentilmente. Los siguió hasta el límite de la pista de baile y se paró allí con los brazos cruzados en el pecho, observando.

La banda interpretaba una vieja canción de Elvis Presley. Laurant se balanceaba al son de la música, mientras que su entusiasta pareja de baile giraba desenfrenadamente en círculo alrededor de ella. Laurant tuvo que esquivar el codo de su pareja un par de veces, ya que los brazos y piernas del chaval se agitaban en todas las direcciones. A Nick le pareció un extra de una película mala de kárate, y sabía que a Laurant le estaba costando no echarse a reír. Las demás parejas dejaban cada vez más sitio al chico, probablemente en un intento de evitar ser pateados.

Durante la hora siguiente, Laurant fue arrastrada a la pista de baile una y otra vez mientras el jefe de la banda voceaba las dedicatorias y se interpretaban las canciones solicitadas. Cuando no estaba bailando, ayudaba a limpiar, y tanto hombres como mujeres, y también niños, no pararon de detenerla para saludarla. Se movía entre la muchedumbre con una facilidad y comodidad que Nick envidiaba.

Laurant le había dicho que en Holy Oaks la gente se preocupaba por los demás, pero en aquella ocasión lo pudo comprobar por sí mismo. Él solía pensar que se volvería loco si todo el mundo estuviera al corriente de su vida; ya no estaba tan seguro. Tal vez fuera agradable; en Boston no conocía a ninguno de sus vecinos. Cuando llegaba a casa por la noche, metía el coche en el garaje, entraba en casa y permanecía allí hasta la hora de volver a salir. Jamás había tenido el tiempo ni las ganas de relacionarse con ninguno de sus vecinos. Ni siquiera sabía si había niños en la manzana.

En ese instante, Laurant estaba bailando con Justin mientras se reía por algo que le había dicho el granjero. Cuando acabó la canción, Nick divisó a un hombre más o menos de su edad que se dirigía hacia Laurant; decidió que ya había bailado bastante por esa noche. Llegó hasta ella primero, la cogió entre sus brazos y la besó.

—¿A qué viene esto?

—A que estamos enamorados —le recordó—. ¿Le has contado a la gente cómo nos conocimos?

—Pues claro —contestó—. He contado la historia veinte veces por lo menos hoy.

—¿Y les has dicho lo que opinan los expertos acerca de tu acosador?

Movió afirmativamente la cabeza con la frente apoyada en la barbilla de Nick, luego la dejó caer sobre su hombro y cerró los ojos para que todo el que estuviera observando la viera acurrucarse contra su amante mientras bailaban.

—Lo he contado de tantas maneras que he agotado los calificativos. Lo he llamado idiota y baboso, y les he dicho que el FBI está convencido de que tiene un coeficiente intelectual realmente bajo y que, precisamente por ser tan retrasado, es digno de lástima. Les he contado todo lo habido y por haber.

—Ésta es mi chica.

—¿Y tú qué? ¿Le has contado a la gente cómo nos conocimos?

—Sí, en cuanto he tenido ocasión —contestó—. He conocido a Christopher —añadió—. Me gusta.

—Todavía no he visto a Michelle. Oh, no, aquí viene Steve Brenner.

—No vas a bailar con él.

—No quiero bailar con él.

La canción terminó. Cuando Nick y Laurant abandonaban la pista de baile, Brenner les cerró el paso.

Nick lo caló con sólo un ojeada. El hombre era todo control. La manera de moverse y de vestir lo delataban. Su aspecto era de una extrema importancia para él. Los pantalones y la camisa de Ralph Lauren estaban planchados con esmero, y no llevaba un solo pelo fuera de su sitio. La única concesión que había hecho a la informalidad del atuendo campestre consistía en no llevar calcetines con sus flamantes mocasines Gucci. Cuando le estrechó la mano, advirtió que Brenner lucía un Rolex en la muñeca.

Brenner tocó el hombro de Laurant con comprensión.

—Laurant, quiero que sepas cuánto lamento ese artículo de Lorna. Me sentí avergonzado cuando leí aquella tontería sobre nosotros dos. No tengo ni idea de dónde se sacó esa historia y espero que no te causara ningún disgusto.

—No, en absoluto —dijo.

Brenner sonrió.

—Lorna me ha dicho que tú y Nick estáis comprometidos, ¿o es otra invención?

—Te dijo la verdad. Nick y yo nos vamos a casar.

—Bueno, vaya, felicidades a ambos. Te llevas una buena mujer —le dijo a Nick. Volviendo a mirar a Laurant añadió—: ¿Y ya habéis fijado la fecha de la boda?

—El segundo sábado de octubre —contestó Laurant.

—¿Y dónde vais a vivir?

—En Holy Oaks —dijo—. Y seguiré luchando contigo por la plaza del pueblo.

Los ojos de Brenner perdieron la sonrisa.

—Supongo que lo harás, pero creo que he dado con una oferta que no podrás rechazar. Me gustaría plantearla mañana, después del trabajo. ¿Estarás en casa? Podríamos sentarnos y discutirla.

—No, lo siento, no estaré en casa. Nick y yo vamos a ir a la abadía para el ensayo de la boda. Y luego, tenemos una cena —explicó—. No llegaré a casa hasta pasada la medianoche.

Brenner asintió con la cabeza.

—¿Por qué no te llamo el próximo lunes? Eso te daría tiempo para recuperarte de la boda de Michelle.

—Eso estaría bien.

—Comprometerse y fijar la fecha de la boda... ha ocurrido todo bastante deprisa, ¿no?

—Conozco a Laurant hace mucho tiempo, desde que era niña —respondió Nick.

—Y cuando nos vimos de nuevo en Kansas City, simplemente... supimos. ¿verdad, cariño? —añadió Laurant.

Nick sonrió.

—Sí.

—Felicidades de nuevo —dijo Brenner—. Bueno, supongo que debería ir a por una hamburguesa antes de que se acaben.

Nick mantuvo la mirada fija en Brenner mientras se alejaba.

—¿Qué te parece? —le preguntó Laurant.

—Que está lleno de ira contenida.

—¿Cómo puedes verlo?

—Cuando nos felicitó tenía los puños cerrados.

—Ahora mismo le estoy amargando la existencia. Probablemente tenía los puños apretados para evitar retorcerme el pescuezo.

—Estás entorpeciendo sus planes tú solita.

—¿Es sospechoso?

—Todos lo son —contestó—. Venga, vayamos a tumbarnos en la manta a magrearnos como adolescentes.

La sugerencia la hizo reír. Varios hombres y mujeres se volvieron y sonrieron a la pareja feliz.

—Suena a plan —dijo—. Pero no creo que el abad lo aprobase.

—Aquí estás. Te he buscado por todas partes.

Michelle llegó corriendo por el césped. Su prometido, Christopher, la tenía cogida de la mano y sonreía de oreja a oreja.

Michelle era una mujer preciosa. Pequeña, de facciones delicadas, tenía un pelo largo y rubio que le enmarcaba un rostro ovalado. Exhibía una sonrisa asesina que exigía una respuesta.

La amiga de Laurant llevaba un aparato ortopédico metálico en la pierna derecha, y cuando intentó sentarse a la mesa hizo un gesto de dolor. Christopher le estaba contando a Nick un chiste que acababa de oír cuando levantó a Michelle en brazos y se sentó con ella en el regazo.

—Sigo cojeando —le dijo Michelle a Laurant.

—Pero casi nada —insistió Laurant.

—¿Eso crees?

—Claro que sí. He notado la diferencia.

—Me destrocé la rodilla en un accidente de coche —le explicó a Nick—. Ni siquiera debería ser capaz de andar, pero he derrotado a las estadísticas.

—Michelle es una especialista en porcentajes —explicó Christopher—. Es licenciada en Exactas y Contabilidad, y cuando nos hayamos casado se hará censor jurado de cuentas.

—Voy a llevarle la contabilidad de la tienda a Laurant —añadió Michelle.

El jefe de la banda reclamó la atención de los presentes golpeando el micrófono con el pulgar y anunció que la siguiente canción sería la última de la noche.

—Tenemos que bailar, cariño —insistió Christopher.

—Y nosotros —dijo Nick. Mientras tiraba de Laurant hacia la pista de baile, comentó—: Me gustan tus amigos.

—Y tú a ellos.

El jefe de la banda desdobló el trozo de papel y sonrió.

—Ah, bueno, amigos, esta canción es de las lentas y una de mis favoritas —anunció—. Como lo es la jovencita a la que va dedicada. Es para nuestra dulce Laurant Madden y se la dedica Rompecorazones.

Nick acababa de coger a Laurant entre sus brazos cuando el jefe de la banda hizo el anuncio; notó cómo contenía la respiración y se ponía rígida. La abrazó con más fuerza, una reacción instintiva al peligro.

Vio que Noah y Tommy se acercaban al quiosco de música. Otro hombre, que permanecía separado de la multitud, avanzó desde el lado opuesto a ellos. Nick supo enseguida que era un agente. Maldición, ninguno sabía a quién estaban buscando, y, mientras, la muchedumbre los observaba, rodeándolos, sonriendo porque la canción iba dedicada a Laurant.

—Hijo de puta —masculló Nick.

—Nick, ¿qué hacemos? —susurró Laurant con voz temblorosa.

—Bailar —dijo.

Laurant sintió como si el mundo se le viniera encima. Incapaz de respirar, incapaz de pensar, metió la cabeza bajo la barbilla de Nick y cerró los ojos. «Quiere que sepa que está aquí, vigilándome. Oh, Dios, haz que me deje en paz. Por favor, Dios...»

—Ahora, amigos, coged a vuestra pareja porque, como ya he dicho, ésta es la última petición. El nombre de la canción es *Sólo tengo ojos para ti*.

24

De pie entre la multitud, observaba, mientras el éxtasis crecía en su interior hasta el paroxismo. Laurant, su dulce Laurant. Lo tenía fascinado. Tan encantadora, tan inalcanzable. Por el momento.

«Pronto, mi amor, pronto serás mía.»

Con el rabillo del ojo vio a la mula que se acercaba a ella. Sonrió. Había chasqueado los dedos y habían acudido. En ese momento, él era la araña, y ellos estaban atrapados en su red.

No podía apartar la vista de la mula. Le observó cruzar el césped y atraer a Laurant entre sus brazos. Todo era un juego. Ah, sí, sabía lo que estaban haciendo. Intentaban alterarlo, como si fuera un simplón.

Aun así era incapaz de marcharse. Estaban bailando y no le gustaba la manera en que la mula la estaba agarrando. Demasiado cerca... demasiado íntimo. Entonces, Nick la besó. Sintió tal arrebato de ira explotar en su interior que se le doblaron las rodillas y tuvo que sentarse. Era un juego, un juego. Estaban jugando con él, martirizándolo. Sí, sabía lo que estaban haciendo... y, sin embargo, estaba furioso.

¡Cómo osaban atormentarlo!

Las sorpresas no se acabaron ahí. Los estaba mirando de hito en hito sin disimulo, estudiándolos, y vio la manera en que Laurant miraba a la mula. Pegó un respingo contra el banco. Lo amaba. Tan claro como el agua para alguien tan inteligente y astuto como él. Laurant no podía ocultarlo, al menos a él. La chica de ojos verdes se había enamorado de una mula. Jesús, Jesús, ¿qué iba a hacer al respecto?

Le estaba fastidiando la diversión. Cuando se había anunciado la última canción, y que iba dedicada a Laurant, se había sentido embargado por la euforia y el vértigo. La alegría y la ira casi habían sido insoportables. Y mientras permanecía allí parado, a la vista de todos, y observaba a su presa en la pista de baile, sonriendo y riendo y comportándose como si estuviera pasándoselo bomba, supo que las mulas debían de haberse precipitado entre la muchedumbre, buscándolo. Idiotas. No sabían qué aspecto tenía, ni quién era, así que ¿cómo esperaban encontrarlo? ¿Es que creían que iba a sacar una pistola y señalarse a sí mismo? Sólo pensarlo le hizo reír. Impagable. La estupidez de las mulas era verdaderamente impagable.

Divisó al bueno del padre Tom, que corría hacia su hermana con otro sacerdote a su lado. Había una hermosa mirada de terror en los ojos de Tom. La saboreó y suspiró de placer. Bueno, ¿qué carajo pensaban aquellos tontos sacerdotes que iban a poder hacer? ¿Suplicarle para que abandonara?

«La venganza es mía», dijo el Señor. ¿Pensaba en ese momento en la venganza el padre Tom? La posibilidad le hizo gracia. Quizá, la próxima vez que fuera a confesarse, se lo preguntaría. Un sacerdote debería comprender. Era su trabajo, ¿no? Comprender y perdonar. Tal vez la comprensión llegara con la muerte. Reflexionó sobre aquella posibilidad filosófica y se encogió de hombros. ¿Qué le importaba a él si Tommy comprendía o no?

Vaya, vaya, no se lo había pasado tan bien desde hacía mucho, mucho tiempo. Y la cosa sólo iba a mejorar... siempre y cuando refrenara la ira, la controlara, aplacara a la bestia con promesas de la confusión que se avecinaba. ¿Cómo se atrevían a pensar que lo podían engañar? Mulas ignorantes... todas.

Sin embargo, la ocasión requería prudencia. Aguardar el momento oportuno, ésa era la receta. Por descontado que las mulas no le daban miedo, ni siquiera le preocupaban. Había sido él quien había invitado a los chicos del FBI a Holy Oaks, ¿o acaso no había sido él? Pero quería ser un anfitrión obsequioso, una verdadera Martha Stewart, por decirlo de alguna manera, y por lo tanto necesitaba saber el número exacto de invitados a los que agasajaría. Tendría que haber suficientes aperitivos para todos. ¿Había traído suficiente C-4? Reflexionó sobre el tema un minuto y sonrió. Vaya, sí, de hecho sí, había traído suficiente.

Rompecorazones siempre estaba preparado.

Su objetivo era eliminar a todas las mulas que pudiera, siempre y cuando eso no interfiriera en su objetivo primordial. El objetivo. Alcanzar el objetivo y de paso tener un poco de diversión a la antigua usanza, mientras demostraba al mundo que era El Ser Supremo. Ninguno de los chicos del FBI estaba a su altura y, pronto, muy pronto, cuando fuera demasiado tarde y no pudieran correr a esconderse, se darían cuenta de que así era.

Se ocuparía de su labor inconclusa y, al mismo tiempo, dejaría que el mundo se burlara de ellos en la televisión nacional. Hora de máxima audiencia. BOOM. La película de las once. Sí, señor.

25

Transcurrió otro día y la presión iba en aumento.

La idea de otra reunión multitudinaria estaba haciendo que Laurant se sintiera enferma, pero no estaba dispuesta a decepcionar a Michelle en una de las mejores noches de su vida, el ensayo de la boda y la cena subsiguiente.

Después del primer plato, Michelle advirtió que Laurant no había tocado la comida. Inclinándose sobre la mesa, susurró:

—No tienes muy buen aspecto, cariño.

—Estoy bien —respondió Laurant con una sonrisa forzada.

Michelle la conocía bien, y se volvió hacia Nick en busca de ayuda.

—¿Por qué no llevas a Laurant a casa y la acuestas? —sugirió.

Cuando Laurant abrió la boca para protestar, Michelle la interrumpió.

—No quiero que te pongas enferma. Mañana no voy a ir hasta el altar sin ti.

Laurant y Nick dieron las buenas noches y se fueron a casa.

Cuando llegaron, una docena de rosas rojas esperaban en el porche delantero. Nick cogió el jarrón al entrar en casa.

—Las trajeron nada más iros —dijo Joe.

Nick leyó la tarjeta en voz alta.

—«Por favor, perdóname y vuelve a casa. Te quiero. Joel.»

Laurant cogió el jarrón y lo puso en la mesa del comedor. Nick y Joe la siguieron. Los dos hombres se pararon hombro con hombro mirando las rosas con el entrecejo arrugado.

—Me parece un derroche tirarlas a la basura —dijo—. Aunque es lo que suelo hacer. No quiero que me recuerden a Joel Patterson cada vez que entre en esta habitación.

—¿Con qué frecuencia te envía flores el cerdo este? —preguntó Nick intentando ocultar su irritación.

—Una vez a la semana, más o menos —dijo—. No se rendirá.

—¿Ah, no? Eso ya lo veremos. —Cogió el jarrón, entró en la cocina y vació el agua en el fregadero; luego, tiró el jarrón y las rosas a la basura—. ¿Así que es un bastardo tenaz?

—Patterson era el hombre de Chicago que se lo hacía con su secretaria mientras andaba detrás de ti, ¿no es eso? —preguntó Joe.

La franqueza de la exposición no la desconcertó.

—Sí, el mismo.

—Diría que se resiste a dejarte escapar —observó Joe—. Pero no te preocupes; Nick se ocupará de él.

—No, no se ocupará de él —le rebatió con un poco más de brusquedad de lo que pretendía—. Joel Patterson es mi problema, y ya me las apañaré con él.

—Muy bien —dijo Joe, sorprendido por el arranque de genio—. Decidas lo que decidas me parece bien.

—Lo estoy ignorando.

—Eso no parece que funcione —señaló Joe.

—Deja que se gaste el dinero en flores. Me trae sin cuidado. Ahora, ¿os importaría si dejamos el tema?

—Pues claro.

Laurant se llevó la mano a la frente.

—Mira, lamento haberte hablado con brusquedad. Es sólo que después de lo ocurrido en la merienda... estaba allí, Joe. Y quería que supiera que me estaba observando. *Sólo tengo ojos para ti*; ésa fue la canción que pidió. Listo, ¿eh?

—Lo sé todo —dijo Joe mientras la seguía a la cocina. Ya había adivinado lo que iba a hacer: un té. Sabía que la tensión se estaba apoderando de ella. A la cruda luz de la cocina, Laurant parecía pálida, como si no hubiera dormido bien durante semanas.

Joe soltó lo que estaba pensando.

—Tienes que mantenerte fuerte.

Laurant giró en redondo para encararlo con una mano en la cadera en actitud desafiante.

—No tienes que preocuparte por mí.

Más fácil de decir que de hacer, pensó Joe.

—¿Por qué no te sientas en el salón y ves un poco la televisión?

—Me voy a hacer un té. ¿Quieres uno?

—Pues claro —dijo. En la cocina hacía un calor infernal, pero si ella quería hacerle un té bien calentito, se lo bebería.

Joe se sentó y la observó trabajar. Nick estaba en el vestíbulo trasero, hablando por teléfono; tenía la cabeza inclinada y hablaba demasiado bajo para que se entendiera lo que decía. Joe imaginó que estaría hablando con Morganstern o con Wesson.

Laurant llevó el hervidor de agua al fregadero y lo sujetó debajo del grifo. Se quedó mirando la flor de lis pintada en la baldosa blanca de encima del salpicadero mientras pensaba en la fiesta campestre.

Nick había terminado de hablar y volvió a la cocina a tiempo de oírla decir:

—Lonnie estaba en la merienda. Se fue temprano, aunque pudo haber dejado el trozo de papel en el sombrero antes de que Tommy lo echara.

Nick sacó una Diet Pepsi del frigorífico y abrió la lata. Tras darle un largo trago, dijo:

—Ajá, Lonnie podría haberlo hecho, pero no podía estar en dos lugares al mismo tiempo, y sabemos que no ha abandonado Holy Oaks durante el último mes. Estaba en el pueblo cuando el sudes habló con Tommy en el confesionario.

—¿Cuándo te has enterado de eso? —preguntó Laurant.

—Me lo dijo Feinberg esta mañana.

Laurant se volvió hacia el fregadero.

—Entonces, ¿quién no estuvo aquí? —preguntó.

El hervidor estaba lleno, y en ese momento el agua se salía por los bordes. Nick se lo quitó de la mano, vertió la mitad del agua y lo puso sobre la cocina.

—El jefe de policía se ausentó del pueblo —le dijo Joe—. Y también Steve Brenner; les dijo a los amigos que se iba a pescar.

Laurant sacó las bolsas de té y unas tazas del armario y las puso en la mesa. No pareció advertir que Nick estaba bebiendo Pepsi; siguió preparándole una taza de té. Nick sonrió mientras la miraba trajinar. Aquel hábito suyo era extraño, pero agradable.

Laurant se sentó a esperar que hirviera el agua. Inquieta, cogió el mazo de cartas que Joe había dejado en la cocina y empezó a barajar.

—¿Qué hay de la escena del crimen que tanto entusiasmó a Wesson? ¿No deberíamos saber ya algo a estas alturas?

Joe contestó.

—El laboratorio está trabajando en las pruebas que recogieron. Lo único que sé es que la escena estaba contaminada.

—¿Contaminada de qué?

—Vacas —dijo Joe.

Laurant no pudo evitar la imagen sugerida por Joe.

—Oh, Dios —susurró.

—Reparte cartas —sugirió Joe con la esperanza de distraerla—. Jugaremos al *gin rummy*.

—De acuerdo —susurró Laurant, pero continuó sentada allí, barajando las cartas. Al final, Joe se las quitó de las manos y repartió por ella.

—Sé que parece que ha pasado mucho tiempo, pero... —empezó Nick.

Laurant no lo dejó terminar.

—No encontrarán sus huellas; no encontrarán ninguna prueba que pueda conducirlos hasta él.

Nick se sentó a horcajadas en la silla con los brazos apoyados en el respaldo.

—No lo conviertas en un superhombre. Sangra como todo el mundo. Se equivocará, y entonces lo trincaremos.

Laurant cogió las cartas y miró por encima de ellas.

—Cuanto antes, mejor, ¿verdad?

—Verdad.

—Muy bien, entonces ¿por qué no hacemos que ocurra lo antes posible? Creo que Wesson tenía razón, y tal vez debiera ir a correr sola mañana y pasar el día haciendo recados por mi cuenta. No sacudas la cabeza. Está buscando una oportunidad, y creo que deberíamos complacerlo. Vosotros podrías garantizar mi seguridad.

—No. —Nick fue rotundo.

—¿No crees que deberíamos discutirlo antes de que tú...?

—¡No!

Laurant refrenó el genio.

—La verdad es que creo...

Nick la cortó.

—Le prometí a tu hermano que no te perdería de vista, y así es como va a ser.

—Eh, Nick, tranquilo —le sugirió Joe.

El estallido de genio duró poco.

—Sí, de acuerdo —asintió.

La tensión se estaba apoderando de ambos. Laurant sabía por qué se sentía tan frustrada: todos sus movimientos estaban siendo controlados por un lunático. Sí, eso era exactamente lo que estaba sucediendo y, Dios, cómo lo odiaba. ¿Pero por qué estaba perdiendo los estribos Nick? ¿Sería porque no estaba acostumbrado a trabajar bajo esa clase de tensión? ¿Era eso? Hasta esa noche, había estado muy tranquilo y relajado y tan firme como una roca. ¿Cómo demonios lo conseguía, un día sí y otro también? La unidad especial para la que trabajaba buscaba niños secuestrados. Era incapaz de pensar en algo más terrible que un niño en peligro. La presión tenía que ser enorme.

—Eres el experto. Dejaré que decidas lo que se va a hacer. Si no quieres que corra sola, pues no lo haré —dijo.

En cuestión de segundos había dado un giro de ciento ochenta grados, y Nick fue incapaz de entender cuál era la razón de que volviera a ser razonable de repente.

—¿Y eso? —preguntó con suspicacia.

—No quiero hacer tu trabajo más difícil de lo que ya es —dijo.

—Ahora que os habéis calmado los dos, odio sacar esto a colación —dijo Joe. Se descartó de una carta y cogió una nueva—, porque sé que Nick se va a volver a enfadar, pero...

—No me enfadaré. ¿Qué tienes que decirme?

—Si el sudes no saca la cabeza por la leñera de aquí a dos días, se me asignará otra misión.

Los músculos de la mandíbula de Nick se tensaron.

—¿Cómo lo sabes? —le preguntó Laurant.

El que contestó fue Nick.

—Wesson. Estoy en lo cierto, ¿no?

Joe asintió.

—Cree que tal vez el sudes sepa que estoy aquí, y si hago una salida aparatosa, entonces quizá...

—Ya está bien —le espetó Nick—. Y supongo que si el sudes sigue sin intentar atraparla, entonces Wesson cambiará de misión a otros agentes para que el sujeto se sienta más cómodo. Tengo una idea: ¿por qué no hacemos las maletas ahora y nos vamos todos? Laurant puede dejar la puerta delantera abierta para que el sudes no tenga ningún problema para entrar. Se parece mucho a la estrategia de Wesson, ¿me equivoco, Joe? Aunque él se quedará en Holy Oaks, puedes apostar tu culo a que sí.

Joe le señaló el disco para recordarle que Wesson podría estar escuchando. A Nick no podría haberle importado menos: quería que supiera lo que pensaba de sus métodos.

Nick desenganchó el disco y lo levantó para poder hablar directamente al micrófono.

—¿Quieres ser el gran hombre que atrape al sudes, verdad, Jules? A toda costa. Ése es el plan, ¿no es así? Hará bonito en tu historial, y tus ambiciones políticas son bastante más importantes que la seguridad de Laurant, claro.

Le respondió la voz de Feinberg.

—Lamento decepcionarte, Nick, pero el que está controlando la línea soy yo, no Wesson, y por lo que a mi respecta, estáis hablando del tiempo.

El agente estaba haciendo todo lo que podía para proteger a Nick, pero el esfuerzo no fue apreciado. Wesson no podía dañarlo profesionalmente, pero aunque pudiera a Nick no le habría importado. ¿Cómo se sentiría si lo despidieran? Tal vez sería un alivio, pensó. Mala actitud, decidió, pero tampoco podía hacer nada para que eso le importara.

Morganstern tenía razón. Necesitaba unas vacaciones, y necesitaba sexo. Mucho sexo, pero no con cualquier mujer; quería a Laurant.

—Gin. —Laurant sonrió a Joe cuando le mostró las cartas. El agente soltó un gruñido.

El hervidor empezó a silbar, y Laurant se levantó para preparar el té. Vertió el agua en las tres tazas, volvió a poner el hervidor en la cocina y se dirigió a la puerta.

—Eh, ¿qué pasa con tu té? —preguntó Joe.

—Me voy arriba. Creo que me gustaría tomar un baño caliente y burbujeante.

Nick apretó los dientes. Bueno, ¿por qué demonios pensaba ella que necesitaban saber eso? Carajo. Su mente se desbocó, y en lo único que fue capaz de pensar fue en el exuberante cuerpo de Laurant cubierto de un velo de espuma. Quiso seguirla y meterse en la bañera con ella, pero se dirigió al cuarto de invitados a pegarse una ducha fría.

Joe se había quedado abajo viendo una película, así que Nick, vestido con sus vaqueros y su camiseta favorita, entró en el cuarto de Laurant para ver el informativo de deportes.

Theo hizo una llamada de rutina. En Boston era tarde, pero su hermano no dormía nunca. Se mostró bastante dicharachero sobre el último y extraño caso de cuya acusación se encargaba. Nick intentaba prestar atención, pero tenía la mirada clavada en la puerta de aquel cuarto de baño, y un sinfín de imágenes sólo para adultos no paraban de cruzar como centellas por su mente.

—¿Qué has dicho? —le preguntó.

—¿Te va todo bien?

Demonios, no.

—Pues claro —respondió—. Ya sabes cómo es la cosa. Es la espera lo que me pone frenético.

—¿Cómo es que no me hablas de Laurant? Hace años que no la veo, y apuesto a que está cambiada. ¿Cómo es?

—Es la hermana de Tommy. Así es como es. —Gran error. Nick se dio cuenta en cuanto las palabras salieron de su boca. Había dado la sensación de estar a la defensiva, y la reputación de Theo como fiscal de primera línea no era gratuita. Se lanzó a la yugular de inmediato.

—Ya. Así es como es.

—No sé qué quieres decir.

—Ajá.

—No ocurre nada.

—¿Lo sabe Tommy?

—¿Saber qué? —se escabulló.

—Que estás loco por su hermana.

Antes de que Nick pudiera responder, Theo soltó una carcajada.

—Vas a tener que decírselo.

Nick se imaginó metiendo la mano por el teléfono y agarrando por el pescuezo a su hermano.

—Theo, si sabes lo que te conviene, deja de husmear. No hay nada que decir. Laurant está bien; sólo bien, ¿De acuerdo?

—Muy bien —asintió—. Dime una cosa.

—¿Qué?

—¿Sigue teniendo aquellas piernas tan largas?

—¿Theo?

—¿Sí?

—Vete al infierno.

26

Entró por la puerta trasera.

Había intentado utilizar el duplicado que tenía de la llave, pero era evidente que la puta había cambiado las cerraduras. Vaya, ¿por qué lo habría hecho?, se preguntó. ¿Habría encontrado la cámara? Se detuvo en la entrada trasera volteando la llave con nerviosismo en la mano una y otra vez mientras calibraba la posibilidad y finalmente decidió que no, que no podía haberla encontrado; estaba demasiado bien escondida. Luego recordó lo vieja y oxidada que estaba la cerradura, y dio por sentado que se habría roto, nada más.

Por suerte llevaba el chubasquero negro y lo podía utilizar para protegerse las manos y romper el cristal. Se había puesto la chaqueta para fundirse con la noche y que no lo vieran las dos viejas y secas arpías que vivían al lado de Laurant. Eran como gatos que se sentaran en las ventanas a observar. Había aparcado el coche a tres manzanas de distancia, otra precaución contra vecinos entrometidos, y se acercó a la casa procurando permanecer lejos de las farolas y pegado a los setos.

Por dos veces tuvo la sensación de que alguien lo seguía, y se asustó tanto que pensó en darse la vuelta y volver a casa, pero la rabia que albergaba en su interior lo seguía impulsado hacia delante. La necesidad de atacar lo estaba corroyendo como el ácido, obligándole a asumir un riesgo calculado. Ansiaba lastimarla con la misma intensidad con que un alcohólico anhelaba un trago de whisky. La necesidad no lo dejaría tranquilo, y sabía que asumiría cualquier riesgo para vengarse.

Se quitó la chaqueta con lentitud, la dobló con cuidado para duplicar el grosor, se envolvió la mano en la tela e, imaginando que el cristal era la cara de Laurant, atravesó la ventana con el puño, empleando más fuerza de la necesaria. El cristal estalló, y los fragmentos se esparcieron por el vestíbulo trasero.

La descarga de adrenalina fue como un orgasmo, y a punto estuvo de gritar el nombre de Dios en vano sólo por el puro placer de hacerlo. De repente, se sintió poderoso e invencible. Nadie lo tocaría; nadie.

Le traía sin cuidado que lo oyeran, puesto que estaba convencido de que la casa estaba vacía. Nick y Laurant habían recogido al hermano de ella y a otro sacerdote y se habían ido a la cena del ensayo. Los había visto marcharse antes de que hubiera vuelto a casa a esperar y prepararse. En ese momento eran poco más de las once, y no estarían de vuelta hasta bien pasada la medianoche. Tiempo de sobra, pensó, para hacer lo que quería y largarse.

Metió la mano a través del cristal roto, descorrió el pestillo, abrió la puerta y entró. Tuvo que reprimir el impulso de ponerse a silbar.

La alarma silenciosa empezó a destellar en cuanto se abrió la puerta, pero Nick ya sabía que alguien había entrado en la casa. Él y Laurant habían regresado más temprano de lo previsto, y se había quedado de guardia mientras Joe recuperaba el sueño perdido. Estaba en el rellano de la planta de arriba y empezaba a bajar las escaleras cuando oyó el lejano aunque inconfundible ruido de cristales rotos.

Sacó la pistola sin dudarlo ni un instante, quitó el seguro y se dirigió al cuarto de invitados para avisar a Joe. Estaba a punto de agarrar el picaporte cuando la puerta se abrió y salió Joe; ya tenía la Glock en la mano, con el cañón apuntando al techo. Con un movimiento de cabeza hizo saber a Nick que estaba preparado, tras lo cual volvió a desvanecerse en la oscuridad de la habitación dejando la puerta abierta de par en par. Nick señaló la alarma centelleante, y Joe la desconectó de inmediato.

Sin hacer el más leve ruido, Nick giró y volvió a toda prisa a la habitación de Laurant. Cerró la puerta tras él en silencio. Laurant estaba tumbada de espaldas, profundamente dormida, con las manos a los costados y un ejemplar de las memorias de Frank McCourt abierto sobre el pecho. Se acercó al lateral de la cama, se acuclilló junto a ella, y le puso la mano en la boca para que no hiciera ningún ruido al despertarse.

—Laurant, despierta. Tenemos compañía —le dijo en voz baja y tranquila.

Laurant se despertó e intentó gritar. Abrió los ojos de golpe, procurando enfocar, mientras intentaba apartarle la mano de forma instintiva. Entonces, se dio cuenta de que era él quien la tocaba. Comprendió las palabras de Nick al mismo tiempo que veía el arma.

—Necesito que seas muy silenciosa —le susurró.

Asintió con la cabeza; había comprendido. Nick apartó la mano, y Laurant retiró las sábanas mientras se incorporaba como impulsada por un resorte. El libro olvidado salió volando y habría golpeado el suelo de madera si Nick no lo hubiera cogido al vuelo. Lo puso en la cama y alargó la mano para apagar la lamparita; luego, la cogió de la mano y la ayudó a ponerse en pie con delicadeza.

El corazón de Laurant latía frenéticamente; apenas podía respirar. La habitación estaba tan oscura que tuvieron que caminar pegados a la pared. Nick la condujo hasta el cuarto de baño, y antes de que Laurant pudiera alcanzar el interruptor de la luz, le cubrió las manos con la suya.

—Nada de luces —susurró.

Volvió a entrar en el dormitorio y cerró la puerta del baño tras él sin hacer ruido.

—Ten cuidado —susurró Laurant.

Quiso suplicarle que se quedara con ella, pero sabía que no debía ni podía hacer tal cosa.

El baño estaba oscuro como boca de lobo; tenía miedo de moverse por temor a golpear cualquier cosa y alertar al intruso de que los habitantes de la casa estaban despiertos. Con la cabeza inclinada, cruzó los brazos sobre el vientre y permaneció inmóvil mientras las ideas se le agolpaban en la cabeza. ¿Cómo podía ayudar? ¿Qué podía hacer que no fuera un estorbo?

Estaba aterrorizada por Nick. Lo imprevisto podía provocar el error en el más experimentado de los hombres. Todo el mundo tenía un punto vulnerable, y Nick no era la excepción. Si le ocurriera algo, no sabía qué haría. «Por favor Dios, protégelo.»

El silencio era absoluto. Apretó la oreja contra la puerta y aguzó el oído intentando oír algo. Permaneció así durante un minuto, —que se le antojó una eternidad, sin percibir nada que no fueran los latidos de su corazón.

Entonces, lo oyó. Un roce, como el arañazo de una rama contra una ventana, sólo que el sonido no procedía del interior de la casa. Había venido de arriba, del tejado. Dios mío, ¿estaba el intruso en el tejado? No, no, ya estaba dentro, abajo. Intentó convencerse de que el ruido que acababa de oír no había sido más que una rama agitada por el viento.

Se puso en tensión para escuchar. Volvió a oír el ruido. Esta vez había sonado más cerca de donde estaba, y no había parecido el roce de una rama. Sonaba más bien como un animal, una mofeta o una ardilla, pensó, corriendo por el alero del tejado en el exterior de la ventana del baño.

¿Estaba cerrada la ventana? Sí, claro que lo estaba; Nick ya lo habría comprobado. Tranquila. No dejes que se te desboque la imaginación.

Se quedó mirando la ventana de hito en hito. Estaba situada encima de la bañera, pero estaba demasiado oscuro para ver si el pestillo seguía echado. Tenía que comprobarlo. Si se movía con cuidado, lentamente, no haría ningún ruido. Empezaba a alejarse paso a paso de la puerta cuando vio el haz filiforme de una luz roja brillando a través del vidrio. Bailó por el espejo del tocador, acercándose a ella, escudriñando... buscando un objetivo.

Se dejó caer de rodillas, luego sobre el vientre y se arrimó a la bañera. Se apretó cuan larga era contra la fría porcelana, con la mirada clavada en el haz rojo. Demasiado tarde; se dio cuenta de que habría debido salir del baño cuando había tenido la oportunidad. Si se movía, el haz la localizaría. En ese momento rebotaba junto a la puerta, adelante y atrás, atrás y adelante. Dios misericordioso, si Nick abría la puerta e intentaba entrar, quienquiera que estuviera en la cornisa lo tendría claramente en su mira.

Tranquila. Piensa. ¿Cómo puede haber subido al tejado sin ser visto? Nick le había dicho que había agentes vigilando la casa noche y día, pero había un solar lleno de árboles junto al dormitorio y el baño, y otro vacío detrás del patio trasero. Sería fácil trepar a uno de aquellos árboles centenarios y pasar desde las copas al tejado. Fácil, pensó.

¿Pero sin ser visto? Sería arriesgado, peligroso, pero se podía hacer. Que no cunda el pánico. Espera. Tal vez quien estuviera en el tejado fuera uno de los agentes del FBI. Sí, eso podía ser, podía estar cubriendo la ventana del baño para asegurarse de que el loco no intentara escapar. Lo más probable es que en ese momento todas las ventanas estuvieran cubiertas por el FBI.

Deseaba con desesperación que aquello fuera verdad, pero no estaba dispuesta a levantarse e ir a comprobar su teoría.

El haz se movió de nuevo, otra vez sobre el espejo. Laurant aprovechó la oportunidad, dando gracias a Dios de que no fuera una noche con luna. La oscuridad era una bendición. Se puso de rodillas a toda prisa para abrir la puerta y se arrastró dentro del dormitorio, arañándose en la rodilla con el listón metálico del umbral.

Sin dejar de mirar el haz, pudo ver cómo se acercaba a ella en el momento en que cerraba la puerta. Hizo una mueca por el débil chasquido que emitió la cerradura al cerrarse, se apoyó contra la pared e intentó respirar.

Si se abría la ventana, podría oírlo. Era vieja y estaba combada, y, si intentaban forzarla, haría mucho ruido. Así que se quedó allí sentada, escuchando, esperando, con todos los músculos del cuerpo en tensión y a la expectativa, lista para saltar.

Nick oyó el tenue roce cuando Laurant salió a rastras del baño. ¿Qué demonios estaba haciendo? ¿Por qué no se quedaba dentro?

De pie, pegado contra la pared adyacente a la puerta del dormitorio, la abrió sin hacer ruido para mirar por una rendija. Vio que el pasillo estaba débilmente iluminado por la lamparilla que había en el arcón colocado en el extremo más alejado del amplio descansillo. Esperó a que el intruso pasara junto a la puerta de Laurant o entrara.

Podía oírle subir las escaleras con sigilo. Supo cuándo llegó al quinto escalón, había crujido. Si hubiera estado dentro de la casa las veces que Nick suponía, se habría acordado del ruido que hacía el escalón y lo habría evitado. ¿No le estaría concediendo demasiado crédito? No, creía que no. Ese hombre era cuidadoso, un estratega; así lo indicaba sin sombra de duda toda la información que poseían acerca de él. Y era organizado y también metódico. Sin embargo, no había sido silencioso al irrumpir en la casa, y su procedimiento había sido burdo, nada sofisticado. Un tigre nunca cambia de rayas. Había casos en que un asesino organizado se volvía desorganizado, como Bundy y Donner, pero les había llevado tiempo desintegrarse, hacerse descuidados. Este sudes estaba dando muestras de un cambio radical.

La puerta trasera se abrió y se cerró de golpe. Quienquiera que fuera el que estaba subiendo, echó a correr escaleras abajo. Nick oyó rápidas pisadas en el primer piso, seguidas de ásperos susurros. En ese momento había dos hombres en el interior de la casa. ¿Qué demonios pasaba? Aquello no tenía ningún sentido. Todo lo que sabían sobre el sudes apuntaba a un solitario.

Hasta ese momento. No, todo era una equivocación. Los dos intrusos estaban discutiendo, pero sus voces eran unos susurros apagados, y Nick no podía oír nada de lo que decían. Estaban junto a la puerta delantera, pero sólo uno de ellos subió a toda prisa la escalera. Al otro, Nick le oyó deambular por abajo. Entonces, se produjo un estrépito, tal vez un jarrón, pensó, seguido del ruido de un desgarrón, como si alguien rompiera una tela. O el hijo de puta estaba buscando algo o destrozaba la casa de Laurant.

La adrenalina le corría por las venas y estaba impaciente por ponerles la mano encima a aquellos dos.

El otro intruso ya estaba en el rellano; llevaba una linterna de bolsillo. Primero el haz, y luego la sombra, pasaron de largo por el umbral del dormitorio de Laurant. El sujeto siguió hasta el armario de la ropa de cama. Va a por la cámara, decidió Nick. O se la iba a llevar o a conectarla de nuevo.

Joe encendió la luz del pasillo mientras Nick salía rápidamente del dormitorio para impedir cualquier retirada.

—¡Alto! —ordenó Joe apuntando al sospechoso con la pistola.

Steve Brenner retiró de golpe las manos del techo del armario y se protegió los ojos de la cegadora luz.

—¡Qué...! —gritó mientras se volvía e intentaba sobrepasar a Nick, arremetiendo contra él.

Éste le golpeó en un lado de la cabeza con la culata de la pistola. Desconcertado por el golpe, Brenner se tambaleó hacia atrás y empezó a atacar sacudiendo los brazos, como alguien que se estuviera ahogando. Nick esquivó sin dificultad la embestida, le lanzó un gancho a la nariz y oyó el crujido del hueso. La sangre empezó a manar a borbotones mientras Brenner, gritando de dolor, retrocedía trastabillando y caía de rodillas. Con las dos manos ahuecadas sobre la nariz, empezó a gritar obscenidades.

—¿Lo tienes? —grito Nick dándose la vuelta y echando a correr hacia las escaleras.

—Lo tengo —le chilló Joe. Empujó a Brenner, poniéndolo boca abajo contra el suelo, y lo mantuvo allí con las rodillas presionándole la columna—. Tiene derecho a permanecer en silencio...

Nick bajó las escaleras en dos brincos, saltó por encima del pasamano, cayó sobre el suelo del pasillo delantero y siguió corriendo. El cáustico olor a gasolina hacía irrespirable el ambiente, y cuando estaba a mitad de camino del salón ya le lloraban los ojos. Vio la lata de gasolina de cuatro litros en el suelo, cerca de la mesa del comedor, y el vestido rosa de dama de honor de Laurant tirado junto a la lata volcada. La prenda había sido hecha jirones y estaba empapada. Nick masculló un improperio y siguió corriendo.

Vislumbró fugazmente el perfil de Lonnie mientras éste doblaba la esquina y entraba en la cocina. Aunque no vio las cerillas.

Lonnie encendió una cerilla en el pasillo trasero; prendió con ésta las demás y arrojó tras de sí el llameante paquete en la cocina. Desesperado por escapar antes de que lo atraparan, intentó agarrar el picaporte, pero tenía las manos húmedas por la gasolina. Consiguió abrir la puerta al tercer intento. Salió corriendo, tropezó con el último escalón y aterrizó de bruces en el patio. Se puso en pie como pudo y corrió hacia el solar trasero entre carcajadas, porque sabía que había dejado atrapado a Nick en el interior y por haber conseguido salir indemne.

El suelo estaba resbaladizo por la gasolina, y cuando las cerillas inflamaron el combustible con un ruidoso y devorador silbido, la llamarada fue inmediata. La brisa que entraba por la puerta trasera abierta avivó el muro ígneo hasta enfurecerlo y, en apenas unos segundos, la cocina se convirtió en un infierno rugiente. Nick retrocedió a trompicones hasta el salón. Intentó protegerse los ojos con el dorso del brazo mientras recuperaba el equilibrio, pero el calor era tan intenso que no podía avanzar. El ruido del fuego era casi ensordecedor. Detonaciones, chisporroteos, silbidos... El suelo de la cocina se había convertido en fuego líquido, que se movía en una oleada feroz hacia el salón tragándose todo lo que encontraba a su paso.

—¡Laurant! —gritó Nick mientras atravesaba corriendo el salón. Creyó oír el chirrido de neumáticos procedente de la parte delantera, y se detuvo en la puerta principal el tiempo suficiente para descorrer el pestillo, aunque no abrió la puerta porque sabía que el aire fresco avivaría el fuego.

Joe había esposado a Brenner y estaba intentando ponerlo de pie, pero el prisionero no paraba de resistirse.

—Sácalo por la puerta delantera, pero deprisa. El fuego está fuera de control.

—Ese hijo de puta —aulló Brenner—. Esa miserable mierda. Lo voy a matar.

Joe levantó a Brenner de un tirón y lo empujó delante de él por las escaleras abajo.

Nick irrumpió en el cuarto de Laurant. Ya se había puesto los vaqueros y los mocasines y estaba terminando de colocarse una camiseta.

También había hecho la maleta. Nick no se lo podía creer. La bolsa de viaje, que Laurant había dejado vacía en el suelo junto a la puerta del armario empotrado, estaba en ese momento encima de la cama llena hasta los topes. La puerta del baño estaba abierta de par en par, y Nick vio que había vaciado la repisa por completo.

—Vamos —tuvo que gritar para que se le oyera por encima de los alaridos de Brenner—. Déjalo —le ordenó cuando vio que alargaba la mano hacia la bolsa—. Tenemos que salir de aquí. ¡Ahora!

Sin hacer caso de la orden, Laurant agarró la bolsa y se colgó la correa del hombro izquierdo. Entonces se dio cuenta de que Nick estaba descalzo; cogió sus mocasines y los metió en la bolsa, encima del álbum de fotos.

Nick puso el seguro a la pistola y se la metió en la cartuchera. Aquello le dio a Laurant dos segundos más para coger el bolso, las llaves del coche y el monedero de encima de la cómoda. Cuando lo estaba metiendo todo en el bolsillo lateral de la bolsa, Nick la agarró. La apretó con fuerza contra su costado y la transportó medio en volandas por el pasillo y escaleras abajo. Laurant agarraba el asa con desesperación y pudo oír que la bolsa golpeaba detrás de ella contra los escalones.

El humo negro ascendió por la escalera para salir a su encuentro. Nick le bajó la cabeza, se la apretó contra el pecho y siguió adelante.

Laurant oyó un ruido sobrenatural a su espalda, un sonido como el resuello de un dragón, seguido de un estruendoso crujido. El aire acondicionado de la ventana del salón se estrelló contra el suelo y explotó. La fuerza expansiva fue tan grande que temblaron las paredes, y el suelo se estremeció bajo sus pies. Entonces, estalló la ventana del salón y los fragmentos de cristal, del tamaño de cuchillos de carnicero, salieron despedidos sobre el porche. Cuando el viento, penetrando en una ráfaga veloz por la entrada abierta, lo alimentó, el fuego silbó y volvió a rugir.

Salieron justo a tiempo. Unos segundos más, y habrían tenido que saltar por una de las ventanas del dormitorio. El fuego los persiguió hasta el exterior, con las llamas lamiéndoles los talones. Bajaron la escalinata delantera a trompicones y llegaron al camino de acceso entre toses provocadas por el humo inhalado.

Laurant cerró los ojos con fuerza para intentar librarse del escozor. Nick se recuperó mucho más rápidamente que ella. Divisó a Wesson, que salía de un salto del coche y corría hacia Joe y Brenner. El agente y su prisionero estaban en el solar vacío que lindaba con la casa de Laurant. Feinberg se quedó en el coche sin moverse, con el motor en marcha.

¿Cómo habían llegado tan pronto los agentes?, se preguntó Nick. Lo primero era lo primero, pensó. Abrazó a Laurant.

—¿Estás bien? —le preguntó con voz ronca a causa de la tos.

Se apoyó contra él, agradecida por su fortaleza.

—Sí —respondió—. Y tú, ¿estás bien?

—Listo para seguir —dijo.

Aturdida, miró en derredor. Se había despertado todo el vecindario. De una punta a la otra de la calle, las familias empezaban a salir de las casas a los porches y jardines delanteros para observar el fuego. Laurant oyó las sirenas que aullaban en la distancia. Vio a Bessie Jean y a Viola junto al viejo y enorme roble de su jardín delantero, donde habían mantenido encadenado a *Daddy*. Las dos mujeres se cubrían con sendas batas gruesas y acolchadas, la una, rosa, la otra, blanca, que les hacían parecer dos conejitos gigantes. Bessie Jean llevaba el pelo lleno de rulos, y se lo cubría con una anticuada redecilla atada con un nudo que le colgaba por la frente. Viola se secaba los ojos delicadamente con un pañuelo de encaje, meneando la cabeza mientras observaba el fuego.

Laurant se dio la vuelta y vio que las llamas avanzaban con rapidez por el tejado a la altura del salón. Comprendió que se habían salvado por los pelos. Pero Nick estaba bien, y ella también, y entre los dos no sumaban una mala ampolla.

Contempló el fuego y dio gracias a Dios de que nadie hubiera resultado herido. De pronto, la niebla se disipó y se hizo evidente la verdad. Empezó a temblar.

—Laurant, ¿qué sucede?

—Lo atrapaste. Se acabó, Nick. La pesadilla se acabó.

Dejó caer la bolsa y lo rodeó con los brazos. Nick la abrazó.

—Gracias —la oyó susurrar.

—No vamos a celebrarlo todavía. Vayamos paso a paso.

Levantó la vista hacia él.

—Sigo sin poder creérmelo. Cuando lo oí gritarte en el pasillo, reconocí la voz y supe que era Steve, pero no podía asimilarlo. Estaba tan aterrorizada. —Respiró hondo e intentó ser más coherente—. Me dijiste que era un sospechoso, y tenías razón.

No podía dejar de temblar. Se limpió las lágrimas con impaciencia con el dorso de la mano y se acordó del hombre del tejado.

—Había dos —dijo—. Sí, dos —repitió.

—El otro era Lonnie; fue el causante del fuego.

—¿Lonnie? —Se asombró al saber que el hijo del jefe de policía estaba involucrado. Sin duda alguna, Brenner había sido el cerebro; el que había planeado la pesadilla de principio a fin.

Nick estaba buscando a Lonnie con la mirada. ¿Dónde diablos estaba? A esas alturas ya debía de haber sido esposado y debía de tener al menos un agente encima de él.

Willie y Justin cruzaron la calle corriendo para ayudar. Justin se fue derecho al jardín de Bessie Jean a abrir la manguera para intentar contener el fuego. Resultó ser lastimosamente inadecuada.

Nick tiró de Laurant hacia Wesson. El agente estaba hablando por teléfono.

—Lo atrapé, señor, vaya que sí, y en cuanto consiga la orden, estoy seguro de que voy a encontrar más pruebas condenatorias.

—¿«Lo atrapé»? —Laurant repitió la fanfarronada de Wesson a Nick.

—Sí, ya he oído lo que ha dicho.

A todas luces, Joe también la había oído. Miraba con furia a Wesson, sin ocultar su hostilidad. El agente al mando lo ignoró y continuó hablando por su brillante móvil del tamaño de la palma de la mano. Wesson apenas podía disimular su entusiasmo.

—Siguiendo el reglamento, señor, así es como lo atrapé. Y que conste en acta; el instinto no tiene nada que ver con la detención. Todo fue planificado y ejecutado con cuidado. No, señor, no es una crítica a sus métodos; sólo estoy diciendo que esto ha sido trabajo duro y nada más.

El camión de bomberos se acercó por la calle a toda velocidad con la sirena atronando. Feinberg apartó el coche de la boca de agua y aparcó enfrente de la casa de Bessie Jean, tras lo cual salió y se acercó corriendo a Joe. Como todos los demás, se quedó observando el fuego.

Los bomberos voluntarios, vestidos con chubasqueros y cascos amarillos, saltaron del camión y corrieron a conectar las mangueras. El conductor apagó la sirena y gritó:

—¿Está todo el mundo fuera de la casa?

—Todos fuera —gritó a su vez Joe.

A Nick le hervía la sangre por dentro. Se juró que si Wesson no desconectaba el maldito teléfono antes de cinco segundos, se lo iba a arrancar de la mano y le iba a dar una paliza, si eso era lo que hacía falta para conseguir algunas respuestas. ¿Dónde estaba Lonnie? ¿Y los agentes que se suponía que estaban vigilando la casa?

—Laurant, quiero que te metas en el coche y que te quedes allí. Lo sacaré a la calle —dijo mientras la cogía de la mano y tiraba de ella.

Laurant percibió la ira que emanaba de su voz. Seguía comportándose como si se supusiera que tenía que protegerla, y era incapaz de entender la razón. Habían atrapado a Brenner y sabían quién era su cómplice.

—Nick, se ha acabado. —Tal vez no lo hubiera asumido todavía. Sí eso era, pensó—. Lo conseguiste. Tú y Joe lo habéis atrapado.

—Hablaremos de eso más tarde —dijo secamente mientras se inclinaba para coger la bolsa.

Cuando llegaron al coche, masculló:

—Ah, mierda, las llaves.

—Las tengo yo.

Nick le sujetó la bolsa mientras hurgaba hasta encontrarlas. A Laurant le temblaban tanto las manos que no conseguía acertar en la cerradura. Nick le cogió las llaves, abrió la puerta y arrojó la bolsa en el asiento trasero.

—Eh, Laurant, ¿por qué está esposado ese tipo? —preguntó Willie.

Justin se acercó trotando desde el jardín de las Vanderman. También sentía curiosidad por enterarse de los detalles.

—¿No es ese Steve Brenner? —preguntó Justin—. Es un pez gordo del pueblo.

—¿Pero cómo es que está esposado? ¿Qué ha hecho?

—Irrumpió en mi casa.

—Métete en el coche, Laurant —dijo Nick. La sujetó por el codo para hacerla moverse, pero Laurant se giró cuando Brenner empezó a gritar.

—Quitadme estas esposas. No podéis detenerme, no he hecho nada ilegal. Esa casa es mía, y si quiero poner una cámara dentro, no me lo podéis impedir. Firmé la escritura hace dos semanas. Es mi casa, y tengo derecho a saber qué ocurre dentro.

A Joe se le acabó la paciencia.

—A lo único que tienes derecho es a permanecer en silencio. Ahora, cállate de una puta vez.

A Justin se le abrió la boca de golpe.

—¿Puso una cámara en tu casa?

—¿Y dónde? —preguntó Willie.

Laurant no contestó. Se dejó caer contra el costado de Nick. Tenía la mirada clavada en Brenner, que se volvió, vio que lo estaba observando y adoptó un aire displicente. Tenía sangre seca en su perfecta dentadura y en los labios. Era un ser abyecto.

Brenner no podía reprimir su furia. Excepto a él mismo, culpaba a todos de su detención. Si la puta no hubiera llevado al novio del FBI a casa, en ese momento no se encontraría en aquel aprieto. Sobre todo echaba la culpa a Laurant. Cuando se abalanzó hacia ella, Joe lo agarró. Brenner intentó soltarse insultando a Laurant de forma soez. Todos sus planes arruinados. Maldita fuera.

—Eres una puta —gritó—. Esta casa es mía ahora, pagué mucho dinero a aquella anciana. ¿Y sabes qué? No puedes hacer ninguna maldita cosa al respecto. Cuando haya acabado de denunciar a todos, me voy a quedar con el FBI. Tengo derechos —añadió con un gruñido. Y acto seguido, con el deseo de humillarla, afirmó—: He estado observando cómo te desnudabas todas las noches, he visto todo lo que tienes que ofrecer.

Laurant vio la maldad brillando como ascuas en sus ojos, y no le cupo ninguna duda de que él había matado a aquellas mujeres: a todas luces era un demente.

—Joe, amordázalo —grito Nick.

—Llévatela de aquí —ordenó Wesson.

Los obscenos improperios que Brenner profería contra ella mientras Nick la conducía de vuelta al coche no la afectaron. Sin embargo, algunas de las mujeres entre la muchedumbre no fueron tan indiferentes. Una madre ahuecó las manos sobre las orejas de su hijo. Tal vez los vecinos de Laurant pudieran escandalizarse por la conducta de Brenner en ese momento, pero cuando se enterasen de toda la verdad sobre el Dr. Jekyll y Mr. Hyde que había vivido entre ellos, se iban a poner enfermos.

Nick la metió en el coche, condujo marcha atrás hasta la calle y aparcó detrás del vehículo de Feinberg.

—Escúchame. Quiero que permanezcas en el coche con las ventanillas subidas y las puertas con el seguro. —Conectó el aire acondicionado para que Laurant no se achicharra con el calor.

—Quiero salir de aquí. ¿No podríamos irnos ahora, por favor?

Parecía a punto de echarse a llorar.

—Dentro de un minuto —le prometió—. ¿De acuerdo? Tengo que hablar con Wesson.

Laurant hizo un inexpresivo gesto con la cabeza.

Lo observó mientras cruzaba el jardín corriendo y se volvió para mirar la casa. El fuego parecía haber sido contenido, y pensó que era extraño que la contemplación de la destrucción no le provocara demasiados sentimientos. Había sido su hogar, pero ahora que era de Brenner, no querría volver a entrar jamás.

El relampagueo de las luces, el ruido de la muchedumbre, los gritos de Brenner... era demasiado. Se puso la mano en la frente y se desplomó sobre el asiento. Y entonces, empezó a llorar por las dos mujeres que había asesinado Brenner.

Ya podían descansar en paz; el monstruo no haría daño a nadie más.

27

El jefe de policía fue el último en llegar a la escena. El Ford Explorer dobló la esquina sobre dos ruedas, y tras hacer un brusco viraje para evitar golpear a la Pequeña Lorna, frenó con un derrapaje.

Lloyd dejó el cuatro por cuatro en mitad de la calle. Con un gruñido sacó su humanidad de debajo del volante, salió del coche y se quedó en el sitio con las manos en las caderas, examinando a la multitud. Intentaba parecer importante. Arrugando el entrecejo para que cualquiera que pudiera observarle supiera que consideraba que la situación era de extrema gravedad, se subió los pantalones tirando del cinturón, irguió los hombros y entró en el jardín delantero de Laurant dándose importancia.

—¿Qué está ocurriendo aquí? —gritó.

—¿A usted qué le parece que está ocurriendo? —le preguntó Joe—. La casa está ardiendo.

Lloyd miró a Joe con el ceño fruncido, mostrando bien a las claras que no le hacía gracia su sarcasmo. En ese momento se dio cuenta de que Brenner llevaba las manos a la espalda y tenía la cara cubierta de sangre. Se inclinó hacia un lado y vio las esposas.

—Eh, ¿qué hace Steve con esas esposas?

—Ha infringido la ley —contestó Joe.

—Gilipolleces —despotricó Brenner—. Lloyd, no he hecho nada ilegal. Haz que me quiten estas jodidas esposas. Me están desollando las muñecas.

—A su debido tiempo —le garantizó Lloyd. Reparó en Joe y, examinándolo con mirada escrutadora, dio un paso amenazante hacia él—. ¿No eres el tipo que estaba arreglando el fregadero de Laurant el otro día? ¿Qué estás haciendo aquí? ¿Has golpeado tú a ese ciudadano? Parece que tiene la nariz rota. Bien, te voy a hacer una pregunta directa, chico, y quiero una respuesta directa. ¿Has sido tú quien le ha golpeado?

—He sido yo —dijo Nick—, y debería haberle disparado.

—No te pases de listo, chico. Éste es un asunto serio.

—Sí, sí que lo es —convino Nick—. Y si me vuelve a llamar *chico*, a quien voy a esposar es a usted. ¿Lo pilla, Lloyd?

Lloyd retrocedió un paso nerviosamente para poner distancia entre él y Nick, y actuó como si estuviera valorando la situación. En realidad, el jefe de policía estaba empezando a tener la sensación de que Nick estaba por encima de él, pero sabía que Brenner lo mataría si no lo sacaba de aquel lío. Levantó la mirada hacia Nick con cautela. El agente del FBI le recordaba un puma, relajado en un momento y hundiendo los colmillos en su presa al siguiente.

—Lloyd, haz algo —exigió Brenner—. Me ha roto la nariz; quiero que lo detengas.

Lloyd asintió con la cabeza y se obligó a mirar a Nick a los ojos. La gelidez que encontró allí le provocó un escalofrío. Se sintió orgulloso de sí mismo por vencer el impulso de salir corriendo.

—Golpear a un ciudadano constituye un delito de lesiones —dijo—. ¿Cree que no puedo detener a un agente del FBI?

La respuesta de Nick fue inmediata.

—No, no creo que pueda.

—Mierda —masculló Brenner.

—Eso lo veremos —dijo Lloyd poniéndose gallito—. Hay que llevar a Steve a un hospital para que le curen esa nariz, y eso es lo que voy a hacer. Estoy al mando, porque ésta es mi jurisdicción.

Joe miró a Nick antes de contestar.

—Éste es mi prisionero, y no lo va a tocar.

Nick se puso al lado de Joe para hacer una demostración de unidad contra el jefe de policía, pero también porque no quería quitarle el ojo de encima a Laurant.

—Contéstame, ¿para qué llevas una pistola? —le preguntó Lloyd a Joe, viendo por primera vez el arma y la cartuchera que le colgaban del cinturón—. ¿Tienes permiso para llevar esa cosa?

Joe sonrió.

—Pues claro. Y también tengo una placa. ¿Quiere verla? Apuesto a que es más grande que la suya.

—¿Te estás haciendo el listo, chico?

—Es del FBI —le dijo Nick.

Lloyd estaba perdiendo terreno a pasos agigantados y tenía que encontrar al menos una parcela en la que pudiera asumir el mando.

—¿Eres el responsable de este incendio? —le preguntó a Nick.

Nick consideró que la pregunta no merecía respuesta. Hundió las manos en los bolsillos para evitar coger al jefe de policía por el cuello.

A un metro y medio de los dos hombres, Lorna escribía febrilmente en una libreta. Dio un paso de prueba hacia Nick, vio la expresión de sus ojos y retrocedió de nuevo.

Joe hizo un gesto con la mano a Wesson para que se acercara.

—¿Por qué cree que va a detener a Steve? —preguntó el jefe de policía—. ¿Por quemar su propia casa?

—Ya está detenido —le informó Joe.

—¿Bajo qué acusación? —preguntó Lloyd.

—¿Algún problema? —gritó Wesson mientras se acercaba corriendo.

—¿Quién demonios eres tú? —preguntó Lloyd.

—El oficial al mando —respondió Wesson.

Joe sonrió con aire burlón.

—También es del FBI.

—¿Cuántos estáis en Holy Oaks, tíos? Y a propósito, ¿qué hacéis aquí? Éste es mi pueblo —recalcó—. Y deberíais haber acudido directamente a mí si sabíais que había algún problema.

Lo que siguió fue un acalorado rifirrafe. Lloyd se mantuvo en sus trece de querer llevarse a Brenner, algo que Wesson no iba a permitir bajo ningún concepto. Tampoco iba a decirle al jefe de policía cuáles eran las acusaciones que pesaban sobre el detenido, a pesar de las protestas de Lloyd alegando que el silencio de Wesson era absolutamente inconstitucional.

—Hay una investigación en marcha.

—¿Una investigación sobre qué?

A Nick le estaba hirviendo la sangre, pero su ira iba dirigida directamente contra Wesson. No estaba dispuesto a esperar mucho más para recibir algunas respuestas, y si eso implicaba tener una discusión en un foro público, así sería.

—¿Te lo puedes creer? —susurró Joe—. Están compitiendo a ver quién mea más lejos.

—Sí, bueno, ya aclararán quién es el gran hombre más tarde. Eh, jefe, ¿dónde está su hijo?

La pregunta distrajo a Lloyd.

—¿Por qué quieres saberlo?

—Porque lo voy a detener.

Las pobladas cejas de Lloyd se levantaron de golpe.

—¡Al diablo contigo! Mi chico no ha hecho nada malo. —Haciendo un amplio movimiento con el brazo, añadió—: ¿Lo ves por algún sitio? Ni siquiera está aquí.

—Pero ha estado.

—Gilipolleces —dijo arrastrando la palabra—. Te digo que no ha estado aquí, y no voy a dejar que le carguéis el mochuelo a mi chaval. Ha estado en casa conmigo toda la noche. Estuvimos viendo la lucha libre en la televisión.

—Yo lo he visto —dijo Nick.

—No puedes haberlo visto porque, como te acabo de decir, ha estado toda la noche conmigo en casa.

Nick se dirigió a Wesson.

—Quiero hablar en privado contigo. Ahora.

Al ver que Lorna empezaba a acercarse a ellos, se dio la vuelta y se dirigió hacia el solar vacío, lejos de los oídos indiscretos. Wesson parecía inquieto, pero siguió a Nick.

—¿Qué es todo esto? —La ira acompasó sus palabras—. ¿Dónde demonios estaban los agentes que me dijiste que habías asignado a la vigilancia de la casa? Y si estaban aquí, ¿entonces cómo pudo esquivarlos Lonnie? El chaval salió por la puerta trasera.

Los labios de Wesson formaron una fina línea de desaprobación; no le gustaba que nadie cuestionara sus decisiones.

—Abandonaron la vigilancia ayer.

—¿Que ellos qué?

—Se les asignaron otros cometidos.

Nick apretó la mandíbula.

—¿Quién dio la orden?

—Yo. Feinberg y Farley eran un apoyo suficiente. Consideré que era toda la fuerza que necesitaba.

—¿Y no consideraste conveniente informar a Noah o a mí?

—No, no lo consideré —respondió Wesson con absoluta naturalidad—. Te presentaste voluntario para ser el guardaespaldas de Laurant, y fuiste el que trajo a Noah para cuidar a su hermano. La verdad, de no haber contado con la aprobación de Morganstern, ni siquiera estarías en este caso. Puedes estar seguro de que yo no lo habría autorizado. Estás involucrado personalmente, pero como eres uno de los niños bonitos de Morganstern, se ha saltado las normas y te ha dejado entrar —añadió—. Y no deseo ni necesito tu aportación. ¿He sido claro?

—Eres un auténtico hijo de puta, ¿lo sabes, Wesson?

—No le quepa duda de que se informará de su insubordinación, agente.

La amenaza dejó indiferente a Nick.

—Asegúrate de deletrear bien mi nombre.

—Estás fuera del caso.

Nick explotó.

—Pusiste a Laurant en peligro por intentar hacer de esto tu espectáculo personal. Eso es lo que va a aparecer en mi informe.

Wesson estaba decidido a no dejar que Nick supiera lo furioso que estaba.

—No he hecho tal cosa —dijo con frialdad—. Cuando hayas tenido tiempo de tranquilizarte, te darás cuenta de que no necesitaba a una docena de agentes corriendo por el pueblo, llamando la atención. Lo que importa es el resultado: tengo al sudes y eso es lo único que le va a importar al jefe.

—No tienes ninguna prueba de que Brenner sea el sudes.

—Sí que la tengo —insistió—. Estudia los hechos. No todo tiene que ser tan complicado como crees que debería ser. Brenner estuvo fuera de la ciudad y no puede justificar dónde. Tuvo todo el tiempo del mundo para ir a Kansas City, amenazar al cura y volver a Holy Oaks. Se preocupó de borrar el número de serie de la cámara, pero ha admitido que la colocó en casa de Laurant, y la única razón para que viniera aquí esta noche fue que pensaba que tú y Laurant estabais en la fiesta. Ha sido cuidadoso, pero cometió un error. Todos lo hacen —añadió con aire sagaz—. También sabemos por los testigos que estaba obsesionado con Laurant y que tenía pensado casarse con ella. Podemos argumentar razonablemente que estalló cuando ella lo rechazó.

—¿Qué testigos? —preguntó Nick.

—Varias personas del pueblo a las que ya hemos tomado declaración. Brenner siempre ha sido el principal sospechoso; eso lo sabías. Uno de mis agentes viene de camino desde el juzgado con una orden, y cuando la tenga, iré personalmente a registrar la casa de Brenner. Estoy seguro de que encontraré más pruebas condenatorias. Hay que seguir el reglamento —añadió con petulancia.

—Demasiado fácil, Wesson.

—No estoy de acuerdo —replicó—. Lo que ha permitido trincar a Brenner ha sido un sólido trabajo de investigación.

—Estás dejando que el ego te ofusque el juicio —dijo—. ¿No te parece extraño que decidiera involucrar a otro hombre?

—Si te refieres a Lonnie, la respuesta es no, no creo que sea extraño o atípico. Simplemente aprovechó una oportunidad. Lo más probable es que considerase que podría cargarle el muerto al chaval.

—¿Qué vas a hacer respecto a Lonnie?

—Dejaré que las autoridades locales se ocupen de él.

Nick apretó los dientes.

—Da la casualidad de que la autoridad local es su padre.

Wesson no quería que lo molestaran con ese detalle. Atar los cabos sueltos era labor de los subordinados.

—Si todo se ajusta al programa, Feinberg y yo nos iremos de aquí mañana a última hora de la noche. Farley se marcha ya —añadió—. Y la verdad, no veo ningún motivo para que ni tú ni Noah sigáis por aquí. A eso me refería cuando dije que estabas fuera del caso.

Sin mediar palabra ni mirar hacia atrás, Nick se alejó del satisfecho bastardo. Wesson se sentía triunfador, y Nick sabía que no prestaría oídos a nada de lo que tuviera que decirle. Brenner era el sudes. Caso cerrado.

Cuando se metió en el coche, Laurant lo miró a la cara y dijo:

—¿Qué ha ocurrido?

—Estoy oficialmente fuera del caso. Ni que hubiera estado en él alguna vez —añadió con sorna—. Wesson está convencido de que Brenner es nuestro tipo; está esperando a que llegue una orden para poder registrar su casa.

—Pero eso es bueno, ¿no?

No le contestó; Wesson le estaba haciendo señas con la mano, intentando atraer su atención, pero Nick lo ignoró y puso en marcha el coche.

—Nick, háblame.

—Todo es un error.

—No crees que sea Brenner, ¿verdad?

—No, no lo creo. No tengo razones concretas, pero el instinto me dice que no es el sudes. Demasiado fácil. Tal vez tenga razón Wesson, y tal vez estoy intentando hacer este caso más difícil de lo que es en realidad. Nos ha mantenido a Noah y a mí en la ignorancia, así que no sé qué pruebas tienen que tanto les convencen. Mierda, salgamos de aquí. Tengo que poner distancia para poder pensar.

—Las Vanderman nos han ofrecido el dormitorio que les sobra, y Willie y Justin también nos han ofrecido camas. Les he dicho que iríamos a dormir a la abadía.

Nick salió a la calzada.

—¿Quieres ir allí?

—No.

—Bien. Entonces, salgamos de aquí pitando.

28

Se dirigieron al norte, hacia la región de los lagos. En cuanto salieron del pueblo, Nick llamó a Noah para contarle lo ocurrido; le sugirió que esperase a la mañana siguiente para contárselo a Tommy.

—Asegúrale hasta la saciedad que Laurant está bien.

En cuanto cortó la comunicación, Laurant le preguntó:

—¿Qué pasa con la casa? Vi que hablabas con el jefe de bomberos. ¿Se ha perdido por completo?

—No —respondió—. La parte sur está destrozada, pero la planta superior y el lado norte siguen intactos.

—¿Crees que los armarios se habrán salvado?

—¿Te preocupa tu ropa?

—Tenía algunos cuadros guardados en el armario de la habitación de invitados. No pasa nada; no eran muy buenos —se apresuró a añadir.

—¿Cómo sabes que no son buenos? ¿Has dejado alguna vez que los viera alguien?

—Ya te dije que la pintura es sólo un pasatiempo —contestó.

Pareció ponerse a la defensiva, y Nick decidió dejar el tema. Las ropas de ambos olían a humo, así que bajó la ventanilla y dejó que la brisa limpiara el ambiente.

Siguió la carretera de doble carril durante una hora. Encontrar alojamiento no sería un problema; en casi todos los cruces se agolpaban las vallas publicitarias anunciando las tarifas de la temporada. Finalmente, giró en una carretera secundaria que conducía al oeste y escogió un motel situado a unos tres kilómetros del lago Henry. El llamativo letrero de neón naranja y violeta anunciaba habitaciones libres, pero la recepción estaba a oscuras. Nick despertó al encargado, pagó la habitación al contado y, para regocijo del anciano, compró dos camisetas rojas de la talla más grande, las cuales lucían en la parte delantera una lubina blanca con la boca abierta, y en la espalda, el nombre del motel en letras negras mayúsculas.

Había doce módulos, y los doce libres. Nick escogió el módulo del final y aparcó el coche detrás del motel para que no pudiera verse desde la carretera.

La habitación no tenía muchos muebles, pero estaba limpia. El suelo era de linóleo, a cuadros grises y negros; las paredes, hechas con bloques de cemento, estaban pintadas de gris. Las dos camas dobles estaban arrimadas a la pared del fondo, a ambos lados de una mesilla de noche de tres patas que cojeaba. La pantalla de la desportillada lámpara de cerámica estaba rota y había sido parcheada con cinta aislante.

Eran más de las dos de la madrugada y ambos estaban agotados. Laurant arrojó el contenido de su bolsa sobre la cama y recolectó sus objetos de aseo, que colocó en la repisa del baño. Primero se duchó, y cuando hubo terminado lavó su ropa interior de encaje y puso a secar el sujetador y las bragas en un gancho de plástico. No sabía qué hacer con los vaqueros y la camiseta. Si intentaba lavarlos con la pastilla de jabón tardaría una eternidad y sabía que no estarían secos por la mañana. Iba a tener que ponérselos de nuevo, pero tal vez pudiera encontrar unos almacenes Wal-Mart o Target cuando volvieran a Holy Oaks, y podría comprar ropa limpia y cambiarse. Sabía con certeza que tan al norte no encontraría ningún gran almacén.

Dejó a un lado la cuestión y se secó el pelo con el secador que el propietario había encadenado a la pared contigua al espejo.

Cuando salió del baño vestida con la nueva camiseta con la gigantesca lubina cubriéndole el pecho, Nick, en la primera manifestación emocional desde que salieran del pueblo, sonrió.

—Tienes buen aspecto, nena.

Laurant se estiró la camiseta hasta las rodillas.

—Parezco ridícula.

Nick volvió a sonreír abiertamente.

—Eso también —admitió mientras se dirigía al baño—. No me puedo creer que cogieras el cargador de mi teléfono, aunque estoy encantado de que lo hicieras.

—Estaba en la mesilla de noche, junto a mis gafas. Me limité a coger todo lo que me cabía en las manos. Y te diré una cosa; cuando volví a entrar en el baño, estaba tan asustada que arrojé las cosas en la bolsa sin más.

Apartó la colcha y se metió en una de las camas dobles. Nick dejó la puerta del baño abierta mientras se duchaba. La cortina de plástico transparente de la ducha no ocultaba gran cosa, aunque Laurant intentó no mirar; si se puso las gafas, fue sólo para poder hacer una lista de la compra. Que de vez en cuando echara un vistazo al interior del baño no fue, por supuesto, nada más que un acto de curiosidad natural por su parte, tan sólo eso. Mentirosa, mentirosa. De haber llevado bragas, ya estarían ardiendo.

Nick tenía la complexión de un dios griego. Sólo podía verle la espalda, pues se había girado. La musculatura de los brazos y los muslos estaba increíblemente bien definida. Le pareció que Nick tenía un cuerpo casi perfecto.

Cuando cayó en la cuenta de que su comportamiento rayaba en el de un mirón —con lo asqueroso que era eso— se quitó las gafas para no poder ver nada, no fuera que la tentación se hiciera demasiado irresistible. ¿Acaso no se merecía un poco de intimidad, el hombre?

Cogió el mando a distancia, sonrió al ver que estaba encadenado a la pared, encendió el televisor y se puso a verlo con los ojos entrecerrados.

Se comportaban como si llevaran años casados. Al menos, Nick. Parecía absolutamente tranquilo con ella y ni siquiera le había dedicado demasiada atención a las camas dobles. Se estaba tomando la situación con calma.

Ella no. Tenía los nervios destrozados y, como diría Tommy, estaba absolutamente tensa, aunque decidida a no dejarlo traslucir. Si Nick adivinaba que algo iba mal, estaba dispuesta a mentir y a decirle que lo que la había desquiciado había sido el trauma de esa noche. No podía contarle la verdad porque sería una carga terrible para él, pero no pudo sino preguntarse cómo reaccionaría él si supiera lo que le estaba pasando por la cabeza.

¿Tenía idea de lo que sentía por él? ¿Qué diría si le confesara que lo deseaba, y que al cuerno las consecuencias? Una noche maravillosa juntos y el recuerdo podría durarle, y le duraría, toda la vida. Nada de un lío o una aventura, precisó; Nick no lo soportaría, y ella, tampoco. Sólo una noche, y nada de lamentos. Nunca. Ah, cuánto deseaba que la rodeara con sus brazos, sentir que la abrazaba y la acariciaba.

Aunque eso no iba a ocurrir. Nick había sido sincero con ella desde el principio. No quería ni matrimonio ni hijos, y como sabía que ella sí, jamás la tocaría.

Aun cuando tenía la certeza de que no había ninguna posibilidad de una relación duradera, seguía ansiando tocarlo. Lo amaba, que Dios la asistiera. ¿Cómo se había permitido ser tan vulnerable? Debería haberlo visto llegar y hacer algo, cualquier cosa, para protegerse. Ya era demasiado tarde. Cuando la dejara, le iba a romper el corazón, y no podía hacer nada al respecto.

Conocer el dolor que se avecinaba no hizo que cambiara sus sentimientos por él. Una noche, se dijo; eso era todo lo que necesitaría, pero sabía que Nick no lo vería como ella. Lo consideraría una traición a su hermano, no obstante lo cual siguió considerando todos los argumentos que podría darle para intentar que cambiara de opinión.

Eran adultos con plena capacidad para decidir; lo que ocurriera entre ellos no era asunto de nadie.

Laurant sabía cuál sería la respuesta de Nick a ese argumento: era la hermana pequeña de Tommy. Fin de la historia.

Laurant sabía que a Nick le importaba, ¿pero la amaba? Tenía miedo de preguntárselo.

Nick salió del baño vestido con unos calzoncillos con pernera de cuadros escoceses. Se estaba secando el pelo con la toalla, pero se detuvo cuando vio que Laurant lo miraba con el entrecejo arrugado.

—¿Ocurre algo?

—Nada. Sólo estaba pensando...

Nick arrojó la toalla sobre una silla, se dirigió al lateral de la otra cama y retiró la colcha mientras preguntaba:

—¿Sobre esta noche?

—No exactamente.

—Entonces ¿en qué estabas pensando?

—Créeme. No te gustaría saberlo.

—Seguro que sí. Dime en qué estabas pensando —insistió mientras amontonaba las almohadas contra el cabezal y alargaba la mano para apagar la lámpara.

—Muy bien, te lo diré. Estaba intentando resolver cómo seducirte.

Nick tenía la mano a medio camino de la lámpara cuando se quedó inmóvil. Laurant no se podía creer que le hubiera espetado la verdad de aquella manera, pero no tuvo ninguna duda acerca de que había captado toda la atención de Nick. Éste se quedó absolutamente inmóvil, igual que un ciervo deslumbrado por los faros de un coche; después, se irguió lentamente y giró para mirarla de hito en hito.

Su expresión era para morirse de risa. Si no se hubiera sentido tan avergonzada, habría soltado una carcajada. Nick parecía atónito. A todas luces esperaba algún tipo de disculpa o aclaración, o tal vez incluso un chiste, supuso Laurant, pero, francamente, no sabía qué decirle, así que se encogió de hombros, como diciendo: lo creas o no, esto es lo que hay; tómame o déjame.

—¿Estás de broma? —dijo con voz ronca.

Laurant meneó la cabeza lentamente.

—¿Te he escandalizado?

Nick retrocedió sacudiendo la cabeza. Era evidente que había decidido no creerla.

—Me pediste que te dijera en qué estaba pensando.

—Sí, claro...

—No estoy avergonzada.

Tenía la cara del color de la camiseta.

—No hay motivo para estarlo —tartamudeó Nick.

—¿Nick?

—¿Qué?

—¿Qué piensas de lo que te acabo de decir?

No le contestó. Laurant apartó la colcha y saltó de la cama. Nick se apartó de ella a toda prisa. Antes siquiera de que Laurant pudiera pestañear, él ya estaba en mitad de la habitación.

—No te voy a atacar.

—Puedes estar segura de que no lo vas a hacer.

Laurant dio un paso hacia él.

—Nick...

La cortó.

—Quédate donde estás, Laurant. —Le apuntó con el dedo como si le diera la orden... o, mejor dicho, como si se la gritara. Siguió retrocediendo hasta que chocó contra el televisor, que de no haber estado atornillado a la pared se habría estrellado contra el suelo.

Laurant estaba avergonzada. Nick se comportaba como si le tuviera miedo; sin duda, no había previsto una reacción tan estrambótica. Incredulidad, tal vez, incluso ira, ¿pero miedo? Hasta ese momento, no había creído que Nick le temiera a algo.

—¿Qué te pasa? —susurró.

—Es imposible, eso es lo que me pasa. Ahora, déjalo, Laurant, déjalo en este mismo instante.

—¿Que deje el qué?

—De hablar como una loca.

Demasiado avergonzada para mirarlo a los ojos, Laurant inclinó la cabeza y se quedó mirando las baldosas del suelo. Era demasiado tarde para retirar sus palabras o pretender que no las había dicho, así que decidió empeorar las cosas cien veces y decírselo todo.

—Hay más —dijo con una voz que era un suave murmullo.

—No quiero oírlo.

Ignoró la protesta.

—Cuando me besas, tengo esa curiosa y cosquilleante sensación en el estómago y no quiero que pares. Jamás la había sentido antes. Sólo pensaba que deberías saberlo. —Lo oyó gemir, pero fue incapaz de obligarse a mirarlo todavía—. ¿Y sabes lo más extraño?

—No quiero...

Lo interrumpió, desesperada por sacar la declaración antes de perder el valor.

—Creo que me estoy enamorando de ti.

Se atrevió a levantar los ojos con rapidez para ver cómo se estaba tomando Nick el anuncio, deseando fervientemente no haberlo molestado. Dicho fuera en honor de Nick, no parecía que siguiera teniéndole miedo; no, en ese momento parecía como si quisiera matarla. No era lo que Laurant hubiera considerado un paso en la dirección correcta.

Pareció que algo la impulsaba a empeorar las cosas.

—No, no me estoy enamorado de ti. Te amo —insistió con tozudez.

—¿Cuándo demonios ocurrió? —preguntó Nick. La ira de su voz la escoció como un latigazo. Se estremeció y parpadeó tratando de contener las lágrimas.

—No lo sé. —Parecía desconcertada—. Sólo ocurrió. Puedes estar seguro de que no lo planeé. Estás completamente equivocado conmigo —dijo—, si crees que soportaría una aventura. Lo quiero todo, matrimonio hasta que la muerte nos separe y quiero niños. Muchos niños. Tú no quieres nada de eso. Comprendo que no tenemos un futuro en común, pero pensé que si podía convencerte de que me hicieras el amor sólo esta vez, sería suficiente. No cambiaría nada.

—Y un cuerno que no cambiaría.

—Eh, por Dios, deja de sacudir la cabeza mientras me miras. Olvida lo que he dicho... Y a propósito, encuentro insultante tu reacción. Pensé que sentías... que te preocupabas tanto por mí. Bah, no importa. Un sencillo «gracias» habría sido suficiente. No era necesario que me hicieras saber lo mucho que te horrorizaba la idea de acostarte conmigo.

—Maldita sea, Laurant, intenta entenderlo.

—No lo entiendo. Has dejado tu posición absolutamente clara: no me quieres.

—¿Estás llorando? —la pregunta sonó a amenaza.

Laurant se habría muerto antes de admitirlo.

—No, por supuesto que no. —Se secó las lágrimas de la cara, pero no contuvo la marea—. Sólo lo parece.

—Vamos, Laurant, no llores —le suplicó.

—Es la alergia. —Se le escapó un sollozo—. Necesito un pañuelo.

Intentó pasar por su lado hacia el baño, pero Nick alargó la mano y la atrajo hacia sí. Laurant se derrumbó contra su pecho y dejó que corrieran las lágrimas. Nick la envolvió entre sus brazos, la besó en lo alto de la cabeza y luego en la frente.

—Escúchame, Laurant. —Parecía un hombre en trance de ahogarse que pidiera ayuda desesperadamente—. No sabes lo que estás diciendo. No me amas. Has pasado por un infierno y estás asustada, y en este momento tus sentimientos están revueltos.

Sabía lo que le estaba sucediendo; estaba confundiendo la gratitud con el amor. Algo fácil, dadas las circunstancias. Sí, eso era. No podía amarlo; era demasiado buena para él, demasiado dulce, demasiado perfecta. Y no la merecía. Tenía que detener eso ya, antes de que fuera demasiado tarde.

—Sé lo hay en mi corazón, Nick. Te amo.

—Deja de decir eso.

Parecía enfadado, aunque al mismo tiempo la besaba con fervor y estaba siendo muy tierno. Laurant no sabía cómo interpretar aquellas señales contradictorias. No podía cesar de abrazarlo, de tocarlo.

—Por favor, cariño, deja de llorar. Hace que me vuelva loco.

—La alergia da mucha guerra —dijo llorando contra su pecho.

—No tienes ninguna alergia —le susurró mientras rozaba el cuello de Laurant con los labios. Le encantaba su olor; olía a flores, jabón y mujer.

Estaba perdido y lo sabía. Ahuecó las manos a ambos lados de su cara y le secó las lágrimas con besos.

—Eres tan bonita —susurró, y le cubrió la boca con la suya, ya exigente y apremiante, implacable, acariciándole la lengua con la suya. Empezó a temblar como un joven inexperto en su primer intento amatorio. Sólo que éste no era torpe. Era perfecto.

Dios, cómo lo deseaba. Y sin embargo, seguía habiendo una parte de él que intentaba fingir que sólo le estaba ofreciendo consuelo. Hasta que sus manos se deslizaron bajo la camiseta de Laurant y se encontró acariciando la cálida y sedosa piel. Al diablo con el consuelo. La deseaba con una intensidad abrasadora que lo sacudió hasta la médula y lo horrorizó.

No podía dejar de acariciarla. Laurant se encontraba tan bien contra él, era una sensación tan suave, tan ideal. Nick le estaba sacando la camiseta por la cabeza e intentando besarla al mismo tiempo, aun cuando le decía que no podían hacer algo de lo que se arrepentirían por la mañana.

Laurant asintió frenéticamente mientras le tiraba de la presilla del calzoncillo y se lo bajaba. Volvió a subir las manos, deslizándoselas por los muslos, y empezó a acariciarlo íntimamente.

Sus dedos eran mágicos, y el leve tacto contra la entrepierna de Nick, una exquisita tortura. Erecto y palpitante, se dio cuenta de que no duraría ni un instante si ella seguía acariciándole, así que le agarró las manos y se las levantó para que le rodearan el cuello. Entonces, se apretó bruscamente contra ella, y el tacto con los suaves y exuberantes senos de Laurant casi fue su perdición. Piel aterciopelada que se frotaba contra él mientras intentaba devorarla con la boca.

Nick se apartó.

—Espera, tengo que protegerte —susurró, y se dirigió al baño para coger lo que necesitaba entre sus cosas de afeitar. Regresó y se detuvo un instante—. Laurant, yo... —Cualquier intento de cambiar de idea que pudiera haber tenido se desvaneció cuando ella lo rodeó con los brazos y lo besó.

Cayeron juntos sobre la cama, todo piernas y brazos. Nick cambió las posiciones de manera que pudiera tumbarse sobre ella, separándole los muslos con suaves golpes para instalarse en medio. Le levantó la cabeza, contempló sus labios llenos y se sintió repentinamente abrumado por su belleza.

Le ahuecó las manos sobre los senos, y sus dedos empezaron a trazar lentos círculos alrededor de los pezones endurecidos. Laurant soltó un leve jadeo y cerró los ojos, dejándole saber que aquello le gustaba, así que Nick lo repitió una y otra vez mientras observaba su excitación.

Estaba decidido a ralentizar el ritmo, a proporcionarle tanto placer como fuera capaz antes de rendirse él mismo.

—Te he deseado todo el tiempo —susurró—. Desde el mismo instante en que te vi, deseé que esas piernas largas me rodearan. No podía pensar en otra cosa.

Tenía la cara ensombrecida por la pasión y los ojos azules le relucían peligrosamente. Con dulzura, Laurant arrastró las yemas de los dedos por la mandíbula dura de Nick y continuó por su cuello.

—¿Sabes qué más he deseado?

Y entonces, le demostró con las manos y la boca aquello en lo que había estado pensando. Sabía dónde tocarla, qué presión ejercer, cuándo retirarse. Laurant se movía sin descanso contra él, exigiendo más y más con sus caricias, hasta que sus uñas se clavaron en los hombros de Nick y empezó a suplicarle que acabara de atormentarla de aquella manera.

Su boca la estaba enloqueciendo mientras le deslizaba las manos por los costados. La acarició con los dedos en la parte interior —tan suave, tan sensible— de los muslos. La sintió arquearse contra él y oyó el jadeó cuando le acarició de manera deliberada los negros y arremolinados rizos de la entrepierna con los nudillos. Le encantó el excitante sonido que emitió Laurant al tocarla tan íntimamente.

Nick le hacía el amor, diciéndole sin palabras cuánto la adoraba.

Laurant jamás se había sentido tan dichosa, nunca antes recorrida por sensaciones de semejante exquisitez. Se volvió a arquear contra él, exigiendo ya bastante más.

—Ahora, Nick... por favor. Oh, sí, Dios, ahora...

La penetró con energía, incapaz de reprimir el gruñido de pura satisfacción mientras se hacía parte de ella, y cuando lo rodeó con las piernas, volvió a gruñir. La realidad superaba con creces a la fantasía. Laurant era mejor que cualquier cosa que hubiera podido imaginar jamás. Enterrado en ella por completo, la cabeza caída contra su esternón, respiró hondo y, acompasando la respiración, intentó espaciar el ritmo. Estaba decidido a que la relación sexual entre ambos fuera inolvidable.

Empezó a moverse dentro de Laurant con lentitud.

—¿Te gusta así?

—Sí —gritó.

—¿Y así? —susurró mientras deslizaba la mano entre sus cuerpos unidos y la acariciaba. El grito de éxtasis fue todo el aliento que necesitaba. La rodeó por el cuello con el brazo, y Laurant lo arrastró hacia abajo con un largo y cálido beso.

—No pares nunca —susurró Laurant.

Nick se hundió una vez más. Laurant levantó las caderas, tensándose contra él para albergarlo lo más posible en su calidez interior. Deseaba complacerlo, y en la red de pasión que Nick había tejido no había lugar para la inquietud o el temor de defraudarlo.

Ninguno de los dos era capaz de aflojar el ritmo, ya frenéticos ambos por encontrar la liberación.

Laurant se corrió antes que él y empezó a sollozar por la hermosura de su entrega y el amor que le profesaba. Nick la sintió temblar en sus brazos cuando todas las partes de su cuerpo se apretaron a su alrededor, y, casi gritando de placer, llegó al orgasmo bien hundido en ella. En nada se pareció a cualquier otro que hubiera tenido en el pasado; ni se cuestionó la diferencia ni la entendió, simplemente aceptó que había sido único y tan especial que jamás podría conformarse de nuevo con algo menos.

Permaneció dentro de ella mucho tiempo, y cuando finalmente se dejó caer sobre el costado y la cogió con ternura entre sus brazos para abrazarla con fuerza, Laurant se acurrucó contra él con toda confianza y extendió la mano sobre la rizada mata de pelo de su pecho.

Estaba demasiado abrumada para hablar; apenas podía formar un pensamiento con coherencia. Cuando por fin pudo respirar de nuevo, se apoyó en el codo para contemplar su rostro.

Se quedó mirando de hito en hito aquellos profundos ojos azules, tan intensos en ese momento por los rescoldos de la pasión salvaje; y le sonrió mientras se arqueaba contra él como una gata satisfecha. Adoraba el contacto con la dureza de su cuerpo. Los pelos de las piernas de Nick le hacían cosquillas en los dedos de los pies; también adoraba aquella sensación.

Lo amaba. Ahora y siempre, admitió. Entonces vio la creciente preocupación en su mirada e intentó pensar en la manera de conjurar el lamento que sabía no tardaría en afligir a Nick. Lo besó larga y morosamente, tras lo cual volvió a sonreírle.

—¿Sabes lo que pienso?

—¿De qué se trata? —preguntó en un bostezo, todavía demasiado agotado y feliz para moverse.

—Que puedo llegar a ser realmente buena en esto.

Nick gimió, pero Laurant percibió el ruido sordo que crecía en su pecho, y, de repente, él empezó a reírse.

—Pues si mejoras algo, me matarás.

—¿También te ha gustado?

—¿Cómo puedes hacerme esa pregunta?

Laurant deslizó la mano por el tenso músculo que le cruzaba el hombro, advirtió la cicatriz desvaída e irregular del brazo y se inclinó para besarla.

—¿Cómo te la hiciste?

—Fútbol.

—¿Y ésta? —le preguntó mientras le tocaba la cicatriz apenas visible de la cadera— ¿Fue una bala?

—Fútbol —repitió. Laurant no pareció creerlo—. De verdad —dijo—. El taco de una bota.

—¿Te han pegado un tiro alguna vez?

—No —respondió—. Me han apuñalado, me han dado puñetazos, patadas, arañazos y me han escupido, pero balazos, no. —Todavía no, en cualquier caso, pensó en silencio. Tenía la cicatriz de una cuchillada (en realidad de un punzón de hielo) en la espalda, debajo del riñón izquierdo. Cinco centímetros más arriba, y no estaría vivo. Tal vez Laurant no la hubiera visto, pero si lo hacía, decidió que no le mentiría.

—La mayoría de las cicatrices son del fútbol —dijo.

Laurant enredó los dedos en el pelo de Nick.

—Excepto las que llevas dentro.

Le apartó la mano.

—No te pongas sentimental. Todo el mundo arrastra su pequeña historia.

Estaba intentando cerrarse a ella, zafarse emocionalmente, pero Laurant no le dejaría salir huyendo. Cuando Nick rodó sobre la espalda y le dijo de manera cortante que era hora de dormir un poco, ella ignoró la sugerencia.

Se dio la vuelta y se puso encima de él y, colocándole las manos bajo la barbilla, lo miró fijamente a los ojos.

Las manos de Nick ya estaban en las caderas de Laurant. Quería quitársela de encima y echarse a dormir antes de ceder a su deseo y hacerle el amor de nuevo, pero fue incapaz de obligarse a apartarse de ella.

—Prométeme una cosa y te dejo dormir —dijo Laurant.

—¿El qué? —preguntó con aparente suspicacia.

—Con independencia de lo que suceda...

—¿Sí?

—Nada de lamentos. ¿De acuerdo, Nick?

Asintió con la cabeza.

—¿Y qué pasa contigo?

—Nada de lamentos —juró.

—De acuerdo —dijo.

—Dilo.

Suspiró.

—Nada de lamentos.

Y los dos estaban mintiendo.

29

A Rompecorazones no le gustaban las sorpresas, a menos, claro, que fuera él quien las diera.

Esa noche estuvo repleta de sorpresas desagradables. Ya había oído que la mula lo estaba ridiculizando, y se lo había tomado a beneficio de inventario. De las mulas sólo esperaba estupideces, así que sólo estaba medio molesto por oír algunos de los epítetos que le estaban prodigando. Necedades... palabras que no podían herirlo. Hasta esa noche, cuando oyó que Laurant también difundía viles mentiras. Lo había llamado impotente. Apenas podía soportar la idea de sus labios formando la odiosa palabra. ¿Cómo se atrevía a traicionarlo? ¿Cómo osaba?

Tenía que desquitarse, y sentía el impulso de actuar con rapidez. Necesitaba castigar el descaro de Laurant. ¿Cuánto tiempo había aguantado en el solar trasero mirando hacia su ventana? Por lo menos una hora, tal vez dos. No lo sabía. Cuando la necesidad hacía presa en él, el tiempo no importaba.

Y entonces había visto a Lonnie. El estúpido chaval estaba trepando al árbol, el mismísimo árbol que Rompecorazones había utilizado en incontables ocasiones para meterse en su casa y acecharla durante la noche.

Lo había observado mientras se arrastraba por el tejado y se deslizaba sobre el saliente de la ventana del baño. Igual que había hecho él. «Chico listo —pensó—. Sigue mis pasos.»

Mientras esperaba a ver qué es lo que estaba haciendo Lonnie, otro hombre captó su atención. El bueno de Steve Brenner se acercaba sigilosamente a la puerta trasera de Laurant. Vaya, ¿qué estaría tramando?

El perro de las vecinas no podría decírselo; Rompecorazones había matado al animal para poder moverse con libertad por el jardín durante la noche. Se había ocupado del perro ladrador, y ahora Lonnie Boy y Steve Brenner se aprovechaban de su esfuerzo.

No dejaron de producirse sorpresas, y fueron en aumento hasta que la casa acabó envuelta en llamas, y Brenner, rodeado de mulas.

Hubiera podido alejarse en ese momento y nadie se enteraría. Pensaban que tenían a su hombre. Después de que se diera un pequeño garbeo por las calles de Holy Oaks y encontrara lo que estaba buscando, haría un pequeño depósito y seguiría su camino tan contento. La oportunidad le había llovido del cielo. Sí, podía marcharse, pero ¿debía hacerlo? Bueno, ésa era una pregunta que le obsesionaba.

Menudo dilema. Sí, señor. ¿Podía? ¿Debía?

Su obsesión lo estaba convirtiendo en un asesino despiadado. No, eso no era verdad, se obligó a admitir. Ya era un asesino; un asesino perfecto, matizó. Su ego insistió en que se reconociera el mérito que tenía. Una parte de él era bastante analítica al respecto, y él era capaz de reconocer lo que le ocurría, pero no podía obligarse a lamentar la pérdida de lo que los demás llamaban su cordura. No estaba loco. No, claro que no lo estaba, pero era vengativo. De eso no había ninguna duda. Era su sagrado deber devolver lo que se le había dado.

Paseaba de un lado a otro de la pequeña habitación, maquinando y hecho un basilisco. Ese sórdido muchacho, Lonnie, lo había estropeado todo sin remisión, y no podía dejar que se fuera de rositas, ¿verdad? Por su culpa, había fracasado el plan perfecto, ¿y qué tenía previsto hacer él al respecto?

El estúpido ingrato lo estaba obligando a adelantar su agenda. Menudo contratiempo suponía, y Lonnie debía pagar por ello, ¿no era así? Vaya, sí, claro que debía. Lo justo era lo justo, después de todo, y además se había dado cuenta de que a Laurant no le gustaba el joven baboso. Pero, la verdad, ¿a quién le gustaba? Tal vez hubiera llegado el momento de demostrarle lo mucho que la quería. Decidió hacerle un regalo, algo especial... como el bazo o el hígado de Lonnie. El corazón, no, seguro. Quería agradarla, no insultarla, y no haría que Laurant pensara que Lonnie era un rompecorazones. No, señor.

Miró el reloj de la mesilla de noche. Caramba, caramba, cómo pasa el tiempo. Tanto que hacer, y tan poco tiempo, gracias al chico Lonnie. Vaya, lo pagará muy caro, con el bazo y el hígado e incluso tal vez un riñón o los dos. Pero lo primero es lo primero, se advirtió. Hay trabajo que terminar.

Los preparativos, al fin y a la postre, lo eran todo. La fiesta tenía que ser perfecta.

30

Le encantó dormir con él, arropada en la seguridad de sus brazos, con las piernas atrapadas bajo uno de los muslos de Nick. Se despertó antes que él, pero se sentía demasiado feliz para moverse. Se le veía tan apacible... No quiso perturbar su descanso, así que se quedó absolutamente inmóvil mientras contemplaba su rostro con el ojo crítico de una artista. Tenía el más maravilloso de los perfiles. La cincelada línea de la mandíbula, la nariz recta, la boca perfectamente esculpida. Quiso pintarlo, capturar la fuerza que había visto en sus ojos y se preguntó si sabía lo guapo que era o si le importaba. Era un hombre práctico; no tenía tiempo para semejantes pensamientos ni vanidades.

Deseaba despertarlo y que le hiciera el amor, pero sabía que tal cosa no ocurriría. Durante la noche, la había buscado una y otra vez, pero ahora ya era de día y todo era diferente. Le había pedido una noche, y el precio, lo sabía, había sido elevado. No podía pedirle nada más y no se lo pediría.

¿Cómo se las iba a arreglar para volver a dejar las cosas en su sitio? Era una mujer fuerte, podía hacer cualquier cosa que se propusiera y era una maestra en esconder los sentimientos. Podía fingir que había sido una gloriosa noche de esparcimiento sexual, sólo eso, una sencilla manera de liberar las frustraciones y tensiones acumuladas... pero ¿cómo narices se las iba a arreglar para conseguirlo? Ojalá pudiera ser más mundana. Muchas de sus amigas del instituto de Europa y del trabajo de Chicago creían que estaba perfectamente bien llevar a casa a un hombre que acabaran de conocer para pasar la noche y

301

luego si te he visto no me acuerdo. Después de todo, las mujeres tenían necesidades. ¿Qué había de malo en un paréntesis de una noche? Todo, pensó Laurant. Porque el corazón tenía que estar involucrado. No hubiera podido entregarse a Nick de manera tan absoluta si no hubiera asumido ya la responsabilidad y el reconocimiento de que lo amaba.

Recuerdos... tendría recuerdos de su noche juntos, y eso sería suficiente. Apretó los ojos con fuerza; quería algo más que recuerdos. Quería despertarse junto a Nick todas las mañanas durante el resto de su vida.

Odiaba sentirse tan vulnerable y deseó fervientemente que hubiera una forma de endurecerse. Apartó la sábana, empujó suavemente el muslo de Nick y se levantó.

Nada de lamentos.

Los dos tenían prisa por abandonar el motel. Nick quería salir de la habitación antes de ceder al deseo de agarrarla, tirarla sobre la cama y volver a hacerle el amor. Laurant deseaba marcharse lo más rápidamente posible antes de empezar a llorar de nuevo... como la estúpida y pueblerina chica que era.

El silencio entre ellos era tenso y terriblemente incómodo. Laurant miraba fijamente por la ventanilla mientras Nick conducía; se preguntó en qué estaría pensando, pero no dijo nada.

Nick se maldecía en silencio por ser tan hijo de puta. ¿Qué clase de hombre era que se aprovechaba de la hermana de su mejor amigo? Un enfermo, un bastardo pervertido; eso es lo que era, seguro, y Tommy jamás lo comprendería.

¿Lamentos? Demonios, sí, claro que se arrepentía, aunque sabía que si se hubieran quedado cinco minutos más en la habitación del motel, le habría vuelto a hacer el amor.

Se detuvieron en un hipermercado de la carretera principal e hicieron una compra rápida en media hora. En una estación de servicio, Laurant se cambió mientras Nick sacaba dos Coca-Colas *light* de una máquina. Cuando salió, llevaba una blusa a cuadros rosas y blancos de siete dólares metida en unos vaqueros azules lavados de quince, pero, en ella, la barata indumentaria parecía de diseño exclusivo. La tela se adhería a las curvas de su cuerpo seductor, y Nick tuvo que apartar la vista para que se le acompasara el pulso. «Escoria —pensó—. Soy peor que la escoria.» Entonces, volvió a mirar y se dio cuenta de que el sol arrancaba destellos cobrizos del pelo de Laurant. Se acordó de la suave sensación de aquellos rizos cuando había estado apoyada contra él. Al darse cuenta de lo que estaba haciendo, volvió a maldecirse. Tenía la disciplina de un cerdo.

Laurant se dirigió al coche, deslizándose por el pavimento con su larga y sensual zancada. Nick le entregó la lata de Coca-Cola con el ceño frucido, como si ella hubiera hecho algo malo, se metió detrás del volante y no volvió a decir palabra durante sus buenos treinta kilómetros. Por más que intentaba mantener la atención en la carretera y otros asuntos apremiantes, era incapaz de evitar mirarla a cada instante. Tenía la más sensual de las bocas, y cuando pensaba en las cosas que había hecho con ella, sentía una terrible presión en el pecho.

No podía evitar las imágenes.

—¡Demonios!

—¿Perdón?

—No importa.

—¿Te ha llamado ya Pete?

—¿Qué?

Refunfuñó como un lince hambriento. Laurant repitió la pregunta con calma.

—No —respondió con sequedad—. Ya te dije que va camino de Houston. El avión aún tardará una hora en aterrizar.

—No, no me lo dijiste.

Nick se encogió de hombros.

—Pensé que lo había hecho.

La carretera giraba hacia el este, y el sol resultaba cegador. Nick se puso las gafas de sol y le dio un largo trago a la lata.

—¿Siempre estás de mal humor por las mañanas? —preguntó Laurant.

—Llevamos viviendo juntos el tiempo suficiente para conocer la respuesta a esa pregunta. ¿A ti que te parece?

—Que estás del mal humor —dijo—. Eso es lo que me parece.

—¿De mal humor? —La miró rápidamente con cara de pocos amigos—. ¿Qué diablos se supone que quieres decir?

—Quiero decir que estás comportándote como un gilipollas —le aclaró tranquilamente—. ¿A qué crees que se debe?

«Oye, mira, no lo sé —pensó—. Tal vez se deba al hecho de que me he pasado la mayor parte de la noche tirándome a la hermana de mi mejor amigo.»

Pensó que sería prudente guardar silencio. Terminó la Coca-Cola y dejó caer la lata en el sujetavasos.

—¿Tienes más sed? —le preguntó Laurant, ofreciéndole su bebida.

—¿No la quieres?

—Quédatela.

Y ése fue el final de la conversación durante los siguientes diez minutos. Laurant esperó a que a Nick se le pasara lo que fuera que le estaba molestando, y cuando ya no pudo aguantar el silencio ni un minuto más, dijo:

—Imagino que a estas alturas Noah habrá hablado con Tommy.

—Huy, Dios, espero que no. Es cosa mía decírselo a tu hermano, no de Noah.

—Se va a enterar —empezó Laurant.

—Se lo diré yo —insistió.

A Laurant se le ocurrió de repente que tal vez no estuvieran hablando de lo mismo.

—El incendio, Nick; te estaba preguntando si pensabas que Noah ya le habría hablado a Tommy del incendio —explicó—. Y sobre la detención de Steve Brenner.

—Ah. Sí, claro que ya se lo habrá dicho. Espero al menos que lo haya hecho antes de que Tommy lo leyera en el periódico.

—¿De qué estabas hablando tú?

—No importa.

—Quiero saberlo. Dímelo.

—De nosotros —dijo, aferrándose al volante—. Pensaba que me estabas preguntando si Noah le habría hablado de nosotros a Tommy.

Laurant levantó la cabeza de golpe.

—Y dijiste que debías decírselo tú. Dijiste eso, ¿verdad? —Su voz destilaba incredulidad.

—Sí, eso es exactamente lo que dije.

—Aunque estabas bromeando, ¿no es así?

—No, no estaba de broma.

—No vas a contarle a mi hermano lo de esta noche —dijo con vehemencia.

—Creo que es mi obligación —explicó, y de repente dio la sensación de estar bastante tranquilo y razonable.

Laurant pensó que había perdido el juicio.

—Rotundamente, no. Lo ocurrido entre nosotros se queda entre nosotros.

—En circunstancias normales, eso sería verdad —asintió—. Pero... tú eres diferente. Debo decírselo.

—No soy diferente.

—Sí, sí que lo eres, cariño. Tu hermano es mi mejor amigo, y también da la casualidad de que es sacerdote. Sí, tengo que decírselo. Es lo decente. Además, lo adivinará, lo acabará sabiendo.

—No es clarividente.

—Nunca he podido engañarlo, ya desde el bachillerato. Siempre ha sabido lo que pasaba dentro de mi cabeza. Me ha sacado de muchos apuros. Durante un tiempo, cuando estábamos en Penn State, era como mi conciencia. No, no le voy a mentir.

A Laurant le empezó a doler la cabeza.

—No tienes que mentir. No tienes que decir nada.

—Te estoy diciendo que lo va a saber. Tengo que decírselo.

—¿Te has vuelto loco?

—No.

—No se lo vas a decir. Sé que te sientes como si lo hubieras traicionado, pero...

No la dejaría terminar.

—Pues claro que me siento como si lo hubiera traicionado. Él confía en mí, maldita sea.

La carretera estaba desierta, así que detuvo el coche en el arcén.

—Sé que te va a resultar un poco violento, pero lo superarás —dijo.

Laurant no se podía creer que estuvieran manteniendo esa conversación.

—Nick, mi hermano confía en ti para que me mantengas a salvo. Ya lo has hecho. No tienes que contarle lo de anoche.

El asombro había dado paso a la ira y la vergüenza, y estaba tan disgustada que las lágrimas acudieron a sus ojos. Juró que se moriría antes de volver a llorar delante de él.

—No he hecho nada de lo que deba avergonzarme —insistió Laurant—. Y me prometiste que no habría lamentos.

—Sí, bueno, te mentí.

Le dio en el hombro con el dedo.

—Si te sientes tan culpable, entonces confiésate.

En ese momento, lo estaba mirando con odio, y en lo único que pudo pensar Nick fue en lo bonita que estaba cuando se enfadaba. Si a Laurant le hubieran salido chispas de los ojos, no le habría sorprendido.

—Ya he pensado en confesarme —admitió—, y entonces me imaginé el puño de Tommy atravesando la rejilla y decidí que no, que no estaría bien. No puedo decírselo así, ha de ser cara a cara.

Laurant se llevó la mano a la frente para intentar frenar el martilleo.

—No me refería a que te fueras a confesar con Tommy —dijo—. Ve a otro sacerdote.

—No te pongas histérica.

—No tienes nada por lo que sentirte culpable —gritó—. Yo te seduje.

—No, no es verdad.

—Con absoluta seguridad que lo hice.

—Muy bien —dijo—. Entonces, dime: ¿cómo lo hiciste?

—Hice que me tuvieras pena. Me puse a llorar.

Nick puso los ojos en blanco.

—Entiendo —dijo, arrastrando las palabras—. ¿Así que te hice el amor por compasión? ¿Es así como lo ves?

Laurant estaba contemplando seriamente la posibilidad de bajarse del coche e irse andando al pueblo.

—Deja que te pregunte una cosa —le dijo entonces, intentando que se diera cuenta de lo irracional y testarudo que estaba siendo—. ¿Te has acostado con otras mujeres, verdad?

—Sí, lo he hecho —asintió—. ¿Quieres saber el número?

—No —replicó—. Quiero saber qué ocurrió después de que te acostaras con ellas. ¿Te sentiste obligado a decírselo a sus madres?

Nick se rió.

—No, claro que no.

—Bien, ¿entonces?

—Como te dije antes, encanto, eres diferente.

Laurant cruzó los brazos a la altura del pecho y clavó la mirada al frente.

—No voy a seguir hablando de esto.

—Laurant, mírame. ¿Qué tal si te prometo una cosa?

—¿Para qué molestarte? No cumples tus promesas.

—Hacerme prometer que no lo lamentaría fue una solemne estupidez, así que no creo que eso deba contar. Mantendré mi promesa —le aseguró—. Si no me pregunta, no hablaré, no le diré nada a tu hermano durante un par de días. Esto debería darte tiempo suficiente para tranquilizarte.

—No es suficiente —contraatacó Laurant—. Puesto que te sientes obligado a ser un bocazas, tienes que esperar a que hayas regresado a Boston.

—Debería decírselo cara a cara, para que si quiere darme un puñetazo pueda hacerlo.

—Boston —dijo, apretando los dientes.

Nick acabó por transigir. Volvieron a la carretera y se dirigieron de nuevo a casa.

—¿Nick?

—¿Sí?

El tono de Nick ya era absolutamente jovial; era el más desesperante de los hombres. Laurant preguntó:

—¿Algún otro bombazo que quieras tirarme antes de llegar a casa?

—Sí, ahora que lo pienso, hay una cosa más que quizá debería comentar.

Laurant se preparó mentalmente.

—¿De qué se trata? No, déjame que lo adivine. Quieres que lo pongamos por escrito.

Nick se rió.

—No.

—Entonces, ¿qué? —Ahora parecía malhumorada.

—Cuando vuelva a Boston...

—¿Sí?

—Vendrás conmigo.

—¿Por qué?

—Porque no voy a perderte de vista hasta que esté convencido de que tenemos al tipo correcto bajo llave.

—¿Cuánto tiempo?

—Lo que haga falta. Hasta que esté seguro.

—No puedo hacer eso.

—Lo vas a hacer —replicó.

—Iré contigo a Boston mientras el pueblo celebra el aniversario, pero luego tengo que volver. He de encontrar un sitio para vivir, abrir la tienda y tomar algunas decisiones acerca de lo que voy a hacer con mi vida. Necesito algún tiempo para poner en orden las cosas.

—Quiero hablarte acerca de otra cosa antes de que se me olvide.

—¿Sí?

—No estás enamorada de mí.

Laurant pestañeó.

—¿No lo estoy?

—No —recalcó Nick—. Sólo crees que lo estás. Estás confundida —le explicó—. Has estado sometida a una tensión endemoniada, y hemos vivido encadenados el uno al otro.

Laurant sabía adónde quería ir a parar.

—Entiendo.

—Transferencia.

—¿Cómo dices?

—Se llama transferencia. Es como cuando el paciente se enamora del doctor. No es real —recalcó.

—¿Es de eso de lo que estoy aquejada?

—Aquejada, no, encanto —dijo—, pero creo que has confundido la gratitud con el amor.

Durante un instante, Laurant fingió sopesar la posibilidad; luego, dijo:

—Creo que tal vez tengas razón.

Se juró que si apreciaba el más leve atisbo de alivio en Nick, lo iba a agredir físicamente.

—¿En serio? —Parecía un poco asombrado.

—Sí, en serio —dijo con más convicción.

Nick quería la confirmación.

—¿Así que te das cuenta de que no me amas?

«No —pensó—. Me doy cuenta de que te aterroriza que te diga que te amo, porque significa responsabilidad y asumir un riesgo.»

—Eso es exactamente de lo que me he dado cuenta —le dijo—. Seguro que es cosa de la transferencia esa. Estaba confundida, pero ya no lo estoy. Gracias por aclarármelo.

Nick le lanzó una mirada fugaz.

—Qué rápido ha sido, ¿no?

—Cuando tienes razón, tienes razón.

—¿Eso es todo? —De repente, se enfureció con ella y no le importó que se le notara. Maldita fuera, le había dicho que lo amaba, y después de un razonamiento de un minuto, desistía. ¿Qué clase de amor era ése?—. ¿Es cuanto tienes que decir?

—No, en realidad hay una cosa más que me gustaría mencionar.

—¿Sí? ¿Y de qué se trata?

—Que eres un imbécil.

31

Laurant utilizó el teléfono de Nick para llamar a Michelle y darle las malas noticias sobre el vestido de dama de honor.

Michelle contestó al primer tono.

—¿Dónde estás? ¿Te encuentras bien? Me enteré de lo del incendio, y Bessie Jean le dijo a mi madre que te fuiste con Nick, pero nadie sabía a dónde habíais ido. Dios mío, ¿te puedes creer que Steve Brenner resultara ser semejante pervertido? ¿Sabías que había escondido una cámara en tu casa?

Laurant contestó con paciencia a las preguntas y le contó lo del vestido. Michelle se tomó la noticia sorprendentemente bien.

—Si hubieras dejado el vestido con Rosemary... —dijo, refiriéndose a la modista que había confeccionado el vestido.

—Me dijiste que lo recogiera, ¿recuerdas?

—Sí, ¿pero desde cuándo haces caso de lo que digo?

—Michelle, ¿qué vamos a hacer? ¿No crees que debería renunciar?

—Ni hablar —gritó Michelle—. Puedes ponerte algo mío.

—Tienes que estar de broma. Eres muy menuda; nada tuyo me serviría.

—Escucha, Laurant. Tengo que aguantar a dos primas sosainas de Christopher en la boda, pero no voy permitir que ninguna sea mi dama de honor. ¿Eres o no mi mejor amiga?

—Pues claro que sí —dijo—, pero...

—Entonces, improvisa; me da igual lo que te pongas. Ven desnuda, si quieres. No, mejor que no hagas eso; provocarías un disturbio —dijo—. Y Christopher se olvidaría de sus promesas —añadió con una carcajada.

—Encontraré algo —prometió, al tiempo que se preguntaba de dónde diablos iba a sacar tiempo para ir de compras.

—¿Vendrás a las cuatro?

—Dame por lo menos hasta las cinco.

—¿El fuego destruyó el traje? Si no está desintegrado, tal vez pudieran arreglarlo en la tintorería.

—No —respondió—. Pasó a mejor vida.

—El pueblo está que trina con Brenner —le dijo entonces—. ¿Cómo fue tan estúpido de prenderle fuego a su propia casa? ¿Sabías que había intimidado a la pobre señora Talbot para que se la vendiera? Tampoco la tenía asegurada, ¿lo sabías? El pervertido la pagó en metálico.

—¿Cómo te has enterado de todo eso? —preguntó Laurant.

—Por las amigas metomentodo de mamá. En la última hora, la Pequeña Lorna la ha llamado tres veces para seguir informándola.

—Steve no provocó el fuego —dijo Laurant—. Fue Lonnie. Supongo que no sabía que Steve había comprado la casa.

—Eso no ha salido en el periódico —exclamó Michelle—. ¿El hijo del jefe de policía participó en esto?

—Sí —respondió—. Michelle, hay muchas más cosas también, pero ahora no puedo entrar en detalles.

—Me lo podrás contar todo mientras nos vestimos —dijo—. Y quiero decir todo. Ahora tengo que colgar; me tienen que hacer las uñas. Hasta las cinco y, por favor, deja de preocuparte. Va a salir todo estupendo. Nada me puede estropear este día, ¿y sabes por qué?

—¿Porque te vas a casar con el hombre de tus sueños?

—Eso también.

—¿Qué es lo que ibas a decir?

—Pues que con independencia de todo, voy a tener una increíble noche de sexo ardiente. Ah, ah, mamá me está mirando con cara de ogro. Tengo que irme.

Laurant devolvió el teléfono a Nick.

—Vayamos a casa antes de nada —dijo—. Si el fuego no llegó al segundo piso, tal vez pueda encontrar algo adecuado que ponerme para la boda.

—Tu ropa olerá a humo —dijo—. Pero es posible que en la tintorería puedan limpiarte el traje para antes de las cinco.

Laurant repasó mentalmente su vestuario de ropa «érase una vez», tal y como llamaba a los hermosos vestidos y trajes exclusivos que el jefe de la agencia de modelos europea le había regalado en un intento de engatusarla para que trabajara para ellos. El azul hielo de Versace podría servir o el Armani de color melocotón. Los dos vestidos de gala eran largos, y sus sandalias de tacón alto irían bien tanto con uno como con otro. Ahora bien, si la ropa había sido destruida por el fuego, entonces no sabía qué podría ponerse. Las tiendas de ropa de mujer del pueblo no vendían atuendos para ceremonias.

—¿Qué más tienes que hacer antes de la boda? —preguntó Nick.

—Encontrar dónde quedarme esta noche —dijo—. Esperaré a mañana para embalar lo que pueda salvar de la casa. Pensarlo hoy es superior a mis fuerzas. Tenemos que conseguirte un traje para la boda —añadió—. ¿Trajiste alguno?

—Sólo la chaqueta azul marino y un par de pantalones de traje.

—Eso servirá. Los llevaremos también a la tintorería.

Parecía cansada.

—Ánimo, encanto, todo se va a arreglar.

Laurant intentó pensar en algo optimista.

—Hace un bonito día para casarse, ¿no te parece?

—¿Se ha enfadado tu amiga por lo del vestido?

—No —respondió. Y, sonriendo, añadió—: Michelle no se enfada por cosas así. Me dijo que nada podía estropearle el día.

Sonó el teléfono, pero no era Morganstern, como Nick esperaba. Era Noah quien llamaba, quería saber cuándo llegarían a la abadía.

—¿Está preocupado Tommy?

—No —respondió Noah—. Sólo quiere saber si tenemos que estar por aquí o no.

—Estaremos allí dentro de una hora. Haz que se quede.

Laurant empezaba a tener hambre, pero no quería perder tiempo en comer. Había muchísimo que hacer antes de la noche y ya era casi mediodía.

Llegaron a Holy Oaks y zigzaguearon por las tranquilas calles del pueblo hasta llegar a la casa.

—¿Sabes lo que me dijo Michelle? Que no se mencionaba a Lonnie en el periódico. Creía que Steve Brenner había sido el causante del incendio.

—Farley me dijo que lo detendría y lo llevaría a Nugent —dijo Nick—. Él y Brenner pueden compartir celda.

—Querrías estar allí, ¿verdad?

Le lanzó una mirada mientras lo admitía.

—Sí, me gustaría. Me encantaría sentarme en la sala de interrogatorios y mirar a Brenner a los ojos. Entonces, tendría la certeza.

—De que es el sudes.

—No, de que no lo es.

—Deseo que te equivoques.

—Lo sé. —Pareció comprensivo.

—Hasta anoche, jamás habría creído que Steve pudiera ser un mirón —dijo Laurant.

—Eso es porque no habías visto el lado oscuro del bueno de Steve.

—Lo vi anoche, sin duda. Tenía la cara contraída por el odio, y el veneno que escupió por su boca me horrorizó. Me parece capaz de cualquier cosa, incluso de asesinar. ¿Aunque sabes lo que más me extrañó de todo?

—No, ¿qué fue?

—Pues que Steve siempre se ha mostrado muy tenso, al menos cuando yo estaba cerca. Es una persona muy controlada, u organizada, como dirías tú. Siempre planificando —añadió con un movimiento de cabeza—. Para manipular a los comerciantes y convencerles de que vendieran utilizaba unos modales muy suaves; había comprado cinco tiendas antes de que el pueblo averiguase lo que estaba tramando. Se comportó de manera artera y con mucha inteligencia, ¿no te parece?

—¿Y qué?

—Que aunque sólo fuera de oídas, tenía que haber sabido lo inestable e imprevisible que es Lonnie. ¿Por qué lo mezclaría?

—Tal vez pensó que podía utilizarlo como chivo expiatorio.

—Tal vez —asintió Laurant—. ¿Cómo entró Steve en la casa?

—Por la puerta trasera. Rompió el cristal, metió la mano y quitó el pestillo. Una chapuza —añadió.

—Me parece que Lonnie estuvo buscando la manera de entrar por una ventana.

—Me dijiste que estuvo en el tejado.

—Lo oí cuando estaba en el exterior de la ventana del baño.

—Pero no lo viste, ¿verdad?

—No —respondió—. Puede que estuviera comprobando que no había nadie en casa. No me vio. Me tiré al suelo en cuanto vi la luz.

Nick detuvo el coche en una señal de stop y esperó a que dos niños, de unos siete u ocho años, atravesaran el cruce montados en sus bicicletas. ¿En qué estaban pensando sus padres para perderlos de vista de esa manera? Mierda, se los podía llevar cualquiera, podía ocurrirles cualquier cosa, y los padres no se enterarían hasta que fuera demasiado tarde.

Volvió a prestar atención a Laurant.

—¿Lonnie tenía una linterna?

—No, parecía más bien un bolígrafo-linterna, con luz roja.

—Un bolígrafo-linterna... ¿tal vez te refieres a un puntero láser?

—Sí, exacto.

—¿Por qué no me lo dijiste anoche? —preguntó con impaciencia.

—Te dije que Lonnie había estado en el tejado.

—El hijo de puta pudo haberte tenido en su mira. —Tenía la cara contraída por la ira—. ¿Dónde demonios conseguiría hacerse con ese tipo de equipamiento?

—Del armario de su padre —contestó—. El jefe de policía alardea de su colección de armas, y Lonnie accedería a ellas sin dificultad.

Nick cogió el teléfono y empezó a marcar.

—Y por eso saliste del cuarto de baño.

—Sí —contestó—. ¿A quién llamas?

—A Farley —contestó—. Él puede averiguar si Lonnie estuvo o no en ese tejado.

—¿Quién más podría haber sido?

Nick no le contestó.

En el momento en que sonó el teléfono, el agente Farley se disponía a subir a un avión en Des Moines. Cuando oyó la voz de Nick, se apartó de la multitud que hacía cola para embarcar.

—Me coges por los pelos —dijo—. Un minuto más y habría tenido que desconectar el teléfono.

—¿Detuviste a Lonnie?

—No —contestó—. Se ha escondido, y me han dado otro destino. Wesson está dejando que el jefe de policía de Nugent y sus ayudantes busquen a Lonnie y se lo lleven.

—¿Sigue Feinberg aquí o Wesson le ha ordenado que haga las maletas?

—No estoy seguro —respondió Farley—. Puede que ya no siga ahí. Esto no te encaja, ¿verdad, Nick? No crees que Brenner sea nuestro hombre.

—No, no lo creo —dijo—. Pero aún no tengo nada que lo pruebe.

—Podría tratarse de un caso fácil, y tú nunca has tenido uno antes.

—Sí, tal vez.

—¿Te vas a quedar en Holy Oaks?

—Sí.

—Lo siento, tenía que echarte un cable, pero no he podido elegir. En cuanto Wesson comunicó por correo electrónico al cuartel general que estaba disponible, no perdieron ni un segundo en asignarme a otro caso.

—¿Adónde vas?

—A Detroit. Algo se está cociendo allí, y es algo turbio. Da gracias por estar de vacaciones.

—Ten cuidado —dijo Nick—. Ah, Joe, y gracias por la ayuda.

—Para lo que he hecho. Te diré una cosa: he trabajado con Wesson un par de veces en el pasado, y siempre fue un coñazo, pero nunca se mostró tan difícil. Creo que has sido tú —añadió—; sacas lo peor de él, aunque esta vez ha ido demasiado lejos. No volveré a trabajar nunca más con ese ególatra, aunque eso suponga tener que entregar la placa. Como mandan las ordenanzas, mi asno. Wesson no sabe lo que es trabajar en equipo, y así lo voy a poner en mi informe. —Joe se calló un segundo—. Nick, ¿sabes qué me preocupa?

—¿Subir a ese avión?

—No, ésa es tu fobia, no la mía. Es esa intuición que tienes.

—¿Qué pasa con ella?

—Si tienes razón, y Brenner no es el sudes, entonces tú y Noah estáis ahí completamente solos. Que Dios os ayude.

32

Laurant encontró un par de vestidos que podían servir para la boda, y después de dejarlos en la tintorería, se dirigieron a la abadía. Noah estaba en la cocina, comiendo pollo frito frío con toda la guarnición habitual. Nick sacó una silla para Laurant mientras cogía un muslo.

—Deberías comer algo, cariño.

La ceja derecha de Noah se levantó, y su mirada brincó de la cara colorada de Laurant a la expresión afligida de Nick. Entonces, soltó una carcajada.

—Os ha llevado tiempo.

—No empieces —le advirtió Nick.

—¿Que no empiece qué? —preguntó Noah inocentemente.

—Nick le llama cariño a todo el mundo —soltó Laurant, sintiéndose un poco tonta.

—Pues claro que sí —asintió Noah—. A Tommy y a mí nos lo llama cada dos por tres.

—Déjalo ya —insistió Nick—. ¿Dónde está Tommy?

—Está en una de las salas de conferencia con esa redactora.

—¿Qué es lo que quiere? —preguntó Laurant.

Noah se encogió de hombros.

—Ni idea.

Nick oyó que se cerraba una puerta a su espalda y atravesó la cocina para mirar por la ventana. Vio que Lorna bajaba las escaleras corriendo.

—¿De dónde ha salido este banquete? —preguntó Laurant a Noah.

—Del club de admiradoras de Noah —respondió Tommy desde el umbral. Noah sonrió con aire burlón.

—Las señoras me adoran. ¿Qué le voy a hacer?

—Ha estado ejerciendo de consejero espiritual —dijo Tommy meneando la cabeza con desesperación.

—Eh, lo hago bien.

Laurant tenía problemas para mirar a su hermano. La culpa era de Nick, lo sabía, por haber sembrado la ridícula idea de que Tommy sabría lo que había ocurrido la noche anterior con sólo mirarla a los ojos.

—Laurant, quiero hablar en privado contigo —le dijo Tommy.

Nick le lanzó una mirada «ya te dije que lo sabría» y se dio la vuelta para encararle.

—Tommy, tú y yo tenemos que hablar.

—No —casi gritó Laurant mientras empujaba la silla hacia atrás y se levantaba—. ¿De qué quieres hablar conmigo?

—Lorna acaba de estar aquí.

—¿Y qué quería? —preguntó Laurant—. Con lo del incendio y lo de Steve Brenner ya tiene bastantes noticias en las que ocuparse durante el próximo mes. ¿Está intentando encontrar la manera de culparme también de todo eso?

—Está escribiendo otro artículo sobre ti, pero no tiene nada que ver con el incendio ni con Brenner. Quería mi confirmación. Parece ser que se encontró con la mujer del banquero, la cual le habló del préstamo que pediste para la tienda, y un chisme llevó a otro. Maldita sea, Laurant —dijo con la voz temblándole de ira—, ¿por qué no me dijiste que el fideicomiso se había acabado? Durante todo este tiempo pensaba que estabas bien y que no tenía que preocuparme por ti.

Laurant se quedó estupefacta por el atrevimiento de Lorna.

—Tuve que rellenar una declaración de bienes y contar lo del fideicomiso para conseguir el préstamo —gritó—. Pero el banquero no tenía derecho a contárselo a nadie, ni siquiera a su esposa. Era información confidencial. ¿Y cómo se atreve Lorna a meter las narices en mis asuntos? —Dio un paso hacia su hermano—. ¿Te has dado cuenta de lo que acabas de decirme? Todo este tiempo pensando que estaba bien y que no tenías que preocuparte por mí. No tengo diez años, Tommy, pero no parece que te entre en la cabeza. El dinero se acabó antes de que cumpliera los veintiuno y pudiera hacer algo al respecto. Se lo quedaron los abogados; hasta el último centavo. No te lo dije porque sabía que te disgustarías y no había nada que pudieras hacer.

—¿Millones de dólares... del dinero que nuestro abuelo ganó con el sudor de su frente, perdidos? Cuando firmé la cesión de mi fideicomiso para que lo unieran al tuyo, pensé...

La expresión de su hermano hizo que le entraran ganas de llorar. Parecía desconsolado... y terriblemente decepcionado con ella. Le hizo sentir como si hubiera despilfarrado el dinero.

—No fue culpa de tu hermana —dijo Nick en voz baja.

—Ya lo sé.

—Pues te estás comportando como si no.

Los hombros de Tommy se desplomaron de golpe.

—¿En qué momento exacto descubriste que el dinero había desaparecido? —La ira contenida le había hecho enrojecer.

—Cuando cumplí veintiún años.

—Deberías habérselo dicho a tu familia entonces. Tal vez se podría haber hecho algo.

Noah sabía que no era el momento de entrometerse, pero no pudo evitarlo. Miró a Tommy a los ojos y dijo:

—¿Qué familia? Por lo que sé, Laurant no tuvo ninguna mientras crecía. ¿A quién exactamente se supone que se lo tenía que contar?

—Yo soy su familia —clamó Tommy.

—Intenta verlo a su manera —insistió Noah—. Mientras fuiste pequeño, tenías a la familia de Nick para que te ayudara, y cuando te hiciste sacerdote, la Iglesia se convirtió en tu nueva familia.

—Mi hermana siempre será parte de mi familia.

—Estaba en Europa, y tú aquí. No puedes cambiar el pasado. Lo que ocurre es que la culpa te enfurece porque ella se quedó al margen.

Tommy parecía atormentado. Sacudiendo lentamente la cabeza, Laurant se acercó a él.

—Eso no es verdad, no estaba marginada. Siempre supe que estabas pendiente de mí y supe que luchaste para traerme a Estados Unidos. Tommy, siempre he sabido que me querías. Por favor, no te enfades.

Tommy la abrazó.

—Es que ha sido un mazazo, eso es todo. No me ocultes las cosas, Laurant. Se supone que los hermanos mayores estamos para cuidar de nuestras hermanas pequeñas, con independencia de la edad que tengan. Mira, hagamos un pacto, ¿de acuerdo? De ahora en adelante, no nos ocultaremos nada el uno al otro. Si tengo que recibir quimio, te lo diré, y si tienes un problema, me lo contarás.

—No espero que resuelvas los problemas por mí.

—No, ya sé que no lo esperas, pero debes poder contármelos.

Laurant asintió con la cabeza.

—Sí, de acuerdo.

—¿Cuándo va a salir el artículo? —preguntó Nick. Intentaba calcular si había tiempo para pararlo.

—No va a salir en el periódico. Lorna y yo hemos tenido una pequeña charla.

Noah sonrió abiertamente.

—¿La amenazaste con el fuego eterno?

A Tommy no le hizo gracia.

—No, no fue eso, pero le hablé de la envidia que siente de Laurant. No quiso oír mis opiniones, pero se avino a no publicar el artículo. Teme que los demás piensen que siente envidia de Laurant y que por eso la ha perseguido varias veces.

—Necesito un vaso de leche —dijo Laurant. Por culpa de Lorna, tenía el estómago revuelto y confiaba en que la leche se lo asentaría.

—Yo te lo sirvo. Siéntate —le ofreció Tommy.

Noah le puso el plato delante.

—Come —sugirió.

—¿No puedes hacerles nada a esos abogados? —le preguntó Nick.

—Estoy haciendo algo.

Tommy sacó la cabeza de la despensa.

—¿El qué? —preguntó.

—Los he demandado.

Su hermano cogió un vaso y volvió a la cocina a toda prisa.

—¿Los has demandado?

—Sí —dijo—. Al día siguiente de descubrirlo, empecé a buscar. Tardé un año en encontrar un abogado que estuviera dispuesto a encargarse de aquellos gigantes.

—David contra Goliat, ¿eh? —dijo Noah.

—¿Sabes, Noah?, estás empezando a pensar como un sacerdote. Tal vez debieras considerar el alistarte —bromeó Nick.

Noah hizo una mueca.

—Eso jamás.

Tommy sacó la garrafa de leche de cuatro litros del frigorífico y vertió un poco en el vaso de Laurant.

—Pero, en cuanto a la demanda, ¿qué ha ocurrido?

Laurant bebió un trago de leche antes de contestar.

—Gané el primer asalto, y luego el segundo. Lo han estado alargando con recursos para retrasarlo, pero el abogado me dijo que el siguiente asalto era la última instancia. No debería tardar mucho en saber algo. Gane o pierda, será definitivo.

—Entonces hay bastantes posibilidades de que puedas recuperar el dinero.

—Puede ocurrir cualquier cosa —dijo—. Estoy preparada para lo que sea.

—Ahora me explico por qué conduces esa carraca —dijo Nick—. Has estado viviendo con poquísimo dinero.

La miraba sonriendo como si pensara que había hecho algo excepcional.

—Me administro, como la mayoría de la gente —dijo—. Y da la casualidad de que me gusta mi coche.

La conversación se acabó bruscamente cuando el jefe de policía entró vociferando en la cocina.

—¿Dónde diablos está mi hijo? —preguntó con un gruñido. Hizo la pregunta con la pistola a medio desenfundar—. ¿Qué habéis hecho con él?

Nick estaba de espaldas a la puerta, pero Noah estaba sentado de cara al desbocado jefe de policía. En un santiamén, metió la mano debajo de la sotana negra y apuntó con la pistola a Lloyd por debajo de la mesa.

—Si saca esa arma, es hombre muerto.

Lloyd se detuvo en seco, paralizado; que aquel cura se atreviera a amenazarlo lo dejó atónito.

Laurant ni siquiera tuvo tiempo de darse la vuelta en la silla antes de que Nick girara en redondo y sacara su pistola. Ya estaba de pie, protegiéndola, y el cañón de su arma se apretaba contra la sien de Lloyd.

Tommy se acercó al jefe de policía por detrás y le quitó el arma. Después, le sugirió tranquilamente que se sentara y discutieran el problema de una manera razonable.

—Aquí soy la autoridad —bramó.

—No, no lo es —le informó Nick. Volvió a meterse la pistola en la cartuchera y le dijo al jefe de policía que hiciera lo que Tommy le había ordenado.

Lloyd escogió la silla del extremo más alejado de la mesa.

—Devuélvame la pistola.

Tommy le entregó el arma a Nick, que vació rápidamente el cargador antes de deslizarla hacia el jefe de policía.

—¿Cuál es el problema? —preguntó Tommy.

—Mi hijo —masculló Lloyd—. Ha desaparecido. Ése es el problema.

—Está escondido —le dijo Nick—. Provocó el incendio, y ahora se ha escondido.

Lloyd sacudió la cabeza.

—No voy a entrar en ese asunto del incendio porque ambos lo vemos de manera diferente. Mi hijo sabe que cuenta conmigo para su coartada; no se le ocurriría que tuviera que esconderse. Cuando volví a casa desde Nugent, estaba acostado, durmiendo profundamente. Yo estaba agotado —añadió—. Estuve levantado la mayor parte de la noche, y me acababa de meter en la cama cuando ese golfo del jefe de policía de Nugent llamó a la puerta. Me dijo que se iba a llevar a Lonnie y a encerrarlo por incendiario. Tuvimos una pequeña discusión, pero decidí dejar que se ocuparan los abogados y le permití entrar. Pero Lonnie ya no estaba en su cama y la ventana se encontraba abierta de par en par.

Nick miró a Noah, que sacudió la cabeza de inmediato para hacerle saber que no había hecho nada con Lonnie.

—Tal vez Wesson decidió detenerlo —dijo entonces Nick.

—Eso no es lo que ha ocurrido —dijo ya quejumbrosamente el jefe de policía—. Sigue encerrado con Brerner y con los otros agentes en un cuarto de dos por cuatro, interrogándolo. No me dejaron escuchar, no querían que supiera nada de lo que estaba ocurriendo. Al final, me rendí y, cuando me dirigía a la puerta para irme, oí que lo acusaban de asesinato. Uno de los ayudantes del jefe de policía me dijo que tenían pruebas contra él. —Se quitó el sombrero y se frotó la frente—. Todo se está yendo a la mierda.

—¿Realmente le importa lo que le ocurra a Lonnie? —preguntó Noah sin rodeos.

La pregunta hizo que el jefe de policía se ruborizara. Al ver la expresión de desconcierto en su rostro, Tommy asumió el mando. Arrastró una silla hasta el extremo de la mesa y se sentó junto a Lloyd.

—Su hijo le ha dado muchos quebraderos de cabeza a lo largo de los años, ¿verdad, Lloyd?

La voz del jefe de policía disminuyó hasta convertirse en un susurro.

—Nunca ha estado bien de la cabeza... nunca. Tiene un carácter realmente malo.

Tommy convenció a Lloyd para que hablara, animándole a soltar toda la ira y la decepción que había acumulado en su interior durante tanto tiempo y, en cuestión de minutos, el jefe de policía estaba cantando de plano, contándole todos los embrollos de los que había tenido que sacar a su hijo. La lista era abrumadoramente larga.

—Ha hecho cosas terribles. Sé que las ha hecho, pero es mi hijo, y tengo que protegerlo. Estoy harto de esto. Ya sé que se supone que me tengo que preocupar por el chico, pero no puedo, ya no. Aun así tengo que encontrarlo, porque si no lo hago y vuelve a casa se... enfadará conmigo y no quiero que eso suceda. Puede perder el control y ponerse violento. —Se secó los ojos mientras confesaba—. Me da vergüenza reconocerlo, pero tengo miedo de mi propio hijo. Cualquier día de éstos me va a matar. Ya ha estado a punto un par de veces.

—Quizá va siendo hora de que Lonnie responda de sus actos —sugirió Noah.

—Me perseguirá. Sé que lo hará.

—Necesita tiempo para pensar en las alternativas —dijo Tommy—. ¿Por qué no sube al coche y se va de Holy Oaks una o dos semanas? Sólo hasta que las cosas se tranquilicen y Lonnie esté entre rejas.

El jefe de policía no dejó escapar la sugerencia.

—¿Qué dirá la gente? No quiero que piensen que huyo.

—No lo pensarán —dijo Tommy—. Tiene derecho a tomarse unos días libres, ¿no?

—Por supuesto, lo tengo —asintió—. Y, a lo mejor... sólo a lo mejor, no vuelvo nunca. Lo dejaré todo aquí, no me llevaré nada, para que mi hijo no piense que me he ido para siempre. Así no vendrá a buscarme.

—Lo atraparán y lo meterán entre rejas —dijo Noah—. Asegúrese de hacer saber al padre Tom dónde se encuentra.

Al jefe de policía le entró una prisa repentina por abandonar el pueblo. Estaba saliendo por la puerta, cuando se detuvo y se volvió hacia Laurant.

—Ha estado defraudando dinero desde que comenzó todo —dijo.

—¿Quién? —preguntó Laurant—. ¿Brenner?

Lloyd asintió con la cabeza.

—Les decía a sus patrocinadores de Griffen que comprar una tienda iba a costar cien de los grandes, luego ofrecía la mitad de este dinero al propietario y se embolsaba la diferencia. Tiene una cuenta, pero no sé dónde. Tal vez quieras investigarlo antes de que se reúna el concejo municipal.

—Sí, lo haré.

El jefe de policía se giró de nuevo para irse, pero Nick lo detuvo.

—¿Hasta dónde está metido en esto, Lloyd?

El interpelado se apartó.

—Lo ayudé un poco, pero testificaré contra él. Tal vez si echo una mano para arreglar esto, no tenga que pasar una temporada a la sombra. —Lanzó una mirada esperanzada a Nick y se dirigió a Tommy—: Le haré saber mi paradero. Volveré en cuanto me avise. —Volvió sobre sus pasos arrastrando los pies como un anciano acabado, colocó la pistola y la placa encima de la mesa y salió por la puerta.

Lo observaron marchar.

—¿Estás seguro de que quieres dejar que se vaya? —preguntó Noah a Nick.

—Sí, no irá muy lejos —contestó.

Nick intentó llamar a Wesson al móvil, pero no respondió. Luego probó con Feinberg y le salió el buzón de voz. Su frustración iba en aumento y no paraba de mirar el reloj. Morganstern ya debía de haber aterrizado en Houston. ¿Por qué demonios no le había devuelto la llamada?

Tommy había regresado a la despensa en busca de patatas fritas, y Nick lo siguió. Laurant le oyó decirle a su hermano que no abandonaría la vigilancia hasta que estuviera convencido de que Brenner era el sudes.

Estaban en la despensa y hablaban; parecía que Tommy llevaba la voz cantante. Laurant estaba tan absorta observándolos, que no se dio cuenta de que Noah la observaba a su vez.

—Deja de preocuparte —le dijo.

Laurant volvió a centrarse en la comida.

—No estoy preocupada.

—Claro que sí. Crees que Nick le va a decir a Tommy que se acostó contigo.

Ni siquiera consideró el intento de negarlo; miró fijamente a aquellos diabólicos ojos azules y preguntó:

—¿Eres siempre tan directo?

—Sí, lo soy.

—¿Cómo lo has sabido?

—Por cómo habéis estado evitando miraros el uno al otro. Conozco a Nick hace mucho tiempo —añadió—. Pero nunca le había visto tan tenso, y he pensado que la causa eras tú.

Laurant cogió un ala de pollo y la dejó en el plato.

—Podría decírselo a Tommy.

—¿Tú crees?

—Sí, lo creo, y Tommy, como sacerdote que es, se va a disgustar.

—Tal vez. —Noah se encogió de hombros—. Pero ya eres una chica mayor, y la verdad es que no es asunto suyo.

—No lo verá así.

—¿Desde cuándo estás enamorada de Nick?

—¿Cómo sabes que lo estoy?

Noah se rió.

—Conozco a las mujeres.

—¿A qué te refieres?

—Me refiero a que sé que no eres la clase de mujer que se acostaría con un hombre a menos que lo amara. Nick también lo sabe; lo debes de tener aterrorizado.

—Lo tengo aterrorizado. No desea nada de lo que deseo yo, pero no quiere herirme. Lo de anoche fue un error —susurró—; y ya se ha acabado —añadió. Intentó aparentar que ya lo había olvidado, pero cuando Noah le dio una palmadita en la mano supo que había fracasado.

—¿Sentiste que era una equivocación anoche?

Sacudió la cabeza.

—No, pero como acabas de decir, soy una chica mayor. Puedo seguir adelante con mi vida; no me hago añicos con tanta facilidad.

—No, por supuesto que no.

—Me estás siguiendo la corriente, ¿no?

—Ajá.

—Hablemos de otra cosa —sugirió—. ¿Puedo preguntarte algo?

—Claro. ¿Qué quieres saber?

—¿Cómo es que Wesson siente tanta aversión por Nick?

—Es recíproco —dijo.

—¿Pero quién empezó la rivalidad? —le preguntó lanzando otra rápida mirada hacia Nick.

—Supongo que se podría decir que el causante de la rivalidad fue un gato, aunque ahora que lo pienso, la actitud de Nick también contribuyó lo suyo. Era nuevo en la sección y creía que lo sabía todo. Morganstern acababa de obtener el visto bueno para dirigir a los Apóstoles, y el segundo al que reclutó fue a Nick.

—¿Y el primero? —preguntó.

—A mí —contestó con una sonrisa arrogante—. Pete estaba seleccionando cuidadosamente a sus agentes, escogiéndolos de fuera y haciéndolos pasar por su propio programa especial de entrenamiento. Wesson se moría de ganas de formar parte. En realidad, creo que desde el principio quiso ser el director del programa, pero eso jamás ocurriría.

—¿Llegó a reclutarlo Morganstern?

—No, Morganstern no lo incluyó, y eso lo irritó.

—Así que ésa fue la causa, ¿no?

—No, fue un gato —repitió con paciencia—. Se produjo un caso especial. Desapareció una niña de tres años y se llamó al FBI. Wesson controlaba la lista de rotaciones, y bajo ningún concepto iba a dejar que uno de los personajes de Morganstern se metiera y asumiera el mando. Wesson quería resolver el caso y resolverlo con rapidez.

—¿Y lo hizo?

—No, pero Nick sí. Ocurrió lo siguiente. La pequeña estaba en un gran almacén con su madre. Era un edificio realmente viejo, con un suelo de madera que crujía y gemía a cada pisada, techos altos de escayola y unos grandes y anticuados respiraderos que discurrían a lo largo del zócalo. Dentro hacía frío y había corrientes de aire. El edificio estaba enclavado en la zona de los almacenes y del mercado central de la ciudad, justo al lado del río. Era una zona comercial pequeña y agradable, donde todos los edificios habían sido adecentados y rehabilitados, pero donde había un problema con las ratas, así que el propietario de ese gran almacén familiar dejaba dentro un gato.

—Continúa —le rogó, queriendo que terminara antes de que Nick y Tommy regresaran.

—Era alrededor del medio día del sábado anterior a Navidad, y los compradores de última hora abarrotaban el comercio. El caos y el ruido eran absolutos, a lo que contribuía la atronadora música navideña, pero dio la casualidad de que una dependienta reparó en un hombre de unos treinta y tantos años que deambulaba por la tienda. Como la ropa que llevaba estaba vieja y andrajosa y se cubría con un largo impermeable gris, pensó que tal vez fuera un ratero. La única descripción que fue capaz de aportar fue que era flaco y que llevaba una barba descuidada. Nos contó que cuando iba a llamar a seguridad vio que se dirigía a la puerta principal y pensó que se marchaba. En ese momento, veinte clientes impacientes tiraban de ella en otras tantas direcciones.

»Una cliente recordaba que, mientras hacía cola, había visto al hombre agacharse junto a la pequeña y hablarle. Dijo que su madre se había abierto paso a codazos hasta el mostrador y que estaba buscando el monedero para sacar la tarjeta de crédito, por lo que no se percató de que su hija hablaba con el extraño. La cliente añadió que el hombre se levantó y se marchó.

—¿Se llevó a la pequeña?

Noah no respondió a la pregunta.

—Otra clienta relató que casi había tropezado y caído sobre la niña cuando ésta salía a toda prisa delante de ella. La pequeña estaba persiguiendo al gato —añadió—. Unos cinco o diez minutos más tarde, la madre buscaba desesperada a su hija. Todo el mundo se puso a ayudar, por supuesto, y entonces fue cuando la dependienta recordó al hombre del impermeable, y la clienta, que lo había visto hablar con la niña. El jefe de seguridad llamó a la policía mientras el propietario avisaba al FBI. En honor a la verdad, Wesson llegó enseguida —añadió—. El superior de Wesson llamó a Morganstern, que quería que Nick y yo adquiriésemos un poco de experiencia, así que nos envió allí, pero ninguno de los dos consiguió llegar hasta bien entrada la noche. Yo estaba en Chicago, y Nick cogió un avión desde Dallas. Llegó unos quince minutos antes que yo, alquiló un coche, se hizo con un plano y me recogió.

—Wesson no se sintió muy feliz al veros, ¿verdad?

—Por decirlo de una manera suave. Aunque no nos importó, porque no tenía ninguna autoridad sobre nosotros. Respondíamos ante Morganstern y nadie más. Wesson se mostró extremadamente reacio a compartir con nosotros lo que sabía y eso hizo que Nick se cabreara... quiero decir, que se enfadara de verdad. Cuando se enfurece, tiene un carácter peor que el mío —dijo, dejando traslucir la admiración en su voz.

—¿Y qué hizo?

—Le dejó bien claro a Wesson lo que pensaba de él. Podría haber sido más diplomático, pero, bueno, el caso es lo empujó contra una esquina, y Wesson le dijo que tenía un sospechoso y que la situación estaba bajo control, lo cual, claro está, no era el caso. También declaró públicamente que el equipo de Morganstern era una pérdida de tiempo y de dinero, y que Nick y yo debíamos irnos a casa y buscar un trabajo de verdad.

—En otras palabras: que no metierais las narices.

—Sí —dijo—. Por supuesto, lo que Wesson pensara o deseara nos traía sin cuidado. Teníamos un trabajo que hacer y lo íbamos a realizar con o sin su aprobación. Mientras Nick miraba por allí, llevé a uno de los agentes a un aparte y leí sus notas.

—¿Se salvó la niña? Por favor, sólo dime eso. ¿La encontrasteis a tiempo?

—Sí, lo hicimos, gracias a Nick —dijo—. Fue uno de esos escasos finales felices.

—¿Cómo la encontró?

—Ya estoy llegando —dijo Noah—. Todo el mundo se fue de la tienda. Eran alrededor de las dos de la mañana y en el interior del edificio hacía un frío que pelaba. Wesson había establecido un puesto de mando en la comisaría de policía, a un par de manzanas de distancia, y todos los hombres disponibles estaban en la calle buscando al hombre del impermeable. Nick y yo estábamos en el exterior de la tienda, parados en el bordillo de la acera, intentando imaginar qué se suponía que teníamos que hacer. El jefe de seguridad estaba cerrando las puertas para irse a casa cuando Nick le dijo que quería volver a entrar. Convenció al anciano para que quitara la alarma y nos diera las llaves.

»Recorrimos el edificio de arriba abajo una vez más, y como no encontramos nada, nos fuimos. Yo era el que conducía —dijo—, y no estaba seguro de adónde nos dirigíamos. Estaba intentando aclararme las ideas, tal y como Morganstern nos había enseñado, y recuerdo que acabábamos de pasar por un hospital cuando le pregunté a Nick qué demonios íbamos a hacer, marginados como estábamos por Wesson.

Noah hizo una pausa para sonreír antes de proseguir.

—Nick no dijo nada. Se metió un chicle en la boca y supongo que estaba haciendo lo mismo que intentaba hacer yo. Ya sabes, aclararse las ideas. Y de improviso, se gira hacia mí y dice: «Bueno, ¿pero dónde está el gato?»

»Entonces, empezamos a hacer lo que probablemente Morganstern llamaría un poco de asociación libre. A los niños les gustan los animales, a la mayor parte al menos, y una clienta había declarado que había visto a la pequeña persiguiendo al gato. Así que pasamos a imaginar lo que podría haber ocurrido. Iba conduciendo como alma que lleva el diablo, intentando volver al gran almacén lo más deprisa que pudiera, pero entonces vi la entrada de urgencias del hospital y paré. Entramos corriendo en la sala de urgencias agitando las placas y agarramos al médico que acababa de terminar el turno. Nick le dijo que se iba a venir con nosotros y que se trajera el estetoscopio.

—La pequeña seguía en la tienda, ¿verdad?

—Pues claro que sí —dijo—. Se había metido en uno de aquellos viejos respiraderos persiguiendo al gato —explicó—. Con la multitud que abarrotaba la tienda, al arrastrarse por el suelo pegada a las paredes, nadie había reparado en ella. El respiradero no la detuvo, y bajó dos plantas y media hasta que quedó atrapada en un saliente encima de los cimientos. Si se hubiera caído, se habría matado —añadió—. Se había golpeado en la cabeza y cuando por fin dimos con ella, estaba inconsciente. Pero el gato no se había movido de su lado, y pudimos oír los débiles maullidos con el estetoscopio.

—Pero estaba bien, ¿no?

Noah volvió a sonreír.

—Sí, estaba en perfecto estado.

—Tú y Nick os debisteis de poner locos de contento.

—Sí, claro, pero también nos sentimos decepcionados con nosotros mismos; a los dos se nos había pasado por alto lo evidente. Dejamos que el tipo del impermeable se cruzara en nuestro camino —dijo—. Deberíamos habernos percatado de que el respiradero por el que se arrastró la niña funcionaba un poco peor que los otros, pero se nos pasó por alto. Y no deberíamos haber tardado tanto en advertir la desaparición del gato.

—La encontrasteis cinco horas después de llegar —señaló Laurant.

—Pero si hubiéramos sido más observadores, podríamos haberlo hecho en la mitad de tiempo. Tuvimos una suerte enorme de que siguiera viva. Podía haberse desangrado allí abajo, y de haber sido así, habríamos llegado demasiado tarde.

Laurant sabía que nada de lo que pudiera decir le haría cambiar de opinión sobre su actuación.

—En circunstancias normales, Wesson se habría alegrado y se habría sentido tan aliviado como todos los demás —dijo Noah.

—¿Y no fue así? —preguntó, sorprendida.

—No es que sea un monstruo o, al menos, no lo era entonces —precisó—. Pero la envidia lo devoraba. Claro que se alegró de que la niña estuviera bien...

—¿Pero?

—Nick lo dejó fuera a propósito. Debería haberle dicho a Wesson lo que sospechaba y dejar que llevara él la batuta. —Hizo una pausa momentánea—. Sí, eso es lo que debería haber hecho, pero estoy encantado de que no lo hiciera. Ojo por ojo y diente por diente, tan infantil como eso. Y en su defensa, y en la mía, porque yo lo apoyé, cabe decir que éramos jóvenes y estúpidos y que a ninguno de los dos nos importaban un comino las intrigas profesionales. Y siguen sin importarnos. Nick tenía que asegurarse de que la niña estaba allí y eso es lo que hizo. En cualquier caso, Wesson se enteró después de que ocurriera, por Morganstern. Nick y yo ya estábamos de camino al aeropuerto. Nick había querido demostrar una teoría, pero había humillado a Wesson, y, desde entonces, la simple mención de su nombre o el mío produce el mismo tipo de reacción que echar sal en una herida abierta. Ninguno de los dos había tenido que volver a trabajar con él desde entonces, hasta este caso.

Laurant apoyó el codo en la mesa y puso la barbilla en la palma de la mano. Se quedó mirando a Noah, pero en realidad no le veía. Estaba pensando en la historia que le acababa de contar.

Hasta ese momento, en el fondo había albergado una insignificante esperanza de que Nick dejara su trabajo. Y, vaya por Dios, qué egoísta había sido y qué equivocada estaba al desear semejante cosa.

—La vida no te da ninguna garantía, ¿verdad? —dijo.

—No, tienes que agarrar lo que puedas, cuando puedas. Nick es bueno en lo que hace, pero se está quemando. Lo veo en sus ojos. Si no logra un poco de equilibrio en su vida, la tensión lo va a matar. Necesita encontrar a alguien como tú al llegar a casa por la noche.

—Él no desea eso.

—Tal vez no, pero lo necesita.

—¿Y tú qué?

—No estamos hablando de mí —dijo—. Tú y Nick sois otra cosa, ¿lo sabías? Viéndolo desde fuera, es fácil ver lo que está sucediendo ¿Quieres que te lo ilustre? Pero antes tengo que hacerte una advertencia: no te gustará lo que voy a decir.

—Adelante —dijo—. Ilústrame, lo podré soportar.

—Muy bien —asintió—. Así es como lo veo. Los dos estáis huyendo de la vida... Espera a que termine para discutir conmigo —le dijo cuando vio que estaba a punto de interrumpirlo—. Nick está intentando cerrarse sobre sí mismo, distanciándose de todos, incluso de su familia, y eso es un gran error en su tipo de trabajo. Necesita «sentir», porque sólo así va a mantener la agudeza y la concentración. Me doy cuenta de que está llegando al punto en el que no quiere asumir ningún riesgo de sentir en absoluto, porque eso lo haría demasiado vulnerable. Si sigue así, se hará insensible y cínico, y seguro que no hará bien su trabajo. Bueno, en cuanto a ti...

—¿Sí? —Laurant se irguió en la silla, tensa ya mientras esperaba oír el veredicto sobre ella.

—Tú estás haciendo otro tanto, sólo que de manera diferente. Te estás escondiendo en este pequeño pueblo. Sé que no lo ves de la misma manera, pero eso es lo que estás haciendo. Tienes más miedo de asumir riegos que Nick; si no sales de aquí, no te podrán herir. Así es como ves la vida, ¿verdad? Y si sigues por este camino, acabarás siendo una vieja uva pasa arrugada y amargada, y una cobarde despreciable.

Sabía que la intención de Noah no era ser cruel, pero lo que le acababa de decir la aplastó. ¿Era así como la veía? Laurant se echó para atrás y se agarró las manos. ¿Una cobarde? ¿Cómo podía pensar que se convertiría en una cobarde?

—No creo que comprendas...

—No he terminado. Aún hay más. ¿Quieres oírlo?

Laurant se preparó.

—Muy bien, adelante.

—He visto uno de tus cuadros.

La mirada de Laurant voló hacia él.

—¿Dónde? —preguntó atónita. ¿Por qué había sentido una repentina punzada de miedo?

—Está colgado en el dormitorio de Tom —le dijo—. Y es una de las pinturas más potentes que jamás haya visto. Deberías estar tremendamente orgullosa de ella. No soy el único que piensa que es increíble; el abad quería colgarla en la iglesia. Tom me contó que te la había robado y también que tienes todos tus cuadros bien envueltos y escondidos en el trastero, para que nadie pueda verlos. Es una forma segura de combatir el rechazo, ¿verdad? Sin riesgos, como el tipo de vida que te estás haciendo aquí. Bueno, ¿sabes qué?, nena, no existe nada parecido a una vida segura. Ocurren desgracias, como que tu hermano tenga cáncer, y no hay una maldita cosa que puedas hacer al respecto. Aunque seguro que lo intentas, ¿no es así? Tal vez dentro de treinta años te convenzas de que te satisface tu vida perfecta y segura, pero te garantizo que va a ser solitaria. Y para entonces, es probable que tu asombroso talento se haya secado.

Laurant se estremeció bajo el peso del futuro que Noah le acababa de describir. La estaba obligando a abrir los ojos y analizarse detenidamente.

—No sabes de lo que estás hablando.

—Sí, sí que lo sé. Sólo que no quieres oírlo.

Laurant inclinó la cabeza mientras rebatía mentalmente la sombría profecía de Noah. Tal vez al principio, cuando se había mudado a Holy Oaks, estuviera huyendo de la vida. Pero ya no era así; se había enamorado del pueblo y su gente, y se había involucrado en la comunidad. No se había limitado a cruzarse de brazos y a dejar que el mundo girase en torno suyo.

Noah tenía razón en lo de la pintura. Siempre la había considerado demasiado personal para compartirla con otros. Era parte de ella, y si los demás veían su trabajo y lo rechazaban, sentía que la estaban rechazando.

Había sido una cobarde, y perdería el poco talento que tenía si seguía por ese camino. Si no experimentaba la vida, ¿cómo podría plasmarla en la tela?

—No las tiro —admitió, vacilante—. Conservo las pinturas.

Noah sonrió abiertamente.

—Bueno, a lo mejor querrías considerar desenvolverlas uno de estos días y dejar que las vean los demás.

—A lo mejor —dijo. Tras un instante de reflexión, lo miró y sonrió—. Sí, tal vez debiera hacerlo.

Noah llevó su plato al fregadero y se arremangó para lavar los platos. Se quejó de que, mientras él trabajara, el abad no se gastaría el dinero en un lavavajillas.

Laurant no le estaba prestando ninguna atención; seguía perdida en sus pensamientos. Noah le acababa de dar una llamada de atención. Le había abierto una puerta, y ahora le tocaba a ella escoger entre salir por ella o cerrarla.

Cuando Tommy volvió a entrar en la cocina, Noah dijo:

—Le he dicho a Laurant que te llevaste uno de sus cuadros.

Tommy se puso a la defensiva de inmediato.

—Lo robé, y no lo lamento. Quieres que te lo devuelva, ¿verdad?

—¿Cuál te llevaste? —preguntó. De repente, se sintió hambrienta. Cogió un trozo de pollo y alargó la mano hacia un panecillo.

—El único al que le pude echar el guante —dijo—. Estaba delante de los otros en el armario empotrado. Ni siquiera supe lo que estaba cogiendo hasta que llegué a casa y lo desenvolví. ¿Y sabes que es un crimen, Laurant?; es el único cuadro tuyo que he visto. Los tienes escondidos, como si te avergonzaras de ellos.

—¿Pero cuál te llevaste?

—El de los niños en el campo de trigo, bañados por aquella luz tan intensa. Me encanta, Laurant, y quiero quedármelo. ¿Sabes por qué? Por la enorme alegría y esperanza que encierra. Cuando lo examiné, vi que el cielo sonreía sobre los niños, como si los rayos de luz fueran en realidad los dedos de Dios, que se extendieran hacia abajo para tocarlos.

La emoción embargó a Laurant. Sabía que su hermano había dicho lo que quería decir. Alegría y esperanza. Qué halago tan maravilloso.

—De acuerdo, Tommy, puedes quedártelo.

Su hermano la miró mudo de asombro.

—¿De verdad?

—Sí —respondió—. Me hace muy feliz que te guste.

Nick no estaba dispuesto a que se le excluyera.

—Maldita sea, quiero verlo —dijo.

—Muy bien —asintió Laurant.

Noah le guiñó un ojo, y Laurant sintió unas repentinas ganas de reír.

—Sí, lo digo en serio, pero te advierto que no es uno de mis mejores trabajos. Puedo hacerlo mejor.

Sonó el móvil de Nick, interrumpiendo la conversación. Las sonrisas desaparecieron de inmediato y la atmósfera de la cocina se cargó de tensión ante las expectativas. Nick contestó mientras se dirigía a la despensa en busca de intimidad.

Pete estaba al aparato y tenía noticias sensacionales. Se había encontrado el teléfono de Tiffany Tara Tyler en la furgoneta blanca de Steve Brenner, cuidadosamente escondido debajo del asiento delantero. Esta nueva prueba echaba el cierre al caso. Tenían a su hombre.

—¿Han encontrado huellas?

—Limpió la furgoneta, pero fue un poco chapucero —dijo Pete—. Se le pasó por alto un punto en la parte inferior del teléfono. El técnico encontró la huella parcial de un pulgar junto al cargador metálico; cree que será suficiente para una comparación con garantías. Parece que están a punto de resolverlo, Nick.

Nick meneó la cabeza.

—Esto no me gusta —dijo. Hizo una pausa y añadió—: Así que se acabó. Caso cerrado, ¿verdad?

—Casi —asintió Pete—. Hay otras pruebas, claro está —dijo—, pero tal y como entiendo la situación, el agente Wesson no compartió contigo lo que ha reunido contra Brenner.

—¿Cómo lo sabes?

—Tuve una breve charla con el agente Farley.

—¿Así que Wesson tiene suficientes pruebas condenatorias?

—¿Con el teléfono de la mujer en el coche? Sí, tiene suficientes.

—Lo podrían haber colocado.

—No lo creo en este caso —dijo—. Si se te hubiera ido dando la información a medida que se reunía, creo que estarías más convencido de que Brenner es nuestro hombre. Has estado al margen de la investigación —añadió—. Y lo primero que pienso hacer el lunes por la mañana es tratar este problema con el supervisor del agente Wesson. Esto no volverá a ocurrir —añadió con energía—. En cuanto a ti, te sugiero que te lleves a pescar al padre Tom. Relájate un poco. Dios sabe que te lo has ganado.

Nick se frotó la nuca, intentando aliviar las contracciones de la tensión. Se sentía cansado y frustrado.

—No lo sé, Pete, mi instinto me sigue diciendo que todo esto es un error. Creo que tal vez la esté perdiendo.

—¿Tu objetividad? —preguntó Pete.

—Sí, supongo. La verdad es que imaginaba que todo era un error. Dime una cosa. Están comparando las voces de la cinta del confesionario y la del interrogatorio de Brenner, ¿no?

—Sí, claro que sí.

—Brenner no ha confesado, ¿verdad?

—No, todavía no.

Nick era un mar de dudas acerca de sí mismo. A lo mejor era que se estaba negando a creer lo que tenía delante de las narices. Desde el principio, Wesson le había puesto en la tesitura de tener que trabajar a ciegas. Habían encontrado el teléfono de Tiffany en la furgoneta de Brenner; eso debería resolverlo todo. Y, sin embargo, seguía sin estar convencido.

—¿Por qué te resistes? —preguntó Pete—. Hemos conseguido un buen resultado.

Nick suspiró.

—Sí, señor, lo sé. Supongo que necesito tomarme un descanso. Tenía razón —acabó por admitir—. Estoy demasiado implicado emocionalmente.

—¿Con Laurant?

—¿Sabía que ocurriría, no?

—Por supuesto.

—Sí, bueno, lo resolveré. ¿Me comunicará los resultados del laboratorio?

—Sí —prometió Pete—. Saluda al padre Tom y a Laurant de mi parte.

Nick cortó la comunicación y durante un largo minuto se quedó de pie en la despensa mirando al vacío. Estaba intentado entenderlo, asimilarlo, convencerse de que se había acabado; se dijo a sí mismo que estaba intentando hacer el caso más complicado de lo que era. Algunos eran fáciles, como éste. Sí, se había acabado. Caso cerrado. Tenían a su hombre.

Y, pese a todo, la acuciante duda persistiría.

33

Por fin, la pesadilla había terminado. Tommy y Laurant se quedaron atónitos al enterarse de que se había hallado el teléfono de Tiffany en el coche de Brenner. Sin embargo, ambos hermanos quedaron encantados de que el asesino ya estuviera entre rejas. Cuando Noah sugirió que lo celebraran, Tommy rechazó la idea y le recordó que habían sido asesinadas dos mujeres, y que lo que iba a hacer era ir a la iglesia a rezar por las almas de Tiffany Tyler y la joven llamada Millicent.

—Lo que hizo francamente bien fue distorsionar la voz cuando me hablaba en susurros en el confesionario —dijo Tommy—. Me engañó por completo —añadió, sacudiendo la cabeza.

—Nos engañó a todos —dijo Laurant. La sensación de debilidad acompañó al alivio. Decidió acompañar a su hermano a la iglesia a rezar.

Se levantó y miró directamente a Nick.

—Así que tú y Noah os marcharéis enseguida, ¿no?

—Sí —contestó Nick sin la menor vacilación.

—No hay motivo para quedarse aquí, ¿verdad? —Al preguntarlo, Noah miró a Nick.

—No —contestó él con sequedad—. Ningún motivo.

Laurant se alejó para que no viera cómo la herían sus palabras. Era consciente de que estaba reaccionando de forma exagerada; sabía desde el principio que Nick se marcharía en cuanto acabara su trabajo. Su vida estaba en Boston. Lo había dejado todo para acudir en ayuda de su amigo, pero, como era natural, ahora tenía que volver a casa.

—Sitios a los que ir, gente a la que ver... —dijo Laurant.

—Exacto —asintió Nick.

Tommy estaba sujetando la puerta para que pasara su hermana.

—Vamos, Laurant, deja de remolonear.

Laurant dejó la servilleta en la mesa y se apresuró a seguir a su hermano. Nick y Noah fueron detrás. Cuando llegaron al fondo de la iglesia, Nick hizo a un lado a Noah mientras Laurant y Tommy avanzaban hasta uno de los bancos y se arrodillaban juntos.

Una docena de trabajadores, que se movían apresuradamente por el templo, intentaban tener lista la iglesia a tiempo para la boda. Cinco estaban desmontando el andamio en la nave central, mientras otros dos doblaban las lonas y sacaban las latas de pintura. Sujetando unos jarrones con lilas, los empleados de la floristería local esperaban con impaciencia en la puerta delantera a que Willie y Mark terminaran de pasarle la fregona a los escalones y al suelo de mármol de delante del altar.

Nick y Noah se trasladaron debajo de la galería del coro para quitarse de en medio cuando las puertas dobles se abrieron tras ellos y dos hombres fornidos entraron empujando un pequeño piano de cola instalado sobre una plataforma rodante.

—¿Dónde quieren esto, padre? —le preguntó uno de los hombres a Noah.

—No lo sé —contestó el interpelado.

—Oiga, padre, esto pesa. ¿No podría averiguarlo por nosotros?

Justin se acercó corriendo por el pasillo hacia ellos. Llevaba una cámara de vídeo y un alargador rojo enrollado en el hombro. Se detuvo para saludar.

—¿Sabe dónde se supone que va el piano? —le preguntó Noah.

—Por supuesto —contestó—. Van a colocar al coro en la parte sur de la iglesia, en aquel pequeño hueco.

Retrocedió para dejar que los hombres empujaran el piano hacia la nave lateral.

—¿Cómo es que no utilizan el órgano? —preguntó Noah.

Justin se volvió para contestar.

—Primero tienen que hacer limpiar los cañones. El abad dice que si no se limpian antes de volver a utilizarlo, el polvo expulsado desvirtuará las notas.

—¿Qué hace con esa cámara de vídeo? —preguntó Nick.

—Me han pillado para que grabe la ceremonia desde la galería —explicó—. Me lo pidió el padre de Michelle. Ya tiene un tipo profesional para que filme abajo, pero quiere cubrir todos los ángulos, supongo. No me importa hacerlo —añadió con una gran sonrisa—. Me va a pagar cien dólares y necesito el dinero. Además de eso, nos ha invitado a Mark, a Willie y a mí a la recepción, así que comeremos y beberemos gratis. ¿Van a venir a la boda?

—No me la perdería por nada del mundo —contestó.

—Entonces, hasta luego —dijo, apresurándose de nuevo—. Espero que la iglesia esté lista; la de cosas que nos quedan por hacer antes de las siete.

Se volvieron a apartar para que Justin pudiera abrir la cancela de hierro forjado y subir a la galería.

—Muy bien, ¿qué es lo que me ibas a contar? —le preguntó Noah mientras seguía a Nick hasta el último banco.

—Esto no me gusta.

—¿Brenner?

Nick asintió con la cabeza.

—Tal vez me convenza cuando oiga los informes. Tienen la huella de un pulgar, parcial, en cualquier caso, y están haciendo una comparación de voces con la cinta del confesionario. Cuando los resultados confirmen que Brenner es el sudes, entonces me tranquilizaré. Hasta entonces...

—Quieres que me quede.

—Sí. Sé que Pete te va a reclamar para otra misión...

—Intentaré esquivarlo. Además, conoceremos las conclusiones de los técnicos esta noche. A más tardar, mañana.

—Te lo agradezco de veras, Noah.

—Si a ti no te huele bien, ten por seguro que me quedo. ¿Tengo que seguir llevando este traje?

Nick sonrió.

—Tal vez debieras seguir llevándolo hasta que te vayas de Holy Oaks; hay demasiada gente que te conoce como sacerdote. Dejémoslo así.

Miró a Noah de arriba abajo y preguntó:

—¿Dónde escondes el arma? ¿Una correa en el tobillo? —aventuró mientras le miraba los pies. Las punteras de las zapatillas de deporte blancas sobresalían bajo el dobladillo de la larga sotana.

—Demasiado difícil de sacar —contestó Noah. Se arremangó totalmente la manga izquierda: llevaba sujeta la pistolera debajo del codo—. Doy gracias a Dios por el velcro.

—Buena idea —dijo Nick.

—Dime una cosa. ¿No crees que deberías decirle a Tom y a Laurant que sigues teniendo reservas?

—¿Y qué les cuento? La prueba es bastante concluyente, y sólo Dios sabe qué más tiene Wesson sobre Brenner. Además, Laurant y Tommy han estado sometidos a una enorme tensión, y Laurant está deseando que se celebre la boda de su amiga. Quiero que pueda disfrutar esta noche. No le quites ojo a Tommy y yo la vigilaré a ella.

—No, así no voy a trabajar. Tú haz lo que quieras con Laurant, pero yo le voy a decir a Tom que siga alerta. No quiero que se relaje hasta que estés convencido.

Nick asintió.

—Sí, de acuerdo.

—¿Le dijiste a Pete lo que piensas al respecto?

—Sí.

—¿Y?

Nick hundió las manos en los bolsillos.

—No estoy siendo objetivo, porque estoy demasiado implicado emocionalmente.

—Podría ser verdad.

—Cuando lleguen los informes, dejaré de preocuparme.

—¿Y luego qué?

—A casa —dijo—. Otro día, otro caso.

—Así que te vas a alejar de ella sin más, ¿verdad? —Noah parecía no creérselo—. Es lo mejor que te ha ocurrido en la vida, pero eres demasiado gallina para correr el riesgo. Estás chalado, ¿lo sabías?

En respuesta, Nick se dio la vuelta y se alejó de su amigo.

34

El padre de Michelle regresó de la abadía a las seis menos cuarto para informar de que el andamio había sido retirado y que la alfombra roja cubría ya la nave central. La florista y su ayudante trabajaban a marchas forzadas para atar los ramilletes en los extremos de los bancos. «Por los pelos», le dijo a su esposa, pero estaba seguro de que la iglesia estaría a punto cuando empezara a sonar la marcha nupcial.

La madre de Michelle —un sueño en su vestido de seda azul—, siguió preocupándose, aunque la novia se estaba tomando los pequeños incidentes de última hora con gran tranquilidad. Sentada en la cama, con la espalda apoyada en el cabezal, observaba el vestido de Laurant mientras ponía a su amiga al corriente de los últimos cotilleos que había oído.

—Ya han dictado una orden o lo que sea contra Lonnie. Lo van a acusar de estragos y espero que lo encierren para el resto de su vida. Durante los dos últimos años se ha librado de unas cuantas. Merece pudrirse en la cárcel. —Hizo una pausa para beber un sorbo de limonada—. Y todos seguimos sin salir de nuestro asombro con Steve. No te recojas el pelo, Laurant, déjatelo suelto.

—Muy bien —aceptó Laurant. Cogió el vestido de seda de color melocotón que había colgado de la silla y se lo puso. Mientras se subía la cremallera y se ajustaba el corpiño le dio la espalda a Michelle. Luego, se volvió haciendo que la amplia falda flotara sobre los tobillos.

—¿Qué te parece? ¿Es adecuado o no? Podría ponerme el azul de Versace, pero me pareció que éste combinaría mejor con el rosa oscuro de los vestidos de las demás damas de honor.

La señora Brockman entró en el dormitorio para intentar meter prisa una vez más a su hija. Cuando vio a Laurant, se paró en seco.

Tanto madre como hija parecían haber enmudecido, y Laurant se sintió segura de sí misma ante el examen riguroso de ambas mujeres.

—Di algo, Michelle —exigió—. ¿Te gusta o no el vestido?

—Parece una princesa de cuento de hadas —susurró Michelle—. ¿Verdad, madre?

—Vaya que sí —asintió—. Querida, estás bellísima.

Michelle, no sin torpeza, se levantó todo lo de prisa que pudo de la cama, agarrándose al poste para ponerse de pie. Su madre advirtió la mueca que hizo.

—¿Sigue molestándote el nuevo aparato ortopédico?

—Un poco —admitió Michelle. Tenía la mirada clavada en Laurant—. Si al menos tuviera un aspecto tan... Date la vuelta y mírate en el espejo. Madre, Laurant no tiene ni idea de lo hermosa que es; no se ve como la ve el resto del mundo. Debería obligarla a ponerse un saco de arpillera en la cabeza; en la iglesia, todos la van a mirar a ella.

—Qué va, estarán pendientes de la preciosa novia —dijo Laurant riéndose—. Bueno, en cuanto te quites esos ridículos rulos gigantes de la cabeza y te vistas, estarás preciosa. ¿O es que tienes previsto ir hasta el altar con esa bata vieja?

—Sí, eso es, Laurant, métele prisa. A mí no me hará caso, y va a llegar tarde a su propia boda —dijo la señora Brockman mientras rodeaba a Michelle y le propinaba un codazo cariñoso—. Soy demasiado mayor para tanta tensión —añadió—. Ya era vieja cuando tuve a Michelle —les recordó.

Michelle sonrió con aire burlón.

—Sí, madre. Fui tu proyecto de cambio de vida y te la cambié.

Su madre sonrió.

—Has sido una bendición. Ahora, vístete, o voy a hacer que venga tu padre.

Michelle se ajustó el cinturón de la bata y empezó a quitarse los rulos del pelo.

—Laurant, se te ve el sujetador —dijo—. Justo por debajo de las cintas.

Laurant se estiró el corpiño, pero el encaje blanco seguía a la vista.

—No me he traído más sujetadores.

—Pues no lleves —sugirió Michelle.

Su madre soltó un grito ahogado.

—Laurant no irá sin sujetador a la casa del Señor.

—Madre, no le estoy diciendo que vaya desnuda de cintura para arriba. Nadie sabrá si lleva o no sujetador. El vestido lleva forro.

—Lo sabrá Dios —proclamó su madre—. Traeré unos imperdibles.

En cuanto se cerró la puerta, Michelle dijo:

—Tiene los nervios destrozados, igual que papá. Esta mañana tenía los ojos arrasados en lágrimas. Me dijo que iba a perder a su pequeña. ¿No es enternecedor?

Laurant sacó la silla para que Michelle pudiera sentarse en el tocador.

—Sí, sí que lo es —dijo—. ¿Le recordaste que tú y Christopher os vais a vivir a dos manzanas de distancia?

—No es lo mismo —dijo—. Cuando avance por la nave central se pondrá a llorar; y también llorará si la iglesia no está a punto.

Laurant cogió el cepillo y se lo entregó a su amiga.

—¿Te das cuenta de lo afortunada que eres? Tienes unos padres estupendos y cariñosos y te vas a casar con el más maravilloso de los hombres. Te envidio —añadió con un suspiro.

Michelle miró a su amiga en el espejo.

—Dentro de poco te estaré ayudando a arreglarte para tu boda.

Podía haberle dicho la verdad en ese momento, que todo había sido una mentira y que ella y Nick no se iban a casar, pero guardó silencio. Era el día de Michelle, y no quería que su amiga desperdiciara un minuto pensando en ninguna otra cosa.

—No te pongas a llorar por mí —dijo Michelle—, o madre también te pondrá a trabajar. Así es como combate las lágrimas. Ha tenido al pobre papá de aquí para allá por todo el pueblo. Ya le ha obligado a hacer dos viajes a la abadía, primero para que viera por sus propios ojos si habían quitado el andamio y luego para asegurarse de que habían llegado las flores. Y antes de llevarnos a la iglesia tiene que ir a la casa de las Vanderman a recoger a Bessie Jean y a Viola.

—Pero Bessie Jean tiene coche.

—¿La has visto conducir alguna vez?

—No, pero he visto el coche en el garaje.

—No quiere conducir; quiere que le hagan de chófer. Le dijo a madre que con el tráfico que había estos días, era demasiado peligroso.

—¿Trafico en Holy Oaks?

Rompieron a reír.

—Y agárrate —dijo Michelle—. Culpa a los católicos, dice que conducen como locos.

339

Volvieron a reírse, pero la madre de Michelle puso fin a la conversación cuando entró corriendo en el dormitorio.

—Michelle, te lo suplico, vístete. —Se dirigió hacia Laurant blandiendo dos imperdibles gigantescos—. Es todo lo que he podido encontrar —se disculpó mientras fijaba el sujetador al forro del vestido.

Por fin, a las siete menos veinte Michelle estaba lista para salir hacia la iglesia. El traje de novia, de color marfil bordado con cuentas, era una imitación de un diseño de Vera Wang que Michelle había visto en una revista, y del que se había quedado prendada. Se ajustaba a su pequeño cuerpo curvilíneo a la perfección. Cuando finalmente se volvió hacia su madre y a Laurant, las dos agarraron sendos pañuelos de papel para secarse los ojos y limpiarse las narices.

—Oh, Michelle, estás preciosa —dijo Laurant en un susurro—. Absolutamente preciosa.

—Tu padre se va a poner a llorar cuando te vea —anunció su madre sorbiéndose la nariz.

Michelle se ajustó el velo y apretó la mano de Laurant.

—Muy bien, estoy lista. Vamos.

Y mientras se dirigía hacia la puerta, gritó por encima del hombro:

—No olvides ponerte el collar que te di.

Si no se lo llega a recordar, Laurant lo habría olvidado. En la cena del ensayo, Michelle había dado a cada dama de honor una delicada cadena de oro como regalo.

Le costó varios intentos abrochar el collar. Cuando lo consiguió, se paró delante del espejo de cuerpo entero y se colocó los pendientes con incrustaciones de brillantes. La única otra joya que llevaba encima era el anillo de compromiso. Alargó la mano y contempló el reluciente diamante durante un buen rato. Las lágrimas le empañaron la visión y sintió como si se le estuviera rompiendo el corazón. Pensó en sacarse el anillo y devolvérselo a Nick enseguida, pero entonces cambió de opinión. Esperaría hasta después de la recepción; luego, le daría el anillo y se despediría.

¡Dios mío!, ¿cómo lo iba a superar? Oh, cómo lo amaba. Nick se había metido en su vida y la había cambiado para siempre, pues le había abierto los ojos y el corazón al mundo que la rodeaba y a todas las posibilidades.

¿Cómo iba a vivir el resto de su vida sin él? Se miró de hito en hito en el espejo y enderezó lentamente los hombros. Se le rompería el corazón, sí, pero sobreviviría.

Sola, de nuevo.

35

La iglesia estaba atestada. Debían de haber sido invitados a la boda todos los habitantes de Holy Oaks, concluyó Nick mientras observaba desde el fondo de la iglesia la oleada de gente que entraba. Varias familias intentaron subir a la galería, pero la cancela de hierro estaba cerrada, y además había un sencillo letrero escrito a mano que rezaba: «NO PASAR.» Algunos probaron a sacudir el cerrojo, que estaba flojo, pero acabaron por rendirse y buscaron asiento en la nave principal.

Los dos ujieres instaban a los invitados a que se juntaran para que cupiera más gente en los bancos, mientras la madre de la novia estaba siendo acompañada a la primera fila.

Nick intentaba quitarse de en medio. Laurant estaba con los invitados en el vestíbulo situado debajo de la galería. La puerta estaba abierta, pero no se podía ver a la novia. Nick observó que Laurant abría la puerta del armario y dejaba el bolso en el estante interior. Ella se dio cuenta de que la estaba mirando cuando se volvió, le dedicó una vacilante sonrisa y desapareció de la vista.

El padre de Michelle había cerrado parcialmente la doble puerta que conducía al interior de la iglesia para que no se vieran los preparativos del cortejo nupcial. Sujetaba el picaporte con la mano mientras escudriñaba el interior y esperaba a que el padre Tom saliera de la sacristía y ocupara su sitio delante del altar. Preocupado y aturullado por si se olvidaba algo de lo que se suponía que tenía que hacer o por si tropezaba con el vestido de su hija y la hacía salir trompicada, empezó a resollar de ansiedad. En pocos minutos iba a entregar a su única hija. Se llevó la mano al bolsillo del chaleco del chaqué alquilado y sacó el pañuelo. Fue en el momento de secarse el sudor de la frente cuando se acordó de las hermanas Vanderman.

—Ah, Dios mío —dijo en un sonoro murmullo.

Su hija lo oyó y vio el pánico reflejado en la cara de su padre.

—¿Qué sucede, papá? ¿Se ha desmayado alguien?

—Me olvidé de las hermanas Vanderman.

—Ya no puedes ir a buscarlas, papá. La boda va a dar comienzo.

Su padre miró en derredor desesperadamente, localizó a Nick y le echó el guante.

—Por favor, ¿podría acercarse y traer a Bessie Jean y Viola? Lo más seguro es que estén esperando en la acera, y si se pierden la boda no dejaré de oírlas el resto de mis días.

Nick no quería dejar a Laurant, pero era el único hombre o mujer disponible en el vestíbulo que no participaba en la ceremonia. Sabía que sólo tardaría un par de minutos en bajar y subir la colina en coche, pese a lo cual opuso resistencia.

Laurant lo vio dudar, salió de la fila y se acercó corriendo hasta él, haciendo susurrar la falda de seda en los tobillos.

—No te perderás nada —dijo lo bastante alto para que lo oyera el padre de Michelle. Después, se acercó más y susurró—: Se ha acabado, ¿recuerdas? Ya no tienes que preocuparte más por mí.

—Sí, muy bien —asintió a regañadientes—. Iré dentro de un minuto, después de que hayas recorrido la nave.

—Pero si te das prisa...

—Quiero ver cómo recorres esa nave —dijo con un poco más de brusquedad de la que pretendía. Lo que en realidad deseaba era asegurarse de que Laurant quedaba en las manos competentes de Noah antes de abandonar la iglesia.

Aun en el caso de que Laurant hubiera querido discutir, Nick no le dio tiempo. Entró en la iglesia y recorrió a toda prisa el muro del fondo hasta la esquina sur, que quedaba en línea recta con la sacristía. Esperó a que salieran Tommy y Noah para llamar la atención de este último.

Un silencio expectante cayó sobre la multitud. Salió entonces Tommy y, con un ruidoso traqueteo, los asistentes se pusieron de pie. Ataviado con la vestidura blanca y oro, rodeó lentamente el altar para ocupar su lugar en lo más alto de la escalinata de tres peldaños a la que conducía la nave principal.

No perdió la sonrisa ni un instante. Una vez en su sitio, cruzó las manos, miró al pianista e hizo un gesto con la cabeza.

En cuanto empezó la música, los asistentes se giraron al unísono hacia la doble puerta, estirando los cuellos y dándose la vuelta para conseguir ver mejor a la novia cuando apareciera en la entrada.

Noah había seguido a Tommy hasta el altar, pero se quedó al fondo, junto a la puerta de la sacristía, con los brazos cruzados sobre el pecho. Tenía escondidas las manos en las mangas de la sotana negra, la derecha ahuecada alrededor de la culata de la Glock, al tiempo que escudriñaba detenidamente a los asistentes.

Nick levantó la mano y le hizo una seña a Noah. La primera dama de honor acababa de empezar a caminar hacia Tommy cuando Noah bajó la escalinata y recorrió la nave lateral, dirigiéndose hacia Nick.

Cuando llegó a la esquina donde lo estaba esperando, la segunda dama de honor accedió a la nave principal.

—Me ha tocado hacer un recado —dijo Nick—. En cuanto Laurant llegue al altar, me voy. Sólo tardaré un par de minutos, pero necesito que la cubras a ella y a Tommy hasta que vuelva.

—Sin problemas —le aseguró—. No perderé de vista a ninguno.

Nick pareció aliviado.

—Sé que estoy siendo muy tozudo con esto...

—Eh, tienes que hacer caso a tu intuición —dijo Noah—. Confiaría siempre antes en tu instinto que en las sólidas pruebas de Wesson.

—Como te he dicho, estaré fuera sólo cinco minutos, diez a lo sumo.

Noah hizo un gesto con la cabeza hacia las puertas del fondo.

—Ahí está Laurant. Dios, qué buena está.

—Estás en la iglesia, Noah.

—De acuerdo, pero, tío, es que está... muy bien.

Nick apenas la miró. Mientras Noah volvía lentamente al altar —obstaculizado por las mujeres más jóvenes, que le agarraban la mano para saludarlo mientras pasaba por los bancos—, Nick examinó las caras de la gente.

Localizó a Willie y a Mark cerca de la parte delantera. Ninguno de los dos se había afeitado, pero se habían cambiado de ropa y se habían puesto unas camisas de manga corta y corbata. Los dos estaban también absolutamente absortos en Laurant.

En cuanto Laurant llegó hasta Tommy y se volvió para unirse al resto de damas de honor en la parte más baja de la escalinata, Nick salió por la puerta lateral. Corrió hasta el coche, y cuando vio que el aparcamiento estaba atestado de coches, y que las salidas estaban bloqueadas, soltó una palabrota en voz alta. Se metió en el coche y encendió el motor; después de subirse a la acera, atravesó el cuidado césped procurando evitar los arriates de flores atestados de balsaminas y rosales.

Avanzó a paso de tortuga hasta el camino principal; una vez allí, apretó a fondo el acelerador y se lanzó a toda velocidad por la calle. Luchaba contra el impulso de dar la vuelta y entrar de nuevo en la iglesia; intentó racionalizar el sentimiento de terror. Laurant y Tommy estaban a salvo con Noah, que no iba a dejar que les ocurriera nada. Mientras permanecieran en la iglesia estarían a salvo. La ceremonia y la misa durarían cerca de una hora, en función de lo larga que hiciera Tommy la homilía. Aunque él se retrasara, todo iría bien.

No habría estado tan tenso si hubiera tenido ya los malditos informes. ¿Qué era lo que tardaba tanto? Nick pensó en llamar a Pete en ese momento para averiguar si sabía algo más, pero cambió de idea enseguida. Sabía que Pete lo llamaría en cuanto recibiera la información.

Cuando llegó a la calle de las Vanderman ya había sobrepasado los noventa kilómetros por hora y tuvo que pisar el freno a fondo para detenerse con un chirrido delante del camino de la casa. El coche seguía moviéndose cuando Nick puso el punto muerto. Bessie Jean y Viola estaban esperando en la acera. Sin apagar el motor, saltó del coche y lo rodeó para abrirles la puerta trasera. Se dio cuenta de que Viola sujetaba un gran recipiente de plástico, pero no quiso perder tiempo preguntándole qué era aquello. Además, Bessie Jean la había emprendido con él, irritada porque se iba a perder la boda.

—No hay nada que odie más que llegar tarde. Nada, ni siquiera...

—No se ha podido evitar —dijo Nick, cortando las quejas de la anciana—. Vamos, señoras.

—Pues ahora bien nos podríamos tomar nuestro tiempo —dijo Viola—. Nos hemos perdido la llegada de la novia hasta el novio en el altar, ¿no es así?

—Vaya, pues claro que nos lo hemos perdido, Hermana. El comienzo de la boda estaba fijado para las siete, y ya han pasado.

—Entremos en el coche, señoras —las apremió Nick intentando no perder la paciencia.

Pero Viola no estaba dispuesta a que le metieran prisas.

—Nicholas, ¿sería tan amable de llevar corriendo esta tarta a la casa de enfrente? Póngala en la cocina, por favor, los chicos no están en casa.

—Están en la boda —dijo Bessie Jean—. Ellos también habrán llegado con tiempo de sobra, seguro.

—Se la he hecho a Justin —continuó Vila— porque me ayudó con las flores.

344

—¿No se la podría llevar mañana? —dijo Nick, a punto de hervir de frustración.

—No, querido, que se pasará —dijo Viola—. La llevaría yo misma, pero es que me he puesto mis zapatos nuevos de charol, y me aprietan. No tardará ni un minuto —añadió mientras le entregaba el pastel.

Tardaría menos en hacer lo que le pedía que en quedarse en la acera a discutir con ella. Le quitó la tarta de las manos y cruzó corriendo la calle.

—Te dije que te pusieras unos zapatos cómodos, pero nunca me haces caso —reprendió Bessie Jean a su hermana.

Nick atravesó el jardín y subió la escalera de piedra a toda prisa. Quería dejar la tarta en la puerta delantera, pero sabía que Viola lo estaba observando y que si no seguía sus instrucciones le daría la lata para que volviera.

Coñazo de vieja, pensó mientras empujaba la puerta abierta. El interior estaba a oscuras y en calma, y lo único que se oía era el suave zumbido del aire acondicionado central, que no había sido apagado. Empezó a cruzar el salón pisando los periódicos viejos, las cajas de pizzas desechadas y las latas de cerveza vacías desparramadas por el suelo. Con el rabillo del ojo vio una cucaracha que correteaba por encima de una de las cajas. Se dio cuenta de que había latas de cerveza y botellas encima de todas las mesas y sobre la alfombra, junto a la mesa de café, donde también se amontonaban los periódicos viejos y las latas de cerveza vacías. Sobre la pila de periódicos había una gran concha rosa y amarilla que a todas luces había sido puesta allí con fines decorativos, pero que, sin embargo, estaba siendo utilizada como cenicero. La concha rebosaba colillas de cigarrillos y puros, y el aire de la habitación estaba enrarecido y apestaba.

Aquel lugar era una pocilga. La mesa del comedor aparecía cubierta por una lona vieja y ajada salpicada de pintura, sobre la cual había varias latas sin abrir de pintura para interiores y un par de grandes bolsas de plástico de la droguería local, de la que sobresalían varias brochas. Al igual que en la casa de Laurant, el comedor y la cocina se comunicaban a través de una puerta de vaivén. Nick la empujó y entró en la cocina.

Lo primero que lo paralizó fue el olor áspero y picante que percibió. Era fuerte, acre... familiar. Cualquiera que fuera la combinación, le hizo saltar las lágrimas y le quemó la garganta. Al contrario que el resto de las estancias, la cocina no estaba atiborrada. No, estaba inmaculada. Los mostradores aparecían vacíos, impolutos, brillantes... como otra cocina en la que ya había estado. El reconocimiento fue inmediato. Recordó el olor, vinagre y amoníaco... y recordó con precisión dónde lo había olido antes. Examinó frenéticamente la cocina... y la verdad lo golpeó como una bola de demolición. Todo encajó en su sitio. Dejó caer la tarta y alargó la mano hacia la pistola de manera instintiva mientras giraba en redondo hacia la mesa, adivinando antes de verlo lo que iba a encontrar allí. En el centro, colocado cuidadosamente entre el salero y el pimentero, había un tarro de plástico transparente, del tamaño de una botella de litro, de pastillas antiácidas. Rosas. Las pastillas eran rosas, como las que recordaba; y justo al lado, una botella alta de cuello estrecho de salsa picante. Lo único que faltaba era el cocker spaniel temblando en un rincón.

«¡Laurant!» Arremetió contra la puerta. Tenía que volver a la abadía antes de que fuera demasiado tarde. Al atravesar corriendo el salón, chocó con la mesa de café y la volcó. Saltó por encima de las patas y se abalanzó hacia la puerta delantera para abrirla. La iglesia. El bastardo iba a agarrar a Laurant cuando saliera de la iglesia. Se metió la pistola en la funda y corrió para coger el teléfono del coche.

No podía perder un tiempo valioso en intentar avisar a las autoridades más cercanas. Pete podría dar la alarma y conseguir ayuda mientras Nick y Noah protegían a Tommy y Laurant... los peones en el mortífero juego de Rompecorazones.

Alcanzó la calle y gritó a Bessie Jean.

—Entren en casa y llamen al jefe de policía de Nugent; díganle que lleve a todos los hombres disponibles a la abadía.

Se abalanzó al interior del coche, dejando la puerta abierta mientras se estiraba para sacar una Glock y otro cargador de la guantera. Cogió el teléfono y siguió gritando a las atónitas ancianas que lo miraban de hito en hito.

—Vayan —gritó—. Y díganles que acudan armados.

Metió la primera de un tirón y hundió el pie en el pedal del acelerador. La velocidad cerró la puerta mientras el coche salía disparado. Pulsó el teléfono de Pete con la tecla de marcación rápida; sabía que siempre lo llevaba encima y que sólo lo desconectaba cuando estaba en casa o volando.

Tras el primer tono, le salió el buzón de voz. Profiriendo una blasfemia, cortó la comunicación y repitió la operación con el teléfono de la casa de Pete. Mientras subía la colina a toda velocidad, a ciento diez kilómetros por hora, salmodiaba al teléfono: «Vamos, vamos, vamos.»

Un tono. Dos. Luego, un tercero. Pete contestó.

Nick gritó:

—No es Brenner, es Stark. Ha estado utilizando a Laurant para llegar hasta mí. Todo ha sido una trampa desde el principio. Va a matarla, y a Tommy. Consigue ayuda, Pete. Todos somos los objetivos.

36

Donald Stark, conocido por los habitantes de Holy Oaks como el educado y amable granjero Justin Brady, estaba agachado por debajo de la verja de la galería del coro mientras esperaba su oportunidad sin dejar de vigilar. Ah, la de cosas que había planeado para aquel día. Por fin tenía la celebración al alcance de la mano; iba a ser su momento de gloria y el día del juicio final de Nicholas Buchanan.

Aunque, en ese momento, su buen humor estaba siendo puesto a prueba por Nicholas. De hecho, la mula estaba haciendo que Stark se pusiera bastante frenético al intentar arruinar todos sus maravillosos planes, haciéndole perder el tiempo en preocupaciones.

Se levantó lentamente un vez más sobre el muro y estudió a la multitud que se congregaba abajo. Sentía crecer la ira en su interior y se esforzó en contenerla. Todo a su debido tiempo, se prometió. Y volvió a mirar. ¿Dónde se había metido la mula? Después de buscar entre la gente por tercera vez, concluyó que no estaba en la iglesia. ¿Adónde, oh, adónde se había ido? Y, de repente, se le ocurrió que quizá la mula estaba esperando al fondo, debajo de la galería.

Tenía que asegurarse. Decidió que correría el riesgo y bajaría a hurtadillas para comprobarlo por sí mismo. Tenía que estar en lo cierto. Sí, sí, sí. Era imprescindible que la mula asistiera a la celebración. Después de todo, era el invitado de honor.

Sin levantar la cabeza en ningún momento, Stark retrocedió gateando hasta el banco donde había puesto la llave de la verja de hierro. Cuando estaba alargando la mano para cogerla, oyó un chirriar de neumáticos. Encaramándose como pudo a la ventana, atisbó fuera en el momento en que el Explorer verde de la mula se acercaba por el camino como un bólido.

Stark sonrió. «Los que esperan siempre obtienen su recompensa.» Suspiró. Todo volvía a ajustarse al programa. De un momento a otro, el invitado de honor entraría en la iglesia tan tranquilo.

Cogió el rifle, ajustó la mira telescópica y ocupó su sitio, encorvándose de rodillas al lado del trípode. La cámara de vídeo estaba enfocando el altar; alargó la mano y pulsó el botón para que empezara a grabar. La sincronización lo era todo, por supuesto. ¿Qué había de bueno en matar al padre Tom y a Laurant si la mula no estaba allí para verlo? Nada en absoluto, razonó. También estaba decidido a grabar los dos asesinatos. ¿Cómo podría presumir de que había vencido al FBI si no tenía las pruebas para demostrarlo? Sabía que era más listo que todas las mulas juntas, y pronto, pero que muy pronto, el mundo también lo sabría. La cinta sería una burla para ellos, demostraría su incompetencia, los humillaría de la misma manera que Nicholas lo había humillado a él.

«Te metiste con el hombre equivocado», musitó con la voz temblándole por el odio. Ahuecó los dedos alrededor del liso cargador y con cada caricia pudo sentir que la fuerza se intensificaba.

Esperó a que el niño bonito del cura terminara la ceremonia nupcial, subiera los escalones y volviera a situarse detrás del altar para iniciar la misa. Stark había hecho sus deberes. Sabía dónde se sentaría cada uno de los que integraban la comitiva nupcial. Había estado fingiendo que trabajaba en la galería durante el ensayo, y sabía que la novia y el novio, el padrino y la dama de honor iban a seguir al sacerdote hasta el altar y se sentarían en unas sillas que, al igual que las de la realeza, estaban situadas ligeramente detrás del altar y a la derecha, contra el muro norte. Tanto el hermano como la hermana estarían en el centro de la lente de la cámara.

Iba a ser perfecto. Primero lo mataría a él, a Tommy; un disparo en mitad de la frente que quedaría absolutamente maravilloso en la película. Y mientras Nicholas aún no se hubiera recuperado de la impresión —no se recuperaría, después de presenciar la muerte de su mejor amigo—, Stark giraría el rifle a la derecha y mataría a Laurant. La cámara captaría la reacción ante la muerte de su hermano. Se imaginó la mirada de horror en los ojos de Laurant durante el escaso segundo antes de matarla, y volvió a sonreír. Iba a ser delicioso. Bang, bang, gracias, señora. Habría matado al hermano y a la hermana antes de que la gente tuviera tiempo de reaccionar. Contaba con que los invitados fueran presas del pánico y salieran en desbandada hacia la puerta como si fueran vacas. Necesitaba aquel pandemónium para ganar tiempo y poder bajar por la trampilla que había abierto en el suelo, detrás del órgano. Aterrizaría en el armario empotrado del vestíbulo, saldría por la ventana delantera y se mezclaría con todos los hombres y mujeres histéricos. Tal vez incluso decidiera divertirse un poco más y pegara también algunos gritos.

«Tanto que hacer y tan poco tiempo», susurró. Porque, en aquellos preciosos dos o tres segundos, quizás incluso hasta cuatro, antes de que el gentío se levantara como un oleaje de sus asientos, iba a intentar matar a Willie y a Mark. Estaban sentados junto a la nave principal, en la sexta fila contando desde delante. Stark sabía que estaba siendo demasiado ávido, pero le traía sin cuidado. Tenía que librarse de ellos. Había fantaseado con eso desde que no le había quedado más remedio que vivir con ellos. Sus compañeros de casa eran unos cerdos, unos viles y mugrientos cerdos. No podía soportar la idea de dejar que semejante basura siguiera contaminando el mundo. No, no había alternativa. Tenía que matarlos, y si no podía matarlos ese día, volvería y los mataría más tarde. Sin embargo, no se molestaría en filmar sus muertes, porque al igual que la puta, Tiffany, Willie y Mark no valían lo suficiente para ser recordados.

Sofocó una afeminada sonrisa cuando pensó en el mando de la puerta del garaje al que le había hecho unos ajustes tan inteligentes. Estaba bien sujeto a la visera de la furgoneta. Nadie repararía en él ni le daría la mayor importancia. No iba a abrir ninguna puerta de garaje. No, señor. Una ligera presión en el botón y... zas, bang. Las noticias de las once.

¿Por fin nos estamos divirtiendo? Ah, sí, sí, por supuesto.

Debido a que Michelle no se podía arrodillar por culpa del aparato ortopédico de la pierna, Tommy casó a la pareja al principio de la ceremonia, en lugar de esperar a mitad de la misa como era la costumbre. Albergaba grandes esperanzas para aquella pareja. Christopher era un hombre bueno y decente, amén de muy sensato. Creía en el matrimonio y la responsabilidad, al igual que su encantadora novia. Los dos habían soportado sinsabores en el pasado, y los habían superado con elegancia y dignidad; Tommy sabía que se esforzarían por mantener sus promesas recíprocas cuando llegaran las malas rachas inevitables.

Casarlos era una alegría. Sonrió cuando Christopher puso el anillo de boda en el dedo de Michelle, a quien le temblaba tanto la mano que el novio tuvo que hacer dos intentos. Christopher era firme como un viejo roble.

Tommy los bendijo y se volvió para subir los escalones. El coro empezó a cantar *O Precious Love*. Mientras el resto de la comitiva nupcial accedía en silencio a los bancos delanteros, la novia y el novio, flanqueados por el padrino y la dama de honor, siguieron a Tommy hasta el altar. Cruzaron por detrás de él, se dirigieron a las sillas situadas contra la pared y se sentaron. Laurant estiró la larga cola del vestido de novia de Michelle y se sentó junto a ella. Ninguno se volvería a levantar hasta el momento de la comunión.

Los dos monaguillos, que eran primos de Michelle, estaban sentados al otro lado del altar, junto a la puerta de la sacristía. Noah estaba detrás de ellos. Cuando Tommy se acercó al altar para rodearlo, reparó en que Noah estaba apoyado en la pared sin ningún decoro. Lo miró con el entrecejo arrugado y, ahuecando la mano en el costado, le hizo un gesto para que se irguiera. Noah obedeció enseguida.

Luego, Tommy se volvió hacia los feligreses. Inclinó la cabeza, apoyó las manos en el frío mármol e hizo una lenta genuflexión.

Fue entonces cuando reparó en las flores. Allí, debajo del altar, había un hermoso jarrón de cristal lleno de lilas pequeñas. Tommy supuso que las flores habían sido colocadas allí por la florista para quitarlas de en medio mientras se preparaba el altar para la boda. Quienquiera que hubiera cubierto el mármol con la tela de lino, se había olvidado sin más de volver a sacar las flores. Tommy se agachó y se inclinó para coger el jarrón, pero cuando lo estaba levantando, vio la diminuta luz roja del tamaño de la cabeza de alfiler que parpadeaba insistentemente ante él.

Desconcertado, se inclinó para mirarla más de cerca. Entonces vio el paquete oblongo sujeto debajo de la superficie horizontal del altar. Tenía el tamaño aproximado de un ladrillo y estaba cubierto de cinta adhesiva gris. De la cinta sobresalían unos cables azul y blanco, y la luz roja estaba en el centro.

En ese momento, supo con precisión lo que estaba mirando. Era una bomba. Y por su tamaño, Tommy consideró que era suficiente para hacer saltar la iglesia en pedazos. La parpadeante luz roja indicaba que la bomba ya había sido activada.

«Dios mío», musitó, tan anonadado que no podía moverse. Tuvo la sensación de que el corazón se le acababa de parar. Su primera reacción fue la de levantarse de un salto y dar la voz de alarma, pero pudo contenerse a tiempo. «Conserva la calma.» Sí, tenía que conservar la calma. Lo último que deseaba era provocar el pánico. Soltó el jarrón, pero lo agarró antes de que se volcara.

Para entonces las manos le temblaban con violencia, y notó que el sudor le perlaba la frente.

¿Qué demonios debía hacer? Todavía arrodillado sobre una pierna, se dio media vuelta hacia Noah y le hizo señas para que se acercara.

Noah vio la expresión de zozobra de Tommy y corrió de inmediato hacia él. Pensó que estaba enfermo; tenía la tez gris como el mármol.

Tommy tuvo que agarrarse al borde del altar para levantarse. No conseguía pensar en otra cosa que no fuera en sacar a la feligresía de allí. Los pensamientos se le agolpaban en la cabeza. No había estado arrodillado más de cuatro o cinco segundos a lo sumo, pero sería suficiente para que los asistentes empezaran a preguntarse qué estaba haciendo. Se sujetó a la superficie del altar con una mano, agarró el jarrón con la otra y se incorporó en el momento preciso en que llegaba Noah. Se obligó a sonreír, puso las flores en el altar, junto al micrófono y retrocedió. No quería que el micrófono recogiera su susurro cuando le dijera a Noah lo que había encontrado.

Noah se movió para ponerse delante de Tommy, dando la espalda a los feligreses.

—¿Qué ocurre? —susurró.

Tommy se inclinó hacia delante y le susurró al oído:

—Hay una bomba debajo del altar.

La expresión de Noah permaneció inalterable. Se limitó a asentir con la cabeza.

—Déjame echar un vistazo —susurró.

Se volvió hacia la gente, haciendo un rápido signo de la cruz tal y como le había enseñado Tommy, y se arrodilló. Quería que los feligreses creyeran que estaba concelebrando la ceremonia. Inclinó la cabeza, se agachó aún más y se metió debajo del altar. «Dios», masculló. Había querido ver con qué iba a enfrentarse, con la esperanza de que se tratara de un sencillo dispositivo casero fácil de desmontar. No hubo semejante fortuna. Un simple vistazo le informó de que el explosivo era condenadamente complicado, demasiado para que pudiera encargarse de él. Sería necesario un experto que adivinara qué cables había que cortar, y ¿dónde diablos iban a encontrar a un experto en explosivos en un pueblo como Holy Oaks?

Noah se apartó y miró a Tommy desde abajo.

—No puedo desactivarla.

Mientras se ponía de pie, Tommy susurró:

—Muy bien, tenemos que sacar a todo el mundo de aquí. Haré que Christopher me ayude. Haz que se muevan los monaguillos.

Tommy se dirigió a toda prisa hacia el novio. A mitad de camino se detuvo e hizo señas a Christopher para que se levantara y se acercara; no quería que Michelle escuchara lo que iba a decir. Con el desconcierto reflejado en el rostro, la novia lo observó con fijeza; luego, se inclinó hacia Laurant y le habló en voz baja. Ésta hizo un leve movimiento con la cabeza, indicándole que no sabía qué era lo que estaba haciendo Tommy.

Tommy habló a Christopher en un susurro apremiante.

—Tenemos un problema, y necesito tu ayuda para sacar a todo el mundo de aquí. Hay una bomba debajo del altar. No queremos que cunda el pánico —añadió, al tiempo que oía contener la respiración a Christopher—. Podemos hacerlo. Que os sigan a ti y a Michelle. Vete ya —le ordenó.

—A la gruta —susurró Christopher—. Dígales que nos sigan a la gruta, como si tuviera una sorpresa para Michelle.

—Sí, muy bien —susurró Tommy. Se dio la vuelta rápidamente y se dirigió al altar. Ajustó el micrófono, respiró y dijo:

»Señoras y señores, Christopher tiene una sorpresa para Michelle. Por favor, sigan al novio y a la novia hasta la gruta que hay al pie de la colina.

Christopher ya había llegado junto a Michelle antes de que Tommy empezara su comunicado. Ella lo miró con no poco asombro mientras la levantaba de un tirón y la cogía en brazos.

—¿Qué estás haciendo, Christopher? —susurró.

—Sonríe, cariño. Tenemos que salir de aquí.

Michelle le rodeó los hombros con los brazos y sonrió tal y como se le decía.

—¿Me va a gustar esa sorpresa?

Christopher no le contestó. Atravesó el altar a grandes zancadas, bajó las escaleras y enfiló la nave central.

Su entusiasmo hizo sonreír a Laurant. Christopher estaba prácticamente corriendo. Ella y David, el testigo, esperaron a que Tommy acabara el comunicado y se levantaron. Laurant cogió del brazo a David y echaron a andar detrás de la novia y el novio, bien que a un paso mucho más tranquilo.

Un murmullo recorrió la multitud y se hizo bastante audible cuando los invitados a la boda, recogiendo sus posesiones y retirando los reclinatorios con el pie, se levantaron para salir en fila de la iglesia.

Stark no daba crédito a lo que veía. Se estaban marchando. «No», gritó su mente. Era inadmisible, no podía irse nadie. ¿De qué sorpresa estaba parloteando el cura? Salir antes de tiempo no formaba parte de los ensayos. ¿A la gruta? ¿Por qué se iban a la gruta? ¿Qué se le había pasado por alto? Los pensamientos se le agolpaban en la cabeza a una velocidad de vértigo. Inadmisible. Laurant también se estaba marchando. No, no, no. Ya estaba atravesando el altar. Primero, Tom, ahora, Laurant. Como había planeado. Pero la mula, la mula tenía que verlo.

El cura estaba hablando de nuevo por el micrófono.

—Los que estén cerca de las puertas laterales deberían salir por ellas para no perder tiempo —añadió.

Temblando de furia, Stark sintió que el control se le iba de las manos, se desintegraba, pero entonces, en el momento preciso en que iba a levantarse de un salto y empezar a disparar, miró hacia la puerta lateral abierta y, ahí estaba, la mula en persona, intentando entrar mientras la multitud pugnaba por salir. Por fin había llegado Nicholas. «Ahí está, ahí está, ya está todo en su sitio», susurró. Le entraron ganas de gritar de alegría, y sintió tanta emoción por ver a la mula que deseó saludarlo con la mano. Me alegro de verte, Nicholas. Sí, señor.

Aún había tiempo, tiempo para el espectáculo... si actuaba con rapidez. Levantó el rifle y se dispuso a buscar su primer objetivo. «No te rías, no te rías», susurró, pero la emoción era tan exquisita que no supo si podría detenerse. Miró a través de la mira y puso el dedo en el gatillo. Ahora, suave... suave... espera el momento.

Noah acababa de empujar a los monaguillos hacia la puerta lateral y se estaba dando la vuelta para interceptar a Laurant antes de que llegara a la nave central. No iba a perderla de vista; abandonaría la iglesia con Tommy y con él.

Estaba a unos cuatro metros de Tommy cuando vio el haz de luz rebotando por la pared. Reaccionó de inmediato.

—¡Un tirador! —gritó mientras sacaba el arma de la manga y se abalanzaba hacia Tommy. Toda su atención se centró en la galería del coro mientras disparaba hacia el origen de la luz.

Nick había visto el haz del láser brincar hacia Tommy a través del altar en el momento en que Noah dio la alarma.

—¡Al suelo! —gritó mientras se abría paso entre la multitud a empujones.

Tommy no tuvo tiempo de reaccionar. Oyó la detonación, y un trozo del altar saltó por los aires. En un momento, Noah y Nick estaban gritando y, al siguiente, Noah disparaba la pistola hacia la galería mientras se abalanzaba sobre Tommy y lo derribaba contra el suelo. Noah se golpeó la cabeza contra el borde del mármol en la caída y le cayó encima como un peso muerto. Tommy se zafó como pudo para poner al inconsciente Noah a cubierto. Mientras tiraba de él con dificultad, vio la sangre que manaba del hombro izquierdo de Noah.

Los gritos de la multitud en su intento desesperado por salir de la iglesia rasgaron el aire. Presas de la histeria, hombres y mujeres se agolpaban en las naves. Nick sujetaba la Sig Sauer en la mano derecha y, mientras avanzaba apartando a la gente a empellones, metió la mano bajo la chaqueta y sacó la pesada Glock de la cintura del pantalón. Saltó sobre un banco y abrió fuego. Corriendo por encima de los bancos, disparó una tras otra las pistolas con la intención de mantener inmovilizado al bastardo.

Stark se escondió detrás de la verja. ¿Qué estaba ocurriendo? El cura rubio había sacado una pistola y empezado a dispararle, de manera que sólo había podido realizar algunos tiros. Había visto caer al padre Tom y luego al otro cura, y estaba seguro de que había herido a ambos.

Ahora tenía que alcanzar a Laurant. Levantó lentamente el cañón hasta que consiguió tenerla en el punto de mira. Arrodillada al pie de las escaleras del altar, se esforzaba por levantarse cuando disparó. Laurant cayó, pero Stark no fue capaz de precisar dónde le había impactado la bala. Una sucesión de disparos sin tregua cayó sobre él. Dejó caer el rifle y se arrastró sobre el vientre como pudo hacia la trampilla. La cinta; tenía que coger la cinta. Las balas crepitaban a su alrededor, y una casi le alcanza en la mano al intentar coger la cámara de vídeo. No podía cogerla, pero tampoco podía irse sin ella. Se arrastró hasta el enchufe que había junto al órgano y tiró del cable. Los disparos y los gritos rebotaban a su alrededor. La cámara se estrelló contra el suelo y se rompió, y la atrajo hacia sí tirando del cable. Al cabo de un segundo tenía la cinta. Tras metérsela en el bolsillo del chubasquero y cerrar la cremallera, se arrastró por detrás del órgano y levantó la trampilla. Primero metió los pies y bajó apoyándose en el saliente que había construido en el techo de abajo. Después, levantó la mano, cerró la trampilla y corrió el pestillo.

Con tanto ruido como había, le trajo sin cuidado que alguien pudiera oír su taconeo mientras avanzaba por el techo. Aterrizó dentro del armario empotrado, abrió la puerta y asomó la cabeza. El vestíbulo estaba vacío, pero desde allí pudo ver al enjambre humano que a empujones pugnaba por salir por las puertas delanteras. Cruzó el vestíbulo corriendo y se metió entre la multitud a codazos. Una anciana le cogió del brazo para evitar que la tirasen y, como caballero que era, la rodeó con el brazo y la ayudó a salir.

Miró hacia atrás en una ocasión y tuvo que hacer verdaderos esfuerzos para no reírse. Lo más probable es que Nicholas siguiera luchando con la multitud, intentando llegar a la verja de hierro. Al final conseguiría subir las escaleras, pero ¿descubriría la trampilla? Stark creía que no: la había diseñado con tanta inteligencia... Se podía imaginar perfectamente a la mula allí parada, rascándose la cabeza con perplejidad. ¿Adónde, oh, adónde se había ido Justin Brady? Sí, a ése sería a quien buscaría la mula, pero cuando Nicholas lo volviera a ver estaba seguro de que el agente del FBI no lo reconocería. Ya no tendría barba, y el pelo, más largo, bien cortado y teñido de otro color, ya no sería el de un granjero. También se cambiaría el color de los ojos, tal vez al gris o al azul. Tenía una hermosa colección de lentes de contacto entre las que elegir, con todos los colores del arco iris a su disposición.

Se creía el rey del disfraz. Cambios sutiles, ése era el secreto. Nada espectacular, sólo un poco de esto y un poco de aquello para conseguir un mundo de diferencias. Vaya, ni su madre lo habría reconocido ese día si se hubiera acercado a ella y le hubiera dado una palmadita en el hombro. Por supuesto, Madre Millicent ya no iba a ver muchas cosas a esas alturas, pudriéndose como estaba en el jardín, bajo las petunias por las que tanta debilidad sentía. Sin embargo, de haberlo podido ver en su caracterización de granjero, estaba seguro de que le habría encantado.

En lugar de soltar a la anciana, la arrastró con él mientras doblaba la esquina. Se mantuvo cerca del edificio para que cuando la mula subiera a la galería no pudiera verlo si miraba por la ventana.

La vieja bruja estaba gritando. Stark llegó hasta la puerta lateral donde la multitud salía en desbandada del interior de la iglesia, y la anciana empezó a resistirse.

—Suélteme. Tengo que encontrar a mi marido. Ayúdeme a encontrarlo.

La apartó de un empujón y la vio caer entre los arbustos. Siguió adelante, abriéndose camino entre la muchedumbre y girándose para asegurarse de que la mula no hubiera dado con su rastro.

Dejó escapar un grito sordo; el padre Tom salía como una exhalación de la iglesia y la gente se apartaba a su paso. Llevaba en brazos al otro sacerdote. Los blancos ropajes de Tom estaban ensangrentados, pero su aspecto era saludable. Y Laurant. Dios Todopoderoso, salía con él por la puerta.

Fue tanto el asombro de ver que ambos seguían vivitos y coleando que a punto estuvo de ponerse a gritarles. Se recostó contra el muro, con los hombros pegados a la piedra fría. ¿Qué hacer? ¿Qué hacer? No había tiempo para planes, en absoluto, pero tenía que hacer algo antes de que la ocasión se perdiera por completo.

En ese momento la multitud rodeaba a Tom. Stark lo observó con atención mientras dejaba lentamente al otro cura sobre la hierba, se arrodillaba sobre él y susurraba algo al oído del moribundo. Reza por él, sin duda... como si le fuera a servir de algo.

Pero el sacerdote que le había disparado no era sacerdote, ¿verdad? Tenía un arma. Era una mula, un farsante. ¿Cómo se atrevían a engañarlo? ¿Cómo? Sin duda era una mula. Pero ahora estaba agonizando.

Deseaba desesperadamente matar a Tom; sin embargo, sabía que no tenía el camino expedito para dispararle; lo rodeaban muchas personas, que corrían como gallinas descabezadas.

Volvió su atención hacia Laurant. Unas sobras fáciles de obtener. Estaba junto a la puerta, pegada a la pared, procurando no estorbar, aunque cada dos segundos se volvía para mirar adentro. No estaba a más de nueve metros de él. Avanzó lentamente; el aparente aturdimiento de Laurant le concedía una ventaja añadida.

Sacó la pistola del bolsillo y la escondió dentro de la chaqueta.

—¡Laurant! —gritó, procurando que el grito sonara lastimero. Se dobló por la cintura, bajó la cabeza y echó un vistazo mientras volvía a gritar su nombre—. Laurant, me han disparado. Por favor, ayúdame. —Se acercó tambaleándose—. Por favor.

Laurant oyó que Justin Brady la llamaba, y sin dudarlo un segundo empezó a caminar hacia él.

Stark fingió que tropezaba, tras lo cual emitió un sonoro gemido. Premio de la Academia; se merecía un premio por su impecable actuación.

Laurant dio un paso en dirección a Justin y sintió un escozor en la pantorrilla derecha. Lo más probable es que se hubiera cortado cuando una de las damas de honor la había arrojado al suelo en su intento de empujarla hacia la nave. Podía sentir que la sangre le resbalaba hasta el interior del zapato.

Pese a estar coja, se movió lo más deprisa que pudo. Cuando estaba a unos cuatro metros de Justin, se paró en seco. Algo no encajaba. Oyó la voz de Nick dentro de su cabeza: «No creas nada de lo que te diga la gente.» Y entonces fue cuando bajó la mirada y descubrió lo que no encajaba.

Justin la vio dar un paso atrás, alejarse de él. Tenía la mano derecha metida debajo de la chaqueta, manteniendo la pistola pegada al costado. Siguió caminando a trompicones hacia ella, medio doblado por la cintura, intentando fingir que le aquejaban terribles dolores.

Laurant no se lo tragaba. ¿Qué es lo que estaba mirando con tanta atención? Su mano, no le quitaba ojo a su mano. Entonces, bajó la vista y vio lo que ella veía: el guante de cirugía. Se había olvidado de quitarse los guantes de cirugía. Sorprendido por su descuido, corrió hacia ella como un toro desbocado. Laurant estaba dándose la vuelta para salir corriendo, llamando a gritos a Nicholas, cuando Stark la golpeó en la base del cráneo con la culata de la pistola.

«Deprisa —oyó Stark dentro de su cabeza—, cógela, cógela, cógela.» Inconsciente, Laurant empezó desplomarse, pero la agarró por la cintura antes de que se golpeara contra el suelo y, arrastrándola hacia atrás, dobló la esquina del edificio. La gente seguía saliendo en tropel de la iglesia, y se iban formando grupos de hombres, mujeres y niños en el aparcamiento, pero nadie intentó detenerlo. ¿Veían lo que estaba haciendo? ¿Veían la pistola que apretaba contra el pecho de Laurant? El cañón apuntaba hacia arriba, con la boca del arma bajo la barbilla. Si alguien osaba interferir, Stark sabía muy bien lo que haría. Le volaría la linda cabecita.

No quería matarla, al menos no todavía. Puede que se hubiera visto obligado a realizar algunos ajustes, pero aún tenía grandes planes para ella. Después de encerrarla en el maletero de su otro coche —el viejo Buick trucado que ninguna mula sabía que le pertenecía— se dirigiría a algún lugar seguro y la ataría. Había infinidad de cabañas abandonadas en el bosque; sabía que encontraría el lugar perfecto sin dificultad. La dejaría allí atada como un pavo y amordazada, y se iría de compras. Sí señor, eso es lo que iba a hacer. Se compraría otra cámara de vídeo —de alta calidad, por supuesto, sólo compraba lo mejor— y doce cintas de vídeo, por lo menos. Sony a poder ser, porque la resolución era, vaya, muchísimo mejor. Y luego volvería hasta su dulce Laurant y filmaría su muerte. Procuraría mantenerla viva todo lo que pudiera, pero cuando ocurriera lo inevitable y se apagara la luz de sus ojos, rebobinaría la cinta y reviviría la gloriosa ejecución. Sabía por anteriores experiencias que se pasaría horas y horas viendo y volviendo a ver la cinta, hasta que se aprendiera de memoria cada tic, cada grito, cada súplica... Sólo cuando estuviera completamente satisfecho podría descansar.

Una vez se hubiera deshecho del cuerpo de Laurant en el bosque, volvería a casa. Haría copias de las cintas y se las enviaría a todos los que quisiera impresionar. Nicholas recibiría una de recuerdo, un recordatorio de su impotencia al osar levantarse contra el maestro. Enviaría otra al jefe del FBI; el director tal vez quisiera utilizar el presente como una cinta de entrenamiento para futuras mulas. Conservaría, como era lógico, varias para su videoteca personal —después de todo, hasta las mejores cintas terminaban por estropearse—, y la última que hiciera la subastaría en Internet. Aunque no le guiaba el todopoderoso dólar, unos buenos ahorros le darían libertad para ir a buscar otra pareja perfecta, y esa cinta le reportaría una fortuna. Había un buen número de seguidores con gustos *voyeuristas* similares navegando en Internet.

Laurant permaneció tendida en el suelo junto a la furgoneta mientras Stark sacaba las llaves. Metidos como estaban entre otros coches, nadie los podía ver. Abrió la puerta, deslizó el panel hacia atrás, levantó a Laurant y la arrojó adentro. Al cerrar, pilló el vestido largo de Laurant con la puerta, pero tenía demasiada prisa para volver a abrirla. Sabía que estaba siendo chapucero, pero ya no había nada que hacer. Todo estaba cambiando con demasiada velocidad; y también estaba lo de su descuido con los guantes. Rodeó el coche a toda prisa hasta el lado del conductor y vio la ambulancia que se abría paso por el camino, entre la multitud y los coches. La sirena atronaba.

Sabía que no podría bajar por el camino, que era la única salida. «No te preocupes», susurró. Encendió el motor y subió lentamente al bordillo; entonces, pisó a fondo. La furgoneta se lanzó hacia delante y se estrelló contra los rosales. Una rama espinosa salió volando y chocó contra la ventanilla, y, de manera instintiva, Stark se agachó, como si la rama fuera a atravesar el parabrisas y golpearlo. Pisó el acelerador echando todo su peso encima. La furgoneta bajó la ladera cubierta de césped a toda velocidad, dando tumbos y sacudidas. Stark tuvo la sensación de estar volando.

Miró por el retrovisor y empezó a reírse. No lo seguía nadie; estaba tan seguro como una chinche en una alfombra.

¿Lo haría ahora? ¿Los haría saltar en pedazos? Tenía el detonador justo encima de la frente, sujeto a la visera como si fuera el mando de la puerta de un garaje.

No, quería que Laurant presenciara los fuegos artificiales, así que decidió ajustarse a su plan original. Haría saltar la abadía cuando saliera del pueblo. Ya había escogido el lugar, el mejor asiento de la casa, en la cima de la colina que estaba a las afueras del pueblo. Podría ver saltar hasta el último ladrillo. Y, vaya, menudo espectáculo que iba a ser. Dios mío, debería filmarlo también, enviarlo a todas las emisoras de televisión. Las noticias de las once. Sí, señor...

—Oh chica de los ojos verdes no te despiertes para jugar, para jugar... Laurant, hora de despertarse.

Bajó la vista para mirar el reloj de pulsera y se asombró del poco tiempo transcurrido. De pronto, oyó el chirrido de unos neumáticos y levantó la cabeza de golpe. Miró por el retrovisor y vio el Explorer verde en lo alto de la colina. El cuatro por cuatro voló por los aires y aterrizó sobre los neumáticos delanteros mientras Stark lo contemplaba con incredulidad. Su ira era incontrolable. «Inaceptable», gritó mientras aporreaba el volante con el puño.

La furgoneta entró a toda velocidad en la calle principal, rozó un coche aparcado y se deslizó derrapando; Stark hundió el pie en el acelerador, el vehículo salió disparado hacia delante y giró en la siguiente esquina dando bandazos. Mientras se dirigía al parque a toda velocidad, casi alcanzó los ciento treinta. La furgoneta estuvo a punto de volcar al doblar otra esquina sobre dos ruedas, pero Stark dio un volantazo a la izquierda y el vehículo se enderezó. Aún giró en otra esquina y, allí estaba, la entrada posterior del parque a través de la reserva natural.

La mula ya no estaba detrás de él, Y Stark tuvo la certeza de haberlo perdido. Con una risita nerviosa, redujo la velocidad y se introdujo en el sendero de los corredores. La furgoneta avanzó por la negra superficie alquitranada dando tumbos, con las ruedas del lado izquierdo deslizándose sobre la superficie lisa, y las del derecho sobre las rocas del borde del camino.

Le pareció oír gemir a Laurant; tuvo que contenerse para no saltar sobre el asiento y arrancarle la piel a tiras con sus propias manos. La ira era cada vez más intensa, y los pensamientos que le asaltaban eran ya tan apremiantes que le resultaba difícil concentrarse. Ajustó el retrovisor para poder observarla: estaba hecha un ovillo, tumbada de costado, y le daba la espalda; no se movía. La cabeza le estaba jugando malas pasadas, pensó, convencido ya de que Laurant no había gemido. Sólo lo había imaginado.

Estaba tan absorto contemplándola que casi se mete en el lago con la furgoneta. Volvió al camino con un volantazo y ajustó el retrovisor de nuevo para poder ver detrás de él. Como el sendero torcía formando un codo, tuvo que reducir aún más la velocidad de la furgoneta, aunque no consiguió hacer otro tanto con su cabeza. Miró de reojo por encima del hombro para ver de nuevo a Laurant, pero no fue a ella a quien vio: fue a la puta, a Tiffany. Sacudió la cabeza y, entonces, como por ensalmo, volvió a ser Laurant.

Quiso parar y cerrar los ojos. Necesitaba tiempo para aclarar las ideas y organizarse. Tenía que ser organizado. Era un estratega, meticuloso hasta el último detalle, y no le gustaban las sorpresas. Ésa era la razón de que estuviera tan nervioso, decidió.

La sorpresa de ver al cura rubio saltar delante de Tommy. El cura con pistola que le disparaba. El cura no era tal cura en absoluto. No podía asimilar el hecho de que las mulas, tan estúpidas como eran, lo hubieran engañado de verdad. Ni por un segundo había llegado a plantearse que el amigo de Tommy fuera una mula disfrazada.

Ah, vaya, por eso estaba tan nervioso en ese momento. Lo habían engañado para que cometiera un error. Suspiró. Y sintió cómo se centraba de nuevo; los pensamientos dejaban de acuciarlo. Control, ésa era la clave. Estaba recuperando el control.

—Casi hemos llegado —canturreó dirigiéndose a Laurant. Al llegar a la carretera principal que bordeaba el lago, redujo la velocidad para que la furgoneta pudiera avanzar entre los pinos; luego, aceleró de nuevo. El Buick estaba a unos doscientos metros de donde se encontraba, aparcado entre los árboles, detrás de la choza abandonaba. Todavía no podía verlo, pero sabía que estaba donde lo había dejado, listo y esperando.

—Casi hemos llegado —repitió. Todo lo que tenía que hacer era rodear la entrada al parque, tomar la curva y esconder la furgoneta entre los árboles.

Acababa de llegar al camino de acceso a una cabaña cuando volvió a ver el Explorer verde. El cuatro por cuatro atravesó como una exhalación la entrada al parque y redujo la velocidad para tomar la curva.

«¡No!» Stark frenó bruscamente. No había tiempo para recular, dar media vuelta e intentar dejar atrás a la mula. Tampoco podía avanzar; Nicholas lo vería y le cerraría el paso. ¿Qué hacer?, ¿qué hacer? «¡No, no, no, no!», salmodió.

Puso el punto muerto, cogió la pistola y saltó de la furgoneta. Como había quitado las manijas interiores de las puertas para que sus amigas no pudieran escapar mientras conducía, tuvo que dar la vuelta corriendo y abrir la puerta desde afuera.

Se metió la pistola en la chaqueta y alargó los brazos para levantar a Laurant. Un nuevo plan; sí, un plan nuevo. Podía hacerlo. La metería dentro, donde estaría oscuro y acogedor, y cerraría las puertas. La mula estaría fuera, intentando entrar al oír los gritos de Laurant. Entonces, la mula cometería errores, sí, vaya que los cometería, y lo mataría.

Laurant no tuvo un despertar escalonado ni transitó por la confusión del aturdimiento, sino que fue instantáneo. En un momento estaba inconsciente, y al siguiente se esforzaba en no gritar. Sintió que la bilis le quemaba la parte posterior de la garganta.

Estaba en el interior de la furgoneta de Justin. No se movía por miedo a que la viera por el retrovisor o la oyera tantear el suelo en busca de algo que le sirviera de arma. Se atrevió a echar un rápido vistazo y vio la caja de las herramientas, pero tendría que moverse para alcanzarla; estaba apoyada contra la puerta trasera. ¿Podría salir por allí? ¿Abrir la puerta y saltar? ¿Dónde, dónde estaba la manija? Escudriñó la oscuridad hasta que localizó el agujero en la puerta trasera. El loco había quitado las manijas. ¿Por qué lo habría hecho? Tenía los pies contra la puerta lateral, pero, a menos que se moviera, no podría ver si aquella manija también había sido extraída, y no se atrevió.

Estaba temblando e intentó evitarlo, aterrada por que Justin lo notara y supiera que estaba despierta. La furgoneta golpeó algo en la carretera. El golpe la levantó y la lanzó contra el respaldo del asiento trasero y, al cabo de un segundo, los bandazos del coche al avanzar la volvieron a lanzar por los aires. Sintió el frío de algo metálico; el imperdible se le estaba clavando en la piel, y lo buscó a tientas para abrirlo. Le temblaban las manos, así que estuvo a punto de dejarlo caer, pero consiguió reprimir el gimoteo antes de que se le escapara. Abrió el imperdible y lo dobló hasta ponerlo recto. No sabía qué iba a hacer con él, pero era su única arma. Quizá pudiera hundírselo en el cuello. Las lágrimas le escocían los ojos, y le dolía tanto la cabeza que pensar era todo un esfuerzo. ¿La estaría observando ahora? ¿Tendría una pistola en la mano? Tal vez pudiera saltar sobre él por atrás y sorprenderlo.

Levantó las piernas con muchísima lentitud, pensando que podría darse la vuelta y levantarse de un salto, agarrarlo por el cuello y golpearle la cabeza contra el volante. Pero algo la sujetaba; tenía la falda trabada. Tuvo miedo de girar la cabeza para investigar, por temor a que la viera.

De repente, la furgoneta dio un sonoro frenazo. Laurant perdió el imperdible, pero lo recuperó del suelo antes de oír que se abría la puerta. ¿Adónde iba? ¿Qué es lo que iba a hacer?

«Oh, Dios, viene hacia mí.»

Tenía que estar preparada. Cuando Justin intentara sacarla de la furgoneta, tendría que estar lista. Desesperada, con las manos temblándole violentamente, sujetó el imperdible entre los dedos corazón y anular, justo por encima de los nudillos. El cierre se le clavó en la piel, desgarrándosela mientras lo sujetaba con firmeza, asegurándolo para que la larga aguja sobresaliera en línea recta. Ahuecó la mano izquierda encima para intentar ocultarlo.

«No permitas que lleve la pistola en la mano. Por favor, Dios, no permitas que lleve la pistola.» No podía incorporarse de golpe y comprobar si llevaba el arma. La mataría antes de que llegara a rozarlo. «Si la lleva, esperaré. Haz que cargue conmigo, así tendrá que dejar la pistola.»

Cuando la puerta lateral se abrió, la furgoneta se movió. Laurant tenía los ojos cerrados con fuerza e intentaba no gritar mientras rezaba en silencio.

«Ayúdame, Dios mío, ayúdame...»

Pudo oír la fuerte respiración de Justin. La agarró por el pelo y la atrajo hacia sí de un tirón. Cuando se agachó para sacarla de la furgoneta, Laurant abrió los ojos y vio la pistola. Los dedos de Stark se hundieron en los costados de Laurant mientras se la echaba al hombro.

Era fuerte, terriblemente fuerte. Echó a correr con ella colgando del hombro izquierdo, como si no pesara más que una mota de caspa que le hubiera caído sobre el cuello. Laurant ya tenía los ojos abiertos de par en par, pero no se atrevió a levantar la cabeza por miedo a que él notara el movimiento. Mientras creyera que estaba inconsciente, no se concentraría en ella. Reconoció la cabaña del abad un poco más allá.

361

Laurant oyó que se acercaba un coche, y después una obscenidad del loco. Éste subió los escalones corriendo y se paró en seco.

Lo oyó sacudir el picaporte, pero estaba cerrado con llave; un segundo después sonó un disparo junto a su oreja. Laurant estaba segura de que la había sentido estremecerse.

Stark estaba tan impaciente por entrar que le dio una patada a la puerta y la desgoznó. Pulsó el interruptor de la pared y se encendieron dos lámparas, una, sobre un aparador junto a la puerta, y otra, encima de una mesa en la galería superior. Todavía con Laurant colgando del hombro, atravesó corriendo la habitación delantera y entró en la cocina. Puso la pistola sobre la repisa y empezó a tirar de los cajones y a arrojarlos al suelo.

—Aquí estamos —gritó con regocijo al encontrar el cajón de los cuchillos. Cogió el más grande, uno de carnicero, que parecía viejo y embotado, pero le traía sin cuidado que estuviera o no afilado. El trabajo que tenía pensado hacer no iba a ser meticuloso; sencillamente no había tiempo, y aquel cuchillo serviría. Sí, señor.

Cogió la pistola antes de darse la vuelta y regresar corriendo al salón, apartando los cajones y cubiertos a patadas de su camino. Cuando llegó al centro de la habitación, se paró y se deshizo de su carga con un movimiento de hombros. Laurant se estrelló contra la mesa de café antes de golpear el suelo con el costado izquierdo, que fue el que recibió la mayor parte del impacto.

Stark esperó a que cayera para agarrarla por el pelo y ponerla de rodillas.

—Abre los ojos, puta. Quiero que mires a la puerta, que veas a la mula cuando llegue corriendo a salvarte.

Mientras hablaba, se dio cuenta de que tenía el cuchillo de carnicero y la pistola en la misma mano. Soltó a Laurant y se cambió el cuchillo a la mano izquierda.

—Así está mejor —dijo—. ¿En qué estaría pensando? No puedo disparar y cortar con la misma mano, ¿verdad? Mírame, Laurant. ¿Ves lo que tengo para ti?

Laurant seguía de rodillas, y Stark se agachó detrás de ella, de manera que su cuerpo lo protegiera del arma de Nicholas. Tendió el cuchillo delante de la cara de Laurant.

—Vamos, ¿qué crees que voy a hacer con esto?

Pese a no esperar respuesta, se sintió decepcionado cuando Laurant no gritó ante la visión del cuchillo. Aunque ya lo haría una vez que empezara a trabajar en ella. Ah, vaya, sabía cómo conseguir lo que quería. Seguía siendo el maestro. La pinchó en el brazo izquierdo con el cuchillo, y el placer de oír el grito de Laurant le hizo reír entre dientes. La sangre empezó a bajar por el brazo a borbotones y la visión lo emocionó. La volvió a pinchar.

—Ésta es mi chica. Sigue gritando —la alentó con una espeluznante voz aguda, frenética por la excitación—. Queremos que te oiga Nicholas.

Stark se agachó y esperó. Sujetó los hombros de Laurant contra los suyos con el brazo y apuntó el cañón de la pistola hacia la puerta abierta. Mantenía la cabeza baja, por detrás de la de Laurant, pero atisbaba por los costados hacia la puerta. La volvió a pinchar, sólo por diversión, pero en esa ocasión Laurant no gritó. Le puso la punta del cuchillo ensangrentado contra el cuello.

—¿Intentando ser valiente, Laurant? Cuando quiera que grites, como me llamo Stark que gritarás.

La oyó gimotear y sonrió.

—No te inquietes, no dispararé a la mula enseguida. Primero quiero que vea cómo te mato. Ojo por ojo, diente por diente —canturreó—. ¿Qué es lo que lo retrasa tanto? ¿Qué está tramando ese chico? Tal vez intenta colarse a hurtadillas por la puerta de la cocina. ¡Uy! No hay. No puede hacerlo, ¿no es así?

Si no hubiera estado hablando, habría oído el débil crujido sobre su cabeza. Nick había entrado por la ventana del dormitorio. La rama del árbol se había roto en el momento justo en que se agarraba al alféizar de la ventana, pero el estrépito procedente del interior ocultó el ruido que hizo.

La puerta del dormitorio estaba abierta y Nick avanzó muy despacio. Podía ver a Laurant y Stark debajo de la galería, en mitad del cuarto, mirando hacia la puerta. Tenía la pistola en la mano, y la Glock metida en la cintura del pantalón en la espalda.

No tenía un disparo limpio sobre el bastardo; si la bala le atravesaba el cuerpo, impactaría en Laurant, y no podía arriesgarse. Tampoco podía bajar las escaleras; lo vería. ¿Qué demonio iba a hacer?

Laurant levantó la vista y vio la sombra en el techo. Se movía con muchísima lentitud, y supo que Nicholas estaba en la planta de arriba. Era sólo cuestión de tiempo que el hombre que estaba detrás de ella viera también la sombra.

—¿Por qué haces esto, Justin?

—Cállate. Tengo que oír el coche; oír cómo se acerca la mula.

—Fuiste demasiado rápido para él. No debe de haber visto la furgoneta y habrá girado hacia el norte en lugar de al sur. Estará en el otro lado del lago.

Stark aguzó el oído intentando oír pisadas sobre la grava del exterior, pero estaba sonriendo.

—Sí, fui rápido, ¿verdad? Ninguna mula se pasa de lista conmigo.

—¿Son los del FBI, las mulas?

—Sí —respondió—. Eres una chica muy lista, ¿verdad?

Tenía que hacer que siguiera hablando, que siguiera concentrado en lo que ella decía para que no levantara la vista.

—No tan inteligente como tú. ¿Por qué me escogiste a mí? ¿Por qué me odias?

Stark bajó el pulgar por la mejilla de Laurant. El guante de goma estaba frío.

—Basta de tanto hablar. No te odio, te amo —canturreó suavemente—. Pero soy un rompecorazones; rompo corazones.

—¿Pero por qué yo? —insistió. Tenía bajada la cabeza, pero sus ojos miraban hacia arriba, observando la sombra que avanzaba lentamente.

—La cosa no iba contigo en absoluto —dijo—. La mula mató a mi mujer, y luego se vanaglorió de ello en los periódicos. Vaya que sí, eso es lo que hizo. Todo el tiempo y energía empleados en prepararla tirados por la borda. Era una mujer que casi merecía la pena. Yo buscaba la perfección y ella estaba a punto de alcanzarla. Sí, casi era perfecta. Entonces, Nicholas la mató. Lo llamaron héroe; arruinó mi vida y lo llamaban héroe. Dijeron que era, ¡oh, tan inteligente! No podía consentirlo, ¿no te parece? Tenía que demostrar al mundo que yo era el maestro.

El odio contenido en su voz hizo que Laurant se encogiera. No tuvo que hacerle más preguntas, pues parecía querer explicarse ante ella. Las palabras afluían con más rapidez; quería contárselo todo, alardear de cómo había engañado a las mulas.

—Cuando leí el artículo del periódico y me enteré de que había matado a mi mujer, tuve que reaccionar. ¿No lo entiendes? Estaba obligado a ello. En el artículo mencionaban a tu hermano, y quise saber más sobre el bueno del padre Tom. Leí que él y Nicholas eran íntimos amigos desde la más tierna infancia. Al principio, pensé en matar a Tom y luego ir tras la familia de la mula, pero entonces pensé: ¿por qué dar a Nicholas la ventaja de jugar en casa? Holy Oaks era el pueblo perfecto para lo que tenía en mente. Está tan aislado... Hice mis investigaciones, averigüé todo lo que pude sobre el niño Tom e imagina mi alegría cuando me enteré de tu existencia.

»Era de Nicholas detrás de quien iba todo el tiempo —dijo con una risilla—. Hasta que te conocí. Entonces, también te quise a ti. Cuando conocí a mi esposa, había algo en ella que me recordaba a mi madre. Tú también me la recuerdas. Hay un algo de perfección en ti, Laurant. Si las circunstancias hubieran sido otras, te habría entrenado.

»Mi madre ya se ha ido. No había ningún motivo para mantenerla viva. Había alcanzado la perfección y sabía que tenía que actuar con rapidez.

364

En cuanto se interrumpió, Laurant le espetó:

—¿Quién era Millicent? ¿Existió?

—Ah, así que escuchaste la cinta de la confesión, ¿no es así?

Le sintió mover la cabeza contra ella, y le llegó el aroma dulzón de la colonia de Calvin Klein mezclado con su aliento acre.

—¿Existió? —repitió Stark—. Tal vez.

—¿A cuántas has matado?

—A ninguna —contestó—. Madre no cuenta; no puedes matar a la perfección, y las putas tampoco cuentan. No, por supuesto que no. Así que lo entiendes, ¿verdad? Serás la primera.

Stark vio la sombra. Hizo dar la vuelta a Laurant y gritó:

—La mataré, la mataré. Tira el arma, Nicholas. Hazlo ahora, ahora, ahora, ahora...

Nick había llegado al centro de la galería. Levantó las manos pero no tiró la pistola. La mesa del comedor estaba justo debajo de él, si tan sólo pudiera saltar por encima de la balaustrada...

Stark seguía agachado detrás de Laurant, intentando que girara al mismo tiempo que él para poder encarar la escalera y estar completamente protegido por la pared que estaba a su espalda.

—Tira el arma —volvió a gritar—. Baja y úncte a la fiesta.

—Esta vez no vas a poder escabullirte —dijo Nick. Podía ver el terror y el dolor en los ojos de Laurant. Si pudiera conseguir que Stark se apartara de ella, aunque fuera sólo un milímetro, podría conseguir disparar antes de que le alcanzara a él.

—Pues claro que voy a escapar. Voy a mataros a Laurant y a ti, y me voy a escapar. Las estúpidas mulas buscarán al paleto granjero Justin Brady. Le cortaré el cuello si no tiras la pistola.

Nick soltó el arma, que apenas hizo ruido cuando cayó en la alfombra sobre la que estaba parado.

—Aléjala de una patada —gritó Stark, agitando su pistola mientras lo ordenaba.

Nick hizo lo que se le dijo, aunque bajó lentamente las manos hasta que quedaron al nivel de sus hombros; cada segundo era valioso, y quería tener las manos cerca de la barandilla para poder saltar cuando llegara el momento.

—Ya te tengo, ¿eh, mula? —gritó Stark—. ¿Quién es el maestro? ¿Quién, el héroe? Jamás me encontrarán, no, señor —se regodeó—. Ni siquiera sabrán quién soy.

—Seguro que sí —gritó Nick—. Siempre lo hemos sabido. Eres Donald

Stark, y lo sabemos todo sobre ti. Eres un cineasta sórdido. Utilizas prostitutas para simular escenas de muerte de aficionado. Mierda sadomasoquista —añadió—. Y no muy verosímil, sólo basurilla casera. Apenas te ganas la vida vendiendo esa porquería en Internet, y tienes un montón de clientes insatisfechos.

—¿Insatisfechos? —rugió Stark.

Nick se encogió de hombros de manera deliberada.

—Eres muy malo, Stark, y deberías dedicarte a otra cosa. Tal vez puedas aprender un nuevo oficio en la cárcel.

Toda la atención de Stark estaba clavada en la galería, y no se dio cuenta de que había aflojado la presión sobre Laurant ni de que el cuchillo de carnicero apuntaba en ese momento hacia la entrada, y no al cuello de Laurant.

—No, no, estás mintiendo. Nadie sabe quién soy. Oíste lo que le dije a Laurant y por eso sabes...

—No, siempre hemos sabido quién eres, Stark. El artículo que publicamos en los periódicos fue sólo una manera de hacerte salir. Todo el mundo estaba en el ajo, incluso Tommy. Lo planeamos hasta el último detalle.

Nick se dio cuenta de que sus mentiras estaban surtiendo efecto. La cara del bastardo estaba roja y llena de manchas, y los ojos se le salían de las órbitas. Confiaba en que la furia de Stark lo impulsara a cometer un error. Nick sólo necesitaba un segundo.

«Vamos; ven y cógeme. Olvídate de ella. Ven a por mí.»

Laurant vio subir el cañón de la pistola y sintió la tensión del loco contra ella. Estaba intentando que se levantara con él mientras disparaba a Nicholas. Fue entonces cuando oyó el chirrido de unos neumáticos sobre la grava del exterior. ¿Sería Tommy? Oh, Dios, no. Quienquiera que atravesara la puerta iba a morir.

—¡No! —gritó Laurant mientras se retorcía en los brazos de Stark y se echaba hacia atrás, golpeándole la mano que sujetaba la pistola con el hombro. Stark abrió fuego a lo loco e impactó en el ventanal, que se hizo añicos. La detonación se produjo tan cerca de su cara que Laurant sintió el calor abrasador. Siguió debatiéndose y empujando mientras se daba la vuelta, pero Stark era demasiado fuerte. No la soltaría y no se iba a mover un ápice.

La pistola de Stark estaba subiendo de nuevo cuando Jules Wesson apareció en el umbral. Agachado, en posición de disparo, con los brazos estirados y ambas manos sobre la pistola, esperó a tener un disparo certero.

Laurant se impulsó hacia atrás, se retorció de nuevo y luchó con todas sus fuerzas hasta que encaró a Stark. Entonces, atacó. Le agarró la muñeca con la mano izquierda, hundiéndole las uñas en la carne para evitar que apuntara la pistola. Stark intentó rodearla con el brazo para clavarle el cuchillo en la mano, y fue en ese momento cuando Laurant giró la mano derecha y le clavó el imperdible en el ojo con todas sus fuerzas.

El alarido de Stark fue agónico. Soltó el cuchillo y se llevó la mano al ojo aullando como un animal enloquecido.

En cuando Laurant golpeó a Stark, Nick se agarró al barandal y saltó por encima y, gritándole a Laurant que se tirase al suelo, alargó la mano hacia su espalda, sacó la Glock y empezó a disparar.

Stark se puso en pie de un salto, disparando incontroladamente el arma. Wesson se tiró al suelo, salvándose por los pelos de un balazo, y empezó a disparar.

Nick disparó en el aire, aterrizó sobre la mesa y volvió a disparar. La primera bala alcanzó a Stark en el pecho. Un disparo de Wesson le arrancó el arma de la mano, y el segundo de Nick le dio en la cabeza cuando empezaba a darse la vuelta para echar a correr; el tercer disparo le impactó en la pierna.

Stark estaba tendido de espaldas, con una pierna torcida debajo del cuerpo y los ojos abiertos de par en par. Nick se detuvo ante él, respirando agitadamente mientras intentaba aplacar la furia.

Oyó un sollozo y giró en redondo. Laurant estaba en el suelo, con la cabeza entre las manos. Mientras Wesson se abalanzaba hacia delante, Nick se dejó caer de rodillas junto a Laurant y alargó la mano para acariciarla. Se detuvo; tenía miedo de que su gesto sólo fuera a agravar el dolor.

—Lo siento —susurró—. Dios, lo siento de veras. Os metí en esto a ti y a Tommy. Es culpa mía.

Laurant se arrojó a sus brazos.

—¿Está muerto? ¿Se ha terminado todo?

La rodeó con los brazos y la abrazó con fuerza. Luego, cerró los ojos.

—Sí, cielo. Se ha acabado.

37

Cuando Nick llevó a Laurant al hospital, Noah ya estaba en el quirófano. Tommy, todavía con las vestiduras ensangrentadas, bajó corriendo a la sala de urgencias cuando una de las enfermeras le informó de que su hermana había ingresado.

Presa del pánico, no se tranquilizó hasta que la vio. Parecía haber pasado un infierno, pero respiraba e incluso consiguió que le sonriera. Nick estaba sentado en la mesa de reconocimiento junto a ella, rodeándole la cintura con el brazo. Tommy pensó que Nick tenía peor aspecto que su hermana, el cual ya era bastante terrible; tenía la cara gris, y en sus ojos había una mirada de angustia.

—¿Y Noah? —preguntó Nick—. ¿Cómo está?

—Lo están operando ahora —dijo Tommy—. El médico me ha dicho que la bala no afectó a ningún órgano vital, pero que ha perdido mucha sangre. Se pondrá bien —le aseguró—. Sólo tardará un poco en recuperar las fuerzas.

—¿Cuánto tiempo lleva en el quirófano? —preguntó Nick.

—Unos veinte minutos. Se pondrá bien —repitió—. Ya lo conoces; es duro de pelar.

Laurant se recostó sobre Nick y apoyó la cabeza en su hombro. Él le sujetaba con fuerza la mano que le había puesto en el regazo. A Laurant le dolía todo y era incapaz de precisar dónde era peor el dolor, si en la cabeza, en el brazo o en la pierna. Un dolor lacerante parecía mortificar cada centímetro de su cuerpo. Quiso descansar, pero cuando cerró los ojos la habitación empezó a girar y se mareó.

—¿Dónde demonios está el medico? —preguntó Nick.

—Lo acaban de avisar por megafonía —dijo Tommy. Se acercó a su hermana y le retiró el pelo de la cara con suavidad—. Te pondrás bien. —Se esforzó en sonar convincente, seguro, pero le salió fatal y pareció que se lo estuviera preguntando.

—Sí, estaré bien. Sólo estoy cansada.

—¿Me puedes contar qué sucedió? Estabas detrás de mí cuando saqué a Noah de la iglesia.

—Estaba allí y me llamó. Me pidió que lo ayudara. Creo que me dijo que lo habían disparado.

—¿Quién te llamó?

—Justin Brady —respondió—. Sólo que en realidad no era Justin. —Levantó la vista hacia Nick—. Empecé a caminar hacia él, pero de repente oí tu voz en mi cabeza.

—¿Y qué decía?

—«No creas nada de lo que te diga la gente.» Supe que había algo en él que no encajaba, y entonces vi el guante que llevaba en la mano. Era un guante quirúrgico, creo. —Miró a Tommy mientras añadía—: Intenté echar a correr, pero me persiguió y lo siguiente que recuerdo es que me desperté en la furgoneta. Había quitado todas las manijas de las puertas y no podía salir. Tommy, me enseñó una foto de su esposa. Fue en la merienda campestre, y me enseñó una foto. Se la debe de haber robado a alguien.

—Ya hablaremos de esto más tarde —sugirió Tommy cuando vio lo alterada que estaba—. No pienses en eso ahora.

—Tommy, corre a buscar a ese condenado médico —gritó Nick.

Un malhumorado médico de mediana edad llamado Benchley descorrió la cortina en el momento en que Tommy salía para ir a buscarlo. Le echó un vistazo a Laurant y ordenó a Nick y a Tommy que salieran.

Tenía un trato con los pacientes propio de un Doberman. Pidió a gritos a una enfermera que lo ayudara, y cuando Nick no se movió de la mesa, le lanzó una mirada furiosa y le volvió a pedir que saliera.

Nick se negó a abandonar a Laurant y tampoco fue muy diplomático en su negativa. El miedo lo volvía hostil y agresivo, pero no se dio cuenta de que se enfrentaba a alguien igual de agresivo. El doctor Benchley había trabajado en una peliaguda sala de urgencias en las zonas más deprimidas de Los Ángeles durante doce años. Lo había visto y oído todo, así que no lo intimidaba nada, ni siquiera un agente del FBI armado y con una mirada enloquecida en los ojos.

Tommy tomó cartas en el asunto y sacó a Nick del cubículo a rastras antes de que perdiera los estribos.

—Déjalo que la examine —dijo—. Es un buen médico. Ven y siéntate en la sala de espera. Si te sientas junto a la puerta puedes ver la cortina desde allí.

—Sí, bueno, de acuerdo —dijo, pero se sentía incapaz de sentarse y empezó a dar vueltas por la sala.

—¿Por qué no subes y estás pendiente? —sugirió Nick—. Haz que la enfermera me avise por megafonía cuando Noah salga del quirófano. Quiero hablar con el médico.

—Subiré dentro un minuto —dijo Tommy—. Pero quiero quedarme aquí hasta que Benchley termine con Laurant. Se va a poner bien —añadió, más como un intento de convencer a Nick que a sí mismo—. Tiene mal aspecto, pero se pondrá bien.

—Y si no es así, ¿qué? Tommy, he estado en un tris de hacer que la mataran. La tenía agarrada, el bastardo la había inmovilizada contra él poniéndole un cuchillo en el cuello. Nunca he pasado tanto miedo en mi vida. Un segundo... eso es lo que le habría costado seccionarle la arteria. Y todo por mi culpa... Debería haberlo sabido.

—¿Saber qué?

Nick no contestó de inmediato. Estaba reviviendo el terrible momento en el que, avanzando lentamente por la galería, había visto a Laurant abajo.

—Debería haberlo adivinado antes de que hubiera tenido la oportunidad de agarrarla; nunca debió tener esa oportunidad. Y por culpa de mi incompetencia, Laurant ha estado a punto de perder la vida y le han pegado un tiro a Noah.

Tommy jamás había visto a Nick tan afectado.

—No te castigues tanto y cuéntame lo ocurrido. ¿Qué deberías haber sabido?

Nick se frotó la frente y se recostó contra la pared. Tenía la mirada clavada en la cortina. Cuando acabó de contarle todo, Tommy tuvo que sentarse.

—Dios mío, podríais haber muerto los dos. —Expelió un gran suspiro y se levantó—. Sabes que si pensara que la habías cagado, te lo diría.

—Quizá.

—No la cagaste —insistió Tommy—. Pete tampoco lo adivinó —señaló—. Hiciste tu trabajo: protegiste a mi hermana y le salvaste la vida.

—No, fue ella la que se salvó a sí misma. Yo estaba allí, armado hasta las cejas, y ella le clavó un imperdible a ese hijo de puta. Le atravesó el ojo.

Tommy se estremeció.

—Va a tener pesadillas.

Una enfermera se acercó a Nick para comunicarle que tenía una llamada del agente Wesson. Tommy permaneció en la sala de espera. Sólo entonces, al bajar la vista casualmente, se dio cuenta de que seguía llevando la vestidura blanca y que la tela estaba empapada de la sangre de Noah.

—Wesson encontró el detonador; estaba en el interior del mando del garaje —dijo Nick cuando regresó.

—¿Y qué hay de la bomba?

—Han acordonado la abadía, y un helicóptero trae a los artificieros.

—¿Sabes, Nick? Tenemos suerte de que no haya habido más heridos. —Intentaba distraer a su amigo porque sabía que Nick estaba empezando a hartarse de la espera. No quería que arremetiera contra la puerta de la sala de reconocimiento y entrara.

—¿Por qué tarda tanto ese médico?

—Está siendo concienzudo.

—Y tú estás de lo más tranquilo.

—Alguno de los dos tiene que estarlo.

—Eres su hermano y has visto su aspecto. Si yo estuviera en tu lugar, y la que estuviera ahí fuera mi hermana, me estaría volviendo loco.

—Laurant es una mujer fuerte.

—Sí, es fuerte, pero el cuerpo no puede aguantar tanto.

La cortina se abrió, y salió la enfermera que había estado ayudando al médico. Se dirigió al mostrador y cogió el teléfono.

El médico se quedó con Laurant. A solas con el paciente, su trato mejoraba considerablemente. Era amable, delicado y hablaba con dulzura. Anestesió el brazo de Laurant y limpió la herida, hecho lo cual, procedió a vendarlo para protegerlo hasta que llegara el cirujano plástico y lo cosiera. Sondeó la zona que rodeaba el ojo izquierdo, pero se detuvo cuando Laurant hizo un gesto de dolor.

—Va a lucir un precioso morado.

Le dijo que la iba a enviar a radiología; le preocupaba la hinchazón en la base del cráneo y quería asegurarse de que no sufriera una conmoción cerebral.

—La tendremos en observación esta noche.

Le puso otro trozo de esparadrapo para fijar la gasa mientras comentaba:

—He oído lo que ocurrió en la iglesia, algunas cosas por lo menos. Tiene suerte de estar viva.

Laurant estaba atontada y un poco desorientada y le costaba concentrarse. Pensaba que el médico le había hecho una pregunta, pero no estaba segura, y se sentía muy cansada para pedirle que la repitiera.

—La enfermera la ayudará a ponerse el pijama del hospital.

¿Dónde estaba Nick? ¿Estaba fuera con su hermano o se había marchado? Deseaba que la cogiera entre sus brazos y la abrazara. Movió la pierna y se tuvo que morder el labio para no gritar. Sentía que le ardía.

El médico se estaba dando la vuelta para irse cuando la oyó musitar.

—Creo que vuelve a sangrar. ¿Me puede poner una tirita, por favor?

Benchley se dio la vuelta.

—Hay que darle unos puntos en el brazo. ¿No se acuerda de que le he dicho que iba a venir el cirujano plástico?

Le hablaba como si fuera una niña. El medico levantó dos dedos y le preguntó cuántos veía.

—Dos —contestó, entrecerrando los ojos cuando Benchley le apuntó con la linterna—. Me refería a la pierna —explicó—. Me caí, y está sangrando.

La sensación de mareo estaba empeorando, y las profundas inspiraciones no parecían ayudar.

Benchley le levantó la falda y vio la sangre que manchaba la combinación.

—¿Qué tenemos aquí? —preguntó mientras le subía la combinación con delicadeza por encima de la rodilla y le levantaba la pierna. Examinó la herida sangrante.

Tapada por la falda, Laurant no podía verla.

—Sólo necesito una tirita —insistió.

—Claro —asintió Benchley—. Pero primero vamos a tener que extraerle la bala.

El cirujano tuvo una noche atareada. Después de quitarse el gorro, entró en la sala de espera para informar de que Noah estaba en la sala de reanimación. Aseguró a Nick y a Tommy que no había surgido ninguna sorpresa ni complicación, y que el agente se pondría bien. Luego, se marchó para ir a lavarse y operar a Laurant. Mientras le operaba la pierna, el cirujano plástico le cosió el brazo.

Una enfermera le entregó a Tommy el reloj y el anillo de compromiso de su hermana; sin pensarlo dos veces, se los entregó a Nick.

Laurant no estuvo mucho tiempo en el quirófano y durante un rato coincidió con Noah en la sala de reanimación. Cuando la llevaron a la habitación privada, seguía inconsciente.

Tras comprobar el estado de Noah, Nick se dirigió a la habitación de Laurant y se quedó con ella toda la noche. En cuanto llevaron a Noah a la UCI para que pudiera ser controlado exhaustivamente, Tommy volvió a la abadía para cambiarse de ropa. Luego, regresó al hospital y se quedó con Noah.

Pete Morganstern llegó alrededor de las dos de la madrugada. Primero fue a ver a Noah. Tommy se había quedado dormido en una silla, pero se despertó mientras Pete estaba leyendo la gráfica de Noah. Salieron a hablar al pasillo, y Tommy le dijo dónde encontraría a Laurant y a Nick.

Laurant dormía de manera irregular. En sus períodos fortuitos de conciencia llamaba a Nick. Los efectos de la anestesia iban desapareciendo poco a poco y, aunque no conseguía abrir del todo los ojos, podía sentir que le tenía cogida la mano, y se volvía a dormir consolada por su voz tranquilizadora.

—¿Nick?

—Estoy aquí.

—Creo que le he vomitado encima al doctor Benchley.

—Ésta es mi chica.

Transcurrió una hora.

—¿Nick?

—Sigo aquí, Laurant.

Laurant sintió que le apretaba la mano.

—¿Le dijiste a Tommy que nos acostamos?

Oyó una tos, tras la cual Nick contestó:

—No, pero tú sí. Está aquí, a mi lado.

Se volvió a quedar dormida, pero esta vez no tuvo sueños ni pesadillas.

Cuando Pete entró en la habitación, vio a Nick inclinado sobre Laurant. Se quedó donde estaba, observando cómo le ponía el anillo de compromiso en el dedo y le sujetaba el reloj a la muñeca.

—¿Cómo se encuentra? —preguntó Morganstern en voz baja para no molestarla.

—Bien.

—¿Y tú?

—Ni un rasguño.

—No es eso lo que estaba preguntando.

Salieron al pasillo para hablar. Pete sugirió entonces que bajaran a la cafetería, pero Nick no quería abandonar a Laurant. Quería estar allí por si volvía a llamarlo.

Así que se sentaron en el pasillo en unas sillas que Pete trajo del despacho de las enfermeras.

—Estoy aquí por dos motivos —empezó Pete—. El primero, ver a Noah, por supuesto.

—¿Y el otro?

Pete suspiró.

—Hablar contigo y disculparme.

—El único que ha metido la pata he sido yo.

—No, eso no es cierto —recalcó—. La metí yo, no tú. Debería haberte escuchado. Cuando se detuvo a Brenner, me dijiste que algo no encajaba, ¿y cómo reaccioné? Ignorando todo lo que te enseñé. Estaba tan seguro de que los árboles te impedían ver el bosque, a causa de tu implicación personal en el caso, que ignoré tu intuición, y ése fue un error que no volveré a cometer. ¿Eres consciente de lo cerca que hemos estado esta vez del desastre?

Nick asintió. Se recostó contra la pared y estiró las piernas.

—Habría muerto mucha gente si llega a explotar la bomba.

Pete empezó a preguntarle y no paró hasta que hubo oído hasta el último detalle y quedó satisfecho.

—El artículo en el periódico... sí, eso fue lo que le hizo salir —dijo Pete.

—Supongo que sí.

—Su esposa era casi perfecta. ¿Eso fue lo que oíste que le decía a Laurant?

—Sí —dijo Nick—. La esposa de Stark tenía que haber sabido lo que iba a ocurrir. En cuanto Stark decidiera que no podía mejorar más, que era todo lo perfecta que podía ser, la mataría, igual que mató a su madre. Ahora que conocemos los hechos, creo que se volvió loca y por eso raptó al niño.

—Nunca sabremos sus motivos —dijo Pete—. Si tuviera que aventurar una hipótesis, diría que quizá pensó que una familia cambiaría las cosas.

—¿Convirtiéndolo en un padre amoroso?

—Algo así.

—A mí me parece que quizá quería acabar con todo... dejar que la atrapáramos en lugar de a él.

Pete hizo un gesto con la cabeza.

—Puede que tengas razón. ¿Y qué hay de Laurant? —preguntó.

—Los médicos dicen que se pondrá bien.

—¿Te vas a quedar por aquí?

Nick sabía qué era lo que le estaba preguntando Pete.

—El tiempo suficiente para decirle cuánto siento haberla metido en todo eso.

—¿Y luego?

—Me iré. —Estaba decidido.

—Entiendo.

Miró de reojo a Pete.

—Maldita sea. La verdad es que te odio cuando dices eso, pareces un maldito loquero.

—No puedes ocultar tus sentimientos, Nick. Huir no resolverá tu problema.

—Y me vas a decir cuál es mi problema, como si lo viera.

—Por supuesto que sí —convino tranquilamente Pete—. Amar a Laurant te hace humano, y eso te aterra. Es así de simple.

—No estoy huyendo; vuelvo al trabajo, eso es todo. ¿Qué clase de vida le puedo ofrecer? Merece ser feliz y estar a salvo, maldita sea, y yo no se lo puedo garantizar. Stark los utilizó a ella y a Tommy para llegar hasta mí. Podría volver a ocurrir. Bien sabe Dios que desde que empecé a trabajar para ti me he hecho enemigos. ¿Qué pasaría si la persiguiera otro baboso? No, no puedo permitir que ocurra, no correré ese riesgo.

—Así que te aislarás aún más, ¿es eso?

Nick se encogió de hombros.

—¿Estás decidido? —presionó Pete.

—Completamente.

Pete sabía que no iba a ganar esa discusión, pero se sentía obligado a inmiscuirse un poco más.

—A los psiquiatras se nos prepara para que advirtamos los pequeños detalles. Observamos.

—¿Y bien?

—Cuando entré en el cuarto de Laurant, me di cuenta de que le estabas poniendo el anillo de compromiso en el dedo. Me pareció curioso.

Nick no podía explicar sus actos.

—No quería que se despertara y creyera que lo había perdido. Puede devolverlo a la joyería y recuperar el dinero. Eso es todo. Ahora, déjalo ya.

—Sólo una observación más y dejaré de acosarte. Te lo prometo. En realidad, es una pregunta.

—¿Cuál? —preguntó, y pareció deprimido.

—¿De dónde vas a sacar la entereza para dejarla?

38

Había transcurrido una semana desde que Noah fuera herido. El agente se recuperaba en la abadía, aunque, entre la celebración del aniversario y la permanente afluencia de visitantes —la mayoría, mujeres que le llevaban regalos— estaba descansando muy poco. El abad estaba encantado: tenían comida casera suficiente para un mes.

Tommy acababa de acompañar a una de las parroquianas hasta la puerta y, tras agradecerle el guiso, volvió a la leonera donde Noah esperaba espatarrado en el sofá.

Tommy se dejó caer en el sofá y puso los pies en la otomana. Estaba poniendo a Noah al corriente de los últimos acontecimientos, pero no paraban de interrumpirlo.

—Muy bien, ¿dónde estaba?

—Me estabas contando lo que le ocurrió a Laurant en el hospital.

—Sí, es verdad. Ni Nick ni yo sabíamos que Laurant tenía una bala alojada en la pierna. Bueno, pues el doctor sale y nos dice que le han disparado. Entonces Nick se vuelve loco.

—El amor les hace eso a los hombres.

—Supongo —asintió Tommy—. Ya se estaba comportando como un chiflado, pero la noticia lo desquició.

—¿Ah, sí? —preguntó Noah sonriendo—. Ojalá hubiera podido verlo. Siempre tan tranquilo y calmado. ¿Y qué es lo que hizo?

—Empezó a gritar: «¿Qué demonios quiere decir con que la han disparado? ¿Qué clase de sitio dirige usted aquí?»

Noah soltó una carcajada.

—¿Y a quién le estaba gritando?

—Al doctor Benchley. Lo conoces, ¿verdad?

—Sí, es realmente encantador.

—Entonces, el médico le contestó gritando: «Eh, amigo, que no he sido
yo quien le ha disparado», pero Nick ya estaba fuera de sí, y empezó a preocuparme que le fuera a pegar un tiro a Benchley.

—¿Y qué pasó después?

—Nick no se apartó del lado de Laurant ni un segundo. Se quedó con ella
toda la noche, pero a Pete y a mí nos dijo que en cuanto se despertara se iba a
despedir. Y dicho y hecho: le estrechó la mano a Laurant.

Noah estalló en carcajadas.

—¿Y qué hizo ella?

—Le dijo que era un imbécil y se volvió a dormir.

—Me encanta tu hermana, Tommy.

—Nick estaba realmente decidido. Tenía mucho trabajo de seguimiento
pendiente, y eso lo retuvo en Nugent unos días. Encontró a Lonnie escondido en un motel a las afueras de Omaha. Lo han acusado de estragos.

—¿Y qué ha sido de Brenner? ¿Encontraron la cuenta bancaria de la que
le habló el jefe de policía a Laurant?

—Sí, la encontraron. Brenner falsificó la contabilidad y robó a Griffen, la
promotora. Va a estar fuera de casa mucho tiempo. Eh, ¿te he contado lo que
hizo Christopher?

—¿El novio?

Tommy asintió con la cabeza.

—Mientras él y Michelle estaban de luna de miel en Hawai, se tiró horas
hablando por teléfono para llegar a un acuerdo. Convenció a los de Griffen
para que compraran otra parcela que pertenece al municipio y dejaran en paz
la plaza del pueblo. En los términos en que estableció el acuerdo, parte de los
beneficios se destinarán a la rehabilitación de la plaza y a la apertura de nuevos negocios. Ha hecho una gran labor por el pueblo. En cuanto se instale,
abrirá el despacho a dos puertas de la tienda de Laurant, y cuando se abra
ésta, Michelle la dirigirá.

—¿Y qué va a hacer Laurant?

—Pintar.

Noah sonrió.

—Eso está bien.

—Es la hora del antibiótico.

—Lo mojaré con una cerveza.

—Son las diez de la mañana; no puedes beberte una cerveza.

—Los curas sois demasiado estrictos.

Tommy le llevó una Pepsi y se volvió a sentar.

—He oído que Wesson está pensando en dimitir.

La alegría se esfumó de los ojos de Noah.

—Deberían animarlo a marcharse.

—Tendrías que darle alguna oportunidad al tipo —dijo Tommy—. Nick me contó que en la cabaña se ofreció como blanco para intentar distraer a Stark y que Nick pudiera dispararle.

—Demasiado poco y demasiado tarde. No quiero hablar de Wesson; Pete ya me ha puesto al corriente de lo que se hizo constar en los informes. Así que dime —continuó—, ¿Nick la ha dejado o no?

—Ha sido ella la que lo ha dejado.

—No fastidies. ¿Y adónde se ha ido?

—A París. —Tommy mostró una sonrisa radiante cuando añadió—: Ganó el pleito. Ha recuperado hasta el último centavo del dinero del abuelo, más un montón de intereses. Tuvo que coger un avión para firmar algunos papeles.

—Bien está lo que bien acaba.

—A Nick no le he explicado los motivos del viaje.

Noah arqueó una ceja.

—¿Y qué le has dicho entonces?

—Que se había ido a París.

—¿Insinuando que para siempre?

—Pudiera ser.

—No hay manera humana de que vaya tras ella, de que se suba a un vuelo transatlántico. No lo haría ni en un millón de años.

Tommy miró su reloj.

—Debería de aterrizar en París de un momento a otro.

Noah volvió a reírse.

—Está chiflado. ¿Le parecía bien dejarla pero no podía soportar la idea de que ella lo dejara?

—En realidad, al llegar a Des Moines dio la vuelta y regresó. Cuando volvió, tuve que decirle que se había ido.

—Para siempre.

Tommy asintió con la cabeza.

—Quien bien te quiere, te hará llorar —explicó—. Quiero a Nick como a un hermano, pero tuve que ponerme duro.

—Quieres decir que le mentiste.

—Sí.

—Bueno, que me aspen; creo que has cometido un pecado. ¿Quieres que te oiga en confesión?

Laurant estaba agotada. Se había pasado la mayor parte del viaje a París llorando y, cuando no, echando chispas por haberse enamorado de un idiota. No durmió nada, y en cuanto aterrizó el avión, tuvo que ir directamente al bufete del abogado para firmar los documentos.

Los abogados querían celebrarlo. Ella quería ir a Boston y buscar a Nick, pero no era capaz de decidir qué haría una vez lo encontrara. Tan pronto pensaba que lo besaría como, al instante siguiente, que le cantaría las verdades del barquero, aunque, en cualquier caso, ignoraba cuáles serían éstas. Acostumbraba ser práctica, el tipo de mujer con los pies bien plantados en la tierra, pero Nick la había cambiado. No podía dormir, no podía comer, no podía hacer nada excepto llorar.

Se registró en el hotel y tomó una larga ducha caliente. Había metido en la maleta un camisón precioso, pero en su lugar se puso la camiseta roja con la lubina boquiabierta en la parte delantera.

¿Cómo podía dejarla? Las lágrimas empezaron a fluir de nuevo, y eso la enfureció. Recordó cómo había reaccionado Nick cuando ella le había dicho que lo amaba. Había parecido horrorizado. Entonces Laurant creyó que era porque le estaba complicando la vida, pero en ese momento dejó de engañarse y aceptó la verdad: él no la amaba. Así de sencillo.

Cogió un Kleenex, se metió en la cama y llamó a Michelle para llorar en su hombro.

Michelle contestó después del primer tono. Parecía somnolienta.

—Si me llamas para decirme cuánto sientes lo de la boda, te perdono, igual que he hecho las tres últimas veces que me llamaste a Hawai. No tuviste ninguna culpa, ¿de acuerdo? Madre te perdona, papá te perdona y Christopher y yo también te perdonamos.

—Me ha dejado, Michelle.

Su amiga se despertó de golpe.

—¿Qué quieres decir con que te ha dejado? ¿Nick? A propósito, ¿dónde estás?

—En París —respondió, sorbiéndose la nariz.

—Estás llorando, ¿verdad? Perdiste el pleito, ¿no? Laurant, lo siento.

—No lo perdí.

—¿Me estás diciendo que vuelves a ser rica?

—Supongo que sí.

—Pues no pareces muy contenta.

—¿Has oído lo que te he dicho? Nick me ha dejado. No te lo dije la última vez que te llamé, pero me dejó al día siguiente de la boda. Me estrechó la mano, Michelle, y se marchó. No me quiere.

—¿Te estrechó la mano? —preguntó Michelle, soltando una carcajada.

—No tiene ninguna gracia. Esta llamada me está costando dinero, así que sé compasiva y breve.

—Muy bien —dijo Michelle—. Vamos, todo saldrá bien.

—Ahora eres sarcástica.

—Lo siento —dijo—. ¿Qué vas a hacer respecto a él?

—Nada. No me quiere.

—Vi la manera en que te miraba mientras bailabas el día de la merienda campestre. Igual que como me mira Christopher cuando quiere... ya sabes.

—Eso es lujuria, no amor. Le doy miedo.

—Bueno, querida, tienes una habilidad especial para eso. Sólo queda una cosa por hacer —le aconsejó—. Vas a tener que perseguirlo, darle caza.

Laurant suspiró.

—No me estás ayudando. Estoy deprimida y odio estar enamorada.

—Ve tras él —repitió Michelle.

—Y luego, ¿qué? No puedo obligarlo a que me quiera. Odio este sentimiento. Si esto es el amor, quédatelo todo para ti. ¿Sabes lo que voy a hacer? Voy a seguir con mi vida y olvidarlo. Sí, eso es lo que voy a hacer.

—Estupendo —asintió Michelle, y Laurant percibió la sonrisa contenida en su voz—. Sólo una pregunta: ¿cómo vas a hacer para olvidarlo?

—Me enamoré de él casi de la noche a la mañana, así que lo más probable es que no sea real. Es razonable, ¿no?

—Anda, por favor. ¿Te estás escuchando? En el fondo sabes que es una rabieta pasajera. Me enamoré de Christopher en la primera cita. A veces ocurre así. Sólo supe que quería pasar el resto de mi vida con él. Ve tras Nick, Laurant. No dejes que el orgullo lo eche todo a perder.

—El orgullo no tiene nada que ver con esto. Si me amara, no me habría dejado. Se acabó, y tengo que aceptarlo.

Laurant sintió que el corazón se le hacía añicos. Michelle le estaba hablando, pero no escuchaba. Interrumpió a su amiga para despedirse. Quería irse a casa, pero ya no sabía dónde era eso.

Llamó al servicio de habitaciones y pidió un té caliente. Enfrentarse a los problemas, eso es lo que Nick le había dicho que hacía cuando se preparaba un té.

Sintió un deseo repentino de irse de París. Llamó a la línea aérea y cambió el vuelo. Podría dormir en el avión, pensó. Se levantó de la cama y empezó a hacer la bolsa de nuevo. Acababa de cerrarla cuando alguien llamó a la puerta. Había llegado el té. De camino a la puerta cogió un pañuelo de papel y abrió.

—Déjelo...

Nick estaba en el pasillo, mirándola con furia. Se quedó tan sorprendida de verlo que fue incapaz de hablar y de moverse.

Tenía un aspecto horrible: el pelo le caía por la cara, parecía que hubiera dormido con la ropa puesta y tenía ojeras. Laurant pensó que estaba guapísimo.

—¿Ni siquiera tenías puesta la cadena? ¿En qué estás pensando para abrir así la puerta? No he oído el maldito pestillo. ¿Estaba echada la llave?

Laurant no le respondió. Tan sólo se quedó allí parada, mirándole de hito en hito con una expresión de asombro en el rostro. Nick se dio cuenta de que había estado llorando; tenía los ojos rojos e hinchados. Tuvo que empujarla suavemente en la espalda para que entrara antes de poder cerrar la puerta.

—Así es como se cierra una puerta —dijo Nick mientras echaba el pestillo.

Ya era suya. Se apoyó en la puerta para que no pudiera escaparse. Respiró hondo, y el sentimiento de pánico que le había abrumado hasta ese momento desapareció. Laurant estaba sólo a unos treinta centímetros de él, y de repente, el mundo volvió a tener sentido.

—¿Cómo me has encontrado?

—Soy del FBI; nos dedicamos a esto: encontramos gente que intenta huir. Maldita sea, Laurant, ¿cómo pudiste dejarme de esa manera? ¿Sin mediar palabra, haces las maletas y te vienes a vivir a París? ¿Qué demonios te pasa? ¿Sabes el calvario que me has hecho pasar? ¿En qué estabas pensando? —clamó—. No le puedes decir a alguien que lo amas y luego huir. Eso es una crueldad.

Laurant intentaba seguirlo, pero Nick hablaba tan deprisa y con tanta furia que resultaba difícil. ¿Por qué pensaba que se había ido a vivir a París? ¿Y qué le hacía pensar que estaba huyendo de él?

Iba a pedirle que se explicara en cuanto se recuperara del hecho de que Nick estuviera allí, comportándose como un completo y adorable idiota.

—Lo dejaré —dijo Nick. Hizo un gesto con la cabeza para que supiera a qué se refería—. Si es eso lo que hace falta para que te cases conmigo, entonces lo dejaré, como me llamo Nick.

Sólo en ese momento cayó en la cuenta de que Laurant llevaba puesta la camiseta que le había comprado, lo cual concitó toda suerte de recuerdos ardientes. Esbozó una de aquellas maravillosas y enternecedoras sonrisas suyas, la señaló con el dedo y dijo:

—Me quieres.

Intentó abrazarla, pero Laurant retrocedió.

—No puedes dejarlo.

—Sí que puedo —dijo—. Haré lo que sea necesario para que te sientas segura, pero tienes que dejar de huir. No importa adónde vayas, yo te seguiré. Maldita sea, Laurant, no voy a permitir que me dejes de nuevo.

Laurant alargó la mano para rechazarlo cuando Nick intentó cogerla.

—No estaba huyendo. Tú me dejaste, ¿recuerdas?

—Sí, bueno, pero volví y te habías ido. Vaya, no perdiste mucho tiempo en llorar mi ausencia. Tommy ni siquiera quería decirme adónde te habías ido, pero le obligué.

Laurant empezó a comprender. Su hermano se había convertido en una celestina.

—¿Y qué es lo que te dijo?

—Que te habías venido a vivir a París. Me volví loco al enterarme de que estabas tan lejos —admitió—. Tengo que tenerte en mi vida... quiero llegar a casa cada noche y encontrarte... quiero hacerme viejo contigo. Te necesito, Laurant.

Laurant empezó a llorar de nuevo. Esta vez Nick no iba a dejar que se apartara de sí. La atrajo hacia él y la abrazó con fuerza. La besó en la frente y susurró:

—¿Te casarás conmigo?

—No me casaré con un hombre que no puede conservar un trabajo.

—Entonces aceptaré el puesto de coordinador que me han ofrecido.

—No, lo que haces es demasiado importante. Tienes que prometerme que no abandonarás.

—¿Lo dices en serio?

—Te amo, Nicholas.

—No lo dejaré.

Nick le levantó la barbilla con suavidad e inclinó la cabeza. La besó apasionadamente, haciéndole saber lo mucho que la amaba.

—Cásate conmigo, Laurant. Sácame de este suplicio.

Laurant echó la cabeza hacia atrás de golpe; de repente, la expresión de asombro volvió a su rostro.

—¿Cómo has llegado hasta aquí?

Nick no permitiría que eludiera el tema.

—Cásate conmigo —repitió.

Laurant sonrió.

—Quiero tener hijos.

—Y yo también —dijo—. Contigo lo quiero todo. Seré un padre obsesivo que no dejará de preocuparse por ellos, pero contigo como madre, saldrán adelante. Seremos un buen equilibrio para ellos. Mientras te tenga a mi lado, todo es posible. Te amo, mi vida.

Laurant le estaba besando el cuello fervientemente.

—Ya sé que me amas.

—¿Ah, sí? ¿Cuándo lo has averiguado?

Laurant confiaba en que sus hijos sacaran los ojos azules de Nick. Eran tan hermosos.

—Cuando te he visto en la puerta. Entonces he sabido que me amabas. Te subiste a un avión y cruzaste el océano por mí.

Nick se rió.

—Perderte era más espantoso. Además, no fue tan malo.

—¿Me estás diciendo que has superado tu fobia?

—Pues claro —dijo con un nudo en la garganta.

Laurant sonrió y lo besó suavemente.

—Volveremos a casa en barco —susurró.